DROEMER

ELISABETH
KABATEK

EIN COTTAGE IN CORNWALL

Roman

Besuchen Sie uns im Internet:
www.droemer.de

Aus Verantwortung für die Umwelt hat sich die Verlagsgruppe Droemer Knaur zu einer nachhaltigen Buchproduktion verpflichtet. Der bewusste Umgang mit unseren Ressourcen, der Schutz unseres Klimas und der Natur gehören zu unseren obersten Unternehmenszielen. Gemeinsam mit unseren Partnern und Lieferanten setzen wir uns für eine klimaneutrale Buchproduktion ein, die den Erwerb von Klimazertifikaten zur Kompensation des CO_2-Ausstoßes einschließt. Weitere Informationen finden Sie unter: www.klimaneutralerverlag.de

Originalausgabe Oktober 2021
Droemer Taschenbuch
© 2021 Droemer Verlag
Ein Imprint der Verlagsgruppe
Droemer Knaur GmbH & Co. KG, München
Alle Rechte vorbehalten. Das Werk darf – auch teilweise –
nur mit Genehmigung des Verlags wiedergegeben werden.
Covergestaltung: ZERO Werbeagentur, München
Coverabbildung: Collage unter Verwendung von Motiven
von Shutterstock.com
Satz: Adobe InDesign im Verlag
Druck und Bindung: CPI books GmbH, Leck
ISBN 978-3-426-30855-4

2 4 5 3 1

Für meine tapfere Eva S.

1. TEIL

1. KAPITEL

Margarete

Margarete lag mit dem Gesicht voran im Matsch. Ich bleibe einfach liegen, dachte sie, und mache mich total locker. Ich ignoriere den Hund, der jaulend um mich herumspringt und denkt, ich sei tot. Ich stelle mir vor, ich lasse mich gerade für einen Haufen Geld von der angesagtesten Kosmetikerin in Stuttgart behandeln. Und bin nicht auf einer Viehweide in Cornwall der Länge nach hingeschlagen. Es ist nicht mit Schafscheiße, Kuhmist und mit kleinen Steinchen vermischter Schlamm, der meine nackten Arme einbalsamiert, allmählich durch meine Hose und mein T-Shirt sickert, in meine Nase und meine Ohren dringt und meine Haare verklebt, sondern Heilschlamm aus Bad Kohlgrub. Der muss noch ein bisschen porentiefer einwirken, ehe ich aufstehen darf.

Es klappte beinahe mit der Vorstellung. Dann klingelte ihr Handy. Margarete ließ es bimmeln, zu erschöpft, um das Gerät mit einer verschlammten Hand aus der Gesäßtasche herauszufummeln. Dann fiel ihr ein, dass es vermutlich Chris war, der anrief, wer sonst hatte ihre englische Nummer, und wenn sie nicht ranging, machte er sich Sorgen. Chris machte sich gerade ziemlich viele Sorgen und rief ziemlich oft an. Dabei gab es dafür überhaupt keinen Grund.

Sie stützte sich mit den Händen im Matsch auf, krabbelte mühsam auf die Knie und hockte sich auf die Fersen. Bonnie bellte überglücklich, hechelte heran und versuchte, ihr Gesicht abzuschlecken. Schleimige Hundezunge auf Schlamm, war das nicht eine super Idee für einen neuen Wellness-Trend? Nicht, wenn man keine Hunde mochte, so wie sie. Zum Glück war Bonnie keine Hündin, sondern ein Familienmitglied. Sie tätschelte sie, damit sie sich beruhigte, Margaretes Gesicht in

Ruhe ließ und rasch zurück zur Schafherde lief, damit die nicht auch noch abhaute. Das Handy war verstummt, nur um nach zehn Sekunden Pause von Neuem loszubimmeln. »*Uff dr Schwäb'sche Eisebahne* ...« Der Klingelton war pure Nostalgie. Sie wischte sich die verdreckten Hände an den Oberschenkeln ab – jetzt war sowieso alles egal –, zog das Handy aus der Hosentasche und ließ sich auf den Hintern plumpsen. Zumindest war es weich, von den kleinen Steinchen mal abgesehen.

»Mmmja?« Es war schwierig, mit schlammverkrustetem Mund zu telefonieren.

»Hallo, *sweetheart*. Ich wollte nur kurz hören, ob alles in Ordnung ist?« Es war halb acht und er rief gerade zum dritten Mal an.

»Mmmja.« Ihr Blick fiel auf die Kappe von Chris' Fußballverein. Chris liebte die Kappe und den Verein gleichermaßen. Zum Glück liebte er auch Margarete. Die Kappe war eben noch grün gewesen. Jetzt war sie schmutzig braun, der Schriftzug »Plymouth Argyle« war nicht mehr lesbar und das Segelschiff war zugekleistert.

»Du klingst etwas undeutlich. Und warum bellt Bonnie so wild?«

»Sie apportiert Stöckchen.«

»Wie bitte? Bonnie macht viel. Apportieren wie ein Schoßhündchen gehört nicht dazu.«

»Sie freut sich, weil ich nicht mehr mit dem Gesicht voraus im Schlamm liege.«

»Oh. Willst du es mir erklären?«

»Nein.«

»Kann ich dir helfen?«

»Nein.«

»Es tut mir leid.«

»Danke. Sehr freundlich.« Warum entschuldigten sich Engländer immer für alles, selbst für Dinge, für die sie nichts, aber auch gar nichts konnten?

»Soll ich später noch einmal anrufen?«

»Ja. Lass dir Zeit.«

Bonnie raste wieder davon, um sich um die Schafherde zu kümmern.

Mit dem Handy in der Hand winkte Margarete beruhigend dem Farmer zu, der gerade den Kopf über seinen Zaun streckte und genauso besorgt guckte, wie Chris am Telefon geklungen hatte. Ihm gehörten die Weiden auf der anderen Seite des Weges.

»*You okay, love?*«, fragte er.

Margarete hatte seinen Namen vergessen. Sie nickte und versuchte ein Lächeln, das aber an der Dreckkruste scheiterte. Hoffentlich rief er Chris nicht an und erzählte ihm brühwarm, dass Margarete nicht mehr aussah wie Margarete, sondern wie ein mit Schlamm überzogener Schokoladennikolaus, dass sie also ganz offensichtlich nicht klarkam, aber was sollte man von einer Städterin (!) aus Deutschland (!!) auch anderes erwarten, hatte er ihm das nicht gleich gesagt? Margarete konnte jetzt wirklich keine Klugscheißer gebrauchen. Und wo war eigentlich das blöde Schaf, das an allem schuld war?

Herrin über *Oak Hill Hall!* Der Tag hatte so gut angefangen. Okay, es stimmt nicht ganz, sie war nicht Herrin über ein Herrenhaus, sondern eine Farm, und das auch nur für zwei Tage, aber immerhin! Voller Stolz war Margarete vor einer guten Stunde mit dem schicken kleinen Traktor von der *Oak Hill Farm* aufgebrochen und den schmalen Feldweg entlanggetuckert, als hätte sie in ihrem ganzen Leben nie etwas anderes getan. Als hätte sie nicht bis vor ein paar Monaten bei einem Automobilzulieferer in Stuttgart die Presseabteilung geleitet und Cornwall nur aus den Rosamunde-Pilcher-Filmen gekannt! Bonnie war bellend vorausgerannt und Margarete hatte sich Chris' Kappe, unter der ihr dickes feuerrotes Haar hervorquoll, lässig in den Nacken geschoben. Noch lässiger hatte sie grüßend die Hand gehoben, als sie an besagtem Nachbarsfarmer vorbeituckerte, der gerade seinen Zaun reparierte und sie mit unverhohlener Skepsis musterte. In England, so hatte sie in den letzten Wochen gelernt, spielte es eine große Rolle, die Hand zu heben, nur für eine Sekunde, vor allem, wenn man mit dem Auto oder Traktor unterwegs war. Man winkte nicht wie die Queen, man grüßte, und vor allem bedankte man sich auf diese Weise, wenn einen jemand an einer engen Stelle passieren ließ. Lichthupe ging auch, aber das lässige Grüßen – nicht zu viel, nicht zu wenig – gefiel Margarete besser. Es gab viele enge Stellen auf den kleinen Sträßchen, und Margarete, die mit großem Eifer alles richtig machen wollte, fühlte sich *very British,* wenn sie die Hand hob.

Es war ein strahlend schöner Augustmorgen, das Licht war warm und intensiv und fast schon ein bisschen herbstlich. »Der Herbst kommt hier früher als in Deutschland«, hatte Chris sie gewarnt, »die Tage werden rasch kühler und unbeständiger, aber das Wasser wird noch lange schön warm bleiben zum Schwimmen. Wenn wir Glück haben, werden sich die siebzehn, an flachen Stellen sogar achtzehn Grad noch bis in den Oktober hinein halten.« Siebzehn, achtzehn Grad? Das war nicht unbedingt das, was Margarete unter warm verstand! Wie das Wetter heute wohl im Stuttgarter Kessel wird, überlegte sie, bestimmt ein schwülheißer Tag, der mit einem krachenden Gewitter endet. Hier dagegen waren die Temperaturen nie unangenehm heiß. Dafür sorgte schon die frische Brise vom Meer. Andererseits wusste man nie, ob sich ein schöner Morgen nicht noch in einen regnerischen Nachmittag verwandelte.

Margarete konnte immer noch nicht fassen, dass sie es gewagt hatte, mit fünfzig Jahren komplett von vorn anzufangen, ihre Stuttgarter Heimat gegen Cornwall und ihr Singledasein gegen die Beziehung mit einem äußerst attraktiven englischen Biofarmer einzutauschen, der noch dazu neun Jahre jünger war als sie.

Ihre Ankunft an der Schafweide löste Hektik aus. Futter im

Anmarsch! Die Schafe kamen laut blökend herbeigaloppiert, die Lämmer wichen ihnen nicht von der Seite. Wie ein riesiges schmutzig weißes Wollknäuel drängelte sich die Herde am Gatter. Bonnie schlüpfte unter dem Zaun durch und trieb die Tiere zurück. Zum Glück war sie ein Vollprofi, was man von Margarete nicht behaupten konnte. Sie war eine Großstadtpflanze, das Landleben kannte sie vor allem aus dem »Bergdoktor«. Aber sie hatte ausführlich mit Chris geübt, und alles hatte wie am Schnürchen geklappt. Traktorfahren zum Beispiel!

Margarete ließ den Traktor weitertuckern, sprang herunter, löste die Kette vom Pfosten und schob das Gatter weit auf. Das heißt, sie wollte es weit aufschieben, mit einer schwungvollen Bewegung, so wie bei ihren Übungseinheiten, aber in der Nacht hatte es heftig geregnet und der Boden war so aufgequollen, dass das Gatter im Schlamm wie einbetoniert war. Mit ihrem ganzen, nicht unbedingt elfenhaften Gewicht lehnte sich Margarete gegen das Gatter und drückte es gleichzeitig nach oben. Der Schweiß lief ihr den Rücken und die Arme hinunter, während sie mit ihren Chucks immer tiefer im Matsch versank. Dünne Turnschühchen, was für ein Anfängerfehler! Hätte sie bloß Gummistiefel angezogen.

Mit quälender Langsamkeit öffnete sich das Tor und sie zog ihre Füße aus dem zähen Schlamm, nur um beim nächsten Schritt noch tiefer einzusinken. Obwohl Bonnie einer der besten Hütehunde weit und breit war, hatte sie große Mühe, die Schafherde daran zu hindern, an Margarete vorbeizugaloppieren, wussten die Tiere doch genau, dass auf dem Hänger hinten am Traktor ihr Futter wartete. »Sorry, Bonnie«, schnaufte Margarete. Endlich war das Gatter so weit geöffnet, dass Margarete auf den Traktor springen und auf die Weide tuckern konnte. Sie war sehr stolz, dass sie das erste unerwartete Hindernis gemeistert hatte, auch wenn ihre Chucks wahrscheinlich nie mehr für einen Bummel auf der Stuttgarter Königstraße taugen würden.

Die Schafe umringten jetzt den Anhänger. Das Blökkonzert war ohrenbetäubend. Der nächste Schritt war nun, vom Sitz des Traktors über die Anhängerachse nach hinten auf den Anhänger zu klettern und dann den Schafen das Futter zum Fraß vorzuwerfen. Das war besser, als vom Traktor herunterzusteigen, weil die Schafe dann in Panik verfielen, gleichzeitig aber unbedingt an das Futter wollten – ein für Schafe angesichts überschaubarer Intelligenz nahezu unlösbares Dilemma, wie ihr Chris erklärt hatte. Dieser Teil war ein Kinderspiel! Bei Chris und bei Hans Gruber im »Bergdoktor« hatte das so einfach ausgesehen, dass Margarete keinen Bedarf gesehen hatte, diesen Schritt zu üben. Den Sprung, mit dem Chris vom Traktor direkt auf den Anhänger hechtete, konnte sie sowieso nicht nachmachen. Stattdessen würde sie elegant über die Verbindungsachse des Traktors zum Anhänger balancieren. Auf dem Schwebebalken war sie immer super gewesen.

Sie ließ sich vom Traktorsitz auf die Anhängerkupplung herunter und tastete sich langsam vor. Das funktionierte hervorragend. Genau eine Sekunde lang. Dann rutschte sie mit den schlammigen Turnschuhen auf dem Metall ab. Wild mit den Armen rudernd, versuchte sie, das Gleichgewicht zu halten, während das Blöken um sie herum immer lauter wurde, als seien die Schafe das Publikum, das sie bei ihrer artistischen Darbietung anfeuerte. Dann stürzte sie mit einem lauten Schrei ab, mitten in die Herde hinein. Sie landete rücklings auf mehreren Schafen, was ihren Sturz abmilderte, bevor die Schafe auseinanderstoben und sie eine Etage tiefer in den Schlamm fiel, dass es nur so spritzte. Sie blieb liegen und rang nach Luft. Eben noch hatte sie gedacht, das Trommelfell würde ihr platzen mitten im Schafsgetöse, nun war es auf einmal geradezu unheimlich still.

Sie setzte sich auf und sortierte ihre Gliedmaßen. Alles dran, sie würde nur ein paar blaue Flecken davontragen vom Sturz, und auf ihrem Oberarm zeichnete sich deutlich und sehr rot der Hufabdruck von einem Schaf auf der Flucht ab, ansonsten war nichts passiert. Außer, dass ihre ganze Rückseite schlammpaniert war. Gut, dass sie sich eine alte Jeans aus Stuttgart mitgebracht hatte. Der Kopf war zum Glück schlammfrei geblieben und Chris' Mütze saß auch noch. Er hing doch so daran!

Die Schafe waren zurückgewichen. Sie verharrten in einem Abstand von ungefähr zehn Metern, dicht aneinandergedrängt, und starrten sie nur an, mit großen Augen und nahezu bewegungslos, während Bonnie vor ihnen auf und ab lief wie eine strenge Lehrerin vor einer Grundschulklasse. Ab und zu meckerte ein Lamm, ganz schüchtern. Margarete glaubte, die panischen Schafsherzen schlagen zu hören. Wahrscheinlich hatten sie noch nie erlebt, dass ein Mensch auf sie niederkrachte. »*I'm sorry*«, entschuldigte sich Margarete für alle Fälle, es waren schließlich englische Schafe, die waren an Höflichkeit gewöhnt. Mit einiger Mühe kam sie auf die Füße, stöhnte und röchelte und schüttelte sich ein bisschen, bis ihre Arme und Beine wieder da waren, wo sie hingehörten, ging zum Anhänger, öffnete die hintere Ladeklappe, kletterte umständlich auf die Ladefläche und warf nun endlich das Futter herunter.

Wie befreit stürzten sich die Schafe mit einem lauten, beinahe synchronen »Blök« darauf, nachdem die Ordnung in ihrer Schafwelt endlich wiederhergestellt war. Margarete ließ sich auf die Ladefläche sinken und atmete tief durch. Mission erfüllt, wenn auch mit Hindernissen. Es war schließlich ein Lernprozess, oder? Die Schafe mampften. Was für ein friedliches Bild! Sie waren nun mal nicht die Hellsten, das musste man verstehen, und Margarete betrieb *Training on the Job*.

Nach wenigen Minuten war jedes Heuhälmchen und jedes Kraftfutterkörnchen verspeist und die Schafe trollten sich. Plötzlich fiel Margarete ein, dass das Gatter sperrangelweit offen stand. Hatte Chris ihr nicht eingeschärft, als Erstes das Gatter zu schließen, damit die Schafe nach dem Füttern nicht ausbüxten? Rasch sprang sie vom Anhänger, lief zum Traktor und tuckerte von der Weide. Sie hatte gerade den Motor wieder abgestellt, als ein Schaf zielstrebig an ihr vorbeigaloppierte, nach rechts auf den Feldweg abbog und aus ihrem Blickfeld verschwand.

»Bonnie, das ist dein Job!«, brüllte Margarete. Aber Bonnie war vollauf damit beschäftigt, den Rest der Herde davon abzuhalten, hinter dem fliehenden Einzeltäter herzurennen. Wenn Margarete jetzt das Gatter schloss, war der Ausreißer über alle Berge, außerdem musste sie es dann wieder aufmachen, damit das Schaf zurück auf die Weide konnte. Wenn sie es mit dem Traktor verfolgte, bekam es bestimmt noch mehr Panik. Also rannte Margarete auf dem verschlammten Weg hinter dem Schaf her. Bloß, wie sollte sie das Schaf zum Umkehren bewegen, wenn sie auf einem schmalen Weg hinter ihm dreinraste und den Rückweg blockierte? Die Frage erwies sich als irrelevant. Nach zehn Metern rutschte Margarete erneut im Schlamm aus, um diesmal mit dem Gesicht voran hinzuschlagen ...

Eine gute Stunde später saß sie auf den Treppenstufen des Farmhauses und blinzelte erschöpft in die Sonne. Nach der wenig rühmlichen Schafepisode sah das Leben wieder etwas verheißungsvoller aus. Am Ende hatte sie doch noch ihren Stolz überwunden und den Nachbarn gebeten, ihr beim Einfangen des flüchtigen Schafs zu helfen. Der hatte nur stirnrunzelnd auf ihr mangelhaftes Schuhwerk geblickt und schließlich gleichmütig und stumm genickt. Gemeinsam hatten sie den Ausreißer zurück auf die Weide getrieben, wo die Schafherde mittlerweile friedlich graste und überhaupt nicht mehr an dem offenen Gatter interessiert zu sein schien. Der Farmer hatte das Tor mit einem einzigen kräftigen Ruck aus dem Schlamm gehoben, geschlossen und Margaretes Dank mit einem stummen Nicken zur Kenntnis genommen. Bonnie war so erschöpft gewesen, dass sie sich für die Rückfahrt auf den Anhänger legte.

Margarete war zur Farm zurückgetuckert, wo Karen, die sie beim Melken unterstützen wollte, schon in ihrer grünen Latzhose an ihrem Pick-up lehnte und auf sie wartete. Bei Margaretes Anblick war sie zunächst in hysterisches Quieken ausgebrochen, dann hatte sie doch Mitleid bekommen und ihr vorgeschlagen, sich erst einmal auf der Treppe zu erholen. Margarete hatte sich am Wasserhahn im Hof notdürftig Gesicht und Hände gewaschen, während Karen aus ihrem Pickup selbst gemachte Erdbeermarmelade und ein noch ofenwarmes Brot hervorgezaubert hatte. Dann hatte sie ihre Gummistiefel ausgezogen, war auf dicken bunten Strümpfen ins Haus marschiert und mit Marmeladenbroten und zwei Tassen Kaffee wieder herausgekommen. Margarete würde sich nie an den schrecklichen löslichen Kaffee gewöhnen, aber nach dem Schafdurcheinander schmeckte er einfach göttlich. Selbst, wenn man von oben bis unten mit Schlamm überkrustet war.

»Dein Brot und deine Marmelade. Ein Gedicht«, schwärmte sie und biss kräftig ab.

»Freut mich. Die Kühe können auch noch ein paar Minuten warten.«

»In Deutschland geht man immer ganz früh morgens in den Stall.«

»Unsere Kühe sind zeitlich flexibel.« Karen grinste. »Meine sind schon versorgt. Ich hatte den Eindruck, du könntest eine kleine Aufmunterung gebrauchen, bevor du dich der nächsten Herausforderung stellst.«

»Danke. Mein letzter Melkversuch ging ziemlich in die Hose. Ich wollte die Melkmaschine anlegen, da kamen die beiden Ladys auf die grandiose Idee, immer näher zusammenzurücken, offensichtlich mit dem Ziel, mich wie eine Mücke zu zerquetschen. Ich habe ihnen Klapse auf den Hintern gegeben, das hat sie aber kein bisschen interessiert. Es war wie im Albtraum.« Margarete seufzte. »Ich glaube nicht, dass ich zur Farmerin geboren bin.«

»Die Mädels im Stall wissen alle, dass du eine blutige Anfängerin bist. Die kapieren sofort, wer Autorität hat und wer nicht. Aber um ehrlich zu sein, ich wäre auch ein bisschen beleidigt, wenn bei einem Greenhorn wie dir alles wie am Schnürchen klappte. Vergiss nicht, Chris und ich, wir machen das bereits unser ganzes Leben lang. Schon unsere Eltern waren Farmer. Chris hat sogar noch ökologische Landwirtschaft studiert und einen Master draufgesetzt.«

Margarete war sich nicht sicher, ob sie zwischen den Zeilen heraushörte, dass Karen insgeheim genauso wie der Nachbar fand, dass es keine gute Idee gewesen war, das Greenhorn zwei Tage allein auf der Farm zu lassen, während Chris seine Kinder aus Irland holte. Doch auch wenn sie insgeheim skeptisch war, hatte Karen ihre Hilfe angeboten, und Margarete hatte sie dankbar angenommen.

»Was hast du eigentlich vor? Du wirst nicht ewig die Farmersfrau spielen wollen.«

Margarete seufzte. »Keine Ahnung. Chris ist nicht so der Typ, der Pläne macht.«

»Das dachte ich mir schon. Aber deine Pläne, wie sehen die aus?« Karen schlüpfte aus ihren dicken bunten Socken. »Puh, ist das warm.«

»Ohne Chris kann ich schlecht planen. Außerdem sind wir ja erst seit zweieinhalb Monaten zusammen.« Seit zweieinhalb Monaten schwebte sie auf Wolke sieben, und gleichzeitig machte sie sich Sorgen um die Zukunft, aber das ging Karen nichts an.

»Schon, aber in unserem Alter entwickeln sich die Dinge schneller als mit Mitte zwanzig, findest du nicht? Du könntest ihm einen Heiratsantrag machen. Du bist schließlich emanzipiert. Nicht so wie viele Engländerinnen, die voller Ungeduld darauf warten, dass der Kerl endlich vor ihnen auf die Knie sinkt, damit sie errötend ihr Ja hauchen können.«

»Chris ist noch nicht einmal geschieden!«, platzte Margarete heraus und konnte nicht verhindern, dass ihre Stimme einen frustrierten Klang hatte.

»Oh. Das wusste ich nicht«, meinte Karen und schien ehrlich bestürzt. »Bevor du Ende Mai in Port Piran aufgetaucht bist, hatte er vermutlich keinen Grund zur Eile. Warum kümmert er sich jetzt nicht drum?«

»Er müsste Janie im Falle einer Scheidung ihren Anteil an der Farm auszahlen, und das ist ein Batzen Geld, den er nicht flüssig hat. Bisher hat Janie ihm da wohl keinen Druck gemacht. Das ist das eine Problem. Das andere ist das Sorgerecht. Chris hätte die Kinder gern bei sich, aber Janie lehnt das strikt ab. Seit sie vor zwei Jahren mit den Kindern abgehauen ist, haben die beiden kein einziges vernünftiges Gespräch miteinander geführt. Chris sagt, sie wimmelt ihn immer ab. Ich verstehe nicht ganz, warum er nicht längst vor Gericht gezogen ist, sie hat die Kinder ja praktisch entführt, und noch dazu in ein anderes Land. Aber Chris hofft immer noch auf eine gütliche Einigung. Er will jetzt versuchen, heute Abend oder morgen früh mit ihr zu reden, wenn er die Kinder für die Ferien holt.«

»Na, das wird ja auch höchste Zeit. Ich verstehe ja, dass für ihn alles kompliziert ist, aber es ist nicht ganz fair dir gegenüber, findest du nicht? Wenn du auf Dauer hierbleiben willst, brauchst du da nicht eine Perspektive?«

Margarete spürte plötzlich ein gewisses Unwohlsein. Sie mochte Karen, aber die stocherte da in Dingen herum, die sie für sich selbst noch nicht richtig geklärt hatte und nicht unbedingt mit ihr besprechen wollte. Mit Lori, ja, aber nicht mit Karen. So gut kannten sie sich schließlich gar nicht.

»Sei mir nicht böse, Maggie, aber du kommst aus der Großstadt, und ich sehe dich nicht als Farmersfrau«, fuhr Karen fort. »Nicht auf Dauer jedenfalls. Und zum Kinderkriegen dürfte es auch zu spät sein, oder?«

»Mit fünfzig? Definitiv. Ich hatte überlegt … einen Farmshop aufzumachen.«

Margarete hielt die Luft an. Karen ließ sich nichts anmerken.

»Warum nicht?«, gab sie gleichmütig zurück und nippte an ihrem Kaffee.

»Nun, ich bin mir nicht ganz sicher. Chris ist dagegen. Er sagt, es wäre unfair dir gegenüber.«

Karen lachte, aber Margarete war sich nicht sicher, ob das Lachen echt war.

»Wieso? Konkurrenz belebt das Geschäft. Außerdem hast du null Erfahrung. Ich glaube nicht, dass meine Stammkunden so mir nichts, dir nichts zu dir überlaufen würden. Und was könntest du schon groß verkaufen außer Eiern und Äpfeln? Es ist nicht so einfach, Käse, Schinken, Butter oder Brot selber zu produzieren.« Sie grinste spöttisch.

»Nein, natürlich nicht. Aber man kann das ja lernen. Außerdem lieferst du nur aus. Ich dachte an einen richtigen kleinen Laden, hier auf dem Hof. Mit frischem Obst und Gemüse, frischer Milch, selbst gebackenem deutschem Brot und schwäbischem Apfelkuchen. Und vielleicht steuert Mabel, ich meine Lori, ein paar Scones und Pies bei.«

»Aha. Hast du denn in Deutschland regelmäßig gebacken?«

»Äh ... nein. Ehrlich gesagt, ich war nie die große Köchin und Bäckerin.«

Karen lachte jetzt laut heraus. »Und dafür gibt es sicher einen Grund.«

»Natürlich gibt es den. Ich hatte nie eine Familie, es hat sich also nie wirklich gelohnt.«

»Man kann auch für Freunde backen oder kochen. Aber du hast dich auch nicht besonders dafür interessiert, und es hat dir auch keinen großen Spaß gemacht, richtig?«

»Nein, hat es nicht«, musste Margarete zugeben. Sie spürte, dass sie sich über Karen zu ärgern begann. Warum bohrte sie so hartnäckig nach, und warum versuchte sie, ihr den Farmshop madig zu machen? Wahrscheinlich fürchtete sie doch die Konkurrenz!

Karen schien ihre Gedanken zu lesen. »Es geht mich nichts an, Maggie, und wir haben genug Touristen, die Lebensmittel für ihre Ferienhäuser brauchen, um uns nicht in die Quere zu kommen, zumindest von Ostern bis Herbst. Aber an deiner

Stelle würde ich erst einmal versuchen, mit Chris zu reden und ihm klarzumachen, dass du eine Perspektive brauchst. Und dann würde ich mir überlegen, ob es nicht etwas gibt, das besser zu dir passt. Vielleicht eine Marketingstelle im Tourismus? Es gibt hier nicht so viele Leute, die Deutsch sprechen, und die deutschen Touristen machen einen großen Prozentsatz aus. Wegen dieser komischen Filme, die sonntags bei euch laufen.«

»Das habe ich auch schon überlegt, aber die meisten Deutschen können gut Englisch, die brauchen niemanden, der für sie übersetzt. Und Chris kann die Farm auf Dauer nicht alleine bewirtschaften, das ist viel zu viel Arbeit. Mehr als ab und zu eine Aushilfe einzustellen ist nicht drin, er zahlt ja auch für die Kinder. Was liegt da näher, als dass ich ihm helfe? Dafür wohne ich umsonst.«

Karen griff nach ihren Gummistiefeln und zog sie über die Füße. »Meinst du vielleicht, Joseph hilft mir auf der Farm? Gib meinem Mann eine Mistgabel in die Hand und er sticht sich versehentlich die Augen damit aus. Er verdient Geld, und zwar gutes Geld an der Uni in Exeter, und damit kann ich meine Helfer bezahlen. Wir machen völlig unterschiedliche Dinge, treten uns nicht auf die Füße, können uns abends gegenseitig was erzählen und es funktioniert wunderbar. Das wäre doch auch eine Option? Du suchst dir einen Job, und damit könnt ihr eine Aushilfe finanzieren. Aber wie gesagt: Es geht mich nichts an.«

Dafür, dass es sie nichts anging, hatte sie ganz schön lange darüber gesprochen, befand Margarete insgeheim. Karen stand abrupt auf.

»Wollen wir? Ich habe nicht mehr viel Zeit.«

»Natürlich.« Margarete lag noch einiges auf der Zunge. Aber sie mussten jetzt dringend die Kühe melken, und außerdem klingelte schon wieder ihr Handy.

2. KAPITEL

Lori

Es tut mir leid, Mrs Peacock. Wir haben keine Wärmflaschen zum Ausleihen. Ehrlich gesagt hat noch nie jemand nach einer Wärmflasche gefragt.« Vor allem nicht im August, du Schnepfe, fügte Lori in Gedanken wütend hinzu und räumte Mrs Peacocks Müslischüssel und ihren leeren Joghurtbecher ab. August, das war an sich schon Herausforderung genug. August war der Höhepunkt der Urlaubssaison. Halb Großbritannien stopfte Ende Juli Kinder, Großeltern, Hunde, Surfboards und Sandeleimer ins Auto und machte sich auf den Weg, um die *staycation* zu zelebrieren, also den Urlaub im eigenen Land. Im Lake District, in Devon und in Cornwall war jedes Cottage, jede Parzelle auf dem Campingplatz und jedes Bett in einem B&B ausgebucht. Nicht einmal eine Maus fand dann noch einen Unterschlupf! Auch nicht bei Lori, die sowieso nur vier Zimmer zu vermieten hatte. August hieß außerdem, dass die Saison, die in der Regel um Ostern herum begann, schon mehr als vier Monate andauerte. Seit mehr als vier Monaten schuftete Lori ununterbrochen, ohne einen einzigen Tag Pause, wenn man mal von ihrem ungeplanten Krankenhausaufenthalt absah, und der war auch nicht unbedingt unter die Rubrik Erholungsurlaub gefallen. Jeden Tag stand sie im Morgengrauen auf, um das Frühstück für ihre Gäste in Honeysuckle Cottage zu machen, sie zu empfangen und zu verabschieden, Anfragen, Buchungen und Rechnungen zu managen, sich um die Zimmer zu kümmern und das B&B am Laufen zu halten. Sie würde bis zum Ende des Jahres so weiterschuften und erst im Januar ihren Jahresurlaub nehmen. Wenn man dann noch so entsetzliche Gäste wie Mrs Peacock hatte, die einen schon beim Frühstück ärgerten, fehlte nicht viel, und die sowieso bis zum Zerreißen gespannten Nerven rissen endgültig. Dann wurde Lori ausfällig, um es freundlich zu formulieren, und das mündete mit schöner Regelmäßigkeit in einer sehr, sehr negativen TripAdvisor-Kritik. Die galt es unter allen Umständen zu vermeiden. Es gab schon zu viele davon. Also holte Lori tief Luft, zwang sich zu einem künstlichen Lächeln und gurrte: »Es tut mir wirklich leid, Mrs Peacock.«

»Nun, das ist ja nicht weiter schlimm. Aber Sie könnten doch sicherlich eine Wärmflasche besorgen? Das kostet ja nicht viel. Und es gibt doch bestimmt andere Gäste, die sich später darüber freuen? So eine Wärmflasche hält Jahre, wenn man sie pfleglich behandelt.«

Wenn in den letzten dreißig Jahren, die ich nun Honeysuckle Cottage als B&B und unter dem Namen Mabel geführt habe, niemand nach einer Wärmflasche gefragt hat, dachte Lori genervt, dann wird auch in den nächsten dreißig Jahren niemand eine wollen. Außer Mrs Peacock. Vor drei Tagen hatte sie sich beschwert, das Zimmer sei zu warm und unerträglich stickig, dabei ging das Einzelzimmer *Violet* nach vorne Richtung Meer, und wenn man die Fenster öffnete, wehte eine frische Brise ins Zimmer. Das Haus lag am Hang, nichts blockierte die Frischluftzufuhr, und Port Piran war schließlich nicht Mallorca! Und nun fror die Lady plötzlich nachts?

»Darum geht es nicht, Mrs Peacock. Natürlich kostet eine Wärmflasche nicht viel, und wenn das das einzige Problem wäre, würde ich Ihnen sofort eine besorgen. Aber Sie wissen ja, dass es keinen Laden in Port Piran gibt. Ich müsste extra nach Truro fahren, und dafür habe ich im Moment keine Zeit.« Und die schmalen Straßen waren hoffnungslos von viel zu vielen Urlaubern überlastet, sodass die Fahrt nach Truro doppelt so lange dauerte wie gewöhnlich. War Mrs Peacock wirklich derart schwer von Begriff? Lori drehte ihrem Tisch rasch den Rücken zu, um die unsägliche Diskussion zu beenden. »Möchte noch jemand Tee oder Toast?«, fragte sie mit gespielter Munterkeit ins Frühstückszimmer hinein.

»Könnten wir noch etwas braunen Toast haben?«, fragte die Deutsche, die mit ihrem Mann auf dem *Coast Path* wanderte, wie hieß sie noch gleich? Brigitte. »Möchtest du noch Kaffee, Uli?« Ihr Mann sah zerstreut von seinem Smartphone auf und nickte.

»Kaffee und Toast. Aber gern.« Lori nahm die leere Cafetière in die freie Hand.

»Vielen Dank. Dann sind wir gestärkt für unsere lange Tagesetappe.« Die Frau lächelte und bemühte sich ganz offensichtlich, nett zu sein. Warum waren nicht alle Gäste so unkompliziert wie diese Wanderer? Sie machten zwar viel Arbeit, weil sie nur eine Nacht blieben. Doch je mehr Zeit die Gäste in Honeysuckle Cottage verbrachten, desto höhere Ansprüche stellten sie.

Seit mehreren Tagen schlug sich Lori mit Mrs Peacock herum. Die leitete irgendein doofes Museum in London und hielt sich für den intellektuellsten Menschen auf Erden. Sie hatte Lori vor zwei Tagen mitten im Frühstücksstress an ihren Tisch gebeten, nur um sie zu fragen, ob sie zufällig vor ein paar Wochen nach London gefahren war, um die Antony-Gormley-Ausstellung zu sehen, die sie kuratiert hatte. Die Ausstellung hatte rund eine halbe Million Besucher angezogen, meinte Mrs Peacock und strahlte dabei über ihr ganzes braunfleckiges Gesicht, sichtlich überwältigt von ihrer eigenen Wichtigkeit. Lori starrte Mrs Peacock an und hatte große Mühe, nicht ständig an einen vor langer Zeit heruntergefallenen Apfel zu denken. Wie stellt sie sich das denn vor, dachte sie irritiert. Wie soll man ein B&B in Cornwall führen und dann mal eben viereinhalb Stunden mit dem Zug nach London fahren? Sie erklärte Mrs Peacock ziemlich unverblümt, dass sie zwar von Anthony Quinn gehört hatte, aber nicht von Antony Wie-hieß-er-denn-noch-gleich, dass sie zweitens nicht wusste, was kuratieren bedeutete, und dass sie drittens – sie hatte sich diesen, den letzten und besten, Punkt bis zum Schluss aufgehoben – noch nie in ihrem Leben in einem Museum gewesen war. Mrs Peacock strahlte jetzt nicht mehr. Vielmehr froren ihre Gesichtszüge ein. Lori war sehr zufrieden mit sich.

Sie ging zurück in die Küche. »Wir brauchen noch mal braunen Toast und Kaffee«, sagte sie in ihrem üblichen zackigen Ton.

»Wird sofort erledigt, *Commander*«, antwortete Titilope, salutierte und schob vier Scheiben braunen Toast in das Gerät.

Titilope war erst seit wenigen Wochen bei Lori. Nach ihrem Unfall und einem schlimmen Bänderriss Ende Mai erholte sich Loris Fuß nur langsam und sie humpelte noch immer, deshalb hatte sie zähneknirschend eine Hilfe einstellen müssen. Genauer gesagt war es Maggies Idee gewesen. Sie hatte Titilope in einem Hotel kennengelernt, in dem sie als Zimmermädchen arbeitete. Das Hotel war so entsetzlich, dass Titilope bereitwilligst zu Lori und ins Honeysuckle Cottage wechselte.

Titilope war in ein winziges, schäbiges, übertuertes Zimmer in Port Piran gezogen, wie Maggie erbost berichtete, die als superbewusste Deutsche dahinter sofort Rassismus vermutete. Wahrscheinlich hatte sie recht. Aber dass Maggie sich gegenüber Lori und den Engländern allgemein immer gleich moralisch überlegen fühlte – wie jetzt, sie recycelten kein Plastik, im Ernst? –, konnte einem auch wirklich gewaltig auf die Nerven gehen. Andererseits hatte Maggie Lori nach ihrem Unfall spontan geholfen und war eingesprungen, um sich um Honeysuckle Cottage zu kümmern, obwohl sie von einem englischen B&B nicht die geringste Ahnung hatte, und sie hatte Titilope für sie aufgetrieben. In beiden Fällen hatte sie Lori einen unschätzbaren Dienst erwiesen.

Titilope war nicht nur fröhlich, fleißig, ehrlich und clever, sie sah auch noch aus wie Miss Universum persönlich. Sie nahm es Lori nicht krumm, wenn diese ihren Feldwebel-Ton an den Tag legte, und nannte sie deshalb scherzhaft *Commander*. Lori wusste genau, dass sie eine schwierige Chefin war und dass es vor allem an Titilopes Sinn für Humor und ihrem Gleichmut lag, dass sie gut miteinander auskamen. Ja, eigentlich war Titilope perfekt. Es gab nur ein Problem, an dem sich leider nichts ändern ließ: Sie kam aus Nigeria und war schwarz. Nicht, dass Lori damit ein Problem hatte. Sie war sich nur ziemlich sicher, dass es Gäste gab, die nicht ganz so glücklich wären, wenn sie von einer Schwarzen bedient würden. Und deshalb hatte Lori Titilope ohne weitere Erklärung (sie wollte schließlich ihre Gefühle nicht verletzen) in die Küche verbannt, wo sie morgens Tee kochte und Rühreier briet, und ließ sie die Zimmer richten, wenn die Gäste aus dem Haus waren. Maggie redete ständig auf sie ein, dass das doch ausgemachter Schwachsinn war, Titilope sollte sie schließlich entlasten! Da war es doch das Sinnvollste, ihr das Bedienen der Gäste zu überlassen, wo Lori am meisten hin- und herlaufen musste!

»Du kennst den Alltagsrassismus der Briten nicht«, antwortete Lori jedes Mal düster. »In deinem komischen Stuttgart mit seinem hohen Ausländeranteil, auf den du so stolz bist, kannst du so was vielleicht bringen. Aber nicht in einem *Bed & Breakfast* in Cornwall. Glaub mir, ich kenne meine Pappenheimer!«

»Dann wird es allmählich Zeit, dass sich deine Pappenheimer umstellen!«, antwortete Maggie jedes Mal verärgert, und schon waren sie mittendrin in einer heftigen Auseinandersetzung. Wenn Chris dann noch Maggie beisprang, war der Tag für Lori gelaufen. Natürlich freute sie sich, dass ihr bester Freund und die Deutsche ein Paar geworden waren. Im Prinzip jedenfalls. Chris wirkte so viel fröhlicher, seit er mit Maggie zusammen war! Und doch vermisste sie die ausführlichen Küchengespräche mit Chris bei einer Tasse Tee. Nach wie vor hatten sie ein enges Verhältnis, schließlich kannten sie und Chris sich, seit er ein kleiner Junge war, aber es war offensichtlich, dass er jetzt alles Wichtige mit Maggie besprach und nicht mehr mit ihr. Das gab ihr immer wieder einen Stich.

»Lori. Nur kurz, ich hätte da noch eine Idee zum Thema Wärmflasche!« Mrs Peacock stand in der Küchentür.

Lori fuhr herum und richtete ihre Augen erst drohend auf

Mrs Peacock und dann auf das Schild an der Tür. »*Keep out! Private!*« Mrs Peacock, die gerade im Begriff gewesen war, in die Küche zu stolpern, war Loris Blick gefolgt und bremste gerade noch rechtzeitig im Türrahmen ab. Dann fielen ihre Augen auf Titilope. »Sie haben eine schwarze Angestellte?«, rief sie ungläubig aus. Titilope zuckte sichtbar zusammen. »Das ist ja großartig! Ich kann Ihnen gar nicht sagen, wie monokulturell Cornwall ist im Vergleich zu London. Selbst das indische Restaurant in Truro wird von Briten betrieben! Von ethnischer Diversität und Interkulturalität keine Rede!«

Titilope warf ihre Rastalocken zurück und lachte laut auf. »Sie sind großartig, Mrs Peacock. Glauben Sie mir, meistens höre ich von den Leuten, ich solle bitte zurück in den Dschungel gehen.«

»Wie können Sie diese Schönheit in der Küche verstecken?«, meinte Mrs Peacock vorwurfsvoll.

Gleich kommt sie rein und knutscht Titi ab vor lauter Begeisterung über die ethnische Diversität, dachte Lori. Das war doch allmählich zu viel der Einmischung.

»Mrs Peacock, seien Sie mir nicht böse, aber wir haben im Augenblick wirklich sehr viel zu tun. Sie sagten, Sie hätten noch eine Idee zum Thema Wärmflasche?«

»Nun ja, ich dachte, ich nehme Ihnen die Arbeit ab. ICH kaufe eine Wärmflasche, und SIE erstatten mir die Rechnung! Dann müssen Sie nicht extra nach Truro fahren! Wie wäre das?«

Die Frau würde niemals freiwillig Ruhe geben. »Das ist eine ganz hervorragende Idee, Mrs Peacock«, zwitscherte Lori und hoffte, dass man ihrer Stimme den heraustriefenden Sarkasmus nicht anhörte. »Damit helfen Sie mir sehr. Aber bitte keine sündhaft teure Designer-Wärmflasche von diesem Antony-wie-hieß-er-denn-noch-gleich.«

Titilope begann heftig zu husten. »Entschuldigen Sie mich bitte, Mrs Peacock«, brachte sie hervor und floh. Wahrscheinlich hatte sie einen Lachanfall.

»Ich freue mich doch, wenn ich Ihnen einen Gefallen tun kann, Lori!« Mrs Peacock schien sehr zufrieden und rauschte endlich ab.

Im Flur hörte Lori Titilope mit John plaudern, ihrem sechsundachtzigjährigen Nachbarn. Er würde gleich in die Küche schneien, um sich seine morgendliche Tasse Tee, einen übrig gebliebenen Scone und ein Schwätzchen abzuholen. Das hatte sich so eingebürgert, seit John mehr oder weniger Titilope finanzierte und daraus gewisse Rechte ableitete, und nicht einmal Lori brachte es übers Herz, ihm die zu verweigern. Er hatte ihr schließlich das Honorar geschenkt, das er für eine kleine Rolle in der populären BBC-Fernsehserie »Cornwall 1900« bekommen hatte. Honeysuckle Cottage hatte in einer Episode als Kulisse für ein Inn gedient, in dem die Helden übernachteten, und John hatte den Wirt gespielt.

Eine gute Stunde später war Ruhe. Endlich! Mrs Peacock war auf dem Weg nach Truro, eine Wärmflasche kaufen. Der allein wandernde Schotte war schon in aller Herrgottsfrühe losmarschiert, er hatte aufs Frühstück verzichtet und stattdessen um ein Lunchpaket gebeten. Mr und Mrs Weatherspoon, die sich schon zum zweiten Mal in dieser Saison in Honeysuckle Cottage eingemietet hatten, weil es ihnen im Frühsommer so gut gefallen hatte, waren ebenfalls früh aufgebrochen, um in St. Ives in den dortigen Ableger der Tate Gallery zu gehen. Das deutsche Pärchen hatte sich verabschiedet und hoch und heilig versichert, sie würden nächsten Sommer wiederkommen und dann eine ganze Woche bleiben. Titilope hatte ein paar Stunden frei, und Lori konnte endlich durchatmen.

Zuerst öffnete sie die Fenster des Frühstückszimmers weit und machte sich einen doppelten Espresso. Für einen Joint war es noch zu früh. Immer mehr Gäste hatten nach Cappuccino oder Espresso gefragt, und so hatte Lori zähneknirschend in eine sündhaft teure italienische Kaffeemaschine investiert, um konkurrenzfähig zu bleiben. Diese Ansprüche! Früher hatte man für die vereinzelten Kaffeetrinker zwei Löffel Nescafé mit heißem Wasser aufgegossen, und niemand hatte sich beschwert. Dann hatten die Gäste nach einer Cafetière verlangt, und nun war nicht einmal mehr das gut genug. Allerdings musste Lori zugeben, dass man sich an den italienischen Kaffee gewöhnen konnte. Mittlerweile brauchte sie mehrere doppelte Espressi am Tag. Aber das war immer noch besser als Drogen und Alkohol zu konsumieren, so wie früher.

Lori trank den Espresso, schloss die Fenster, ging in die kleine Vorratskammer und tauschte ihre Klamotten gegen ihre zerschlissene schwarze Jeans, das schwarze T-Shirt mit den Löchern und das Nietenhalsband. Seit ihrem Coming-out als leidenschaftliche Punkerin beim *Port Piran Village Festival* ging Lori offener mit ihrer wilden Vergangenheit um. Erst vor ein paar Monaten hatte sie zudem herausgefunden, dass ihre vermeintliche Tante Ruth, die ihr Honeysuckle Cottage vererbt hatte, in Wahrheit ihre Mutter gewesen war. Daraufhin hatte sie ihren echten Namen angenommen, Lori Trelawney, und alle, die sie kannten, mussten sich Mabel abgewöhnen.

Lori fing ein neues Leben an. Sie verkleidete sich nicht mehr als spießige Pensionswirtin, sondern trug im Kontakt mit den Gästen statt Wollrock und Blüschen Jeans und T-Shirt. Sie fühlte sich so viel wohler damit! Nach Jahrzehnten mit einem braven Dutt hatte sie in einen schicken Kurzhaarschnitt investiert, und schon morgens malte sie sich als Erstes einen dicken Kajalstrich um die Augen, so schwarz wie ihre Haare. Reaktionen der Gäste, zumindest sichtbare, waren bisher ausgeblieben, während Maggie und Chris und sogar Karen und Caroline, die in Port Piran einen kleinen Buchladen mit Café betrieb, übereinstimmend fanden, sie sähe wirklich cool aus. Über einen Nasenring dachte Lori noch nach. Zufrieden sah sie an sich herunter. Einundsechzig Jahre und kein Gramm Fett! Und keine einzige graue Haarsträhne. Jetzt musste sie nur noch ihren lädierten Fuß in den Griff bekommen, damit sie sich die horrenden Ausgaben für Titilope sparen konnte. Sie ging in die Hocke – auch das bereitete ihr nicht die geringsten

Probleme –, öffnete ihren Plattenschrank und kostete den zweifellos besten Moment des ganzen Tages aus: Welche ihrer unzähligen Punkplatten würde sich heute auf ihrem alten Vinyl-Plattenspieler drehen dürfen?

»I wanna hold her tight, get teenage kicks right through the night«, grölte Lori wenig später mit der Musik mit, während sie das Glas mit den Haferflocken auf dem Frühstücksbüfett auffüllte. Sie hatte die Lautstärke wie immer bis zum Anschlag aufgedreht. Nach ein paar weiteren Takten war der Punk in jede ihrer Poren gedrungen und es gab kein Halten mehr. Lori schnappte sich eine Luftgitarre und spielte ein paar harte Riffs, gepaart mit intensivem Headbanging. Der Nachteil an den kurzen Haaren war, dass man sie nicht mehr so wild herumwerfen konnte. Lori ignorierte den protestierenden Fuß und hüpfte quer über die imaginäre Bühne. Auf den Tisch traute sie sich nicht mehr, von dem war sie im Frühsommer abgestürzt. Es ging auch so. Die Kids da unten, komplett zugedröhnt, waren in Ekstase, und Lori malträtierte die Luftgitarre und gab alles. »*Get teenage kicks right through the night…*«, kreischte sie, die Augen geschlossen, das Jubeln ihrer Fans im Ohr.

»The Undertones. ›Teenage Kicks‹. Genialer Song.«

Lori fuhr keuchend herum. Verdammt, wo kam der Typ her, der plötzlich in der Tür zum Esszimmer stand?

»Was wollen Sie hier?«, fauchte sie. Ihr Kopf schwirrte vom Headbangen. Saublöde Frage. Der Mann trug einen abgewetzten Koffer in der Hand. Er war mittelgroß, kräftig gebaut und nicht mehr der Jüngste. Haar und Vollbart waren mehr grau als braun. Das Beste an ihm waren seine Augen unter den buschigen Augenbrauen. Sie waren sehr blau, sehr klar und musterten Lori sehr amüsiert. Das Peinlichste war die Tätowierung auf seinem muskulösen Oberarm. Eine Meerjungfrau mit nacktem Busen. Ging's noch schlimmer? Außerdem hatte er einen Bauch, der überhaupt nicht zu den Muskeln passte.

»Entschuldigen Sie bitte. Ich habe gehustet, um mich bemerkbar zu machen, aber Sie haben es nicht gehört. Ich bin

Liam Bennett und habe hier ein Zimmer gebucht. Ich hatte übrigens auch eine Punkphase.«

»Punk ist keine Phase. Es ist eine Lebenseinstellung. Sie sind zu früh, Mr Bennett. Das Zimmer kann erst um 14 Uhr bezogen werden.« Lori war sich bewusst, dass sie nicht im Mindesten wie eine souveräne Pensionswirtin rüberkam, sondern mehr wie ein fauchender Drache, und dass sie auf dem besten Wege war, erneut eine schlechte Bewertung zu kassieren. Aber man latschte nicht einfach bei ihr rein und ertappte sie in ihrem allerintimsten, allerpeinlichsten Moment! Hätte sie bloß die Haustür abgeschlossen!

»Ich weiß. Ich wollte nur meinen Koffer abstellen und den Zimmerschlüssel holen. Ich weiß nicht genau, wann ich heute Abend zurückkomme. Ich fahre jetzt gleich zur *Lifeboat Station*. Und bitte nennen Sie mich doch Liam, sonst fühle ich mich noch älter, als ich sowieso schon bin.«

»Ach, Sie sind gar kein Urlauber?«, platzte Lori heraus, obwohl es sie nichts anging. Er schüttelte den Kopf und schien noch immer belustigt.

»Hat Karen Ihnen nichts erzählt?«

»Karen? Nein.«

»Sie hat mir Honeysuckle Cottage empfohlen. Wir sind alte Freunde.« Seltsam. Er schien deutlich älter zu sein als Karen. Und die hatte keinen Ton gesagt.

»Nein, ich wusste nicht, dass Sie über Karen in Honeysuckle Cottage gelandet sind.«

»Ich bin Ausbilder beim RNLI, der *Royal National Lifeboat Institution*.«

Hielt er sie für blöd? Jedes kleine Kind in Cornwall wusste, was die Abkürzung bedeutete und dass der RNLI für die Seenotrettung zuständig war. Die Station lag ein paar Meilen außerhalb von Port Piran an der Steilküste. Wegen der oft stürmischen See und der gefährlichen Küste musste das Rettungsboot ziemlich häufig ausrücken. Oft waren es Freizeitkapitäne auf Segelbooten oder Kajakfahrer, die die starken Strömungen unterschätzten oder von einem plötzlichen Wetterumschwung überrascht wurden und in Seenot gerieten.

»Die Rettungsstation bei Port Piran hat eine Gruppe *Volunteers* rekrutiert und ich leite ab morgen einen Lehrgang für die Frischlinge«, fuhr er fort. »Umgang mit Ausrüstung und Technik, Rettung aus dem Wasser, Abseilen vom Helikopter, Erste Hilfe, das volle Programm. Das werden zwei harte Wochen für alle Beteiligten, und wir werden alle sehr, sehr nass werden.« Er lachte. Ein ziemlich lautes Lachen. »Deshalb werden Sie nicht allzu viel von mir sehen. Ich fahre gleich hinüber zur Station, um die fest angestellte Crew zu treffen und gemeinsam alles vorzubereiten. Morgen früh würde ich gern um Punkt acht Uhr frühstücken. Geht das?«

»Natürlich.« Er sah eigentlich nicht fit genug aus für jemanden, der sich berufsmäßig von einem Helikopter abseilte. »*Full English Breakfast?*«

»Vegetarisch, bitte.« Schon wieder eine Überraschung. »Am liebsten *Scrambled Eggs* mit Tomaten und dazu Vollkorntoast. Und Grüntee, falls Sie welchen haben. Zur Not hätte ich welchen dabei.«

Er sah auch nicht aus wie ein Vegetarier. Eher wie jemand, der auf große Fleischbrocken stand.

»Das ist kein Problem. Sie sind nicht der erste Gast, der Grüntee trinkt. Ich hole den Zimmerschlüssel. Sie können den Koffer gern schon ins Zimmer stellen.«

»Vielen Dank. Es tut mir leid, dass ich Sie beim Headbanging unterbrochen habe.«

»Ich muss sowieso weiterarbeiten«, gab Lori knapp zurück, weil sie den Kommentar übergriffig fand. Sie nahm im Vorbeigehen den Schlüssel aus der Schublade und ging vor ihm die Treppe hinauf. »Leider hat das Zimmer keinen Meerblick«, fügte sie hinzu. Er lachte schon wieder laut heraus. Es nervte.

»Glauben Sie mir, das ist das geringste Problem. Ich habe den ganzen Tag Meerblick. Manchmal ist da sehr viel mehr Meer, als mir lieb ist. Hauptsache, es ist ruhig. Nach einem harten Lehrgangs-Tag will ich nur noch eines: ein *Pint* und schlafen.« Er warf einen raschen Blick in das Zimmer. »Sehr hübsch.« Er stellte seinen Koffer ab und streckte die Hand nach dem Schlüssel aus.

»Angenehmen Aufenthalt«, sagte Lori automatisch.

»Danke. Dann bis morgen früh.« Er nahm den Schlüssel, drehte sich um und polterte die Treppe hinunter, ohne sich noch einmal umzudrehen. Lori sah ihm stirnrunzelnd hinterher. Warum hatte Karen Liam Bennett mit keinem Wort erwähnt?

Es kam selten vor, dass Lori Gäste hatte, die keinen Urlaub machten, da ihr B&B in Port Piran zu den hochpreisigeren Unterkünften gehörte. Monteure oder Bauarbeiter stiegen eher in billigeren Motels ab. Das bedeutete, dass Liam einen guten Posten beim RNLI haben musste. Die Seenotrettung war ein wichtiger Teil der Identität Cornwalls, sie finanzierte sich überwiegend aus Spenden und stemmte einen Großteil ihrer Arbeit mit Ehrenamtlichen. Wie sich jemand freiwillig als *Volunteer* zum knallharten Dienst auf einem Rettungsboot verpflichten konnte, war Lori schleierhaft. Mitten in der Nacht vom Pager geweckt zu werden und aus dem warmen Bett hinaus in die Kälte zu stürzen, um auf einem wackligen Boot hinaus auf die stürmische See zu fahren und irgendwelche Deppen zu retten, die sich aus eigener Doofheit in Gefahr gebracht hatten, war nicht unbedingt Loris Vorstellung von Freizeit. Damit nicht genug, traf sich die Crew auch noch einmal die Woche zum Training für den Notfall. Aber wenn dieser Liam zum Arbeiten gekommen war und den ganzen Tag aus dem Haus war, umso besser. Einer weniger, der die Tür zu ihrer Küche mit einem Platz zum Chillen verwechselte und sie von der Arbeit abhielt.

3. KAPITEL

Margarete

»Bist du eigentlich mit der Melkmaschine klargekommen? Sie zickt manchmal.«

»Das war mein geringstes Problem. Die Kühe waren das Problem. Und die Schafe. Und die Hühner. Und die Möwe, die mir mitten auf den Kopf gekackt hat, so fett, dass ich mein Haar waschen musste.« Die Kinder kicherten entzückt. »Die Tiere mögen mich nicht. Außer Bonnie. Die Maschinen dagegen, die mögen mich.«

Bonnie sprang auf, als sie ihren Namen hörte, wedelte eifrig mit dem Schwanz und lief von Chris, dem sie seit seiner Rückkehr nicht von der Seite gewichen war, zu Margarete.

»Vielleicht sollte ich es dir noch einmal zeigen. Wie man die Melkmaschine richtig anlegt, meine ich.«

»Ich sagte doch, die Melkmaschine ...«

»Am besten gleich. Bevor sich Fehler einschleichen und festsetzen. Danach ist es viel schwieriger, sie sich wieder abzugewöhnen.«

»Du willst in den Stall? Jetzt? Um halb neun?« Was war denn bloß mit Chris los? Sie hatte gehofft, sie würden die völlig übermüdeten Kinder möglichst schnell ins Bett packen, es sich dann mit einem Glas Wein auf dem Sofa gemütlich machen und noch ein bisschen knutschen und kuscheln, und jetzt wollte er in den Kuhstall? Er war jetzt schon der Dritte, der an ihren Fähigkeiten als Farmerin zweifelte.

»Genau. Solange sich die Kinder umziehen, ihre Vitamintabletten einnehmen und die Zähne putzen, erkläre ich dir noch einmal schnell die Melkmaschine. Dann sind wir rechtzeitig zur Gutenachtgeschichte zurück. Das schafft ihr doch, Kinder? Und dann rufen wir noch kurz eure Mutter in Dublin an, damit sie euch Gute Nacht sagen kann.«

»Dürfen wir mit in den Stall? Bitte, bitte!«, bettelte Luke.

»Nein. Es ist zu spät. Die Reise war lang, und du bist schon beim Essen beinahe eingeschlafen. Ihr könnt morgen früh mit in den Stall und helfen. Und am Nachmittag gehen wir alle zusammen an den Strand! Übrigens bekommen wir in den nächsten Tagen ein Kälbchen.«

»Ein Kälbchen!«, strahlte Hattie. Eigentlich hieß sie Harriet, sie hatte Margarete aber sehr ernsthaft erklärt, dass sie auf keinen Fall so genannt werden wollte. Die ganze Welt nannte sie Hattie. »Dürfen wir bei der Geburt dabei sein?«

»Natürlich. Allerdings könnte das ziemlich blutig werden. Kannst du dich noch dran erinnern, Hattie?«

»Klar! Luke war zu klein. Der weiß es bestimmt nicht mehr. Die Geburt selber ist eklig und schleimig, aber wenn das Kalb erst einmal geboren ist und die Mutter leckt es ab, ist alles vergessen. Und wenn es dann zum ersten Mal aufsteht und die Beinchen noch so wackeln, das ist einfach soo süß!«

»Ich kann mich auch erinnern!«, beteuerte Luke. »Ich bin schon fünf Jahre alt! Das ist schon ziemlich groß!«

»Und als Mama mit uns weggegangen ist, warst du drei! Da warst du ziemlich klein!«

»Na und? Glaubst du, nur weil du drei Jahre älter bist, weißt du immer alles besser?«

»Schluss jetzt!«, befahl Chris. »Ab ins Bad! In einer Viertelstunde sind wir zurück und bis dahin seid ihr im Bett! Bonnie hat oben eigentlich nichts zu suchen, aber ihr dürft sie mitnehmen, ausnahmsweise.«

Die Kinder standen murrend auf und schlichen in Zeitlupe zur Treppe, Bonnie im Schlepptau. Chris wartete, bis sie nicht mehr zu sehen waren, dann sprang er auf, nahm Margarete an der Hand und zerrte sie ziemlich unfein hinter sich her.

»Was ist denn in dich gefahren!«, protestierte sie, als Chris sie aus der Haustür schubste. »Wo willst du hin? Brauchen die

Kinder nicht Hilfe im Bad? Sie waren doch schon seit zwei Jahren nicht mehr hier!«

»Bist du so schwer von Begriff?«, raunte Chris. »Ich habe dich zwei endlos lange Tage nicht gesehen. Wir waren noch nie so lange voneinander getrennt. Ich habe Nachholbedarf! Die Kinder schaffen das schon. Hattie ist acht, sie kann sich noch gut an alles erinnern.«

»Wie bitte? Du willst jetzt im Stall ... in fünfzehn Minuten?«

»Im Haus können wir nicht. Du bist einfach zu laut.« Er drängte sie an die Stallwand und küsste sie so heftig, dass sie keine Luft mehr bekam. Es war einfach herrlich nach den zwei Tagen, in denen sie sich vorgekommen war wie eine Hochspannungsleitung.

»Ich bin zu laut?«, protestierte sie keuchend.

»*Shockingly loud*. Das muss an deinem südlichen Temperament liegen. Ihr seid ja nicht so weit weg von Italien.«

»Du meinst, Engländerinnen ...«

»Viiiel diskreter. Geben fast keinen Laut von sich, und falls doch, entschuldigen sie sich hinterher dafür. Da hätten wir im Schlafzimmer direkt neben den Kindern ...«

»Und jetzt willst du stattdessen im Stroh ...?«

»Wir haben kein Stroh.«

»Heu?« Er zog sie wieder ungeduldig hinter sich her.

»Ist noch nicht trocken und pikst. Ich habe eine viel bessere Idee.«

Sie waren jetzt im Kuhstall. »Du willst mir also doch erst noch die Melkmaschine demonstrieren? Dann wird es reichlich knapp mit fünfzehn Minuten. Oder willst du mit der Melkmaschine irgendwelche Sauereien ...«

»Kühe. Kühe sind total erregend.«

»Das ist mir jetzt zwar neu, aber wie du meinst. Ich hoffe, du hast keine perversen ...«

Die angeketteten Kühe bewegten sich unruhig angesichts der späten Eindringlinge. Chris zog Margarete weiter durch den Stall hinter sich her, bis sie bei den letzten beiden Kühen angekommen waren. Er gab beiden einen kräftigen Klaps auf den Hintern, sodass sie sichtlich widerwillig auseinanderrückten. In diese Lücke hinein zog Chris Margarete und drehte sie so, dass sie mit dem Rücken zu ihm am warmen Leib der Kuh lehnte. Margarete fühlte, wie sich der Bauch der Kuh mit jedem Atemzug ausdehnte und wieder zusammenzog, während sich Chris hinter ihr in Position brachte. Auf Du und Du mit der Kuh. Leider ließ sich das schlecht übersetzen. Ein albernes Glucksen kam in ihr hoch.

»Ist das die Kuhstellung? Aus dem Bestseller ›Sex für Farmer‹?«

»Ich hatte eine Vision. Beim Abendessen. Von Kühen und Sex und dir.«

»In dieser Kombination? Muss an meinen schrecklichen Spaghetti bolognese gelegen haben.«

»Es war eine Vision. Kein Albtraum. Hose runter. Arme über die Kuh.«

»Seit wann bist du so ein Macho?«

Er presste sich an sie. »Wir nehmen die Kühe als Schutzschild. Wenn die Kinder wider Erwarten doch auftauchen, sehen sie nur zwei Köpfe zwischen den Kühen und nicht das, was sich drunter abspielt«, flüsterte er heiser, während seine Hände an ihrem Hosenknopf herumfummelten und ihr schließlich die Jeans herunterzogen. Die Jeans rutschte zu den Knien, der Slip hinterher. Chris nestelte an seiner Bermuda. »Keine Zeit für Vorgeplänkel«, keuchte er. »Irgendwelche Einwände?«

»Brauchst du es schriftlich?« Margarete ergab sich in ihr grausames Schicksal und warf die Arme über den Rücken der Kuh. Chris legte beide Hände auf ihre Hüften und drang von hinten in sie ein, hart und schnell, und Margarete konnte einen kurzen Aufschrei nicht unterdrücken. Er hielt inne, unendlich lange, bis sie es beinahe nicht mehr ertrug, dann begann er, sich in ihr zu bewegen, langsam und unendlich sexy, während sie sich an der Kuh festkrallte. Er hatte sein Gesicht in ihrem Haar vergraben und sie lauschte seinem erregten

Keuchen, ihrem eigenen lustvollen Stöhnen und der laut rasselnden Kette. Seit ich mit Chris zusammen bin, habe ich den besten Sex der Welt, dachte Margarete entzückt. Moment mal. Kette? Welche Kette? Chris erstarrte plötzlich mitten in der Bewegung. Dann schrie er auf. Hinter Margaretes Rücken gab es irgendeine Auseinandersetzung. Chris löste sich abrupt von ihr und fluchte. Die Kuh rasselte mit ihrer Kette, stampfte auf und muhte empört.

»Lass das!«, rief Chris, gleichfalls empört.

»Na, das ging aber schnell.«

»Nein! Die Kuh!«, stöhnte er. »Es ist einfach unfassbar!«

»Was ist mit der Kuh?« Die Jeans zwischen ihren Knien schränkte ihre Bewegungsfähigkeit gewaltig ein und sie konnte nur den Kopf drehen. Chris und die Kuh lieferten sich hinter ihr einen seltsamen Zweikampf. Die Kuh versuchte offensichtlich hartnäckig, Chris auf die Zehen zu treten, während dieser ihren Kopf wegschubste. So ging es hin und her.

»Was macht ihr da? Ist aus der Kuhnummer eine Zirkusnummer geworden? Ich dachte, wir haben gerade Sex?«

»Es ... es ist unaussprechlich. Zumindest für einen Engländer!«

»Versuch's einfach.«

Chris räusperte sich dreimal ausführlich. »Sie ... sie muss mein Hinterteil mit einem Salzleckstein verwechselt haben.«

»Wie bitte?« Aus Margaretes Glucksen wurde jetzt haltloses Kichern. »Die Kuh. Sie ... hat deinen Hintern abgeschleckt? Weil ebendieser Hintern so strahlend weiß ist wie ein Salzleckstein?«

»Ich sehe meinen Hintern eher selten, aber ich denke, das trifft es ziemlich genau.«

»Es tut mir leid, dass ich lache, wirklich. Aber die Vorstellung, dass die Kuh mit ihrer rauen Zunge deinen Hintern ... während wir eigentlich versuchen, Sex ...« Margarete brachte den Satz nicht zu Ende. Sie lag halb über der Kuh, krallte sich in das Fell und bog sich vor Lachen.

»Pfui. Du verletzt meinen männlichen Stolz.«

»Sorry.«

»Wenn das noch was werden soll, müssen wir die Position wechseln.«

»An der Position war eigentlich nichts auszusetzen.«

»Etwas weiter nach rechts! So, dass die Kuh nicht an mich rankommt!«

»Daddy! Daddy, wo seid ihr? Wir haben die Zähne geputzt, aber wir sind gar nicht müde. Du bist uns doch nicht böse, Daddy? Wo seid ihr?«

»Fuck«, fluchte Chris und erstarrte zum zweiten Mal.

»Kein Fuck«, widersprach Margarete und hielt die Luft an.

»Daddy! Maggie! Wo seid ihr?« Die Stimmen klangen jetzt ein wenig kläglich im halbdunklen Stall.

»Wir sind hier!«, rief Margarete und wedelte mit ihren Armen, die noch immer über der Kuh hingen. »Hosen hoch! Und zwar flott!«, raunte sie.

Sie schafften es gerade noch, im Schutz der Kühe Jeans und Bermuda anzuziehen und die Reißverschlüsse der Hosen zu schließen, bevor die Kinder angetrabt kamen.

»Du bist uns nicht böse, Daddy, oder? Luke hat sich ein bisschen gefürchtet, so allein im Haus.« Hattie stand mit gesenktem Kopf vor ihnen, Luke an der Hand.

»Nein, natürlich nicht!«, rief Chris. »Komm her, Luke. Du bist ja schon im Schlafanzug!« Luke sprang glücklich in seine Arme.

»Hat es geklappt mit dem Melken? Wo ist denn die Melkmaschine?«, fragte Hattie weiter.

»Wir ... wir waren gerade fertig«, behauptete Chris.

»Nicht ganz«, murmelte Margarete.

Eine gute Stunde später brachten sie endlich das zu Ende, was sie im Stall angefangen hatten, ganz bequem auf dem Sofa und ohne tierische Ablenkung. Margarete hatte sich sehr angestrengt, nicht so laut zu sein wie sonst, und hatte verräterische Geräusche im entscheidenden Moment mit einem Sofakissen gedämpft. Die Kinder lagen hoffentlich im Tiefschlaf, von Bonnie bewacht. Hattie hatte im Stall vertrauensvoll ihre Hand in Margaretes gelegt, worüber sie sich riesig gefreut hatte. So waren sie zurück zum Haus gegangen. Fast wie eine richtige Familie, hatte Margarete wehmütig gedacht, aber als Chris sie gefragt hatte, ob sie ihm helfen wolle, die Kinder ins Bett zu bringen, hatte sie den Kopf geschüttelt. Es war schließlich seit zwei Jahren das erste Mal, dass die Kinder ohne ihre Mutter waren, das war Umstellung und Herausforderung genug. Sollten sich die drei erst einmal wieder aneinander gewöhnen, Margarete würde da nur stören. Außerdem wollte sie Chris diesen kostbaren Augenblick, auf den er so lange hatte warten müssen, nicht nehmen.

Während sich Chris um Luke und Hattie kümmerte, räumte sie die Küche auf, entkorkte einen spanischen Rotwein und zündete die Kerzen an. Weder die Kinder noch Chris hatten besonders viel von Margaretes Spaghetti bolognese gegessen, dabei hatten sie vorher beteuert, von der langen Reise schrecklichen Hunger zu haben. Als Margarete überlegt hatte, was es zur Feier des Tages zum Abendessen geben sollte, war ihr eine schreckliche Erkenntnis gekommen: Sie konnte nicht kochen.

Bevor sie Chris kennengelernt hatte, war sie jahrelang Single gewesen, die kurze Zeit mit Roland einmal ausgenommen. Sie hatte nicht aufs Geld schauen müssen und in Stuttgart mittags überwiegend in Firmenkantinen, Cafés oder Restaurants gegessen, oder sie hatte sich etwas bei einem Take-away geholt. Abends hatte sie sich mit einem kalten Vesper begnügt. In den paar Wochen, in denen sie Lori in ihrem B&B vertreten hatte, hatte sie ausschließlich Frühstück gemacht. Lori hatte ihr nach ihrer Entlassung aus dem Krankenhaus Eier in allen Varianten beigebracht, und natürlich Scones. Margarete konnte Spiegeleier und Rühreier, pochierte Eier und *Eggs Benedict,* Eier mit Lachs, Schnittlauch oder Champignons, gekochte Eier und Omelett, kurz: Sie war Eier-Profi. Das war es dann aber auch.

Sie hatte kurz überlegt, ein Omelett mit Schinken und Pilzen zu machen, aber sie war sich nicht sicher, ob die Kinder Eier mochten. Bestimmt mochten sie Pfannkuchen, aber ausgerechnet das hatte Lori ihr nicht beigebracht. Dann war ihr eingefallen, dass alle Kinder Spaghetti bolognese liebten, und sie hatte sich dafür entschieden. Leider war das Hackfleisch angebrannt, weil Chris im falschen Moment angerufen hatte, und die Spaghetti waren zusammengeklebt, und Luke mochte keine Zwiebeln, und sie hatte zu scharf gewürzt, und als die Kinder nach Parmesan gefragt hatten, hatte sie zerknirscht zugeben müssen, dass sie den vergessen hatte. Das war alles nicht besonders ermutigend angesichts der Tatsache, dass Margarete ernsthaft überlegte, einen Farmshop aufzumachen.

Außerdem hatte sie noch einen weiteren schrecklichen Fauxpas begangen: Als Luke mit leuchtenden Augen fragte, was es zum Nachtisch gebe, hatte sie gestehen müssen, dass sie keinen eingeplant hatte. Chris und sie aßen nie Nachtisch, Chris, weil er nicht so scharf drauf war, und Margarete, weil sie auch ohne Nachtisch ständig mit ihrem Gewicht kämpfte. Sie hatte es schlichtweg vergessen. Luke hatte sie so jämmerlich angesehen, als sei gerade seine komplette heile Kinderwelt zu Bruch gegangen. Chris hatte ihm daraufhin ganz schnell ein großes Eis für den nächsten Tag versprochen.

Nun also waren die Kinder im Bett, sie hatten fabelhaften Wiedersehens-Sex gehabt und kuschelten nackt unter einer Decke auf dem Sofa. Zum ersten Mal seit Chris' Abreise fühlte sich Margarete entspannt, auch wenn all ihre Knochen schmerzten. Die letzten beiden Tage hatte sie körperlich so hart gearbeitet wie noch nie in ihrem Leben. Nach dem Schafdesaster hatte sie ständig Angst vor weiteren Katastrophen gehabt, die irgendetwas mit Kühen oder Schafen oder Hühnern zu tun haben könnten, und sie wollte doch Chris nicht enttäuschen! Dazu kam die Angst, die Kinder könnten sie nicht mögen, aber danach sah es eigentlich nicht aus, trotz der verunglückten Bolognese.

»Hast du die beiden gut ins Bett gekriegt?« Sie zog die Hand unter der Decke hervor und griff nach ihrem Rotweinglas. Sogar diese Bewegung tat weh.

»Als wir Janie angerufen haben, damit sie den Kindern eine gute Nacht wünschen konnte, fing Luke an zu weinen und sagte, er wolle nach Hause. Das war natürlich Wasser auf Janies Mühlen. Es hätte mich nicht gewundert, wenn sie gesagt hätte, ich hole dich morgen ab. Zum Glück hat er dann das Telefon an Hattie weitergereicht, und die war ganz munter und hat Janie als Erstes gesagt, wie nett du bist und dass wir bald ein Kälbchen bekommen.« Er drückte sie an sich und Margarete wurde von einem Glücksgefühl durchströmt. Hattie mochte sie!

»Das ist doch kein Wunder, dass Luke Heimweh hat. Die Kinder waren seit zwei Jahren nicht mehr hier. Sie müssen sich erst wieder einleben und an dich gewöhnen.« Margarete war sich nicht sicher, ob man Ratschläge geben konnte, die Kinder betrafen, wenn man selbst keine hatte.

»Und wenn sie sich eingewöhnt haben, sind die zwei Wochen vorbei und sie müssen wieder nach Hause«, seufzte Chris.

»So lange wird es nicht dauern. Die Kätzchen und die Kälbchen und Bonnie, das alles kann ihnen Janie in ihrer Stadtwohnung doch gar nicht bieten, oder? Und kennen die Kinder nicht die Nachbarskinder von der Farm nebenan?«

»Hoffentlich hast du recht. Janie wohnt mit ihrem Kerl in Dublin fast in der Stadtmitte und findet es fantastisch, weil sie in London aufgewachsen ist. Ob es den Kindern gefällt, interessiert sie nicht. Sie hat sich auf dem Land nie besonders wohlgefühlt. Es war ihr zu einsam, und es gab zu wenig Leute, die sie bewunderten. Meine Bewunderung hat ihr nicht gereicht.« Er klang bitter, und nicht zum ersten Mal fragte sich Margarete, ob er wirklich über Janie hinweg war.

»Seid ihr denn beim Thema Scheidung weitergekommen?«

»Ich hoffe es. Wir haben uns gestern Nachmittag in einem

Café getroffen und lange miteinander geredet. Es war das erste vernünftige Gespräch, seit sie mit den Kindern abgehauen ist.« Margarete verspürte einen Stich. Sei nicht albern, schalt sie sich. Er trifft sich mit der Mutter seiner Kinder und redet mit ihr über die Scheidung. Das ist dringend erforderlich. Nur so wird er irgendwann einmal frei sein. Am besten gewöhnst du dich daran, es war bestimmt nicht das letzte Mal. Janie hat Chris verlassen, vergiss das nicht, sie hat einen neuen Partner, sie will nichts mehr von ihm.

Trotz aller Argumente, die sie sich innerlich vorbetete, hätte sie Chris gerne gefragt, was Janie angehabt hatte. Janie war neununddreißig, elf Jahre jünger als sie. Mit neununddreißig war Margarete noch gertenschlank gewesen und hatte Miniröcke und bauchfreie Tops getragen. Die Zeiten waren definitiv vorbei. Zwischen vierzig und fünfzig hatte sich ihr Körper gewaltig verändert, er war weicher und runder geworden. Bisher hatte es ihr nichts ausgemacht. Sie hatte keine Lust gehabt, verbissen gegen die Pfunde zu kämpfen, die sich irgendwie schleichend eingestellt hatten. Faltencremes, Vitamine und Wechseljahre-Yoga interessierten sie nicht, Margarete benutzte seit dreißig Jahren dieselbe Creme. Doch jetzt hatte sie auf einmal Konkurrenz, die deutlich jünger, schlanker und attraktiver war. Zumindest stellte sie sich das so vor. Oder war sie nur paranoid? Sie hätte zu gern ein Foto von Janie gesehen. Ein möglichst aktuelles Foto ...

»Wie seid ihr verblieben?«

»Wir sind seit mehr als zwei Jahren getrennt, damit sind die Voraussetzungen erfüllt, um die Scheidung einzureichen. Das geht sogar online und kann auch von einem Partner gemacht werden. Grundsätzlich hat Janie der Scheidung zugestimmt. Der große Streitpunkt sind die Kinder. Ich weiß nicht, wie das in Deutschland geregelt ist, laut unserem Scheidungsrecht wird einem Elternteil das Sorge- und Wohnrecht zugesprochen. Es ist nicht vorgesehen, dass die Kinder zwischen den Wohnorten der Partner hin- und herpendeln. Das macht zwischen Dublin und Port Piran auch keinen Sinn. Der Elternteil, bei dem die Kinder wohnen, hat weitreichende Befugnisse und kann zum Beispiel ohne Rücksprache über Schule und Ausbildung entscheiden. Janie will die Kinder nicht hergeben, und ich bin nicht bereit, auf sie zu verzichten. Ich glaube nicht, dass Janie sich wirklich für die Kinder interessiert, für sie sind sie nur ein Statussymbol, und hier würde es ihnen viel besser gehen als in Dublin. Hattie hat schon Probleme mit Cybermobbing gehabt, eine ländlichere Schule würde ihr guttun. Der zweite Konfliktpunkt ist, dass Janie ihren Anteil an der Farm haben will.«

»Aber die Farm gehört doch dir, oder?«

»Schon, ich habe die Farm von meinen Eltern geerbt, aber wir haben uns bei der Heirat auf eine Zugewinngemeinschaft geeinigt, das heißt, ihr steht die Hälfte der Farm zu. Dabei braucht sie das Geld gar nicht, ihre Eltern sind reich, sie wurde finanziell immer großzügig von ihnen unterstützt, ist Einzelkind und wird einmal einen Haufen Geld und ein Haus in London-Kensington erben. Sie weiß genau, dass ich sie nicht auszahlen kann.« Er seufzte wieder schwer. »Es ist schon seltsam, wenn ausgerechnet der Mensch, den man einmal geliebt hat wie sonst nichts auf der Welt, alles daransetzt, einem das Leben so schwer wie nur möglich zu machen. Das englische Scheidungsrecht ist so konzipiert, dass es die Partner ermuntert, sich außergerichtlich zu einigen und die Entscheidung nicht einem Richter zu überlassen. Am Ende wird sie großzügig einen Kompromiss vorschlagen: Ich verzichte auf die Kinder, und sie auf ihr Geld.«

»Sie macht dir Druck. Um nicht zu sagen, sie erpresst dich. Nicht besonders nett.«

»Die Zeit der Nettigkeiten ist längst vorbei.«

»Hm. Hast du umgekehrt auch ein Druckmittel?«

»Theoretisch ja. Ich kann sie des Ehebruchs bezichtigen, wenn ich die Scheidung einreiche, und den Namen des Mannes nennen, mit dem sie den Ehebruch begangen hat. Er bekommt dann vom Gericht ein formelles Schreiben und muss sich zu den Vorwürfen äußern. Janie würde nichts so sehr hassen, wie wenn ich sie quasi öffentlich anschwärze.«

Anschwärzen ist gut, dachte Margarete und spürte, dass sie ärgerlich wurde. War Janie nun mit einem anderen Mann abgehauen oder nicht? Sie betrog Chris seit zwei Jahren! Warum stand sie dann nicht dazu?

»Hast du vor, dieses Druckmittel einzusetzen?«

»Nein. Zumindest nicht im jetzigen Stadium. Ich reiche als Nächstes die Scheidung ein, ohne den Ehebruch zu benennen, und bemühe mich parallel um eine außergerichtliche gütliche Einigung mit Janie. Es ist leider immer noch so, dass die Mütter die Kinder viel eher zugesprochen bekommen als die Väter.«

Margarete schluckte. Sie kannte Janie nicht, aber nach allem, was sie von ihr gehört hatte, war sie ein berechnendes Luder. Worauf nahm Chris also Rücksicht?

»Du wirst mir das jetzt wahrscheinlich als Schwäche auslegen«, fuhr Chris fort, als hätte er ihre Gedanken gelesen. »Aber glaub mir, Janie ist im Grunde kein schlechter Mensch. Sie ist ein verwöhntes Gör, gewohnt, immer das zu kriegen, was sie will. Ich hoffe einfach, dass ich sie zur Vernunft bringen kann: dass sie mir die Kinder lässt und auf ihren Anteil an der Farm verzichtet.«

»Meinst du nicht, das ist ein bisschen optimistisch? So, wie du sie mir beschrieben hast, scheint sie nicht besonders kompromissbereit.«

»Vielleicht habe ich ein zu negatives Bild von Janie gezeichnet. Alles, was du über sie weißt, hast du schließlich von mir. Wenn du sie kennenlernen würdest, könnte ich mir vorstellen, dass ihr zwei euch sogar ganz gut verstehen würdet.«

Margarete blieb endgültig die Spucke weg. Gerade eben noch hatte Chris ihr erklärt, dass Janie einer gütlichen Trennung Steine in den Weg legte, wo sie nur konnte, und jetzt verteidigte er sie und deutete sogar an, dass sie beide Freundinnen werden sollten? Sie beschloss, sich nichts anmerken zu lassen und lieber gar nichts zu sagen, als eine fiese Bemerkung über berechnende Biester zu machen.

»Lass uns nicht weiter über dieses unangenehme Thema reden«, murmelte Chris und vergrub seinen Kopf in ihrem dicken roten Haar. Dann tauchte er wieder auf. »Ich bin einfach nur froh, dass ich wieder zu Hause bin. Bei dir. Mit den Kindern. Es fühlt sich – so stimmig an. In den nächsten Tagen machen wir es uns richtig schön! Wir fahren an den Strand, machen Picknick, unternehmen ein paar Ausflüge. Vielleicht zu den Robbenbabys im *Seal Sanctuary,* das würde Hattie bestimmt gefallen. So viel nur geht neben der Farmarbeit. Einverstanden?« Chris strahlte und schenkte ihr Wein nach. Er wirkte jetzt so glücklich und gelöst, dass Margarete ihren Ärger hinunterschluckte.

»Ich kann verstehen, wenn du auch Zeit alleine mit den Kindern verbringen willst«, sagte sie stattdessen.

»Wieso sollte ich das? Wenn ich das Wohnrecht bekomme, werden die Kinder hier leben, bei uns. Je besser ihr euch jetzt kennenlernt, desto unproblematischer läuft es später. Es sei denn, du brauchst Zeit für dich alleine. Es ist schließlich eine ganz schöne Zumutung, dass du zusätzlich zu einem neuen Partner gleich zwei Kinder bekommst. Ich könnte mir vorstellen, dass das manchmal ganz schön anstrengend ist. Du hast es dir so nicht ausgesucht, und es sind nicht deine Kinder.«

»Wir werden sehen. Du weißt, dass ich mir immer eine Familie gewünscht habe. Ich mag die Kinder. Die zwei Wochen vergehen sicher wie im Flug. Wenn es mir zu viel wird, gebe ich Bescheid.«

»So machen wir es. Ach, du glaubst nicht, wie ich mich freue, dass die Kinder hier sind. Endlich ist mein Traum in Erfüllung gegangen!« Er drückte Margarete fest an sich.

Und was ist mit meinen Träumen, dachte sie wehmütig. Interessieren sie dich überhaupt? Du schlägst dich mit Janie herum, und ich mich mit meiner Zukunft. Aus mir wird nie eine

Farmerin. Ich kann zur Not mal ein paar Tage aushelfen, aber ich habe nie vom fröhlichen Landleben geträumt und bin kein bisschen gut darin. Von meinen Kochkünsten ganz zu schweigen. Brot backen, Marmelade einkochen, Farmshop aufmachen? Vergiss es, Margarete! Vielleicht hatte Karen recht und sie musste sich eine ganz andere Perspektive suchen? Sie hätte gern mit Chris darüber gesprochen. Aber der hatte im Moment den Kopf voll, mit Janie, seinen Kindern und der Scheidung. Ihre eigenen Träume mussten warten.

4. KAPITEL

Lori

Liam Bennett war in ein schmales Büchlein vertieft, als sie den grünen Tee brachte. Lori hoffte, dass er es aufgeklappt auf den Tisch legte, sodass sie den Einband sehen konnte, aber diesen Gefallen tat er ihr nicht. Zu gerne hätte sie gewusst, was er da las. »Seemannsknoten für Fortgeschrittene«?

»Lesen Sie?« Er hatte ihren neugierigen Blick bemerkt. War sie eigentlich völlig bescheuert? Nicht ein einziges Mal in den vergangenen dreißig Jahren hatte sie sich dafür interessiert, was die Gäste lasen!

»Ich kann lesen, wenn Sie das meinen.« Das war schon wieder ziemlich schnippisch, aber Lori mochte es nicht, wenn Gäste persönliche Fragen stellten.

»Das meine ich nicht.« Er grinste.

»Ich halte mich aus dem Dorfklatsch raus, aber einmal wöchentlich lese ich die *Port Piran Gazette*, damit ich weiß, wer gestorben ist. Ab und zu lässt ein Gast eine Zeitung liegen, dann lese ich die, bevor ich die Biotonne damit auslege, und ich mache keinen Unterschied zwischen der *Times*, dem *Guardian* oder der *Sun*. Und meine Rechnungen, Buchungen und die Mails von Gästen lese ich auch. Und Rezepte. Und leider auch ab und zu eine sehr, sehr negative Bewertung auf TripAdvisor, wenn mich ein Gast mal wieder zur Weißglut getrieben hat und ich nicht an mich halten konnte. Da lese ich dann sehr unschöne, aber durchaus zutreffende Beschreibungen meiner cholerischen Ausbrüche. Glauben Sie mir, das wollen Sie lieber gar nicht wissen.« Das war vermutlich die längste und persönlichste Antwort, die sie jemals einem Gast gegeben hatte. Es musste daran liegen, dass alle anderen Gäste noch nicht aufgekreuzt waren und Lori Zeit hatte.

Liam wohnte jetzt seit drei Tagen in Honeysuckle Cottage, war jeden Morgen pünktlich um acht im Frühstückszimmer erschienen, trug jeden Morgen khakifarbene Bermudas und ein blaues T-Shirt mit dem Aufdruck »RNLI« (immer dasselbe?) und hatte jedes Mal etwas zu lesen dabei, stets ein Buch, nie eine Zeitung. Er frühstückte bis Punkt halb neun (Cornflakes, Rührei mit Tomate und zwei Scheiben Vollkorntoast) und ging anschließend hinauf in sein Zimmer, aber nur kurz. Um Viertel vor neun verließ er das Haus und ließ sich den Rest des Tages nicht mehr blicken. Es war albern, aber Lori fühlte sich davon provoziert. Jetzt lachte er laut heraus.

»Keine Sorge, ich werde die Kritiken bei TripAdvisor nicht nachlesen. Aber das meine ich auch nicht. Lesen Sie zur Freude?«

Freude. Was für ein komisches Wort! Freude war kein besonders wichtiges Kriterium in Loris Leben. »Ganz sicher nicht. Für so was habe ich keine Zeit. Und es interessiert mich auch kein bisschen.« Das war glatt gelogen. Als Lori nach ihrer ersten Saison als *Landlady* eines B&B zum ersten Mal in ihrem Leben Urlaub machte, war sie nach monatelangem Durcharbeiten so erschöpft gewesen, dass sie fast nur am Strand von Lombok lag, ab und zu für ein paar Minuten ins Wasser sprang und hauptsächlich schlief. Irgendwann war ihr dann doch langweilig geworden, und weil sie keine Lust verspürte, sich mit den anderen Rucksacktouristen anzufreunden (wieso auch, sie würde sie schließlich nie wiedersehen), zog sie in dem verwanzten Backpacker-Hotel ein Buch aus dem wackligen Regal, in dem die Gäste ihre zu Ende gelesene und damit zu unnötigem Ballast gewordene Reiselektüre zurückließen. Das Buch, das sie nach dem Zufallsprinzip ausgewählt hatte, erzählte die wahre Geschichte einer bekloppten Australierin, die nichts Besseres zu tun hatte, als mit vier störrischen Kamelen allein durch die australische Wüste zu wandern, obwohl sie von Kamelen und Wüste nicht die geringste Ahnung hatte. Lori verstand zwar nicht, wie man auf so eine absurde Idee kommen konnte, aber zum allerersten Mal in ihrem Leben erlebte sie, wie faszinierend es war, in eine Geschichte so einzutauchen, dass man alles um sich herum komplett vergaß. Von diesem Moment an las sie.

Am Strand von Thailand, Bali oder Sansibar verschlang sie Reiseberichte von oder über unerschrockene Frauen, die alleine die Arktis durchquerten oder Achttausender ohne Sauerstoff bestiegen. Es gab nichts Großartigeres, als mit einer Heldin Hunger, Kälte oder Höhenkrankheit zu durchleiden, während man selbst mit einem Cocktail in der Hand unter einer Kokospalme lag und seine müden Knochen wärmte. Aber das war viel zu persönlich und ging Liam nichts an. Zu persönlich war gefährlich; es konnte gegen einen verwendet werden.

»Haben Sie's schon mal mit Gedichten probiert?«, fragte er und nickte Mrs Peacock zu, die gerade mit dem *Guardian* in der Hand an ihrem Tisch Platz genommen hatte. Jetzt lachte Lori laut heraus.

»Shakespeare und so 'n intellektueller Kram für Besserverdienende?«

»Zum Beispiel. Aber es gibt noch den einen oder die andere, die nach Shakespeare gedichtet hat. *I wandered lonely as a cloud* ... Fabelhaftes Gedicht. Englische Romantik.« Er drehte das Buch um. William Wordsworth, »Ausgewählte Gedichte« stand darauf. Lori war sich nicht sicher, ob sie den Namen schon einmal gehört hatte.

»Ich hab nicht besonders gut aufgepasst im Englischunterricht.«

Das war die Untertreibung des Jahrtausends. Tatsächlich war Lori nach der *Primary School* nur noch sehr selten in irgendeinem Schulunterricht aufgetaucht. Sie war mit Pauken und Trompeten durch die Prüfung gerasselt, die das englische Schulsystem zwangsweise für jeden elfjährigen Schüler vorsah, was ihre weitere schulische Karriere in einem eher düsteren Licht erscheinen ließ. Sie hatte die Schule mit der Straße vertauscht, als der Punk in ihr Leben getreten war wie eine Erleuchtung. Das hatte sich bitter gerächt, als sie das B&B eröffnet hatte und sich plötzlich mit ihrem Kredit, Abrechnungen, Kontoauszügen und Marketing befassen musste und weder vernünftig rechnen noch fehlerfrei schreiben konnte. Aber Lori hatte sich durchgebissen. Sie hatte sich von niemandem über den Tisch ziehen lassen, vor allem nicht von den Handwerkern, die anfangs geglaubt hatten, leichtes Spiel mit ihr zu haben. Eine Menge hatte sie sich selbst beigebracht. Am meisten profitiert hatte sie, wenn sie Chris in ihrer Küche bei den Hausaufgaben geholfen hatte. Doch auch das fiel in die Kategorie »Zu persönlich«.

»Wollen Sie's ausleihen?« Er streckte ihr das Buch hin.

»Ganz sicher nicht. Ich wandere nicht, und ich bin auch keine Wolke.«

Er lachte sein dröhnendes, viel zu lautes Lachen und schien kein bisschen beleidigt. »Wenn Sie sich's anders überlegen, geben Sie Bescheid. Gedichte sind besser als ihr Ruf.«

»Wenn Sie das sagen. Ihr Frühstück müsste fertig sein, Liam. Mrs Peacock, wie immer?«

»Wie immer, danke, Lori. Pochierte Eier mit Lachs und Tomate, dazu braunen Toast.«

»Sehr gern. Ich gehe in die Küche und hole Ihren Tee.«

»Ach, übrigens habe ich die Wärmflasche nur eine Nacht benutzt. Jetzt ist mir nachts auf einmal gar nicht mehr kalt! Sie ist also quasi wie neu!«

»Mrs Peacock, ich werde auf meine Homepage schreiben, dass ab sofort auch Wärmflaschen zum Service von Honeysuckle Cottage gehören. Ich bin sicher, das wird meine Buchungszahlen in die Höhe schnellen lassen.« Dünnes Eis, dünnes Eis, mahnte ihre innere Stimme. Aber Mrs Peacock strahlte sie an und nickte eifrig. Sarkasmus schien komplett an ihr abzuperlen. Lori ging zurück in die Küche.

»Mit Wordsworth sind Sie in Honeysuckle Cottage an der falschen Adresse. Unsere Lori ist nicht gerade die Intellektuellste«, hörte sie Mrs Peacock in ihrem Rücken säuseln. »Stellen Sie sich bloß vor, sie war noch nie in ihrem Leben in einem Museum!«

Zicke. Was Liam wohl antworten würde? Lori hielt den Atem an.

»Wissen Sie, ich glaube nicht, dass Herzensbildung davon abhängt, ob jemand schon einmal ein Museum besucht hat oder nicht.«

Herzensbildung? Was meinte er damit? Er kannte sie doch überhaupt nicht. Sie ärgerte sich schon wieder über ihn. Sie konnte nicht erklären, was es war, aber irgendetwas an ihm machte sie aggressiv. Die anderen Gäste nervten sie, wenn sie in die Küche stolperten und sie mit Fragen löcherten, weil sie zu faul waren, die Infomappe im Zimmer zu lesen. Oder wenn sie sich so bescheuert aufführten wie Mrs Peacock mit ihrer Wärmflasche! Die hatte sich den Betrag von drei Pfund neunundvierzig bis auf den letzten Penny erstatten lassen. Liam dagegen nervte sie, weil er einfach überhaupt nichts von ihr wollte außer Frühstück. Was war eigentlich mit ihr los?

»Stell dir vor, Mrs Peacock hat bemerkt, dass es für eine Wärmflasche zu warm ist«, berichtete sie Titilope.

»Tatsächlich?« Titilope lachte und deutete auf den Teller mit dem Rührei für Liam. »Mrs Peacocks Tee muss noch einen Moment ziehen. Genau drei Minuten. Nicht eine Sekunde mehr oder weniger.«

»Was machen die Avocadoscheiben neben dem Rührei und der Tomate?«, fragte Lori stirnrunzelnd.

»*Sainsbury's* hatte gestern Avocados im Angebot, da habe ich ein paar gekauft. Die meisten Vegetarier lieben Avocado. Liam bestimmt auch.«

»Ach. Seit wann stehen Avocados auf meinem Frühstücksmenü?«

»Sie stehen nicht auf dem Frühstücksmenü. Ich habe sie einfach gekauft, weil sie billig waren, Liam ein total netter Kerl ist und ich ihm eine Freude machen wollte. Heute Morgen hat er sich schon bei mir für den hervorragenden Zimmerservice bedankt.«

»Das mit der Avocado bleibt aber eine Ausnahme!«, mahnte Lori streng. Wo kamen sie denn da hin, wenn Titilope anfing, eigenmächtig das Frühstücksmenü zu ändern und höhere Kosten zu produzieren?

»Aye, aye, *Commander*. Hast du eigentlich schon einmal über eine vegane Frühstücksvariante nachgedacht? Da würde sich auch Avocado anbieten. Das würde vielleicht mehr jüngere Gäste anziehen.«

»Danke für deine Tipps, aber bisher können wir uns auch ohne veganes Frühstück nicht über einen Mangel an Gästen beklagen.«

Titilope nannte Liam beim Vornamen, fand ihn nett und verwöhnte ihn mit frischer Avocado? Offensichtlich hatte er sie um den Finger gewickelt. Liam war höflich und las Gedichte, er trainierte die neuen *Volunteers* für die Seenotrettung, war Vegetarier und sah dabei aus wie ein verlotterter, versoffener Seebär mit einer geschmacklosen Tätowierung auf dem Arm? Das war alles sehr verwirrend. Lori nahm den Tee für Mrs Peacock und den Teller für Liam und brachte beides zu den Gästen. Liam sah von seinem Büchlein auf und nickte Lori freundlich zu.

»Avocado! Ich liebe Avocado. Vielen Dank!«

»Avocado?« Mrs Peacock reckte den Hals. »Das ist ja fast wie in London! Kann ich auch welche haben, Lori?«

»Natürlich, Mrs Peacock.« Lori marschierte zurück in die Küche. »Das haben wir jetzt von deinen Neuerungen. Mrs Peacock hätte auch gerne Avocado.«

»Kein Problem, wir haben noch genug.« Titilope schnitt die andere Avocadohälfte blitzschnell auf wie einen Fächer und drapierte sie elegant auf einem Teller. »Gibt es heute eigentlich einen Wechsel?«

»Die Französinnen reisen ab. Mrs Peacock, Mr Bennett und die Weatherspoons bleiben, aber eine Mrs Miller reist neu an.

Sie spricht kaum Englisch. Immerhin habe ich kapiert, dass sie ein Einzelzimmer wollte, aber die waren schon belegt, und als ich ihr gesagt habe, dass ich ihr nur ein Doppelzimmer mit zwei Einzelbetten, aber dafür mit Meerblick anbieten kann, hat sie *Rose* reserviert. Geld schien keine Rolle zu spielen, sie bleibt eine ganze Woche. Hoffentlich ist sie nicht so anstrengend wie Mrs Peacock.«

»Weißt du, wann sie ankommt?«

»Nein.«

»Dann mache ich das Zimmer für alle Fälle zuerst fertig, gleich nach dem Frühstück.«

»Gut. Mr Bennetts Zimmer kannst du zuletzt richten, der kommt sowieso erst heute Abend zurück.«

»Guten Morgen! Ist jemand zu Hause?« John schlurfte in die Küche, mit einem breiten, erwartungsvollen Lächeln um die Mundwinkel. Etwas weiter oben und nur für Lori sichtbar stand auf seiner Stirn geschrieben: *Ich will meinen Scone abholen.* Wie ein Hund, der um ein Leckerli bettelt. In der Hand hielt er einen Brief. Es nervte. Er nervte!

»Nein, keiner da. Wir sind alle unterwegs zum Mars. Im Ernst, John, wo sollten wir sein, morgens um diese Zeit, mitten in der Hochsaison?« Loris Stimme klang schnippisch, das blieb ihr selbst nicht verborgen. Aber es machte sie schlichtweg ärgerlich, dass John offensichtlich der Meinung war, er habe für den Rest seines Lebens das unausgesprochene Recht erworben, morgens in ihre Küche zu marschieren, bei ihr zu frühstücken und unterhalten zu werden, obwohl er genau wusste, dass das die Zeit war, in der sie am meisten Arbeit hatten. Vor ein paar Minuten war das Ehepaar Weatherspoon fröhlich grüßend an der Küche vorbeispaziert, dicht gefolgt von den zwei Französinnen, die die Gärten in Cornwall abklapperten. Zahlende Gäste hatten Vorrang vor schnorrenden Rentnern. Lori ging zu einer Schublade, zog eine Papiertüte heraus, nahm zwei Scones und ließ sie in die Tüte fallen.

»Es tut mir leid, John, aber wir haben im Moment gar keine

Zeit, wir sind mitten im Frühstücksservice. Du kannst gerne zwei Scones haben, aber würde es dir etwas ausmachen, sie zu Hause zu essen und dir selber einen Tee zu machen?« Sie drückte John die Tüte in die Hand. Der alte Mann stand da wie vom Donner gerührt.

»Entschuldige, Mabel«, murmelte er schließlich leise und ohne sie anzusehen. »Verzeihung, ich meine natürlich Lori. Wie unaufmerksam von mir. Du hast recht, das ist eine ganz schlechte Zeit für euch. Ich störe nur. Ich wollte euch eigentlich um eure Meinung bitten zu diesem Brief hier, aber ich halte euch nur auf. Danke für die Scones.« Damit presste er die Tüte und den Brief an sich, drehte sich um und schlurfte unendlich langsam Richtung Tür.

»Warte, John!«, rief Titilope, die gerade Tomaten briet. Warum musste sie sich immer in alles einmischen? »Lass mich nur eben das Frühstück für Mrs Peacock fertig machen, dann mache ich dir ein Tässchen Tee! Die Weatherspoons lesen sowieso erst einmal die Zeitung. Und die beiden Französinnen können einen Augenblick warten. Dann kannst du uns deinen Brief zeigen!«

»Nein, nein, Titilope«, winkte John ab. »Mabel ist der Chef, und wenn sie sich gestört fühlt, gehe ich besser.« Und damit war er weg.

»Gaaanz toll, *Commander*«, zischte Titilope. »Was ist eigentlich los?«

»Was soll schon los sein«, gab Lori gereizt zurück. »John geht mir nun mal auf den Wecker mit seinem Morgenritual. Hat er schon ein einziges Mal gefragt, ob das für uns eine günstige Zeit ist? Und du, Titilope, solltest dir ganz schnell überlegen, wer hier der Boss ist. John hat es schon kapiert.«

»John ist alt. Er ist einsam. Was glaubst du, warum er just in dem Augenblick aufkreuzt, wenn es uns am meisten stört? Weil dann hier am meisten los ist und er am meisten Unterhaltung hat!«

»Was bin ich, ein B&B, das mit seinen Gästen Geld verdient,

oder eine Beschäftigungstherapie-Praxis für verwitwete Rentner?«

»Im Moment bist du vor allem herzlos.«

»Danke für die Blumen. Aber im Gegensatz zu dir bin ich in keiner christlichen Happy-clappy-wir-ham-uns-alle-lieb-Gemeinde und will nicht meiner guten Taten wegen in den Himmel kommen.«

»Die Gefahr ist im Moment ziemlich gering. Ich verstehe dich nicht, Lori.« Titilope klatschte die gebratenen Tomaten zu der Avocado und dem pochierten Ei auf den Teller für Mrs Peacock und baute sich vor Lori auf. »John hat dir finanziell unter die Arme gegriffen, sonst wäre ich nicht hier. Ihr habt das verrückteste Punkkonzert aller Zeiten gegeben. Wenn du nicht das Video von Johns fulminanter Version von ›My Way‹ vom Konzert hochgeladen hättest, wäre er nicht zum YouTube-Star geworden! Ich dachte, er ist dein Freund? Und jetzt schmeißt du ihn einfach raus?«

»Natürlich ist er das. Es ist nur ... es ist ...« Sie wusste selbst nicht, was sie so auf die Palme brachte. Auf jeden Fall gab es nicht den geringsten Grund, sich vor Titilope zu rechtfertigen. Warum hielt sie nicht einfach die Klappe?

»Kann es sein, dass du John für etwas bestrafst, was gar nichts mit ihm zu tun hat? Normalerweise bist du empfindlich. Aber seit ein paar Tagen bist du irgendwie – die ganze Zeit verärgert. Hab ich was falsch gemacht? Dann sag es mir bitte ehrlich, anstatt mich mit schlechter Laune zu bestrafen oder es an John auszulassen.«

»Danke für das großartige Frühstück. Die Avocado war toll, Titilope! Ich wünsche den Damen einen schönen Tag!« Liam marschierte mit einem breiten Lächeln an der Küche vorbei. Lori klappte den Mund auf, um etwas total Originelles zu sagen, und dann klappte sie ihn wieder zu, ohne dass ein Ton herausgekommen wäre.

»Ebenso, Liam!«, rief Titilope. »Bis morgen früh!« Dann sah sie Lori scharf an und kniff die Augen zusammen.

»Jetzt verstehe ich«, flüsterte sie. »Wie konnte ich nur so schwer von Begriff sein?« Sie warf den Kopf zurück, dass ihre schwarzen Zöpfchen nur so tanzten, und brach in schallendes Gelächter aus.

»Was kapierst du?«, fragte Lori genervt. Titilope hatte die Hände in die Seiten gestützt und lachte, lachte.

»Du solltest dich mal sehen, *Commander*. Du bist knallrot angelaufen, deine Hände zittern und du schwitzt. Du bist verknallt! Deswegen bist du so schlecht gelaunt. Du hast dich in Liam Bennett verknallt!«

5. KAPITEL

Margarete

»Maggie? Hörst du mich? Was ist das für ein Lärm?«
»Hi, Mab... Lori. Kann ich dich zurückrufen? Das ist eine brüllende Kuh. Die Kuh kalbt gerade. Es ist gleich so weit.« Margarete war so aufgeregt wie ein Kind am Weihnachtsabend. Hattie umklammerte ihre freie Hand, und Hatties freie Hand wiederum umklammerte Lukes Hand. Chris hatte beide Hände in der Kuh.

»Es dauert nicht lang, Maggie. Ich glaube, da gibt es etwas, was du wissen solltest. Dringend.«

»Schieß los.«

»Ich habe einen neuen Gast. Eine Deutsche. Sie hat das Zimmer telefonisch reserviert, in einem kaum verständlichen Englisch, und behauptet, sie hieße Mrs Charlotte Miller. Sie sagte am Telefon, sie käme aus Hamburg, sei zu alt für Onlinebanking und würde mir das Geld fürs Zimmer bei der Ankunft in bar geben. Ich hab mich ausnahmsweise drauf eingelassen. Vorhin ist sie angekommen, mit dem Taxi vom Flughafen Newquay, das sind gut vierzig Meilen und ich schätze, das hat sie mindestens hundertfünfzig Pfund gekostet. Das Zimmer hat sie wie vereinbart gleich bar bezahlt. Als ich sie um ihren Pass bat, hat sie rumgedruckst und ihn mir schließlich sehr widerstrebend überlassen. Da steht nicht Miller. Hamburg auch nicht. Die Frau ist einundachtzig, kommt aus Stuttgart und trägt den gleichen Nachnamen wie du.«

Margarete verschlug es die Sprache, was eher selten vorkam.

»Maggie? Bist du noch dran? Hörst du mich?«

»Kannst du sie zu Caroline ins Café schicken, Lori? Ich bin schon unterwegs.«

»Charlotte Miller.« Margarete schüttelte den Kopf, noch immer fassungslos, obwohl seit dem Telefonat mit Lori eine gute Stunde vergangen war.

»Was hätte ich denn sonst tun sollen? Seit Wochen warte ich auf eine Einladung von dir auf deine Farm. Die ist ausgeblieben. Da musste ich eben selber die Zügel in die Hand nehmen.«

»Es ist nicht meine Farm!«, protestierte Margarete. »Und du bist zum denkbar ungünstigsten Zeitpunkt hier aufgekreuzt. Chris' Kinder sind vor drei Tagen zu Besuch gekommen, wir beschnuppern uns gerade erst. Ich werde die nächsten Tage einfach überhaupt keine Zeit für dich haben! Warum hast du deine Reisepläne nicht mit mir abgesprochen?« Sie biss sich auf die Zunge. Sie saßen erst seit drei Minuten im Booklover's Haven, dem Café mit integriertem Buchladen, das ihrer Freundin Caroline gehörte, und schon machten sie sich gegenseitig Vorwürfe. Was bin ich froh, dass Caroline noch nicht aufgetaucht ist, dachte Margarete. Für peinliche Mutter-Tochter-Szenen brauche ich kein Publikum.

Ihre Mutter presste die Lippen zusammen. Margarete hatte ihr extra den besseren Platz überlassen, von dem aus man durch die große Fensterfront aufs Meer schauen konnte, aber Charlotte hatte keinen Blick dafür. Sie wirkte sehr elegant und sehr aufrecht in einem hellblauen Twinset und einem dreiviertellangen schwarzen Rock mit passenden Pumps. Leider wirkte sie auch völlig deplatziert. Alle anderen Gäste des Cafés und die Kunden, die in den Bücherregalen stöberten, trugen kurze Hosen und Ringel-Shirts oder Sommerkleidchen, dazu Sandalen oder Chucks. Margarete fühlte sich völlig überrumpelt von der Spontanaktion ihrer Mutter. Gleichzeitig musste sie zugeben, dass sie sie für den Mut bewunderte, in ihrem Alter eine solche Reise auf sich zu nehmen, ganz allein.

»Du hättest mich bestimmt abgewimmelt, wenn ich dir gesagt hätte, dass ich komme.« Offensichtlich nahm ihre Mutter einen neuen Anlauf. Ich bleibe ganz ruhig, ich bleibe ganz ruhig, schwor sich Margarete im Geiste. Ich bin fünfzig Jahre alt, ich bin eine erwachsene Frau, und wenn ich knallhart bleibe, hört meine Mutter auf, sich in mein Leben einzumischen. Es ist doch eigentlich ganz einfach, oder? Leider sprach der vorwurfsvolle Blick ihrer Mutter eine andere Sprache.

»Ich habe in Stuttgart gesessen und den ganzen Tag nichts anderes gemacht, als mich um dich zu sorgen. Lässt du mich jetzt schon so wenig Anteil an deinem Leben nehmen, dass nicht einmal mehr das erlaubt ist? Versetz dich doch einmal in meine Lage. Du fährst für ein paar Tage nach Cornwall, um Urlaub zu machen. Dann kommst du zurück, aber nur, um mir zu erklären, dass du die Liebe deines Lebens getroffen hast – und es ist nicht der Mann, mit dem du losgefahren bist! Dabei war der soo eine vielversprechende Partie! Ich hatte mir schon alles bis ins Detail ausgemalt. Hochzeit im Marmorsaal im Weißenburgpark! Du im weißen Kleid mit Schleppe, fünf Kilo leichter nach einer Blitz-Ananas-Diät! All meine Freundinnen blass vor Neid! Ich hätte dich, meine einzige Tochter, zum Altar geführt. Ich hätte euch die Hochzeit sogar finanziert. Walter hätte es so gewollt. Wenn schon keine Enkelkinder, dann wenigstens eine rauschende Hochzeit.« Sie sah hinaus aufs Meer, die Augen feucht. »Aber meine Träume interessieren dich ja nicht. Stattdessen hast du zwei Koffer gepackt und bist Hals über Kopf wieder abgereist, um – Bäuerin zu werden!« Ihre Stimme war vor lauter Empörung mindestens anderthalb Oktaven nach oben gerutscht. »Haben wir dir dafür ein jahrelanges Studium in Tübingen finanziert? Bäuerin! In einem fremden Land, mit einem Mann, den du gerade erst kennengelernt hast und der neun Jahre jünger ist als du. Du meldest dich kaum, und wenn ich dich anrufe, störe ich dich beim Kühemelken oder Schafehüten. Dabei hast du als Kind gebrüllt, wenn dein Kindergarten einen Ausflug zum Bauernhof gemacht hat! Das alles hat mir doch sehr viel Kopfzerbrechen bereitet. Meinen Freundinnen konnte ich das natürlich nicht erzählen. Sie denken, du logierst jetzt in einem Herrenhaus, so wie in den Rosamunde-Pilcher-Filmen! Ich werde eines fotografieren und behaupten, dass du dort wohnst!«

Ich rege mich nicht auf, ich rege mich nicht auf, dachte Margarete, während sie sich innerlich ganz, ganz fürchterlich aufregte. »Mutter! Ich bin fünfzig. Meinst du nicht, du solltest allmählich aufhören, dich in mein Leben einzumischen?«

»Ich mische mich doch gar nicht ein. Ich mache mir Sorgen! Wenn du selber Kinder hättest, wüsstest du, dass man nie aufhört, sich Sorgen zu machen! Und ich wäre sicherlich entspannter, wenn du dich normal entwickelt hättest.«

»Normal entwickelt?«, fragte Margarete ungläubig. »Was soll denn das heißen? Bin ich etwa nicht normal? Nur, weil ich ein paar Kilo zu viel habe?«

»Normal wärst du, wenn du geheiratet und Kinder bekommen hättest. So wie alle deine Schulfreundinnen! Dann würde ich dich und deinen Mann sonntagnachmittags in eurem hübschen Einfamilienhäuschen in Plattenhardt oder Waldenbuch besuchen, dessen Darlehen ich euch zinslos vorgestreckt hätte. Wir würden Kaffee trinken und Kuchen essen und ich würde den Kindern ›Pippi Langstrumpf‹ vorlesen, anstatt mir Sorgen zu machen!«

»Du hast mir nie vorgelesen!«, rief Margarete wütend. Sie war froh, dass sie von Carolines halbwüchsiger Tochter Julie unterbrochen wurden, bevor sie vor lauter Ärger explodierte. Julie hatte eine viel zu große weiße Schürze mit Volants um ihren mageren Körper gewickelt, hielt einen kleinen Schreibblock in der Hand und wirkte sehr konzentriert.

»Hi, Maggie. Wie geht's? Was kann ich euch bringen?«

Margarete rang sich ein Lächeln ab. »Hi, Julie. Ist Caroline nicht da? Das ist übrigens Charlotte. Meine Mutter.«

»Mum musste nach Falmouth, ein paar Sachen regeln. Bei meiner Granny im Heim. Hi, Charlotte.« Sie winkte. Ihre Mutter zuckte zusammen, weil Julie sie beim Vornamen nannte, so, wie es in England üblich war.

»Und jetzt schmeißt du den Laden?«, fragte Margarete.

Julie nickte stolz. »Zum Glück ist es im Moment ruhig. Bis zum Nachmittag, wenn alle nach ihren Spaziergängen zu uns kommen, ist Mum zurück. Wollt ihr Kuchen? Wir haben Schokoladentorte, *Bakewell Tart*, *Rhubarb Crumble* oder *Apple Crumble*. Die *Crumbles* kommen gerade erst aus dem Ofen und sind noch warm. Die habe ich gemacht.« Sie strahlte vor Stolz.

»Dann probiere ich natürlich auf jeden Fall deinen *Rhubarb Crumble*. Ich bin mir sicher, er schmeckt großartig.« Sie dachte an die Bemerkung ihrer Mutter wegen der Diät. »Mit Sahne. Viel Sahne! Und einen großen Caffè Latte. Was möchtest du haben, Mutter? Du kannst dir die Kuchen auch vorher an der Kuchentheke anschauen.«

»Nein, nein, ich nehme das mit dem Apfel, so viel habe ich verstanden. Da macht man nie etwas falsch, wenn man aus Schwaben kommt. Mit Sahne bitte. Ich kann es mir ja leisten.« Sie warf Margarete einen missbilligenden Blick zu. »Und englischen Tee. Darjeeling oder Assam.« Margarete übersetzte.

»Danke, Julie.«

Julie nickte, machte sich ausführliche Notizen und verschwand Richtung Küche. Margarete holte tief Luft und beschloss, einen zweiten, versöhnlicheren Anlauf zu nehmen.

»Schau, Mutter, es gibt nicht den geringsten Grund, dir Sorgen zu machen. Ich bin nur einfach sehr mit mir selber beschäftigt. Ich bin noch nicht lange mit Chris zusammen, alles ist neu, ich muss mich an die anstrengende körperliche Arbeit auf der Farm gewöhnen, und die Kinder sind erst vor ein paar Tagen angekommen. Sie bleiben nur vierzehn Tage, da wollen wir einfach jede freie Minute miteinander verbringen. Am Wochenende kommen Chris' Geschwister mit ihren Familien. Sie zelten auf der Wiese hinter der Farm, wir gehen alle zusammen an den Strand und abends machen wir ein großes Fest. Ich habe Luke und Hattie gerade erst kennengelernt, und Chris' Geschwister treffe ich zum ersten Mal!«

»Genau deshalb bin ich hier. Um dir diesen ganzen Wahnsinn auszureden.«

»Auszureden? Wie meinst du das?«

»Ich habe das Zimmer in dieser Pension deiner Freundin für eine Woche reserviert. Ich hoffe, es gelingt mir in dieser Zeit, dich zur Rückkehr nach Stuttgart zu bewegen.« Sie machte eine Pause und sah wieder zum Fenster hinaus. »Ich habe zwei Plätze für den Rückflug gebucht.« Margarete blieb der Mund offen stehen. In den Augen ihrer Mutter las sie eine Mischung aus Triumph über ihren Überraschungscoup und Angst vor Margaretes Reaktion.

»Mutter! Wie kannst du einfach einen Flug für mich buchen, ohne mich zu fragen? Dabei hast du Chris noch nicht einmal kennengelernt! Schon soll ich ihn wieder loswerden?« Sie holte tief Luft. Offensichtlich musste sie hier schärfere Geschütze auffahren. »Was, wenn ich dir sage, dass ich ihn liebe?«

Ihre Mutter räusperte sich. »Ich habe das mit Frau Prof. Dr. Becker-Wildenmuth besprochen.«

»Bitte, was hast du?«

»Sie sagt, du seist in einer Art Midlife-Crisis. Das scheint nicht ungewöhnlich zu sein bei kinderlosen Frauen deines Alters.« Sie tätschelte besänftigend Maggies Hand. »Der nicht mehr zu stoppende Alterungsprozess einerseits – Falten, gespenstisch durchscheinende Venen, Gewichtszunahme, Haare an den falschen Stellen, das weißt du ja alles selber am besten – und die Endgültigkeit der Kinderlosigkeit andererseits, zusammengefasst: die Wechseljahre, werden durch einen jüngeren Partner negiert und kompensiert. Dieser wird darüber hinaus total idealisiert, deswegen redest du dir ein, dass du ihn liebst. Die Wissenschaft hat das ausführlich erforscht. Du bist damit nicht allein, falls es dich tröstet. Mit wahrer Liebe hat das allerdings nichts zu tun, vielmehr handelt es sich um ein letztes Aufzucken der Hormone. Meint Frau Prof. Dr. Becker-Wildenmuth.« Im Gesichtsausdruck ihrer Mutter spiegelte sich jetzt nur noch Triumph, und Margarete stöhnte verzweifelt auf. Wieso wusste ihre Mutter ganz genau, wie sie sie in den Wahnsinn trieb?

»Letztes Aufzucken der Hormone! Du hast mit deiner Hausärztin über mich gesprochen?«

»Mit wem soll ich denn sonst über dich reden? Mit meinen Freundinnen etwa? Dann müsste ich ja zugeben, dass du einen gut situierten verbeamteten Astrophysiker vergrault hast! Und mit irgendjemandem muss ich das schließlich besprechen. Mit Walter kann ich das ja nicht mehr. Ich gehöre nicht zu den Witwen, die am Grab auf dem Pragfriedhof versuchen, einen Kontakt ins Jenseits herzustellen. Stattdessen habe ich mir einen Termin in der Sprechstunde von Frau Prof. Dr. Becker-Wildenmuth geben lassen. Dabei fehlt MIR nichts!« Sie schniefte.

»Du meinst also, ich hätte Roland vergrault? Weißt du, wo er sich im Augenblick aufhält?«

»Natürlich nicht. Er hat sich nicht mehr gemeldet. Ich habe die allerschlimmsten Befürchtungen. Wahrscheinlich ist er traumatisiert, weil du ihn so grausam abserviert hast. Meint jedenfalls Frau Prof. Dr. Becker-Wildenmuth. Ich nehme an, er sitzt mutterseelenallein in seinem dunklen Arbeitszimmerchen in der Fakultät für Astrophysik in München und grämt sich. Ob er wohl Antidepressiva benötigt? Ah, da kommt der Kuchen.«

»Guten Tag, die Damen. Hallo, Margarete.«

Die Bedienung stellte umständlich das Tablett ab, nahm einen Kuchenteller hoch, inspizierte ihn stirnrunzelnd von allen Seiten, schnüffelte ein wenig am Kuchen und fragte dann: »Wer bekommt den *Rhubarb Crumble*?« Auf der Nase der Bedienung war ein kleiner Klecks Sahne zurückgeblieben.

»Den bekomme ich. Allerdings ist das der *Apple Crumble.*«

»Tsss. Dass du immer so rechthaberisch sein musst, Margarete. Außerdem solltest du wirklich keine Sahne essen. Wolltest du nicht abnehmen? Dann ist der *Apple Crumble* für Sie?« Er stellte den Kuchen vor ihrer Mutter ab.

»Interessant«, murmelte Charlotte. »Das Englisch von der Bedienung verstehe ich richtig gut.«

»Das mag daran liegen, dass sie Deutsch mit schwäbischem Einschlag spricht. Mutter, darf ich dir Roland vorstellen? Roland, meine Mutter.«

»Deine Mutter? Das ist ja großartig! Endlich lerne ich Sie kennen, auch wenn sich die Umstände etwas verändert haben.« Er ergriff die Hand ihrer Mutter und schüttelte sie wie einen Pumpenschwengel, wobei er den Ärmel seines sorgfältig gebügelten apricotfarbenen Hemdes bei jeder Abwärtsbewegung in die Sahne auf dem *Apple Crumble* tunkte.

»Sie ... sind Roland?«, fragte ihre Mutter entgeistert und zog abrupt ihre Hand weg. »Aber ... was machen Sie denn hier?«

»Ich helfe im Café aus.«

»Läuft es denn so schlecht mit der Astrophysik?«

»Aber nein, nicht deshalb!« Roland stellte das Teekännchen so schwungvoll auf den Tisch, dass der Tee herausschwappte und die Streusel auf dem Kuchen ihrer Mutter einweichte. »Ich helfe meiner Freundin aus. Es sind schließlich Semesterferien.«

»Ihrer – Freundin?«

»Caroline. Ihr gehört das Café, und sie weiß meine Qualitäten viel mehr zu schätzen als Margarete. Hat sie Ihnen das etwa nicht erzählt? Margarete, wie nachlässig von dir! Caroline kümmert sich heute Morgen um ihre Mutter im Pflegeheim. Wenn Sie mich jetzt bitte entschuldigen würden, ich möchte die anderen Gäste nicht warten lassen. Vielleicht unterhalten wir uns einmal mit etwas mehr Ruhe? Ich würde mich freuen!« Er nahm das Tablett, deutete eine Verbeugung an und ging zum Nachbartisch, um zu kassieren. Margarete sah ihm mit einem ironischen Grinsen hinterher.

»Nun, Mutter, bist du immer noch der Meinung, ich hätte Roland grausam abserviert?«

»Ganz offensichtlich hat er was Besseres gefunden.« Ihre Mutter blickte missbilligend erst auf Rolands Rücken, dann auf Margarete und schließlich auf ihren durchweichten *Crumble* mit der ramponierten Sahnehaube. »Das ändert nichts an der Tatsache, dass du schleunigst zurück nach Stuttgart solltest. Die Automobilindustrie ist in der Krise. In Untertürkheim zittern sie um ihre Arbeitsplätze! Diese Umstellung auf neumodische Elektroautos ist kompletter Unsinn, aber auf mich hört ja keiner. Walter ist sein ganzes Leben lang einen Diesel-Daimler gefahren, und plötzlich soll das nicht mehr gut genug sein? Wenn du dich nicht umgehend auf eine neue Stelle bewirbst, findest du keine mehr. In deinem Alter!«

»Ich will aber gar nicht zurück in die Autoindustrie!« Margarete erinnerte sich mit Schaudern daran, wie man sie kurz nach ihrem fünfzigsten Geburtstag durch eine jüngere Kollegin ersetzt hatte.

»Im Moment vielleicht nicht. Aber da verdienst du gutes Geld, bestimmt mehr als mit Milch und Lammfleisch! Ich sage nur: IG Metall! Willst du warten, bis dich dein Farmer abserviert? Wenn du sechzig bist, ist er fünfzig. Mädle, du bisch nemme die Jüngschde!« Ihre Mutter schien selbst erschrocken, dass sie plötzlich ins Schwäbische gefallen war. Schließlich fand sie ihren eigenen Dialekt furchtbar provinziell.

»Einundfünfzig!«, korrigierte Margarete.

»Glaubst du im Ernst, ein einundfünfzigjähriger Mann will in der Blüte seiner Jahre mit einer sechzigjährigen alten Schachtel zusammen sein? Überleg doch mal, wie du dann erst aussehen wirst! Schlaff herunterhängende Brüste, noch mehr Speck auf den Hüften, die Oberschenkel eine Kraterlandschaft! Dann ist's vorbei mit der Schäfchenromantik. Ich muss das dann zum Glück nicht mehr erleben. Ich war fünf Jahre jünger als Walter. Eine ideale Konstellation!«

»Mutter. Ich bin nicht bereit, weiter mit dir über Chris zu diskutieren. Lass uns über etwas anderes reden. Dein Tee wird kalt. Ich habe nicht mehr viel Zeit.« Nicht mehr viel Zeit, bevor ich sie erwürge, dachte Margarete erbost.

»Keine Zeit, keine Zeit! Wenn du keine Zeit für mich erübrigen kannst und mich deiner neuen Familie nicht vorstellen willst, dann komme ich auch allein zurecht. Auch wenn ich mich gefreut hätte, auf diese Weise doch noch die Enkel zu bekommen, die ich mir immer gewünscht habe.« Sie nahm ein Taschentuch und trompetete theatralisch hinein.

»Mutter! Ich bin gerade erst dabei, mich mit Chris zu sortieren, und mit den Kindern! Und jetzt auch noch du, das ist einfach zu viel auf einmal!«

»Ich verstehe. Nun, du kannst es dir ja überlegen. Du hast eine Woche Zeit und weißt, wo du mich findest. Aber nur so als kleine Entscheidungshilfe. Wenn du nächste Woche nicht mit mir zurückfliegst, ändere ich mein Testament. Dann vererbe ich mein Haus dem Botnanger Tierheim.«

Margarete musste jetzt so lachen, dass sie sich an ihrem *Rhubarb Crumble* verschluckte. Das Lachen tat gut, und sie entspannte sich ein bisschen.

»Mutter. Bitte. Lass die schlechten Witze. Ausgerechnet das Tierheim! Genauso wie ich früher nicht auf den Bauernhof wollte, ekelst du dich doch vor jeder Taube in der Fußgängerzone!«

»Das war kein Witz.«

»Du willst mich also enterben? Wie in einem schlechten Film?« Das meinte sie nicht ernst. Oder etwa doch?

»Musst du immer alles so dramatisieren? Natürlich enterbe ich dich nicht. Weil du klug und einsichtig sein wirst und nächste Woche mit mir ins Flugzeug steigst. Ich habe das Stuttgarter Haus schätzen lassen. Wir haben es immer in Schuss gehalten, und die Halbhöhenlage in Heslach ist vielleicht nicht so schick wie der Killesberg, in den letzten Jahren aber preislich enorm hochgegangen. Mit dem großen Garten drumrum ist eine Million drin. Da ich nicht vorhabe, in den nächsten Jahren zu sterben, wird der Wert weiter steigen. Du hättest für den Rest deines Lebens ausgesorgt. Willst du das allen Ernstes wegen einer Affäre in Cornwall aufs Spiel setzen?«

Nach dem gescheiterten Tea-Date und Charlottes absurder, aber offensichtlich ernst gemeinter Drohung, sie zu enterben, brachte Margarete ihre Mutter zurück ins Honeysuckle Cottage. Die Stimmung war nicht besser geworden, nachdem die Bombe geplatzt war. Ihre Mutter hatte noch mit erstickter Stimme nachgeschoben, dass sie Margarete gar nicht wiedererkenne, offensichtlich habe »dieser Farmer« und »dieses Cornwall« ihr komplett den Verstand geraubt und nur sie, ihre Mutter, könne sie davor bewahren, ihr Leben beziehungsweise das, was davon übrig war, komplett zu ruinieren. Dann hatte Charlotte Julie energisch gewunken, um zu bezahlen, und dabei hatte sich herausgestellt, dass die Pfundnoten in ihrem Portemonnaie nicht mehr gültig waren. Für das Taxi und das B&B hatte sie auf der Bank in Stuttgart neue Pfundnoten getauscht, alle weiteren Ausgaben hatte sie mit alten Scheinen bestreiten wollen, die sie irgendwo zu Hause in einer Schublade gefunden hatte.

»Ich war 1981 mit Walter in London«, rief sie und wedelte mit ihren wertlosen Scheinen empört vor Julies Nase auf und ab. »So lange ist das doch noch gar nicht her!« Julie entschuldigte sich wortreich bei Charlotte, dass sie das Geld nicht annehmen könne, und Margarete entschuldigte sich wortreich bei Julie für ihre Mutter, weil sie merkte, dass das Mädchen kurz davor war, in Tränen auszubrechen. Dann mischte sich Roland ein und bot (wiederum wortreich) an, die Rechnung zu übernehmen, was Margarete wiederum empört ablehnte. Sie hatte nur einen Fünf-Pfund-Schein dabei, weil sie so hektisch aufgebrochen war, aber Julie wehrte ab, als Margarete sich erneut entschuldigte und anbot, ihr den Restbetrag später zu bringen. Nach diesem kleinen Drama, das von allen anderen Cafébesuchern mit großer Aufmerksamkeit verfolgt wurde, war Margarete ziemlich erledigt. Sie schafften den Rückweg zu Honeysuckle Cottage gerade noch, bevor aus einer tiefdunklen Wolke die ersten Tropfen fielen. Die gleiche tiefdunkle Wolke ballte sich zwischen Margarete und ihrer Mutter. Sie redeten kein Wort mehr.

Titilope nahm Charlotte mit ihrem breitesten Lächeln in Empfang. Ob Lori sie gebrieft hatte? Sie sah zwischen Margarete und ihrer Mutter hin und her und kapierte offensichtlich nach wenigen Sekunden, dass die Stimmung auf dem Gefrierpunkt war.

»Mrs Miller!«, rief sie munter. »Ich habe gesehen, dass Sie noch gar nicht ausgepackt haben! Dabei haben Sie das hübscheste Zimmer im ganzen Haus, mit dem schönsten Blick aufs Meer! Soll ich Ihnen helfen, es sich gemütlich zu machen? Sie bleiben schließlich eine ganze Woche, und heute Nachmittag soll es weiterregnen. Und nach dem Auspacken mache ich Ihnen eine schöne Tasse Tee, und Sie ruhen sich ein bisschen aus! Aber als Allererstes sollten Sie sich etwas Bequemeres anziehen.« Titilope hakte sich bei ihrer Mutter ein und kletterte mit ihr die Treppe hinauf. Charlotte, sichtlich schwer beeindruckt, obwohl sie vermutlich kaum ein Wort verstanden hatte, marschierte ohne Widerspruch mit ihr mit.

»Du sollst etwas Bequemeres anziehen!«, rief Margarete ihrer Mutter hinterher, um wenigstens noch irgendetwas zum Abschied zu sagen.

»Aber ich habe nichts Bequemeres!«, war der letzte schwache Protest, den Margarete von ihrer Mutter zu hören bekam.

Nun saß sie in Chris' Landrover und lenkte den Wagen den Berg hinauf zurück zur *Oak Hill Farm*. Auf der linken Seite zu fahren erforderte noch immer ihre volle Konzentration und lenkte sie von ihrem schlechten Gewissen ab. Okay, sie hatte ihre Mutter weder auf die Farm eingeladen noch angeboten, Geld für sie zu besorgen, aber das konnte ihr wohl auch niemand vorwerfen, so unmöglich, wie Charlotte sich benommen hatte. Sollte sie doch selbst schauen, wie sie zurechtkam und sich die Zeit vertrieb, sie hatte sie schließlich nicht gebeten, zu kommen! Wie alt musste man als Tochter eigentlich werden, ehe die Mutter aufhörte, sich in alles einzumischen?

Das mit dem Älterwerden war schon eine komische Sache. Margarete konnte sich gut erinnern, dass ihr auf dem Gymnasium alle Lehrer jenseits der vierzig uralt vorgekommen waren. Wenn man jung war, war das Leben ein einziges Durcheinander, aber die Erwachsenen, die hatten es im Griff. Oder? Ab einem gewissen Alter, davon war sie als Jugendliche felsenfest überzeugt, würde sie selbst in die Geheimnisse des Lebens eingeweiht sein und die zentralen Fragen der menschlichen Existenz umfassend beantworten können. Das betraf sowohl universelle Fragen – wo kommen wir her, wo gehen wir hin? – als auch das eigene Leben. Mit vierzig hatte man längst sein Beziehungs- und Familienleben in trockenen Tüchern und war jobmäßig gut aufgestellt. Und mit fünfzig war man aus dem Gröbsten raus ...

Nun, mit gut fünfzigeinhalb, musste Margarete nüchtern feststellen, dass sie sich verkalkuliert hatte. Aus dem Gröbsten raus? Von wegen. Sie war weder verheiratet noch hatte sie Kinder, sie wohnte zur Miete und man hatte ihr den Job gekündigt. Natürlich hatte sie mehr Lebenserfahrung als mit Mitte zwanzig, aber die hätte sie niemals als Altersweisheit definiert. Früher hatte sie gedacht, dass sie sich mit fünfzig viel älter fühlen würde. Es war schwer, einen Nenner zu finden: Sie fühlte sich nicht mehr wie dreißig, aber auch nicht wie fünfzig und hätte sich selbst niemals als »alt« bezeichnet. Sie hatte endlich begriffen, dass Erwachsene nur so taten, als hätten sie die Welt verstanden und alles im Griff. Krankheiten, Trennungen und Todesfälle hatten das Leben von mehr als einer Freundin auf den Kopf gestellt. Nichts war sicher und erst recht nicht planbar. Aber war das eigentlich schlimm? Wenn Margarete ehrlich war, war ihr das Leben, das ihre Mutter sich für sie ausgemalt hatte, schon immer als eine Vision des Grauens erschienen. Sie wollte kein Einfamilienhaus im Speckgürtel von Stuttgart, sie legte keinen Wert darauf, Elternbeirätin zu sein oder jedes Jahr mit der Familie zum gleichen Campingplatz nach Italien zu fahren. Das Einzige, was sie wirklich schmerzte, war, keine eigenen Kinder zu haben. Aber warum konnte ihre Mutter nicht endlich akzeptieren, dass Margaretes Vorstellungen vom Leben andere waren? Warum fand sie, Margarete sei nicht »normal«? Man konnte doch auch mit fünfzig das Leben als Abenteuer begreifen und ganz von vorne anfangen!

Margarete war viel zu sehr bodenständige Schwäbin, um zu unüberlegten Handlungen zu neigen. Aber seit sie in Cornwall hängen geblieben war, fühlte sich ihr Leben ganz anders an. Zumindest in diesem Punkt hatte ihre Mutter recht. Früher konnte sie Wochen damit verbringen, Vor- und Nachteile gegeneinander abzuwägen, wenn wichtige Entscheidungen anstanden, Vernunft und Pflichtbewusstsein waren dabei die wichtigsten Kriterien. Nun aber agierte sie impulsiv und aus dem Bauch heraus. War es nicht völlig verrückt gewesen, dass sie Lori – die damals noch Mabel hieß – im Mai spontan angeboten hatte, sich um ihr B&B zu kümmern? Ungefähr eine Viertelstunde nachdem sie Mabel überhaupt kennengelernt hatte, nach ihrem denkwürdigen Sturz vom Tisch? Das war der Stein gewesen, der damals alles ins Rollen brachte. Natürlich hatte nicht immer alles geklappt, aber sie hatte sich gut geschlagen. Und erst das Punkkonzert, das Mabel, John und sie gegeben hatten! Die schrägste Band der Welt. Jedes Mal, wenn Maggie an ihr Schlagzeugsolo dachte (sie konnte nicht Schlagzeug spielen), musste sie grinsen. Noch viel verrückter aber war, dass sie keine Sekunde gezögert hatte, ihre Zelte in Stuttgart so schnell wie möglich abzubrechen und zu Chris auf die Farm zu ziehen. Es gab keinen Zweifel: Cornwall hatte sie verzaubert. Diese traumhafte Landschaft aus Meer, Küste und grünen Hügeln und die wunderbaren Menschen, die ihr in den letzten Monaten ans Herz gewachsen waren, allen voran natürlich Chris, hatten ihr eine große Leichtigkeit gegeben und den Mut, schnelle Entscheidungen zu treffen. Diese Leichtigkeit hatte sie in Deutschland nie verspürt, da war sie viel mehr Kopf- und Vernunftmensch. War das nicht seltsam? Leider war ihre Mutter offensichtlich der Meinung, sie sei nicht verzaubert, sondern verhext.

Sie bog auf den Hof der *Oak Hill Farm* ein, stellte den Landrover ab und sprang aus dem Auto. Hier oben regnete es nicht. Die Stalltür ging auf und Bonnie raste wie ein Pfeil auf sie zu, gefolgt von Chris. Er trug Plastikhandschuhe, seine Hände und Arme waren bis zu den Ellenbogen voller Blut. Er sah erschöpft aus. Margarete drehte den Wasserhahn neben der Stalltür auf. Chris streifte die Handschuhe ab, bückte sich und wusch sich die Arme.

»Total sexy, so ein blutbesudelter Mann. Das ist doch hoffentlich Tierblut?«

Chris richtete sich auf, streifte das Wasser von seinen durchtrainierten Armen und grinste. »Ich habe natürlich hinter der Stalltür auf dich gewartet, um einen erotischen Auftritt zu inszenieren.« Er sah sich kurz um, dann legte er beide Hände auf ihren Hintern, zog sie ganz nah an sich heran und küsste sie sehr, sehr intensiv. »Dieser Hintern macht mich total verrückt«, wisperte er ihr ins Ohr. »Und alles, was in seiner Nähe ist. Wenn die Kinder nicht die schlechte Angewohnheit hätten, im unpassendsten Moment aufzukreuzen, würde ich dich gleich hier an der Stallwand ...« Sein Atem ging schneller. Noch nie hat mich ein Mann so begehrt, dachte Margarete entzückt und presste sich an ihn. Wenn meine Mutter uns jetzt sehen könnte! Chris ließ sie los.

»Wie ist es gelaufen?«, fragte sie.

»Die Kuh hat es uns und sich nicht leicht gemacht. Das Kalb ist gerade erst auf die Welt gekommen. Die Kinder sind restlos glücklich und reiben es trocken. Du solltest es dir anschauen gehen. Ich muss sagen, es ist ein besonders niedliches Kalb, ein kleiner Bulle. Prächtiger Bursche.«

Margarete lächelte. Er hatte wahrscheinlich schon Hunderte Kälber auf die Welt gebracht, trotzdem konnte er sich noch immer darüber freuen. Sie liebte ihn dafür.

»Wie war's mit deiner Mutter?«

»Die Kurzfassung? Sie ist eigentlich nur hergekommen, um mich vor dem größten Fehler meines Lebens zu bewahren. Dass ich fünfzig Jahre alt bin und meine Entscheidungen nicht mehr vor ihr rechtfertigen muss, spielt überhaupt keine Rolle. Sie ist beleidigt, weil ich sie nicht auf die Farm eingeladen habe, und hat ein Flugticket für mich gebucht. Wenn ich nicht nächste Woche mit ihr zurück nach Deutschland fliege, enterbt sie mich. Ist das nicht unfassbar?« Margarete wurde schon wieder sehr wütend. Chris schien kein bisschen schockiert.

»Du hast sie doch sicher auf die Farm eingeladen?«, fragte er stirnrunzelnd.

»Natürlich nicht! Das ist der völlig falsche Zeitpunkt. Ich kenne doch noch nicht einmal deine Kinder richtig! Und am Wochenende kommen deine Geschwister. Ich habe sie noch nie gesehen, und wir müssen wahnsinnig viel vorbereiten!«

»Und ich habe deine Mutter noch nie gesehen! Du hast sie zwar nicht eingeladen, aber sie ist nun einmal hier. Mit den Kindern läuft es doch reibungslos, wir haben genug Spielraum. Warum gibst du ihr keine Chance?«

»Weil ich fünfzig bin und sie sich trotzdem massiv in mein Leben einmischt! Und weil sie versucht, mich zu erpressen!«

»Du bist ihr einziges Kind. Dein Vater lebt nicht mehr. Da konzentriert sich eben alles auf dich. Häng es nicht so hoch. Das mit der Enterbung meint sie bestimmt nicht ernst.«

Margarete stöhnte. »Oh, doch, das meint sie ernst. Sie behandelt mich, als sei ich noch nicht erwachsen!«

»Ich will dir nicht zu nahe treten. Aber im Moment benimmst du dich tatsächlich ein wenig kindisch.«

»Was soll das heißen?«

»Es wäre doch weitaus klüger, deine Mutter hierher einzuladen. Sie lernt mich kennen, ich wickle sie mit meinen Kochkünsten, meinem Charme, meinen reizenden Kindern, meiner idyllisch gelegenen Farm und einem neugeborenen Kalb um den Finger, und die Enterbung ist vom Tisch.« Er grinste breit.

»Sie will keine Farm mit Farmer und Schafweide, sie hätte gerne ein Herrenhaus mit Butler und englischem Rasen. Außerdem hast du deine muskulösen Oberarme vergessen.«

»Okay, dann ziehe ich ein weit ausgeschnittenes *Muscle Shirt* an und lasse meine Muskeln spielen. Sie kapiert, dass das hier kein Ferienflirt, sondern eine auf die Zukunft ausgerichtete, langfristige Beziehung ist. Das hoffe ich jedenfalls.« Er packte sie an den Hüften und hob sie einfach in die Luft.

»Bist du verrückt! Du holst dir einen Bruch!«, protestierte Margarete zappelnd. Er setzte sie abrupt wieder ab. Sie schob ihn energisch von sich weg. »Ich kann nicht glauben, dass du die Partei meiner Mutter ergreifst!«

Chris schüttelte den Kopf. »Maggie. Das ist völliger Quatsch. Wenn du deine Mutter nicht einlädst, verpasst du eine Riesenchance, den Konflikt mit ihr auf elegante Weise zu lösen. Sie kommt ab und zu hier vorbei oder wir holen sie ab und nehmen sie mit an den Strand. Beim Grillfest nächsten Samstagabend kommt es auf eine Person mehr oder weniger bestimmt nicht an. In Honeysuckle Cottage bemüht sich Titilope ein bisschen mehr um sie als um andere Gäste, und Lori ist ausnahmsweise mal nett. Was meinst du, wie glücklich sie nach Hause fährt! Sie erzählt all ihren Freundinnen vom tollen neuen Leben ihrer Tochter. Vielleicht könntest du John um Hilfe bitten? Er ist doch ein Gentleman, und sie sind etwa gleich alt. Er könnte sie zum Tee einladen oder mit ihr spazieren gehen?«

»Sie kann kein Englisch. Wie soll sie sich mit John unterhalten, oder mit dir und den Kindern?«

»Meinst du wirklich, dass es daran scheitert? So, wie du sie beschreibst, ist sie vor allem einsam. Es dürfte gar nicht so schwer sein, sie glücklich zu machen.«

»Im Moment ist sie bestimmt nicht glücklich. Außerdem hat sie kein Geld. Sie ist mit uralten ungültigen Scheinen angerückt.«

»Das passiert vielen Touristen. Du besorgst ihr doch heute noch Bargeld?«

»Es sind fünf Meilen bis zum nächsten Geldautomat! Wir haben noch einen Haufen Arbeit zu erledigen und wollten mit den Kindern so schnell wie möglich an den Strand!«

Chris stöhnte. »Willst du damit sagen, du hast sie nicht nur nicht eingeladen, sie sitzt auch noch ohne Bargeld da? Kein Wunder, dass sie dich enterben will! Du weißt genauso gut wie ich, dass es in Port Piran keinen Bankomaten gibt. Deine Mutter kann kein Englisch, hat kein Geld und es lässt dich völlig kalt, dass sie sich nicht einmal etwas zu essen besorgen kann? Wirklich, Maggie, ich kenne dich nicht wieder! Normalerweise bist du der mitfühlendste, liebevollste Mensch weit und breit. Was ist das bloß mit dir und deiner Mutter?«

»Du hättest mal hören sollen, was sie gesagt hat. Was sie über dich gesagt hat! Der größte Fehler, vor dem sie mich bewahren will, bist du!« Margarete fühlte, dass sie rot vor lauter Ärger war. Das mit ihr und ihrer Mutter? Das ging Chris nichts an!

»Maggie. Ich weiß nicht, was früher zwischen euch vorgefallen ist. Aber sie ist immer noch deine Mutter, sie ist alt, sie ist in einem fremden Land und du musst dich um sie kümmern, ob du es dir ausgesucht hast oder nicht. Abgesehen davon will ich sie kennenlernen! Gibst du mir den Autoschlüssel? Komm, Bonnie.«

»Was hast du vor?« Widerstrebend drückte sie ihm den Schlüssel des Jeeps in die Hand.

»Ich fahre zum nächsten Geldautomaten. Und dann fahre ich nach Port Piran, stelle mich deiner Mutter vor und lade sie für heute Abend zum Essen ein. Ich koche, du machst den Stall. Eine super Übung für dich. In jeder Hinsicht!«

6. KAPITEL

Lori

Jemand klopfte und Lori fuhr von der Spülmaschine hoch, die sie gerade mit dem Frühstücksgeschirr füllte. Liam lehnte in der Küchentür. Der Tag war für August empfindlich kühl und er trug zur Abwechslung Jeans, einen Kapuzenpulli mit dem Logo der Seenotrettung und einen Rucksack über der Schulter. Besser so, da sah man die bescheuerte nackte Meerjungfrau auf seinem Arm nicht. Offensichtlich war er auf dem Sprung zu seinem Lehrgang. Sein Blick ruhte interessiert auf dem Schild »*Keep out! Private!*«. Loris Puls begann zu rasen. Das war nur, weil Titilope auf die völlig absurde Idee gekommen war, sie sei in Liam verknallt. *Self-fulfilling prophecy!* Zum Glück war Titi gerade im Gemüsegarten und goss die Kräuter.

»Darf ich Sie kurz stören, Lori?« Die meisten Gäste störten, ohne zu fragen.

»Natürlich.« Sein wirres, stark angegrautes Haar könnte einen Haarschnitt vertragen.

»Wo kann man in Port Piran gut essen gehen?«

»Im Pub.« Wieder einer, der zu faul war, den Ordner im Zimmer mit ihren Restauranttipps durchzublättern.

»Da war ich jetzt beinahe jeden Abend. Zünftig und gut. Gibt's vielleicht auch was Intimeres? Etwas ... Romantischeres? Wo einen nicht das halbe Dorf beobachtet?«

Na, der ging ja gleich in die Vollen. Gab's bei den *Volunteers* etwa eine hübsche Dreißigjährige, die für ihren doppelt so alten Ausbilder schwärmte? Und dafür wollte er jetzt ausgerechnet von ihr Tipps? Lori hatte plötzlich einen bitteren Geschmack im Mund. Seine Sache.

»Sie meinen, so ein richtiges Restaurant mit Kerzen und weißen Tischdecken und so, wo die Touristen hingehen und für dasselbe Essen, das sie im Pub kriegen, freiwillig das Doppelte hinlegen?«

»Genau so was. Vielleicht mit gutem Fisch? Ich bin früher jahrelang zur See gefahren, da konnte ich keinen Fisch mehr sehen. Langsam schmeckt er mir wieder.«

»Ich dachte, Sie sind Vegetarier?«

»Nein, ich versuche nur, Fleisch zu vermeiden. Bei der Fleischproduktion ist für mich zu viel Tierquälerei im Spiel. Fisch esse ich ab und zu.«

»Da sind Sie sicher anspruchsvoll, wenn Sie jahrelang selber gefischt haben. Das wird schwierig in unserem kleinen Dorf.« Lori stand noch immer wie angewurzelt neben der Spülmaschine. Sie wusste nicht, weshalb, aber sie brauchte einen Sicherheitsabstand zu Liam Bennett.

Er lachte. »Nein, nein, ich habe nicht selber gefischt, das waren Fracht- oder Containerschiffe, die um die halbe Welt fuhren. Es gab nur sehr oft Fisch zu essen. Schlechten Fisch. Ich bin mir sicher, in Port Piran gibt es Fisch, der meinen Ansprüchen mehr als genügt.«

»Erst diese Saison hat ein neues Fischrestaurant aufgemacht, zwei Häuser neben dem Pub. Es heißt The Whale & the Dolphin. Die machen auf modern. Man sieht das von außen, es hat große Fenster und ist schick eingerichtet. Sie können ja mal einen Blick reinwerfen. Das Essen soll sehr gut sein. Die Restaurantbesitzer kooperieren mit unseren Fischern und legen Wert auf lokale Produkte. Zumindest behaupten sie das. Ich kenne sie nicht, sie sind nicht von hier.«

»Heißt modern, dass es nicht romantisch ist?« Er sah jetzt irgendwie spitzbübisch aus.

»Das dürfen Sie mich nicht fragen. Mrs Peacock war bestimmt schon dort, vielleicht kann sie was dazu sagen? Sie sitzt noch im Frühstücksraum. Ich habe weder Zeit noch Geld, um essen zu gehen. Außerdem hab ich's nicht so mit Romantik.«

»Das ist mir schon aufgefallen. Vielleicht sollten wir das ändern? Ich führe Sie aus. Wie wär's mit morgen Abend? Da ist

Samstag, da hören wir etwas früher mit dem Lehrgang auf, und ich habe mir eine Belohnung für die anstrengende Woche verdient. Passt 19 Uhr?«

»Sie führen mich aus? Wohin?« Lori war jetzt völlig verwirrt. Gerade noch hatte er sie nach einem Restaurant gefragt, und nun wollte er sie wie einen Hund ausführen?

»Von was reden wir denn die ganze Zeit?« Er lachte schon wieder dröhnend. Es war einfach zu laut.

»Sie wollen in dieses Restaurant – mit mir?«

»Lori, Sie sind ein schlaues Kerlchen. Genau das habe ich vor.« Er rieb sich die Hände wie jemand, der gerade einen genialen Plan aushecke.

»Aber – warum denn bloß? Wo doch der Pub viel billiger ist? Und – wieso mit mir? Ich bin ihre *Landlady!*« Jetzt schwitzten nicht nur ihre Hände. Sie war ein einziger peinlicher Schweißausbruch.

»Sie machen es einem Kerl echt nicht leicht. Wieso lädt ein Mann eine Frau ins Restaurant ein?«

»Weil er nicht kochen kann?« Jetzt kam auch noch ein Schwächegefühl hinzu. Sie klammerte sich für alle Fälle an die Spülmaschinenklappe.

»Dann könnte er auch alleine gehen. Ein Mann, eine Frau, ein Abend, ein Restaurant? Man nennt das ein Date.«

»Wenn man zwanzig ist.«

»Das ist doch keine Frage des Alters!«

»Aber – ich hatte noch nie ein Date! Ich habe keine Ahnung, wie das geht!«, platzte sie heraus und wartete darauf, dass er sie auslachte. Sie war schließlich ein Alien. Welche Frau in ihrem Alter war noch nie mit einem Mann ausgegangen? Stattdessen blickte er sie nur an, plötzlich sehr ernst. Ihre Hände waren jetzt so feucht, dass sie sie an ihrer Jeans abwischen musste. Das war alles Titilopes Schuld.

»Dann wird es allerhöchste Zeit.« Er nickte bekräftigend.

»Was genau muss ich da tun?« Wieso war ihr das rausgerutscht? Das war ja praktisch eine Zusage! Hilfe!

»Mit Messer und Gabel essen. Gerne auch nur mit der Gabel, so, wie es die meisten Briten tun. Sie dürfen die Gabel nach oben strecken und die Erbsen auf der Rückseite balancieren, so, wie es die meisten Briten tun, damit es möglichst umständlich ist. Die Erbsen dürfen runterkullern, so, wie es den meisten Briten passiert, nur sollten sie möglichst auf dem Teller landen und nicht auf dem Boden. Sie sollten möglichst nicht rülpsen und eine Serviette benutzen und nicht den Ärmel, um sich den Mund abzuwischen. Sie könnten einen schlechten Chardonnay zu überteuerten Preisen trinken, so, wie es die meisten britischen Frauen tun. Wenn Sie nicht den ganzen Abend stumm wären, wäre das schön. Wir könnten über das Wetter reden, wenn Sie vermeiden wollen, dass es zu persönlich wird. Notfalls können wir auch zusammen schweigen. Am Ende des Abends lassen Sie mich die Rechnung bezahlen, ohne einen Streit mit mir anzufangen. Das ist schon alles. Meinen Sie, Sie kriegen das hin? Oder ist es ein Problem, weil Sie heimlich mit den Fingern essen und sich in den Ärmel schnäuzen?«

»Aber – warum denn bloß?«, rief Lori zutiefst unglücklich. Ein Date! In ihrem Alter! Ausgerechnet mit einem Gast! Sie hatte doch nicht mal etwas anzuziehen! Und die Peinlichkeit war vorprogrammiert! Und Alkohol ging gar nicht! Aber das ging Liam nichts an.

»Morgen Abend, vielleicht sagen wir besser, halb acht? Ich reserviere einen Tisch. Wir gehen um fünf vor halb aus dem Haus. Bitte verstecken Sie sich so, dass ich Sie finden kann.« Und damit ließ er Lori stehen. Sie knallte die Spülmaschinenklappe zu und rannte zur Küchentür.

»Kein Sex, kein Alkohol, damit das klar ist!«, brüllte sie ihm hinterher. Er drehte sich vor der Haustür nicht mehr um, aber sie konnte sehen, dass seine Schultern vor Lachen bebten, während er Titilope die Tür aufhielt.

»Du redest mit Liam über Sex? So laut, dass es sogar Mrs Peacock im Frühstückszimmer hören kann? Ich hatte also doch recht. Da läuft was! Dabei hast du es heftig abgestritten.« Titilope legte grinsend Schnittlauch, Dill und Petersilie auf den Küchentisch.

»Kein Kommentar«, zischte Lori. Langsam beruhigte sich ihr Pulsschlag. Wenn ihr Titilope nicht plötzlich in die Quere gekommen wäre, wäre sie Liam hinterhergerannt. Nun, sie hatte seine Handynummer und konnte ihm später immer noch absagen. Er hatte sie völlig überrumpelt. Da brauchte er sich nicht wundern, wenn sie es sich noch einmal anders überlegte.

»Pscht! Lori!«

»Wo kommst du denn auf einmal her?« War das ihre Küche oder ein Taubenschlag?

»Ist meine Mutter da drin?«, raunte Maggie. Sie kam auf Zehenspitzen in die Küche geschlichen, Turnschuhe in der Hand, die Katze dicht auf den Fersen, und rollte wild die Augen Richtung Frühstückszimmer. Lori schüttelte den Kopf. Langsam beruhigte sich ihr Pulsschlag.

»Die Luft ist rein. Deine Mutter ist Frühaufsteherin, das weißt du ja sicher. Mangels englischer Sprachkenntnisse verständigt sie sich mit Bildbotschaften. Sie war vollkommen entsetzt, dass es erst ab acht Uhr Frühstück gibt. Sie hat einen Zettel genommen, vorwurfsvoll geguckt, eine Kaffeetasse, ein Ziffernblatt, eine sieben und ein Fragezeichen draufgemalt und das Gekritzel Titilope unter die Nase gehalten, woraufhin diese mit einem bedauernden Lächeln den Kopf geschüttelt hat. Dann hat sie hinter die Sieben einen Punkt und eine Drei und eine Null gemalt, und Titilope hat erneut freundlich den Kopf geschüttelt. Nun marschiert deine Mutter morgens um Viertel vor acht an der Küche vorbei, grüßt, bleibt eine ganze Weile in der Tür stehen und guckt vorwurfsvoll, und dann sitzt sie an ihrem Tisch, trommelt mit den Fingern und guckt vorwurfsvoll. Wir bringen ihr einen Tee, aber das eigentliche Frühstück bekommt sie erst um acht, wie alle anderen auch. Man muss ihr allerdings zugestehen, dass sie im Gegensatz zu den anderen Gästen ihr Geschirr sorgfältig aufeinanderstapelt, bevor sie geht. Außerdem hinterlässt sie nicht den allerkleinsten Krümel. Wie macht sie das? In ihrer Teetasse siehst du keinen Rand. Ob sie die heimlich ausschleckt?«

Maggie seufzte. »Meine Mutter ist Schwäbin durch und durch. Und das mit dem vorwurfsvollen Gucken kenne ich nur zu gut.«

»Schwäbin. Was bedeutet das?«, fragte Titilope neugierig.

»Das bedeutet eine hohe Arbeitsmoral und einen ausgeprägten Sinn für Sauberkeit. Zu Hause frühstückt sie um sechs Uhr und anschließend kümmert sie sich um Haus und Garten. Sie putzt, kocht und backt oder macht Marmelade ein. Oder sie stopft ihre alten Sachen, weil sie die zu Hause aufträgt. Dabei ist sie reich und könnte sich eine Haushaltshilfe oder einen Gärtner leisten. Aber dafür ist sie zu geizig. Deshalb ist Ausschlafen verpönt.«

»Selbst am Wochenende oder wie jetzt im Urlaub?«

»Sie ist nicht in Urlaub, Titi. Sie ist auf einer Mission, die verlorene Seele ihrer Tochter zu retten und nächste Woche per Flugzeug nach Hause zu transportieren. Wo ist sie hin, Lori?«

»Spazieren. Anschließend wollte sie bei Caroline einen Kaffee trinken und sich mit Roland unterhalten, wenn ich das richtig verstanden habe.«

»Gaanz schlecht. Wahrscheinlich kommt sie mit dem originellen Vorschlag zurück, ich solle es noch einmal mit Roland probieren, weil er die bessere Partie ist. Sollen Caroline und Chris doch gucken, wo sie bleiben.«

»Immerhin hast du eine Weile Ruhe vor ihr. Wie ist das Abendessen gestern bei euch gelaufen?« Lori musterte Maggie unauffällig. Ihre Arme waren braun gebrannt von der Arbeit im Freien, ihr Gesicht war voller fröhlicher Sommersprossen und ihre wilde rote Mähne war von kinn- auf schulterlang gewachsen und noch beeindruckender. Jeans und T-Shirt schienen eine Nummer zu groß zu sein, so, als ob sie abgenommen hätte. Wenn ihre Mutter nicht vollkommen blind war, musste sie doch zugeben, dass Maggie blendend aussah! Und wenn Lori wiederum ehrlich war, schien es mit Chris und Maggie zu klappen, auch wenn sie skeptisch gewesen war.

»Chris hat Charlotte mit seinem Charme und seinen hervorragenden Schweinekoteletts vom eigenen Schwein bestochen. Die Kinder haben sie mit ein paar deutschen Wörtern eingewickelt, die ich ihnen vorher beigebracht habe. Ich hab jedes Wort hin- und herübersetzt, damit sie sich nur ja nicht ausgeschlossen fühlt, und es war schrecklich anstrengend. Kurz, wir haben uns alle mächtig ins Zeug gelegt. Sie hat den ganzen Abend gestrahlt und gefuttert, als hätte sie seit Tagen nichts gegessen, obwohl sie sonst penibel auf ihre und meine schlanke Linie achtet. Sie hat sogar Bonnie gestreichelt, obwohl sie alles hasst, was ein Fell oder Federn hat. Man hätte also meinen können, es sei prima gelaufen und es hätte ihr gefallen. Ich war ja ziemlich sauer auf Chris, weil er sich eingemischt hat – ich hätte meine Mutter bestimmt nicht eingeladen –, musste dann aber zugeben, dass es eine gute Idee war. Bis ...« Sie seufzte.

»Bis?« Lori war enorm froh, dass sie von Liams Auftritt abgelenkt wurde.

»Bis ich sie nach Hause gefahren habe. Kaum waren wir allein, hat sie von der Farm bis zur Tür von Honeysuckle Cottage alles kritisiert, was man nur kritisieren kann, ohne auch nur ein einziges Mal Luft zu holen: dass sie immer versucht hat, mir das Kochen beizubringen, es mich aber nie interessiert hat, und jetzt muss der arme, arme Chris neben seiner harten Arbeit als Farmer abends auch noch am Herd stehen, und das ist die beste Methode, einen Mann zu vergraulen. Dabei kocht Chris wahnsinnig gern.«

»Es ist doch in ihrem Interesse, wenn du ihn vergraulst«, warf Lori belustigt ein. »Das erhöht doch die Chancen, dass du nächste Woche mit ihr zurückfliegst?«

»Nach Logik wirst du bei ihrem Gemecker vergeblich suchen. Die *Oak Hill Farm* fand sie armselig und heruntergekommen im Vergleich zu einem schwäbischen Bauernhof. Meine Mutter wohnt in der Großstadt. Als ob sie irgendeine Ahnung von schwäbischen Bauernhöfen hätte! Aber sie hat mich fleißig weiter kritisiert. Dass ich mein Leben wegwerfe, weil ich es der englischen Landwirtschaft verschreibe, anstatt als reuige Sünderin zurückzukehren zur schwäbischen Automobilbranche, wo sich viel mehr Geld verdienen lässt. Da musste ich dann wirklich lachen. Dass ich nicht in der Lage war, früher einen Mann zu finden und eigene Kinder zu gebären und nun stattdessen meine Energie an die Kinder einer anderen Mutter verschwende. Da hab ich nicht mehr gelacht. Ich hab mir die ganze Fahrt geschworen, mich nicht provozieren zu lassen, aber als wir an deiner Haustür waren, hatten wir uns schon wieder kräftig in der Wolle. Chris fand meine Mutter bezaubernd, und er versteht überhaupt nicht, warum ich solche Probleme mit ihr habe. Kein Wunder, er kann sich ja auch nicht mit ihr unterhalten. Sie mischt sich in alles ein, obwohl ich über fünfzig bin, sie stochert in meinen tiefsten Wunden herum und nichts ist ihr gut genug. Warum kapiert sie nicht, dass es gut genug für mich ist?« Maggie klang sarkastisch, aber sogar Lori spürte, wie viel Schmerz in ihren Worten mitschwang.

»Gib ihr ein wenig Zeit und versuch, Geduld mit ihr zu haben. Das ist schließlich alles neu für sie, und die Sprache nicht zu sprechen macht alles noch viel komplizierter. Vielleicht läuft es beim nächsten Treffen schon besser? Im Prinzip hat Chris sicher recht, dass es besser ist, sie einzubeziehen, als auf Konfrontationskurs zu gehen.« Das war für ihre Verhältnisse eine ungewohnt einfühlsame Antwort, fand Lori stolz. »Wie kommst du denn mit den Kindern klar? Ich habe sie seit zwei Jahren nicht mehr gesehen. Wahrscheinlich erkenne ich sie nicht wieder.«

»Hattie und Luke sind großartig und man merkt, wie sehr sie ihren Vater vermisst haben. Luke klammert sich an Chris, als hätte er Angst, er könnte sich jede Sekunde in Luft auflösen. Dass er trotzdem Heimweh nach Janie hat, ist wohl normal bei einem Fünfjährigen. Und Hattie scheint mich zu mögen. Die drei sind gerade mit Bonnie draußen bei den Schafen.« Maggie strahlte jetzt und es gab Lori einen Stich. Die Kinder waren früher mit Janie bei ihr ein und aus gegangen, sie hatten ihre Küche und ihre Scones geliebt. Jetzt waren sie schon seit ein paar Tagen in Port Piran, und Chris hatte sich noch nicht einmal die Zeit genommen, mit den Kindern vorbeizuschauen. »Wir waren schon ein paarmal am Strand von Mullion und Kynance Cove, wir haben abends im Garten Lagerfeuer gemacht und Chris hat Geschichten vorgelesen, wir haben im Baumhaus Mittag gegessen und hatten bei allem total viel Spaß. Luke und Hattie scheinen keinerlei Vorbehalte gegen mich zu haben. Ich mische mich auch nicht in die Erziehung ein, das überlasse ich Chris. Bloß mein Essen scheint ihnen nicht besonders zu schmecken. Zum Glück weiß das meine Mutter nicht! Vielleicht könntest du mir ein paar Kochkniffe beibringen? Ich habe auch den Farmshop noch nicht ganz abgehakt.«

»Dann wird's jetzt aber höchste Zeit!«, schmetterte es von der Küchentür her. »Sonst ist die Sommersaison vorüber, ehe du mit deinem Shop auch nur angefangen hast!« In der Küchentür stand Karen, in ihrer immer gleichen grünen Latzhose, einem löchrigen T-Shirt und mit einer großen Kiste in beiden Händen.

Lori fiel auf, dass ihre Muskeln fast so beeindruckend waren wie die von Liam. Was war das für ein Taubenschlag. Wieso musste jetzt auch noch Karen auftauchen? Lori sehnte sich nach nichts mehr als ihrem winzigen Gärtchen, einem Joint und nach Ruhe, um über Liams seltsame Einladung nachzudenken. Karen stellte die Kiste auf den Küchentisch. Maggie beugte sich darüber, schnupperte und seufzte.

»Die Äpfel, der Käse, das Brot, das Joghurt ... alles sieht einfach zum Anbeißen aus. Und wie die Tomaten riechen! Es wird Jahre dauern, bis ich da mithalten kann. Chris hat nicht einmal einen Gemüsegarten, nur Apfelbäume. Vorerst brauchst du mich nicht als Konkurrenz zu fürchten.«

»Ich sag dir doch, du brauchst was Eigenes«, kommentierte Karen achselzuckend. »Etwas, das mit der Farm nichts zu tun hat.«

»Natürlich kann ich dir ein paar Sachen beibringen, Maggie«, meinte Lori. »Brotbacken zum Beispiel. Ich kann dir auch helfen, einen simplen Gemüse- und Kräutergarten anzulegen, dann hast du nächsten Sommer zumindest Kürbisse, Zucchini, Tomaten und Salat. Dieses Jahr wird das nichts mehr. Es gibt eine windgeschützte Ecke im Garten, da hat sich Janie mal an Gemüse versucht, aber sie war zu ungeduldig im Kampf gegen die Schnecken. Da könnten wir es noch mal probieren. Aber mit Käse, Speck und Joghurt kenne ich mich nicht aus. Da ist Karen die Fachfrau.«

»Und die wird 'nen Teufel tun und ihre über lange Jahre bei Vollmond um Mitternacht entwickelten Geheimrezepturen verraten«, grinste Karen. »Es sei denn, du machst ein Franchise-Unternehmen auf.«

»Ich kann ja wohl kaum deine Produkte in meinem Farmshop verkaufen«, wehrte Maggie ab. »Das wäre Betrug.«

»Klar könntest du, du musst ja kein Geheimnis draus machen, dass die Sachen von mir stammen. Ich müsste sie ja nur mit meinem Farm-Logo mit dem lachenden Schwein kennzeichnen. Dann könntest du sie auf deiner Farm zusammen mit deinen eigenen Produkten verkaufen, gegen Gewinnbeteiligung. Wir haben keine Zeit für einen eigenen Farmshop, und für mich wäre das eine zusätzliche Verkaufsschiene.«

»Das ist doch gar keine schlechte Idee!«, bekräftigte Lori. »Du steigst mit Chris' Äpfeln, Eiern, seiner frischen Milch und Karens selbst gemachten Produkten ein. Vielleicht noch ein paar Lammkoteletts dazu? Parallel dazu bringe ich dir Brotbacken bei. Dann müsstest du nicht gleich alles selber machen. Du kannst allmählich dazulernen und im eigenen Tempo expandieren.«

»Ich weiß nicht«, murmelte Maggie. »Ich hab's mir eigentlich anders vorgestellt. Mehr so mein eigenes Ding. Aber danke für das Angebot, Karen, ich denke mal drüber nach.«

»Ich versorge die Lebensmittel«, erklärte Titilope und begann, die verderblichen Sachen aus der Kiste in den Kühlschrank zu räumen.

»Möchtest du einen Tee«, fragte Lori, an niemanden speziell gerichtet, und Karen und Maggie antworteten im Chor: »Danke, gerne.«

»Du hast nicht zufällig …«

»… den einen oder anderen Scone vom Frühstück übrig?« Beide grinsten sich an. Maggie setzte sich am Küchentisch gegenüber, und Karen rutschte auf den Stuhl neben Lori.

»Doch, habe ich«, erwiderte Lori, die das Tee-Angebot schon wieder bereute. »Obwohl ich mich schon frage, warum sich eigentlich immer alles hier bei mir in der Küche knubbelt.«

»Weil du die besten Scones machst und es die gemütlichste Küche der Welt ist«, erklärte Maggie und kommentierte mit einem zufriedenen Grunzen, dass Titilope gerade einen Teller mit einem Scone vor ihr deponierte und die Erdbeermarmelade und die Butter auf den Tisch stellte.

»Das ist übrigens dein Verdienst, Maggie. Früher war es hier nicht so gemütlich, da habe ich nie einen Scone gekriegt. Seit du hier bist, ist Lori viel umgänglicher geworden.« Karen grinste, während sie ihre Sconehälften mit Butter bestrich.

»Dann will ich nicht wissen, wie sie vorher drauf war«, murmelte Titilope und alle mussten lachen, sogar Lori.

»Ich glaube, dass Lori sich als Punkerin geoutet hat, war ein Befreiungsschlag. Nicht wahr, Lori? Und dass sie herausgefunden hat, wer ihre Mutter ist, und ihren richtigen Namen angenommen hat und nicht mehr Mabel heißt und diese schrecklichen altmodischen Klamotten trägt«, meinte Maggie und wirkte sehr zufrieden mit sich.

»Habt ihr mich jetzt genug analysiert?«, knurrte Lori.

»Wir sollten schnell über was anderes reden«, flüsterte

Maggie Karen zu. »Ist John nicht normalerweise um diese Zeit da? Ich hatte gehofft, ihn hier zu erwischen. Dass du aufgetaucht bist, Karen, erspart mir einen Anruf.«

»Falsches Thema«, murmelte Titilope und stellte Karen und Maggie je eine Teetasse hin.

»Wieso wolltest du John erwischen?«, fragte Lori, ohne auf ihre Bemerkung einzugehen. John war an diesem Morgen nicht aufgekreuzt. Nur deshalb hatte sie Scones übrig. Sein Problem, wenn er beleidigt war, auch ohne ihn war schließlich genug Betrieb. Karen drehte sich halb zu ihr, um nach der Erdbeermarmelade zu greifen. Plötzlich fiel Lori auf, dass sie nach Alkohol roch. Nach irgendeinem billigen, hochprozentigen Fusel, Lori kannte sich schließlich aus. Auweia. Um diese Zeit? Es war gerade mal halb zehn. Kein gutes Zeichen! Dass Karen regelmäßig im Pub über die Stränge schlug, war kein Geheimnis. Aber dass sie morgens schon zur Flasche griff?

»Ich wollte euch einladen«, verkündete Maggie stolz. »Ich hatte euch doch erzählt, dass zwischen heute Abend und morgen Mittag Chris' Geschwister mit ihren Familien anrücken und im Garten zelten, weil sie die Kinder sehen wollen. Wir machen morgen Abend ein großes Grillfest, mit eigenem Fleisch und eigenen Grillwürsten und eigenen Lammkoteletts, und ihr seid alle herzlich eingeladen! Joseph natürlich auch. Du kommst doch auch, Titilope? Meine Mutter muss ich natürlich auch fragen, selbst wenn ich keine Lust habe. Und John! Ich gehe nachher gleich bei ihm vorbei. Er ist doch nicht krank? Könntest du mit dem Auto fahren und John, Titilope und meine Mutter mitnehmen, Lori?«

»Was für eine großartige Idee!«, rief Karen und klatschte in die Hände. »Wir feiern zurzeit viel zu wenig und arbeiten viel zu viel. Joseph kommt heute Abend spät aus Exeter, er muss noch eine Vorlesung halten. Ich schreibe ihm nachher gleich, dass wir morgen ausgehen! Was sollen wir mitbringen? Ich weiß. Wir machen einen riesigen bunten Salat mit dem Kopfsalat, den Radieschen und den Gurken aus unserem Gewächshaus. Und ein großes Sauerteigbrot habe ich auch noch übrig.« Sie prostete Maggie mit ihrer Teetasse zu.

Das kam doch wie gerufen! Die perfekte Ausrede. *Es tut mir leid, Liam. Kaum waren Sie zur Tür raus, bekam ich für morgen Abend eine Einladung zum Grillfest. Alle meine Freunde gehen hin. Ich konnte nicht absagen. Das verstehen Sie doch sicher? Sie wären total beleidigt gewesen.*

»Ich kann nicht«, platzte Lori heraus.

»Was soll das heißen? Du kannst doch immer!«, protestierte Maggie.

»Ich … ich muss meine Steuer machen. Ich schiebe das schon die ganze Zeit vor mir her.«

»Du musst deine Steuer machen? Ausgerechnet am Samstagabend? Ausgerechnet dann, wenn wir zu einem großen Grillfest einladen? Dem ersten und einzigen Fest seit dem *Port Piran Village Festival?*« Maggie sah sie verständnislos an.

»Ja, genau«, antwortete Lori hastig. »Tut mir wirklich leid!« Sie würde nichts sagen. Auf keinen Fall. Sie warf Titilope einen drohenden Blick zu, dessen Botschaft eindeutig war: ein Pieps, und du kannst woanders Betten machen.

»Die Steuer kannst du doch auch am Tag drauf erledigen, oder?«, mischte sich Karen ein.

»Nein. Nein, das kann ich nicht.« Lori spürte, dass sie knallrot anlief. »Ich habe mir selbst hoch und heilig geschworen, dass ich mich durch nichts ablenken lasse.«

»Aber willst du denn nicht die Kinder sehen? Sie haben schon nach dir gefragt!« Maggie drehte sich zu Titilope um und zupfte sie am Ärmel. »Titilope, was stimmt hier nicht?«

Titilope schüttelte energisch den Kopf. »Ich sage nichts. Sonst kriege ich bloß wieder eins auf den Deckel.«

»Hmm. Lori ist plötzlich ganz rot geworden, Maggie. Wir scheinen sie bei irgendetwas ertappt zu haben.« Karen grinste breit. »Ich glaube nicht, dass es hier um die Steuer geht.«

»Um was könnte es dann gehen?«, fragte Maggie eifrig. »Karen, du hast doch eine Idee, oder?«

»Ich höre euch übrigens zu und ich glaube, es wird Zeit, dass ihr verschwindet«, sagte Lori drohend.

Karen plusterte sich auf. »Ich habe gestern mit Liam telefoniert«, verkündete sie feierlich.

»Liam? Wer ist Liam?« Natürlich gab Maggie keine Ruhe. Lori stöhnte.

»Liam ist ein alter Freund von mir. Bis vor ein paar Jahren war ich Ehrenamtliche bei der Seenotrettung. Als Farmerin bin ich schließlich fast immer verfügbar, wenn Not am Mann ist. Ich habe mit Anfang vierzig nach fast zwanzig Jahren aufgehört, weil ich nicht mehr die Energie hatte, mir die Nächte bei einem Einsatz um die Ohren zu schlagen und anschließend morgens in den Stall zu gehen. Liam ist Ausbilder beim RNLI und hat immer wieder bei uns in der Rettungsstation Fortbildungen gegeben. Ein Supertyp. Der Beste weit und breit! Leider ein bisschen zu alt für mich. Er müsste in Loris Alter sein.« Sie grinste frech. »Im Augenblick gibt er einen längeren Kurs für neue *Volunteers* und er hat mich vorher gefragt, ob ich ihm eine Unterkunft empfehlen kann. Natürlich habe ich ihm Honeysuckle Cottage ans Herz gelegt. Er ist seit drei Tagen hier, und gestern hat er mir erzählt, wie gut es ihm hier gefällt. Und ich hatte den Eindruck, damit meinte er nicht nur das gute Frühstück und das weiche Bett.« Sie deutete mit dem Zeigefinger triumphierend auf Lori. Die hatte das Gefühl, in Ohnmacht zu fallen. Sie verlor gerade völlig die Kontrolle.

»Moment mal. Du bist doch nicht etwa – verabredet?«, rief Maggie und ihre Augen weiteten sich vor Erstaunen.

»Und wenn schon. Das geht euch gar nichts an«, zischte sie. Die beiden benahmen sich, als sei es das achte Weltwunder, dass sie, Lori, ein Date hatte!

»Wir haben sie ertappt. Sie ist verabredet! Mit Liam!«, frohlockte Karen. »Deswegen kann sie morgen nicht!«

»Lasst mich in Ruhe!«

»Aber Lori! Wir freuen uns doch für dich!«, rief Maggie und klatschte in die Hände.

»Aber Lori! Wir freuen uns doch für dich!«, äffte Lori Maggies Tonfall nach. »Wir freuen uns, dass du auch mal einen Brotkrumen abkriegst, der vom Tisch fällt!«

»Wie kannst du so etwas sagen, Lori. Liam ist nun wirklich alles andere als ein Brotkrumen!«, erklärte Karen. »Eher ein -Brocken. Du solltest ihn sehen, Maggie!« Maggie und Karen bogen sich jetzt vor Lachen. »Ein ziemlich attraktiver Brocken! Obwohl er nicht mehr der Jüngste ist!«

»Wieso ist so ein Goldstück Single?«, fragte Maggie.

»Er ist seit ein paar Jahren verwitwet. Lori sollte schnell zuschlagen, bevor ihn ihr jemand wegschnappt!« Prompt bekamen sie den nächsten Lachanfall. Die beiden waren schlimmer als alberne Teenager!

»Ihr könnt mich mal«, zischte Lori. »Raus aus meiner Küche. Sofort!«

»Sei doch nicht so humorlos, Lori! Nun komm schon. Was ziehst du an?«

»Einen Nasenring. Sonst nichts!«

»Sexy. Und wo geht ihr hin?«

»Das geht euch überhaupt nichts an!«

»Natürlich nicht! Aber wir würden es soo gerne wissen. Erzählst du es uns? Bittebittebitte!«

Lori stand auf und schob ihren Stuhl zurück. »Wenn ihr mich jetzt bitte entschuldigen würdet«, sagte sie mit eiskalter Stimme. Dann drehte sie sich um, verschwand in ihrer Speisekammer, knallte die Tür hinter sich zu und kletterte die steilen Stufen hinunter in ihren Garten. Dort ließ sie sich auf den wackligen Gartenstuhl fallen und griff mit zitternden Fingern nach der Blechdose, in der sie ihre Joints und ein Feuerzeug aufbewahrte. Die ganze Geschichte war komplett aus dem Ruder gelaufen. Sie hätte Maggie zu- und Liam absagen sollen. Aber jetzt war es zu spät.

7. KAPITEL

Margarete

»Erde an Maggie. Erde an Maggie. Kannst du mich hören?«
Margarete öffnete ein halbes Auge und kniff es sofort wieder zu. Es war viel zu hell.

»Mach das grelle Licht aus.«

»Das Licht heißt Sonne.«

»Wo bin ich und wenn ja, mit wie vielen?«

»Hier. Trink das.«

Sie öffnete das andere Auge halb. Chris drückte ihr ein Glas in die Hand und sie stürzte den Inhalt in einem Zug hinunter. Sie fragte nicht, was für eine Tablette er ihr verabreicht hatte. Hauptsache, der Zug hörte auf, durch ihren Kopf zu rasen.

»Wieso geht es dir so gut?«, beklagte sie sich matt. Soweit sie das im Nebel erkennen konnte, trug Chris ein sauberes Hemd, hatte feuchte Haare vom Duschen und sah äußerst munter aus. Er grinste, beugte sich über sie und küsste sie. Er roch deutlich besser als sie selbst.

»Wieso sollte es mir schlecht gehen? Nach zwei, drei Bier? Es ist neun Uhr, das Frühstück ist fertig. Nur du fehlst. Kommst du?«

»Fangt ohne mich an. Gib mir ein paar Minuten, bis mir mein Name einfällt, und Zeit für eine kurze, sehr kalte Dusche. Vorher will ich deinen attraktiven Schwägerinnen lieber nicht unter die Augen kommen. Oder haben die auch einen Kater?«

»Sie wirbeln unten durch die Küche, haben draußen den Tisch gedeckt und machen einen sehr wachen und gänzlich unverkaterten Eindruck.«

»Monster«, murmelte Maggie. »Außerirdische. Wie kann man so viel trinken, ohne am nächsten Morgen etwas davon zu merken?«

Am frühen Freitagabend waren die beiden älteren Brüder von Chris mit ihren Familien angerückt, der eine hatte zwei, der andere drei Kinder. Obwohl sich die Kinder seit zwei Jahren nicht mehr gesehen hatten, dauerte es nur wenige Minuten, bis alle sieben unter Hatties Führung im Stall verschwanden, um das Kälbchen zu bewundern. Danach tauchten sie nur für die riesige Pizza wieder auf, die Chris und Maggie vorbereitet hatten. Eine Weide neben der Farm war zum Zeltplatz umfunktioniert worden, dort sollte auch das Grillfest am Samstagabend steigen. Für den Freitag hatte Chris Heuballen im Kreis gruppiert und in der Mitte Feuerholz aufgeschichtet. Über die Heuballen hatte er alte Decken gebreitet. Dort saßen sie nun und aßen und tranken. Margarete war nervös gewesen. Sie kannte doch niemanden von Chris' Familie, und dann gleich alle auf einmal!

»Was, wenn sie mich blöd finden?«, hatte sie Chris vorher besorgt gefragt, aber der hatte nur herzhaft gelacht. »Ich verspreche dir hoch und heilig: Sie werden dich lieben. Und wenn nicht, können sie gleich wieder abreisen.« So weit kam es nicht. Die drei Brüder redeten und lachten ohne Punkt und Komma miteinander und schienen sich ständig gegenseitig zu necken, und Maggie blickte immer wieder staunend hinüber zu Chris. Sie hatte ihn noch nie so aufgeräumt und fröhlich plaudernd erlebt. Es war, als hätte jemand einen Schalter umgelegt. Sie hatte auch noch nie erlebt, dass er sich so hemmungslos betrank wie an diesem Abend. Oder dass er dreckige Witze erzählte und sich köstlich über die dreckigen Witze seiner Brüder amüsierte! Sie hatten bei Gary im Pub ein Bierfässchen geholt und arbeiteten fleißig daran, es zu leeren. Die Schwägerinnen, Rachel und Deborah, beide so hübsch und gertenschlank, dass Margarete zunächst ganz eingeschüchtert war, standen den Männern in nichts nach, auch nicht, was die dreckigen Witze betraf. Sie hatten Maggie auf dem Heuballen in ihre Mitte genommen, bewunderten ihr rotes Haar, fragten sie Löcher in den Bauch nach ihrem

Leben in Stuttgart und ihrem Umzug nach Cornwall und tranken dabei kräftig.

»Wir sind ja soo froh, dass Chris so eine nette neue Frau gefunden hat«, raunte Rachel. »Anfangs mochten wir Janie sehr. Ich weiß, ich sollte das nicht sagen, aber dann hat sie sich zu einer richtigen *bitch* entwickelt! Haut einfach mit den Kindern ab!«

»Und Chris hat viel zu lange gebraucht, bis er es gemerkt hat!«, bekräftigte Debbie.

»Aber ihr kennt mich doch noch gar nicht«, protestierte Margarete. »Vielleicht bin ich ja auch eine *bitch*.«

Beide lachten prustend los. »Nie im Leben«, meinte Debbie. »Das weiß man bei dir nach ungefähr drei Sekunden! Außerdem brauchen wir uns nur Chris anzuschauen. Vor ein paar Monaten war er fast depressiv und wir haben uns alle große Sorgen um ihn gemacht. Nun wirkt er seit langer Zeit zum ersten Mal wieder richtig glücklich!«

»Das liegt auch an den Kindern«, wiegelte Margarete ab, obwohl sie sich natürlich riesig über das Kompliment freute.

»Schon, aber nicht nur!«, meinte Jenny. »Als wir das letzte Mal hier waren, war die Farm völlig verwahrlost.«

Das stimmte. Als Maggie Chris kennengelernt hatte, hatte der Flur so ausgesehen, als wohnten die Kinder noch im Haus. Überall waren Schuhe und Jacken verstreut gewesen. Auch der Hof hatte schlimm ausgesehen, doch dann war Maggie für ein paar Tage nach Stuttgart gefahren, um ihre Sachen zu holen, und als sie zurückkam, war alles ordentlich aufgeräumt gewesen.

Als es dunkel wurde, sammelten sie die Kinder wieder ein und Chris zündete das Lagerfeuer an. Er verscheuchte seine Schwägerinnen, setzte sich neben Maggie und legte ihr den Arm um die Schultern. Luke und Hattie kuschelten sich auf seine andere Seite. Hier sitze ich, staunte Margarete, lehnte den Kopf an Chris' Schulter und schaute in das prasselnde Feuer. An einem warmen Augustabend sitze ich in Cornwall auf einem Heuballen und neben mir sitzt der Mann, den ich liebe, und seine Kinder, die mir in wenigen Tagen ans Herz gewachsen sind. Was für eine Wendung mein Leben in kürzester Zeit genommen hat! Sie schauten dem Feuer zu, bis nur noch glimmende Holzkohle übrig geblieben war. Dann packten die Eltern alle Kinder einschließlich Hattie und Luke zum Schlafen in das größte Zelt, was jedoch nicht bedeutete, dass sie mit dem Trinken aufhörten. Sie zogen einfach ins Haus um, um die Kinder nicht beim Schlafen zu stören, und tranken dort weiter. Ich sollte aufhören, hatte Maggie noch gedacht. Das war das Letzte, an das sie sich erinnern konnte.

Nach dem Frühstück gingen sie mit den Kindern an den Strand. Tatsächlich war Maggie die Einzige, die einen Kater hatte. Alle anderen wirkten frisch und aufgeräumt und konnten es kaum erwarten, ausführlich baden und surfen zu gehen. »Wassertemperatur: 17 Grad« hatten die *Lifeguards* auf die Tafel am Strand gekritzelt. Nein, danke, dachte Margarete schaudernd, wehrte ab, als Hattie nach ihrer Hand griff und sie mit zum Wasser ziehen wollte, spannte einen Sonnenschirm auf und zog es vor, ihren Brummschädel im Schatten auszuruhen. Sie war weder trink- noch wasserfest. Aus ihr würde nie eine richtige Engländerin werden!

Sie wurde von Chris' großer Schwester Nickie aus dem Dämmerschlaf geweckt. »Ich hab dich sofort an deinen roten Haaren erkannt!«, rief sie, beugte sich über sie und umarmte sie stürmisch. Sie waren sich sofort sympathisch, vor allem, weil Nickie seufzte, sie brauche nach der langen Fahrt von London dringend einen Kaffee, und am Kiosk zwei Becher göttlichen, dampfenden Kaffee holte. Nickie war noch hübscher als ihre Schwägerinnen, hatte eine Figur wie ein Model und arbeitete als investigative Journalistin beim *Guardian*. Sie war die Einzige in der Familie, die Single war und in der Großstadt lebte. »Sie brennt für ihren Job und die Verbesserung der Welt«, hatte Chris ihr vorher erklärt.

Als die anderen vom Baden zurückkamen und sich freudig auf Nickie stürzten, hatten sich Maggie und Nickie schon ihr halbes Leben erzählt. Nickie brauchte sie nicht zu erklären, warum sie Stuttgart, die Kultur, Restaurants und Cafés vermisste. Da alle schon wieder Hunger hatten, packten sie das riesige Picknick aus, das die anderen vorbereitet hatten, während Maggie morgens ihren Kater ausgeschlafen hatte. Gut, dass ihre Mutter erst abends kam. Sie hätte ihre Tochter wieder als schlechte schwäbische Hausfrau gescholten, die ihre Gäste das Essen machen ließ, während sie selbst schnarchend im Bett lag.

Sie hatte Chris vorgeschlagen, am Grillabend Cocktails zu machen, vielleicht Hugo oder Aperol Spritz, um den Gästen etwas Besonderes zu bieten. Der hatte sie nur verständnislos angesehen.

»Hugo und Aperol Spritz sagen mir nichts. Cocktails? Das trinkt hier keiner. Die Frauen trinken Chardonnay oder Sauvignon blanc und die Männer Bier.« Damit war das Thema vom Tisch. Über das Essen brauchten sie nicht zu diskutieren, sie würden Fleisch und Fisch grillen und dazu Knoblauchbrot aufbacken. Die Gäste würden Salate und Nachtische mitbringen. Maggie versuchte, nicht daran zu denken, dass es sich bei dem Grillfleisch um die Lämmer handelte, die sie noch vor ein paar Tagen gefüttert und die Chris heimlich selbst geschlachtet hatte. Hattie wusste Bescheid, aber Luke wollte er es noch ersparen. »Das ist wie mit dem Weihnachtsmann.«

Kurz vor sechs fuhr sie nach Port Piran, um ihre Mutter und Titilope abzuholen. John hatte Besuch von seinem Sohn und würde mit diesem etwas später nachkommen. Sie hatte ihrer Mutter gesagt, dass es ein legeres Grillfest werden würde, aber natürlich hatte Charlotte sich nicht davon abhalten lassen, eines ihrer eleganten Kostüme anzuziehen, das überhaupt nicht zum Anlass passte. Titilope trug dagegen ein kurzes flatterndes Blümchenkleid und Riemchensandalen und sah zum Anbeißen aus. Als sie aus Chris' Jeep ausstiegen, waren die ersten Gäste schon überpünktlich eingetroffen.

Ach du meine Güte, dachte Margarete. Die Männer sahen aus wie immer, aber die Frauen waren nicht wiederzuerkennen. Sie trugen rundweg knallenge, kurze Sommer- oder Cocktailkleidchen mit sehr großzügigen Ausschnitten und hatten nicht am Make-up gespart. Karen, die Margarete nur in T-Shirts mit Löchern, verwaschenen Latzhosen und Gummistiefeln kannte, trug ein eng anliegendes Kleid, knallroten Lippenstift und balancierte mit sichtlicher Mühe auf ihren rosa High Heels. In Deutschland hätte man hinter vorgehaltener Hand gesagt, sie hat nicht die Figur für so ein Kleid, dachte Maggie. Aber hier schien sich niemand daran zu stören. Kurz, sexy und so eng wie möglich, das schien die Devise des Abends zu sein. Margarete hatte vorher überlegt, ob sie eine Art Garderobe brauchten für Jacken und Pullover, und auch da nur einen verständnislosen Blick geerntet. Nun wusste sie, warum: Niemand hatte Jacken oder Pullover dabei.

»Endlich mal wieder ein Anlass, sich schick zu machen!«, rief Karen strahlend und zog den metallic glänzenden Stoff, der Maggie an ein Auto erinnerte und der im Augenblick ihren Po nicht mehr vollständig bedeckte, mit beiden Händen kräftig nach unten.

»Schick? Das hätte ich jetzt nicht erwartet«, gestand Margarete und fühlte sich plötzlich in Jeans, T-Shirt, Turnschuhen und ohne Make-up als Außenseiterin. Dabei war sie die Gastgeberin! Auf einmal wirkte das Kostüm ihrer Mutter gar nicht mehr so deplatziert. »Ich dachte, das ist ein rustikaler Grillabend, keine Cocktailparty.«

»Wir sind froh über jede Ausrede«, erklärte Karen vergnügt. »Niemand macht sich schick, um in den Pub zu gehen. Aber eine Party ist eine Party! Und wir haben hier auf dem Land viel zu wenig Partys! Zu einer Party gehört es, sich aufzubrezeln und viel zu trinken.«

Auch die Schwägerinnen und Nickie trugen kurze, figurbetonte Kleider. Dabei war es nicht einmal besonders warm, und die Stechmücken stürzten sich freudig auf die reichlich vorhandene nackte Haut. Doch auch das schien niemandem aufzufallen, nur ab und zu wedelte jemand zerstreut eine Schnake weg. Alle waren viel zu sehr mit Essen, Trinken und Plaudern beschäftigt – viel essen und viel trinken.

Margarete hatte beschlossen, nach dem Kater am Morgen ganz auf Alkohol zu verzichten, aber damit war sie ziemlich allein. Wie schon am Abend zuvor schrumpften die Alkoholvorräte sehr schnell, viele Gäste hatten aber auch Wein mitgebracht, den sie umstandslos entkorkten und sich selbst und den Umstehenden einschenkten. Am Grill herrschte blendende Stimmung. Dort scharten sich die Männer biertrinkend und fachsimpelnd um Chris, seine Brüder und das Grillgut. Wenigstens das ist wie in Deutschland, dachte Margarete, die von einem nicht mehr ganz nüchternen Chris immer wieder an den Grill gewunken wurde, weil er ihr jemand vorstellen wollte. Das halbe Dorf war gekommen! Alle waren sehr nett und hießen Margarete in Port Piran willkommen.

Die Männer, die nicht am Grill standen, umschwirrten Titilope wie Motten das Licht. Die schien darüber sehr überrascht, aber keineswegs unglücklich. Charlotte hatte sich gleich auf Roland gestürzt und ihn in ein Gespräch verwickelt. Maggie war froh darüber, sie hätte gar nicht die Kapazitäten gehabt, sich um ihre Mutter zu kümmern. Ab und zu wurde sie nach Lori gefragt und behauptete dann, ihr sei kurzfristig etwas dazwischengekommen. Dass Lori ein Date mit Liam hatte, ging nun wirklich niemanden etwas an!

Plötzlich und ohne Vorwarnung öffnete der Himmel seine Schleusen und ein kräftiger Platzregen ging nieder. Margarete flüchtete panisch Richtung Haus und erwartete, dass die Gäste ihr in einem großen Pulk nach drinnen folgen würden, um den Regen abzuwarten. Doch als sie sich in der Haustür umdrehte, stellte sie fest, dass niemand sich auch nur einen Zentimeter vom Fleck bewegt hatte. Es schien so, als sei Maggie die Einzige, der überhaupt auffiel, dass es schüttete. Regen troff aus Haaren, tropfte in Gläser und rann an Sommerkleidchen herab. Niemand hatte das Essen, Trinken oder Plaudern unterbrochen. Aus mir wird nie eine richtige Engländerin, seufzte Maggie zum zweiten Mal am selben Tag und ging ins Haus, um mehr Knoblauchbrot aufzubacken, da es genauso schnell konsumiert wurde wie der Alkohol.

»Was für ein Regen, Margarete!« Sie war doch nicht die Einzige. Ihre Mutter war ihr in die Küche gefolgt. »Und was für ein gebildeter junger Mann!« Charlotte lächelte entrückt, als habe sie eine himmlische Erscheinung gesehen.

»Meinst du Chris?«, antwortete Maggie angriffslustig, während sie die tiefgefrorenen Knoblauchbaguettes aufs Blech legte. Sei still, beschwor sie sich selbst, und lass dich nicht provozieren. Geh so schnell wie möglich wieder raus zu deinen Gästen. Das ist der falsche Zeitpunkt für einen Streit mit deiner Mutter.

»Natürlich nicht. Ich meine selbstverständlich Roland.«

»Roland ist dreiundfünfzig. Gut zwölf Jahre älter als Chris und drei Jahre älter als ich. Würdest du mich als junge Frau bezeichnen?«

»Ein echter Gentleman, mit ausgezeichneten Manieren. Noch dazu gut angezogen.«

»Meinst du seinen lächerlichen himmelblauen Miami Vice-Anzug?«

»Er hat sich um mich gekümmert und mir etwas zu trinken geholt. Im Gegensatz zu dir.«

»Mutter! Da draußen sind ungefähr siebzig Gäste, um die ich mich kümmern muss!« Margarete knallte die Ofentür zu und stellte die Temperatur ein.

»Wirklich schade, dass du ihn dir von dieser Caroline hast wegschnappen lassen. Einen Professor für Astrophysik! Nun gut, sie ist natürlich deutlich jünger, und schlanker. Und diese hübschen langen blonden Haare. Und sie hat dieses entzückende Café und backt köstlichen Kuchen. Sie würde bestimmt keine tiefgefrorenen Baguettes in den Ofen schieben! Liebe geht eben doch durch den Magen.«

»Mutter. Wann gibst du endlich Ruhe! Du bist immerhin auf Chris' Grillparty. Wie kannst du ihn da gleichzeitig boykottieren? Und von Wegschnappen kann keine Rede sein. Roland hat mir einen Heiratsantrag gemacht, und ich habe abgelehnt. Da kannte er Caroline noch gar nicht!«

»Tss. Dann bist du noch viel törichter, als ich dachte. Ich habe mich noch selten so hervorragend mit jemandem über Schwarze Löcher unterhalten wie mit Roland!«

»Leider kann man sich mit Roland über nichts anderes unterhalten als über Schwarze Löcher!«

»Maggie, Maggie!« Hattie platzte zur Haustür herein. »Komm schnell!«

»Was ist los?«

»Der Freund von Caroline hat einen Streit mit Daddy angefangen! Und jetzt prügeln sie sich!«

»Da hast du deinen Gentleman!«, stöhnte Margarete und stürzte hinter Hattie her nach draußen. Es schüttete noch immer. Chris und Roland wälzten sich auf der schlammigen Wiese und sahen aus wie panierte Schnitzel. Beide machten knurrende und grunzende Geräusche, während der Schlamm nur so spritzte. Die Männer standen im Kreis um sie herum, johlten, wichen aus, wenn ihnen die beiden zu nahe kamen, und schienen sich prächtig zu amüsieren. Niemand schien es für nötig zu halten, die beiden Streithähne zu trennen, nein, sie feuerten sie sogar noch an. Die Frauen hingegen schenkten dem Kampf überhaupt keine Beachtung.

»Nein, also wirklich«, sagte Charlotte tadelnd. »Rohe Gewalt! Das hätte ich von Chris nicht gedacht. Rufst du mir bitte ein Taxi?«

»Was soll der Scheiß?«, brüllte Margarete. Niemand beachtete sie. Sie lief hinüber zu Joseph, der den Kampf mit verschränkten Armen leicht gelangweilt beobachtete, als sei er bei einem Tennismatch in Wimbledon.

»Joseph! Wie kannst du nur so untätig herumstehen!«

»Das müssen die beiden unter sich ausmachen.« In diesem

Augenblick landete Roland einen Haken auf Chris' Kinn. Der klatschte rücklings in den Schlamm.

»Mit den Fäusten? Wo sind wir denn hier, im Wilden Westen?«

»Ja. Im Wilden Westen von Großbritannien. Vergiss nicht, wir sind Kelten, keine zivilisierten Engländer.«

»Tatsächlich! Anders lässt sich das nicht regeln?«

»Nein. Roland hat angefangen und Chris provoziert. Ich glaube, es ging um dich. Und da hat Chris Roland einen Kinnhaken verpasst und damit ging es los.«

»Chris hat zuerst losgeschlagen?« Maggie stöhnte.

»Er verteidigt nur deine Ehre. Sehr ritterlich.«

»Aber doch nicht mit Gewalt!«

»Er hat eben auch cornisches Blut. Er tut nur so harmlos. Ist dir das noch nicht aufgefallen?«

»Nein. Bitte verrate es meiner Mutter nicht.«

»Außerdem hat er noch eine Rechnung offen mit Roland. Hast du die Schlägerei vor ein paar Monaten im Pub vergessen? Da ging's schließlich auch um dich. Damals hat Roland angefangen. Nach der heutigen Prügelei sind sie quitt. Lass es am besten einfach ganz entspannt laufen. Dann ist es erledigt. Das kosmische Gleichgewicht ist wiederhergestellt.« Er kicherte albern.

»Kosmisches Gleichgewicht. Bist du noch halbwegs nüchtern?«

»Ganz sicher nicht.«

Margarete stöhnte. Offensichtlich konnte sie von niemandem Hilfe erwarten, weil alle außer ihr betrunken waren. Also sprang sie mitten in das Schlachtfeld, dass der Schlamm nur so spritzte, und baute sich vor den beiden Streithähnen auf, die vor ihr lagen. Chris hatte Roland gerade im Schwitzkasten, und der rammte ihm seinen rechten Ellenbogen zwischen die Rippen.

»Chris!«, brüllte sie. »Du bist mir ein schönes Vorbild für deine Kinder!«

Chris schnappte nach Luft und ließ Roland abrupt los. »Oh. Du hast recht.« Er schien beschämt, rappelte sich auf und streckte seinem Kontrahenten die Hand hin. Der schlug ein und Chris zog ihn auf die Beine.

»Nichts für ungut«, murmelte Chris. Aus seiner Nase tropfte Blut.

»Ganz meinerseits«, murmelte Roland. Sein himmelblauer Anzug war jetzt schlammfarben, das Hemd darunter zerrissen. Beide drehten sich um und gingen in verschiedene Richtungen auseinander, nur, um sich an dem Tisch wieder zu treffen, auf dem die alkoholischen Getranke standen. Chris reichte Roland ein Bier, nahm sich selbst eins und sie prosteten sich zu. In diesem Augenblick jaulte der Rauchmelder im Haus los. Maggie hatte die Knoblauchbaguettes vergessen.

Das war das Ende der Knoblauchbaguettes und das Ende des Kampfes, aber die Party war noch lange nicht vorbei. Es hörte auf zu regnen und die Gäste trockneten allmählich. Die Frauen stöckelten wie die Störche durch den Schlamm und schienen die Dreckspritzer auf ihren nackten Beinen und Cocktailkleidern nicht zu bemerken. Ein paar Männer, die zusammen in einem Shanty-Chor sangen, standen im Halbkreis beisammen, hatten sich die Arme um die Schultern gelegt, schwankten leicht hin und her und sangen ebenso schief. Karen und Joseph lieferten sich einen lautstarken Schlagabtausch, weil Joseph fand, Karen habe genug getrunken, während Karen Joseph als Spaßbremse bezeichnete. Die Kinder hatten zum Spielen ein paar Heuballen zusammengeschoben und waren darauf nach und nach eingeschlafen, in einem wilden Knäuel aus Armen und Beinen. Jemand hatte die feuchten Decken über sie gebreitet. Auf einem anderen Heuballen hing Titilope, offensichtlich auch nicht mehr ganz nüchtern, und knutschte und fummelte leidenschaftlich mit einem Gast, den Margarete nicht kannte. Nickie, ihre beiden Schwägerinnen und noch ein paar Frauen hatten ihre Schuhe ausgezogen und tanzten mit Bierflaschen in der Hand barfuß im Schlamm zu »Despacito«. Nickie winkte Margarete zu und rief: »Komm, tanz mit uns! Und bring dir ein Bier mit!« Maggie seufzte. Entweder sie ging jetzt sofort ins Bett, oder sie gab ihre Alkoholabstinenz auf und tanzte mit. Sie bückte sich, um ihre Jeans hochzukrempeln und Schuhe und Strümpfe auszuziehen. Als sich die letzten Gäste verabschiedeten, war es schon hell.

»Was für eine großartige Party«, seufzte Chris zufrieden, legte Maggie den Arm um die Schultern und winkte Caroline und Roland hinterher, die als letztes Auto vom Hof rollten. Auf seinem rechten Auge zeichnete sich deutlich ein Veilchen ab und unter seiner Nase klebte getrocknetes Blut. Außerdem trug er noch immer seine verdreckte Kleidung. Der Schlamm war allerdings mittlerweile getrocknet. Er sah aus wie Margarete, nachdem sie zwischen die Schafe gefallen war. »Ich bin übrigens wieder nüchtern.«

»So schnell?«

»Ich habe nach dem Kampf nichts mehr getrunken. Das ist ja nun schon wieder ein paar Stunden her.«

»Was hat Roland eigentlich zu dir gesagt?«

»Ich weiß es nicht.«

»Du weißt es nicht?«

»Nein, er hat ja diesen fürchterlichen schwäbischen Akzent, wenn er Englisch redet. Ich habe ihn nicht verstanden.«

»Du weißt nicht, was er gesagt hat?«

»Es ging definitiv um dich und sein Ton war sehr abfällig. Außerdem war ich betrunken.«

»Und das reicht, um eine Prügelei anzufangen?«

»Das sind drei gute Gründe, das reicht auf jeden Fall. Von dieser Feier wird man noch lange reden. Alle haben sich hervorragend amüsiert.«

»Bis auf meine Mutter.«

8. KAPITEL

Lori

Lori tat in der Nacht von Freitag auf Samstag kein Auge zu. Worauf hatte sie sich da nur eingelassen? Warum hatte sie Maggies Einladung nicht einfach angenommen, ohne lange zu fackeln, anstatt eine Ausrede zu erfinden, die ihr sowieso keiner glaubte? Dann hätte sie Liam still und heimlich per SMS absagen können und niemand hätte jemals von ihrem Date erfahren. Nun aber wusste halb Port Piran schon vor dem Grillfest, dass Lori mit Liam verabredet war, und die andere Hälfte würde es am Abend brühwarm erzählt bekommen. »Wieso ist Lori nicht da?« – »Du wirst es nicht glauben. Sie ist verabredet! Mit einem Gast. Mit diesem Liam, der gerade den Lehrgang bei der Seenotrettung hält!« – »Was du nicht sagst. Wirklich? Unsere Lori! In ihrem Alter! Hach, da sind wir aber gespannt!« Schon allein bei der Vorstellung spürte Lori, wie ihr die Röte ins Gesicht stieg, so peinlich war es ihr. Alle würden sich die Mäuler über sie zerreißen! Noch war es nicht zu spät. Sie konnte zurückrudern, Liam absagen und doch noch zum Fest gehen. Wollte sie wirklich ihre Freunde vor den Kopf stoßen für einen Mann, den sie erst seit ein paar Tagen kannte? Leider machte ihr beleidigter Abgang aus der Küche eine Kehrtwende nahezu unmöglich. Zudem würden Maggie und Karen sie für einen Feigling halten, der vor einem Date kniff, wenn sie jetzt doch beim Grillen auftauchte. Wenn sie aber mit Liam ausging und ganz Port Piran Bescheid wusste, würde man sie ab sofort mit Argusaugen beobachten. Lori würde zur Zielscheibe des Dorfklatsches, aus dem sie sich seit Jahrzehnten erfolgreich heraushielt. Sie konnte es also nur falsch machen!

Gegen fünf Uhr morgens, die ersten Vögel zwitscherten bereits voller Eifer, hielt Lori es nicht mehr aus und sprang aus dem Bett. Am liebsten hätte sie die Pistols aufgelegt und den Plattenspieler bis zum Anschlag aufgedreht, um sich zu beruhigen, aber sie konnte nicht alle ihre Gäste vergraulen, nur weil sie von einem inneren Erdbeben erschüttert wurde. Also nahm sie ihre Bassgitarre vom Ständer und schlich auf Zehenspitzen barfuß aus dem Haus, in dem alten bestickten Baumwollnachthemd von Ruth, das ihr bis zu den Waden ging und das eher nicht in die Kategorie »Erotische Nachtwäsche« fiel. Es dämmerte gerade und Bullshit kam auf das Cottage zugetrabt, eine halbtote, noch zappelnde Maus im Maul. Sie ließ die Maus vor der Haustür fallen, ohne Lori Beachtung zu schenken. Die Maus schleppte sich ein Stück von der Katze weg, dann klatschte Bullshits Pfote auf sie nieder.

»Wehe, du lässt die tote Maus vor der Haustür liegen«, drohte Lori. Dann hängte sie sich die Gitarre um und lief den kleinen gewundenen Weg zwischen den Cottages hinunter. Sogar Lori musste zugeben, dass es ein Spätsommermorgen war, als sei die Welt soeben erst erschaffen worden. Alles wirkte so frisch und neu, die Hortensien und Rosen blühten um die Wette und auf den Blättern des Frauenmantels standen die Tautropfen wie glitzernde Perlen. Bei John brannte Licht. Senile Bettflucht? Wenn John schon so früh auf den Beinen war, mussten ihm die Tage unendlich lang erscheinen. War es da ein Wunder, dass er Gesellschaft suchte? Lori fühlte sich plötzlich elend. Titilope hatte recht. Sie war John keine gute Freundin. Aber was war das überhaupt, Freundschaft? Und wer waren ihre Freunde eigentlich? *I got no emotions for anybody else, you better understand I'm in love with myself,* sangen die Pistols. Das traf auf Lori aber auch nicht ganz zu. Sie hatte keine besonders warmen Gefühle für sich selbst. Manchmal hielt sie es kaum mit sich aus. Wie viel schwieriger musste es da für andere sein, sie zu mögen! Weshalb also wollte ein Kerl wie Liam, der eigentlich einen ziemlich normalen Eindruck machte (abgesehen von seiner seltsamen Leidenschaft für Gedichte), jemanden, der so kaputt war wie Lori, näher kennenlernen? *I've no feeling, no feeling, no feeling for anybody else ...* Keine Gefühle für andere, das wiederum traf es ziemlich genau. Manchmal dachte Lori, wenn sie ganz allein auf der Welt wäre, würde sie nicht viel vermissen. Die Liebe schon gar nicht. In ihrem ganzen Leben war sie noch nie in jemanden verliebt gewesen. Wie es sich wohl anfühlte? Und wie war es, jemanden wirklich von Herzen zu lieben? Chris hatte Janie vergöttert, keine Frage, aber hatte Janie ihn jemals geliebt, oder immer nur sich selbst? Bei Maggie und Chris hatte Lori dagegen nicht den geringsten Zweifel, dass sie einander liebten. Aber wieso war das bei den beiden so eindeutig? War es die Art und Weise, wie sie sich ansahen oder anlächelten?

Der Sand war feucht und klamm unter Loris nackten Füßen. Es war ein schaurig-schönes Gefühl. Sie verscheuchte die Möwen, die auf einem himmelblauen Ruderboot hockten, das kieloben am Strand lag, schob die Gitarre darauf, kletterte hinterher und rutschte auf ein Plätzchen ohne Möwenscheiße. Sie zog die Beine an, schob den Saum des Nachthemds unter die kalten Füße und sah hinaus auf das Meer, dessen Farbe sich ganz allmählich von Grau in Blau verwandelte. Es war nahezu windstill. Die aufgehende Sonne ließ das Wasser leuchten. Wann war sie das letzte Mal hier gewesen, im winzigen Hafen von Port Piran, einem der beliebtesten Fotomotive in Cornwall? Manchmal vergingen Tage, ohne dass sie aus Honeysuckle Cottage herauskam. Zu viel Arbeit mit den Gästen, und natürlich der Garten, und ja, auch zu viel Menschenscheu. In Honeysuckle Cottage hatte sie die Dinge unter Kontrolle. Hier draußen nicht. Obwohl. Seit Liam aufgetaucht war, schien Lori die Kontrolle zunehmend zu entgleiten. Zumindest die Kontrolle über ihren Körper, der in seiner Nähe nur noch aus Schwitzen, Herzklopfen und einem flauen Gefühl in der Magengegend zu bestehen schien. Sie schloss die Augen und sofort tauchte ein Bild von Liam auf, gestochen scharf, wie eine Fotografie. Sein wirres Haar, die buschigen Augenbrauen, seine tiefe Bräune, die Lachfältchen. Sein dröhnendes Lachen, sehr unbritisch laut. Er schien nicht darüber nachzudenken, ob sich irgendjemand daran störte, während Lori sich sehr wohl um die Meinung der anderen scherte. Oder war das nur eine Ausrede? Es ist an der Zeit, ehrlich mit mir zu sein, dachte sie. Ich habe mich nie um den Dorfklatsch gekümmert. Ich habe mich beim *Port Piran Village Festival* auf die Bühne gestellt und dem ganzen Dorf erzählt, dass Ruth in Wahrheit meine Mutter war und dass ich den Punk liebe. Hier geht es auch nicht darum, Maggie oder Chris zu enttäuschen. Sie sind viel zu großzügig, um es mir übel zu nehmen, wenn ich beim Fest nicht aufkreuze. Nein. Die einzige Frage, die sich hier stellt, ist doch die: Ob ich mit Liam ausgehen möchte oder nicht.

Lori lauschte dem Wind und den Seevögeln, und schließlich, nach einer Weile, der Stimme tief in ihrem Herzen, die sagte: Nichts willst du lieber auf der Welt, als dich mit Liam Bennett zu treffen. Sie schluckte. »Dann wäre das ja geklärt«, sagte sie laut. Sie öffnete die Augen, nahm die Gitarre und fing aus voller Kehle an zu singen.

I have no feeling, no feeling, no feeling for anybody else, grölte sie, laut und vergnügt, weil sie jetzt wusste, dass das eine Lüge war. Sie hörte auch nicht auf, als die ersten Fischer aufkreuzten. Sie nickten ihr zu, schienen es in keinster Weise seltsam zu finden, dass Lori morgens um sechs im Nachthemd im Hafen hockte, ihre Bassgitarre bearbeitete und einen Song von den Pistols grölte, während vor ihr eine Handvoll Möwen im Sand saß und sie neugierig betrachtete, und machten in aller Ruhe ihre Boote zum Auslaufen bereit. Lori sang den Song zu Ende, und dann stand sie auf, ging über den Parkplatz, überquerte die einzige Straße von Port Piran und lief auf dem kleinen Pfad zurück zu Honeysuckle Cottage. Vor Johns Haustür machte sie halt. Sie musste mehrmals klopfen, bis sich der Schlüssel im Schloss drehte und John vorsichtig den Kopf herausstreckte. Auf dem Kragen seines Morgenmantels klebte getrocknetes Eigelb.

»Lori! Guten Morgen!« Er machte die Tür ganz auf und nun

roch Lori Schweiß und den Geruch nach altem Mann. »So früh bekomme ich normalerweise keinen Besuch. Ich dachte, es wäre wieder irgendein verrückter Fan.« Johns Auftritt beim *Port Piran Village Festival* hatte ihn berühmt gemacht, das Video von »My Way«, das Lori hochgeladen hatte, hatte in ein paar Tagen eine Million Klicks bekommen. Ein Sechsundachtzigjähriger, der zum YouTube-Star wurde, war ein gefundenes Fressen für die Presse, und so gaben sich Zeitungen, Klatsch-Magazine und Fernsehsender bei ihm die Klinke in die Hand. Mit zunehmender Bekanntheit bekam John immer mehr Fanpost, und schließlich tauchten immer mehr Groupies im fortgeschrittenen Alter mit weißen oder lila gefärbten Haaren auf und wollten John heiraten. Sie kamen mit Blumen und klopften an die Tür, oder sie setzten sich auf seine Bank und warteten stundenlang darauf, dass er herauskam. Anfangs hatte er sich höflich jeder Besucherin angenommen, aber irgendwann hängte er ein handgemaltes Schild an die Tür. »Vielen Dank für Ihren Besuch. Im Augenblick trage ich mich nicht mit Heiratsgedanken. Ich möchte auch keine Interviews mehr geben. Falls Sie Kuchen, selbst gemachte Marmelade oder *Shepherd's Pie* mitgebracht haben, stellen Sie es einfach auf die Bank. Vielen Dank für Ihr Verständnis. Ich wünsche Ihnen noch einen schönen Tag.« Leider hatten sich weder die Presse noch die Groupies davon beeindrucken lassen. Mittlerweile hatte sich der Ansturm aber etwas gelegt. John war auf YouTube von einem schottischen Postboten abgelöst worden, der ein Sea-Shanty sang.

»Möchtest du hereinkommen, Lori? Kannst du nicht schlafen?« John war so freundlich wie immer, und Lori bekam ein noch schlechteres Gewissen. Sie schüttelte den Kopf.

»Nein danke. Ich muss mich um's Frühstück kümmern. Ich würde mich freuen, wenn du später vorbeischaust. Die Küche – ist irgendwie zu leer ohne dich.«

John lächelte, als habe es nie einen Konflikt gegeben.

»Das ist sehr nett von dir, Lori. Tatsächlich habe ich eure

Gesellschaft und deine Scones vermisst. Ich komme gerne später vorbei.«

Eine Dusche vorher könnte nicht schaden, dachte Lori, aber sie nickte nur. Sie ging zurück zu ihrem Cottage und blieb einen Moment davor stehen, um sicherzugehen, dass nirgendwo eine zerfleischte Maus herumlag, aber was auch immer die Katze mit dem armen Tierchen angestellt hatte, sie hatte es entsorgt. Sie sah hinauf zu Liams Zimmer und für einen Moment schien es, als ob sich die Gardine bewegte. Vielleicht war es aber auch nur Einbildung.

Mehr als zwölf Stunden später lief Lori in ihrer Küche auf und ab wie ein Tiger im Zoo. Es hätte sicher einen viel cooleren Eindruck gemacht, auf einem Stuhl sitzend auf Liam zu warten, aber dazu war sie viel zu nervös. Beim Frühstück war er mit keinem Wort auf die Verabredung eingegangen, aber es gab auch keine Gelegenheit, weil Margaretes Mutter bereits um Viertel vor acht im Frühstücksraum saß, um vorwurfsvoll zu gucken. Lori gelang es, sich ihre Nervosität nicht anmerken zu lassen und ein paar belanglose Bemerkungen über das Wetter zu machen, obwohl ihre Hände zitterten, als sie Liam Punkt acht das Frühstück servierte. Seltsamerweise marschierte in diesem Augenblick Mrs Peacock ins Frühstückszimmer, obwohl sie sonst immer erst um kurz vor neun aufgekreuzt war. Lori horchte auf, als Mrs Peacock sich vor Liams Tisch aufbaute und ihn ohne große Umschweife fragte, ob er nicht Lust habe, sie am Sonntag nach Penzance zu begleiten, um eine Ausstellung im Penlee House anzusehen. Da hatte er doch garantiert frei, und er war doch sicher kulturell interessiert? Anschließend könnte man vielleicht noch irgendwo einen Happen essen, bevor sie dann nach London zurückfuhr?

Hoppla, dachte Lori und wurde von einem Gefühl durchzuckt, das sie nicht einordnen konnte. Sie ließ sich auf dem Rückweg in die Küche Zeit und war froh, als Liam höflich ablehnte, obwohl es ihr ja eigentlich egal sein konnte. Gegen

Viertel vor neun verließ Liam das Cottage, so wie immer, und Lori atmete auf. Der Rest des Tages war enorm produktiv gewesen: Sie hatte sich den Kopf darüber zerbrochen, was sie anziehen sollte, worüber sie reden würden, ob sie Liam von ihrem Alkoholproblem erzählen sollte, damit er keinen Wein bestellte, ob er versuchen würde, sie am Ende des Abends zu küssen, und ob ihr irgendeine Ausrede einfiel, um zu verhindern, dass sie zusammen zurück zu Honeysuckle Cottage gingen, um genau diesen peinlichen Moment zu vermeiden.

Leider war sie bei keiner einzigen Frage zu einem Ergebnis gekommen. Bei ihrer Rückkehr vom Hafen hatte sie vor der Tür zu ihrem Zimmer eine Papiertüte vorgefunden. Darin waren ein Lippenstift und ein Zettel. »Den habe ich übrig, die Farbe steht mir nicht. Könnte aber gut zu dir passen. *Have fun.* Gruß T.« Abgesehen davon hatte auch Titilope das Date mit keinem Wort erwähnt. Kurz vor sechs war Maggie aufgetaucht, um ihre Mutter und Titilope abzuholen, aber Charlotte hatte mit Titilope vor der Haustür auf dem Bänkchen auf sie gewartet, in einem schrecklich steifen Kostüm, das kein bisschen zu einem Grillfest passte. Lori war froh, dass Maggie nicht hereinkam, sodass ihr weitere anzügliche Bemerkungen erspart blieben. Gleichzeitig wünschten sich ihre Nerven, einfach mit aufs Fest zu gehen, anstatt wie auf glühenden Kohlen auf Liam zu warten.

»Hallo, Lori.« Liam lächelte breit. »Ich freue mich sehr. Ich war mir nicht ganz sicher, ob du nicht kalte Füße bekommst.« Lori blieb abrupt und mit Sicherheitsabstand stehen.

»Ich habe heute Morgen sehr kalte Füße bekommen. Mittlerweile sind sie wieder aufgewärmt, aber ich gebe zu, es hat gedauert.«

Liam lehnte im Türrahmen der Küche, in einer dunklen Jeans, weißen Sneakern, einem weißen Hemd und einer schwarzen Lederjacke darüber. Sein wirres Haar war deutlich kürzer und sorgfältig frisiert. Er war doch nicht etwa ihrer Verabredung wegen zum Friseur gegangen? Fast bedauerte Lori, dass auch seine buschigen Augenbrauen der Friseurschere oder dem Rasierer zum Opfer gefallen waren. Die waren ihr nämlich durchaus reizvoll erschienen. Sie hatten erahnen lassen, dass unter seinem zivilisierten Auftreten noch etwas ganz anderes, Wilderes lauerte. Unterm Strich musste Lori zugeben: Liam war nicht verlottert. Er sah geradezu Furcht einflößend attraktiv aus. Bei dem Gedanken, dass er schon vor dem Date Geld ausgegeben hatte, um ihr zu gefallen, schluckte sie. Und sie kam sich schäbig vor.

Sie hatte Ruths alten Kleiderschrank durchforstet, ob sich darin irgendetwas fand, das sich abschneiden oder aufpeppen ließ. Doch mit den alten Wollröcken ihrer Mutter und den hochgeschlossenen Kleidern, die vor mehr als einem halben Jahrhundert in Mode gewesen waren, war nichts mehr anzufangen, und Lori war plötzlich schrecklich wütend geworden. Jahrzehntelang hatte sie Ruths alte Röcke aufgetragen, um das brave Hausmütterchen zu spielen, aber damit war es schon seit Monaten vorbei. Wieso hatte sie die Sachen nicht längst weggeworfen? Aus reiner Sentimentalität, weil die Kleider ihrer Mutter gehört hatten? Einer Mutter, die sie als Neugeborenes weggegeben hatte! Vor lauter Wut auf ihre eigene Schwäche hatte sie in Rekordzeit alles aus dem Schrank gerissen, was seit Jahrzehnten nur von Motten beachtet worden war, und es in einen großen Müllsack gestopft. Warum hatte sie das nicht schon längst getan und den Schrank stattdessen nicht nur mit praktischen, sondern auch mit hübschen Klamotten gefüllt? So arm war sie schließlich auch nicht! Wieso spielte »hübsch« in ihrem Leben nicht die geringste Rolle? Nun trug sie aus Mangel an Alternativen ihre immergleichen Jeans und ein sauberes T-Shirt, das allerdings vor lauter Aufregung schon wieder halb durchgeschwitzt war. Der einzige Unterschied zu ihrem Alltags-Aussehen waren ihre frisch gewaschenen Haare, die sie mit einem Wachs, das irgendein Gast liegen gelassen hatte, in Form gebracht hatte, und Titis zartrosa Lippenstift. Zartrosa war so ungefähr die letzte Farbe, die sie mit sich selbst in Verbindung gebracht hätte, aber als sie sich im Spiegel betrachtete, war sie erstaunt, wie gut die Farbe zu ihr passte.

»Es tut mir leid, Liam«, murmelte sie jetzt. »Ich habe nichts Feines zum Ausgehen. Ich hätte mir etwas gekauft, aber die Zeit war zu knapp. Mein Nietenhalsband, mein Ballett-Tutu und meine schwarzen Springerstiefel aus meiner Punker-Zeit fand ich dann doch etwas unpassend.«

»Für mich siehst du sehr fein aus«, antwortete Liam feierlich und in seiner Stimme war so viel Wärme, dass Lori beinahe in Tränen ausgebrochen wäre. Das fängt ja gut an, dachte sie. »Wollen wir los?« Lori nickte. »Hast du keine Jacke?«

»Nein, mir ist warm genug.« Warm von den zahlreichen peinlichen Momenten, die sie an diesem Abend erwarteten, der erste stand unmittelbar bevor: Hoffentlich kam Liam nicht auf die bescheuerte Idee, ihre Hand nehmen zu wollen. Aber er lief einfach vor ihr her den Weg hinunter und plauderte über dies und das. John saß mit seinem Sohn in der Abendsonne vor seinem Cottage, hob sein Rotweinglas und prostete ihnen zu. Das hätte jetzt nicht unbedingt sein müssen, dass er sie zusammen sah, dachte Lori.

»Hallo, ihr beiden. Was macht deine Freiwilligentruppe, Liam?«

»Ist heute sehr nass geworden«, grinste Liam. »Wir haben *Mann über Bord* geübt. Jeder durfte mal.«

»Schönen Abend!«, winkte John.

»Ihr kennt euch?«, wunderte sich Lori, als sie ein paar Meter entfernt waren.

»John sitzt immer vorm Haus, wenn ich vom Kurs komme. Wie kann man sich da nicht kennenlernen? Gestern Abend hat er mir eine Tasse Tee angeboten, und ich habe gesagt, ich brauche etwas Stärkeres nach dem harten Tag. Also sind wir in den Pub und haben zusammen ein Bier getrunken. Ein wirklich netter Kerl. Er hat mir eine Menge über Port Piran erzählt, früher, als es noch ein winziges Fischerdorf war. Wirklich interessant.«

»Du – warst mit John im Pub? Ich wusste nicht, dass er überhaupt in den Pub geht!« John hatte ihr auch noch nie etwas über Port Piran erzählt. Vielleicht hatte sie aber auch noch nie gefragt?

»Er war wohl nicht mehr im Pub, seit seine Frau gestorben ist. Er hat sich aber sehr schnell zurechtgefunden und schien es zu genießen. Jedenfalls hat er nach dem ersten *Pint* ziemlich schnell ein zweites bestellt und sich dann mit allen sehr angeregt unterhalten.« Er lachte wieder sein dröhnendes Lachen.

Lori hätte sich gewünscht, dass es nicht nur ein paar Schritte zum Restaurant wären. Nebeneinanderher zu laufen war für den Anfang aufregend genug. Eine junge Frau in einem kurzen geblümten Sommerkleidchen und Springerstiefeln begrüßte sie freundlich und führte sie zum einzigen freien Tisch. Waren Springerstiefel mittlerweile etwa salonfähig geworden? Sie fühlte sich befangen und unsicher. Maggie hatte Lori in den letzten Wochen ab und zu dazu überredet, in ein Café oder Bistro zu gehen, weil sie es so vermisste, aber das war immer nur tagsüber für einen kleinen Happen oder eine Tasse Tee gewesen. Im Urlaub aß Lori in Garküchen oder billigen Restaurants, aber sie konnte sich nicht erinnern, dass sie in Cornwall überhaupt einmal abends zum Essen ausgegangen war. Das war nur etwas für Touristen mit einem großen Geldbeutel.

Die Zeiten, wo man sich zum Essen schick machte, schienen allerdings vorbei zu sein. Die meisten Gäste trugen sommerlich-legere Kleidung, und niemand schien sich über Loris bescheidenes Outfit zu wundern. Es dauerte einen Moment, bis sie kapierte, dass Liam ihr den Stuhl hinrückte. Panisch ließ sie sich darauf fallen. Das Mädchen ließ zwei Speisekarten mit der Silhouette eines Wals auf dem Tisch liegen, kündigte an, in ein paar Minuten wiederzukommen, um die Bestellung aufzunehmen, und verschwand.

»Und, wie findest du es?«, fragte Liam, zog seine Jacke aus

und hängte sie über seinen Stuhl. Lori sah sich um. Früher war eine Schreinerwerkstatt in dem Gebäude gewesen. Nun hatten die neuen Besitzer alle Wände herausgerissen. Der große offene Raum war mit einer Mischung aus Glas, Metall und Beton gestaltet worden, aber die Großaufnahmen von Walen, Delfinen, Booten und Wellen an den Wänden, alle in Blautönen, hoben die Kühle auf. An der gemauerten Bar saßen Paare, die offensichtlich auf einen Tisch warteten. Das Licht war schummrig, auf den Tischen standen Kerzen und im Hintergrund ertönten Walgesänge. Sie war erleichtert, dass es sich bei den Gästen ausschließlich um Touristen handelte. Hier kannte sie keiner, das war das Allerwichtigste.

»Ganz hübsch«, sagte sie lahm.

Nun, da Liam saß, kam ihr der Tisch viel zu klein und Liam viel zu nah vor. Das war alles einfach nur anstrengend. Wäre sie doch nur auf die Grillfete gegangen! Da hätte sie selbst entscheiden können, mit wem sie redete!

»Ein bisschen romantisch, aber nicht allzu sehr«, grinste Liam. »Geradezu perfekt. Dann schauen wir mal, was es so gibt.« Er drehte die Wal-Speisekarte um, die nur aus einer Seite zu bestehen schien. Ein groß gewachsener junger Kerl mit einem Kartengerät in der Hand lief an ihrem Tisch vorbei, stutzte und kam zurück. Wieso trug er drinnen ein Wollmützchen?

»Mabel!«, rief er begeistert. »Was für eine tolle Überraschung!«

»Ich heiße jetzt Lori«, korrigierte sie automatisch. Woher kannte sie den Jungen nur?

»Sorry, weiß ich doch! Ich hab doch schließlich euren tollen Auftritt beim Festival gesehen! Mann, habt ihr Port Piran gerockt!« Er lachte und wandte sich an Liam. »Entschuldigen Sie die Störung. Aber ich musste Lori unbedingt Hallo sagen! Ich bin Matthew, einer der drei Besitzer. Ich bin auf einer Farm hier in der Nähe aufgewachsen. Lori kennt mich, na ja, eigentlich schon immer. Ich bin ein jüngerer Cousin von Chris, Loris bestem Freund.«

»Matthew! Ich habe dich gar nicht erkannt! Du bist einer der Besitzer?«, staunte Lori. In ihrer Erinnerung lernte Matthew gerade laufen. Und nun hatte er einen Vollbart und besaß ein Restaurant?

»Ja! Ist das nicht fantastisch? Ich habe Tourismus studiert und parallel eine Ausbildung in der Gastronomie gemacht, und dann habe ich mit zwei Kumpels aus dem Studium einen Kredit aufgenommen für den Schuppen hier! Meine Eltern wollten, dass ich die Farm übernehme, aber die Landwirtschaft hat keine Zukunft, auch wenn Chris das nicht wahrhaben will.« Er lachte. »Im Tourismus liegt viel mehr Potenzial! Wir haben erst vor ein paar Wochen aufgemacht und sind fast jeden Abend ausgebucht. Wir setzen auf regionale Produkte und Fair Trade. Eine kleine Speisekarte, wenig Auswahl, aber alles in super Qualität. Jeder Fisch auf den Tellern ist mal in der Nähe von Port Piran herumgeschwommen! Außerdem versuchen wir, uns als *Wine Bar* zu etablieren.« Er strahlte voll Stolz. »Ich hätte nicht gedacht, dass ich heute Abend ein bekanntes Gesicht sehe! Chris hat dich doch sicher auch zum Grillfest eingeladen? Schade, dass ich arbeiten muss. Seine ganze Familie und halb Port Piran rücken an! Hast du die Kids schon gesehen?«

»Äh ... nein, ich habe die Kinder noch nicht gesehen, und ja, natürlich war ich eingeladen«, stotterte Lori. »Aber da war ich schon verabredet. Ich schaue stattdessen morgen Mittag auf der *Oak Hill Farm* vorbei.« Das war eine glatte Lüge. Chris hatte sich nach ihrer Absage nicht einmal gemeldet.

»Da fühlen wir uns aber geschmeichelt, dass du unserem Restaurant den Vorzug gegeben hast! Darf ich euch zum Einstand einen Prosecco aufs Haus bringen?«

Lori hatte das Gefühl, als würde ihr jemand die Luft abschnüren. Es war ein Fehler gewesen. Sie hätte niemals mit Liam ausgehen dürfen! Jetzt wusste er, dass sie seinetwegen eine Einladung ihres besten Freundes hatte sausen lassen, was gleichbedeutend damit war, dass sie sich ihm an den Hals warf. Viel schlimmer war jedoch, dass in wenigen Minuten ein Glas Prosecco vor ihr stehen würde. Dreißig Jahre lang hatte sie es geschafft, dem Alkohol auszuweichen, hatte nie etwas zu trinken besorgt und war nie in den Pub gegangen, aber heute Abend wusste sie nicht, ob ihre Widerstandskraft ausreichte oder ob sie den Prosecco hinunterstürzen würde, weil sie genau wusste, dass sie danach entspannter sein würde. Panisch rang sie nach Worten.

»Tja, Matthew, das ist wirklich sehr nett«, kam ihr Liam zuvor. »Es ist nur so, ich muss nachher noch Auto fahren, und Lori hat aus Solidarität zugestimmt, keinen Alkohol zu trinken. Habt ihr stattdessen einen alkoholfreien Drink, mit dem wir auf euer tolles Projekt anstoßen könnten?« Lori lächelte verkrampft und nickte zustimmend.

»Klar, wir haben einen Cocktail mit Saft und Grenadine. ›Virgin Sunrise‹, darf ich euch den stattdessen bringen? Schmeckt total lecker.«

»Das klingt gut, was meinst du, Lori?«

»Virgin Sunrise«. Sollte das ein Witz sein?

»Sehr gern«, stotterte sie erleichtert. »Vielen Dank, Matthew. Und ich wünsche euch viel Glück mit eurem Restaurant.«

»Hoffentlich empfiehlst du uns weiter!«, grinste Matthew. »Wir tun uns noch etwas schwer, die Einheimischen hierherzulocken. Die gehen alle aus Gewohnheit in den Pub und halten uns für elitär, dabei stimmt das gar nicht. Wein ist doch nicht elitärer als Bier, und die Surfkids kommen schließlich auch! Hey, vielleicht sollten wir uns mal zusammensetzen? Du könntest deinen Gästen unser Restaurant für den Abend empfehlen, und wir machen Werbung für Honeysuckle Cottage. Wir legen deine Visitenkärtchen aus und werben auf Insta! Ohne Networking und soziale Medien geht heutzutage gar nichts!«

»Ja, warum nicht«, gab Lori matt zurück. Networking und soziale Medien? Darauf verschwendete sie ihre Zeit genauso wenig wie auf vegane Frühstücksvarianten. Sie hatte auch so genug Gäste, und auf Nachfrage verschickte sie ihren Hausprospekt. Der war schon zwanzig Jahre alt, aber immer noch gültig.

»Ich ruf dich in den nächsten Tagen an, und du kommst auf einen frischen veganen Spinat-Smoothie vorbei, okay? Ciao, Ma... äh, Lori! Sorry, muss mich umgewöhnen!« Er winkte, nickte Liam zu und verschwand.

Lori atmete auf.

»Veganer Spinat-Smoothie, Networking und eine Runde Insta. Da könnte man glatt neidisch werden«, kommentierte Liam todernst. »Unsereiner planscht dagegen nur mit Schwimmflügelchen im Wasser herum.«

»Erzähl mir mehr von deinem Kurs«, erwiderte Lori hastig, erleichtert, dass er ihr ein Gesprächsthema auf dem goldenen Tablett präsentierte. Sie betete inbrünstig, dass er sie nicht umgekehrt auf das Thema Alkohol oder die Grillparty bei Chris ansprach.

»Gern. Aber sollten wir nicht erst das Essen aussuchen?«

»Essen? Welches Essen?«

»Ich dachte, deshalb sind wir hier? Unter anderem. Oder hat es dir schon den Appetit verschlagen?«

»Ach, natürlich. Das hätte ich fast vergessen.« Liam musterte sie belustigt und Lori wünschte sich nichts mehr, als wieder in den vertrauten vier Wänden ihrer Küche zu sitzen. Wahrscheinlich hatte Liam mittlerweile gewisse Defizite in ihrem Sozialverhalten ausgemacht. Sie griff nach der Speisekarte. Die nächste Panikattacke.

»Ich nehme vielleicht den Salat mit Räuchermakrele als Vorspeise. Mit Erdnüssen, das klingt interessant. Und du?«

»Das klingt gut«, murmelte Lori. »Das nehme ich auch.«

»Du kannst auch etwas anderes bestellen. Vielleicht die Tagessuppe?«

»Nein, nein. Räuchermakrele. Prima.«

»Und als Hauptspeise?«

»Ich ... ich passe mich an. Dann ... hat der arme Koch weniger Arbeit. Bei so vielen Gästen.«

»Du nimmst das gleiche Gericht wie ich? Egal was? Damit der Koch weniger Arbeit hat? Sehr rücksichtsvoll.« Liam grinste.

»Ich – ich kann es nicht lesen. Die Schrift ist zu klein und ich habe meine Lesebrille vergessen«, flüsterte sie. Sie hatte es gewusst. Sie war nicht ausgehfähig.

Er schmunzelte. »So ist das nun mal, wenn man sich im fortgeschrittenen Alter verabredet. Da tauchen Komplikationen auf, die hätte man sich früher nicht träumen lassen.« Geduldig las er ihr die Hauptspeisen vor und Lori entschied sich für die frischen Ravioli mit Meeresfrüchten aus Port Piran, während Liam ein Risotto mit Taschenkrebsen wählte. Sie bestellten, die Cocktails kamen, sie stießen an und nun war erst einmal alles abgehakt, was dringend zu erledigen war. Leider. Lori klammerte sich an ihrem Cocktailglas fest. Worüber hatte sie sich noch mal mit Liam unterhalten wollen? Ihr Hirn war seltsam leer.

»Du hast mich nach meinem Lehrgang gefragt«, begann Liam.

Sie nickte eifrig und stopfte sich die Cocktailkirsche in den Mund, um nichts sagen zu müssen.

»Du kennst die Seenotrettungsstation von Port Piran doch sicher? Ein paar Meilen außerhalb, an der Steilküste?«

Lori verschluckte sich an der Kirsche und hustete. »Natürlich. Ich kenne auch alle Leute dort. Im Notfall müssen sie ja schnell vor Ort sein, deshalb stammen fast alle aus dem Dorf oder von den umliegenden Farmen. Aber jetzt habt ihr neue Freiwillige rekrutiert, oder?«

»Es hat sich in letzter Zeit herauskristallisiert, dass die Zahl der Leute nicht mehr ausreicht. Einige der bisherigen *Volunteers* wollen in den nächsten Jahren altersbedingt ausscheiden. Leider gibt es immer mehr Wassersportler, die sich und ihr Können überschätzen. Die Steilküste rund um Port Piran zählt zu den schwierigsten Gewässern in ganz Großbritannien und leider auch zu den beliebtesten. Segeln, Kajak, Kanu und seit ein paar Jahren auch Stand-up-Paddling – die Zahl der Notrufe nimmt stetig zu. Wir brauchen deshalb mehr Aktive, damit sich die Einsätze auf mehr Schultern verteilen, und wir müssen den Generationenwechsel vorbereiten. Ich gehöre zum hauptamtlichen Team des RNLI und bilde zehn junge Leute aus. Es war nicht so leicht, sie zu finden – sie mussten dafür zwei Wochen Urlaub nehmen, die Anforderungen an die körperliche Fitness sind sehr hoch, und es gibt kein Geld. Jetzt haben wir eine gute Truppe zusammen. Einige der Jungs haben aber in den letzten Tagen einen ganz schönen Dämpfer abgekriegt, weil sie doch nicht so fit sind, wie sie dachten. Die Mädels dagegen sind richtig tough! Früher war der RNLI eine Männerbastion. Das ändert sich zum Glück, und es geht weniger machomäßig zu als früher.«

Die Bedienung brachte den Salat und Lori war froh, dass sie ihre nervösen Hände beschäftigen konnte. »Meinst du, sie bleiben alle dabei?« Sie konnte sich noch immer nicht vorstellen, dass Liam anderen beibrachte, wie man sich von Hubschraubern auf ein Boot abseilte oder in eiskaltes Wasser sprang, um jemanden vorm Ertrinken zu retten.

»Alle bestimmt nicht. Dafür ist es zu hart. Bisher haben wir an Land oder nah am Ufer geübt, wir haben viel gelacht, das war alles mehr so spielerisch, aber nächste Woche wird's ernst. Da geht's raus aufs offene Meer und nicht alle werden mit den hohen Wellen und der Seekrankheit klarkommen. Am letzten Tag simulieren wir einen Notfall, das ist dann so eine Art Abschlussprüfung. Mal schauen, wie viele es packen, ich schätze, sieben, acht werden übrig bleiben. Vielleicht auch nur sechs, aber das würde auch reichen. Die wachsen gerade ganz gut als Team zusammen. Die Gemeinschaft spielt eine wichtige Rolle. Und wer nicht fit genug ist für die Einsätze auf See, kann das Präsenzteam in der Station verstärken.«

Er sprach mit sichtlich großer Leidenschaft und Überzeugung. Lori verstand trotzdem nicht, wieso man seinen Urlaub und später seine ganze Freizeit für andere opferte. Und dann auch noch ohne Bezahlung! »Hast du das schon immer gemacht?« Sie hatte fest vor, Liam den ganzen Abend erzählen zu lassen.

»Nein. Früher bin ich zur See gefahren. Dann starb meine Frau sehr plötzlich.«

»Oh. Das tut mir sehr leid.«

»Danke. Willst du eigentlich nichts essen?« Lori starrte auf ihre Hände, die Messer und Gabel so fest umklammerten, dass ihre Knöchel schon ganz weiß waren. Sie hatte noch nicht einmal einen Bissen genommen. Liam beugte sich über den Tisch und Lori zuckte automatisch zurück. »Lori, weißt du was? Es gibt überhaupt keinen Grund, nervös zu sein«, flüsterte er. »Alles ist gut.« Alles ist gut? Er hatte doch nicht die geringste Ahnung! Seine körperliche Nähe, diese intensive Konzentration nur auf sie beide, die Gefühle, die Lori durchtobten! Die Befürchtung, dass sie von ihrem kaputten Leben erzählen sollte!

»Wie wäre es, wir lassen uns den Salat schmecken und reden nachher weiter?«, schlug Liam vor, und plötzlich merkte Lori, wie hungrig sie war. Die Makrelenstücke im Salat schmeckten köstlich, das süßsaure Dressing erinnerte sie an Thailand, das Baguette dazu war frisch und knusprig, und nicht reden zu müssen war eine ungeheure Erleichterung. Sie aßen schweigend und schoben nahezu gleichzeitig ihre Teller zurück. Lori fühlte sich schon viel besser. Leider war es vermutlich keine Option, auch den Rest des Abends zu schweigen.

»Das war sehr lecker«, murmelte sie.

»Fand ich auch. Sollen wir ein bisschen weiterreden?«

Weiterreden hieß wahrscheinlich, dass sie jetzt an der Reihe war. Aber das ließ sich verhindern. »Erzähl mir von deiner Frau. Aber nur, wenn du willst.«

Sie wurden von dem Mädchen in den Springerstiefeln unterbrochen, das die Salatteller abräumte. »Was darf ich Ihnen zur Hauptspeise zum Trinken bringen?«, fragte sie.

»Ich hätte gern ein alkoholfreies Bier. Was möchtest du, Lori?«

»Ich bleibe bei Wasser«, sagte Lori und das Mädchen schenkte ihr aus dem Krug mit dem Leitungswasser nach.

»Das mit Ann ist schon eine Weile her«, begann Liam, als sie verschwunden war. »Wir waren sehr jung, als wir heirateten, und sehr verliebt. In rascher Folge bekamen wir drei Kinder. Anfangs konnte ich mir kein schöneres Leben vorstellen, aber das hielt nicht lange an. Ich war Mitte zwanzig, die Kinder hielten uns Tag und Nacht auf Trab und ich hatte das Gefühl, mein Leben sei vorüber, bevor es richtig angefangen hatte. Wir wohnten in Southampton, ich war Ingenieur und hatte außerdem eine Ausbildung als Mechaniker, und man bot mir einen Job auf einem Schiff an. Die Bezahlung war gut und ich wollte das eigentlich nur ein Jahr machen, damit wir uns ein eigenes Häuschen leisten konnten. Aber das ständige Unterwegssein faszinierte mich, und insgeheim war ich ganz froh, mich nicht um die Kinder kümmern zu müssen. Ich fuhr weiter zur See, obwohl ich Ann damit todunglücklich machte. Sie war Lehrerin aus Leidenschaft und wollte eigentlich zurück an die Schule, sobald die Kinder aus dem Gröbsten raus waren. Aber bei meinem Job ging das nicht. Ich verdiente viel mehr und redete mir ein, dass ich es für uns tat, für das Haus und die Ausbildung der Kinder. Ich belog mich selber und tat so, als wüsste ich am besten, was gut für die Familie ist, und Ann hatte ein zu sanftes Wesen, um mit mir zu streiten. Sie litt einfach still vor sich hin. Ich war ein grenzenloser Egoist.« Er seufzte, starrte auf den Tisch und nahm einen Schluck von seinem Bier. Ein Rest von Schaum blieb auf seiner Oberlippe und Lori verspürte den absurden Wunsch, sich über den Tisch zu beugen und den Schaum abzulecken.

»Als Ann an Brustkrebs starb, war das der größte Schock meines Lebens. Ich dachte, wir hätten noch unendlich viel

Zeit. Ich hatte alles auf später verschoben: Wenn ich in Rente ging, würde ich ihr die Welt zeigen, all die Länder, die ich bereist, all die Häfen, in denen ich angelegt hatte. Im Winter würden wir einen Freund besuchen, einen Schweizer Kapitän, der ein Haus in Davos hat, oder dem scheußlichen britischen Wetter auf den Kanaren entkommen. Vielleicht würden wir unser viel zu großes Haus in Southampton verkaufen und nach Devon oder Wales ziehen? Ich hatte mir alles so schön ausgemalt. Was für eine maßlose Arroganz! Es war mein Lieblingsmärchen, bloß das Happy End fehlte. Nicht einmal acht Monate nach der Krebsdiagnose stand ich fassungslos an Anns Grab und konnte nur noch flennen wie ein Baby. Flennen über all die verlorene Zeit, in der ich zur See fuhr und meine Kinder nicht aufwachsen sah. All die Jahre, die ich mit Ann hätte verbringen können, die ich immer noch von Herzen liebte. Und dann war ich auf einmal allein – Ann war tot, und meine Kinder wollten nichts von mir wissen, weil ich mich nie um sie gekümmert hatte. Ich kehrte der Seefahrt den Rücken und fiel in ein tiefes, tiefes Loch. Wir hatten uns auf See nach Feierabend ab und zu mit der ganzen Besatzung betrunken. Nach Anns Tod fing ich an, systematisch, regelmäßig und allein zu trinken. Glaub mir, das war die bitterste Zeit meines Lebens. Und glaub mir, ich kenne mich mit Alkoholproblemen aus.«

Er seufzte wieder, ohne sie anzuschauen. Lori rutschte auf ihrem Stuhl herum, aber Liam schien es nicht zu merken. Etwas war gekippt. Sie hatte nach seiner Frau gefragt, nicht nach seiner Lebensbeichte! »Um aus dem Loch herauszukommen, erfüllte ich mir einen uralten Traum: Ich ging für ein Jahr nach Glasgow und belegte an der Uni einen Kurs in englischer Poesie und Poetik. Ein Seebär Mitte fünfzig, zwischen all den Zwanzigjährigen! Ich kann's nicht erklären, aber die intensive Auseinandersetzung mit Gedichten machte einen neuen Menschen aus mir, und auch die Begegnung mit den jungen Studenten, die mich an meine Kinder erinnerten. Nach diesem Jahr bewarb ich mich beim RNLI. Die nahmen mich hart in die

Mangel. Ich erreichte im Bewerbungsverfahren überall die volle Punktzahl, und dann rauschte ich durch die Fitnessprüfung. Du kannst den Fitnesstest in drei Monaten wiederholen, sagten sie mir, und wenn du ihn bestehst, nehmen wir dich. Der Alkohol hatte mich dick und schwerfällig gemacht. Ich wusste, ich muss diesen Job kriegen, sonst ist es vorbei. Ich hörte von einem Tag auf den anderen auf zu trinken und begann stattdessen zu trainieren und fleischlos zu essen. Es war hart. Sehr hart. Nach drei Monaten hatte ich fünfundzwanzig Kilo abgenommen, war fit, bestand die Prüfung und fing beim RNLI an. Mühsam klaubte ich die Scherben meines Lebens zusammen und begann, zu meinen Kindern und Enkelkindern eine Beziehung aufzubauen. Heute stehen wir uns sehr nahe, aber es war ein langer Weg. Ich bin dankbar, dass sie mir verziehen haben. Früher ging es immer nur um mich. Heute steht meine Familie an erster Stelle, und ich habe einen Beruf, in dem es darum geht, Menschenleben zu retten und anderen beizubringen, dasselbe zu tun. Ich habe meine Lektion gelernt, Lori. Sie lautet: Es gibt nur das Heute, und man muss aufhören, sich immer nur um sich selbst zu drehen. Das Leben findet jetzt statt, nicht morgen und nicht übermorgen, und auch nicht in der Vergangenheit, wie auch immer die ausgesehen hat.«

Endlich machte er eine Pause und sah Lori an. Er wirkte gequält. So genau wollte sie das alles überhaupt nicht wissen. Es war einfach viel zu persönlich!

»Warum erzählst du mir das alles?«, murmelte sie.

Liams Hand schlich sich über den Tisch. Sie war voller Schwielen, am Daumen war eine frische Blase. Lori sah die Hand näher kommen und es kostete sie ihre ganze Kraft, ihre Hand nicht wegzuziehen. Ganz sanft legte sich Liams Hand auf ihre. Ihre heiße, verschwitzte Hand.

»Weil ich dich mag.«

»Wir kennen uns seit gerade mal drei Tagen.«

Liam nickte. »Ich weiß. Aber ich bin nur noch eine Woche hier, und das Leben ist so kurz, und ich will nicht schon wieder etwas Wichtiges versäumen. Wir sind nicht mehr die Jüngsten. Ich habe nur eine einzige Bitte: dass wir ein bisschen Zeit miteinander verbringen. Morgen zum Beispiel, oder abends nach dem Kurs. Ich weiß so wenig von dir und würde dich gerne besser kennenlernen. Darf ich?« Seine Stimme war ganz leise und weich.

»Ich ... muss mal eben für kleine Mädchen«, stotterte Lori und zog ihre Hand weg. »Bevor der Hauptgang kommt.«

»Sicher«, lächelte Liam.

Lori sprang auf und lief Richtung Bar. Ihr Herz hämmerte. Sie wischte ihre verschwitzten Hände an ihrer Jeans ab. Das ging ihr alles viel zu schnell. Warum hatten sie nicht einen zwanglosen Abend verbringen können, um dann zu schauen, was sich daraus entwickelte? Klar waren sie nicht mehr die Jüngsten. Aber Lori hatte nicht vor, in naher Zukunft das Zeitliche zu segnen!

»Suchst du die Toiletten, Lori?«, rief Matthew, der mit einem Tablett voller Drinks an ihr vorbeisteuerte.

Sie nickte.

»Hinter der Bar, rechts, durch den blauen Samtvorhang!«

Sie würde sich in einem Klo einschließen und ein paar Minuten durchschnaufen. Dann würde sie kaltes Wasser über ihre Arme laufen lassen, zurück an den Tisch gehen und Liam bitten, über weniger existenzielle Themen zu reden. Vielleicht ließ sich der Abend dann noch retten. Er musste doch merken, dass sie völlig überfordert war! An der Bar saßen nur noch einzelne Gäste vor Weingläsern und Chipsschüsselchen.

Hinter der Bar fand sie den von Matthew beschriebenen blauen Vorhang. Sie hatte den Vorhang schon in der Hand, da ging die Tür des Restaurants auf der anderen Seite der Bar auf, und herein flatterte Mrs Peacock. Sie trug einen sehr kurzen Rock, der mit einem schrillen Muster bedruckt war, einen riesigen Schal aus dem gleichen Stoff, rote hochhackige Pumps und sehr roten Lippenstift. Lori flüchtete hinter den Vorhang, zog ihn hinter sich zu und spähte dann durch einen winzigen

Spalt ins Restaurant. Ausgerechnet Mrs Peacock! Ein Gast steuerte das Klo an. Konnte er nicht warten? Unwirsch zog Lori den Vorhang zurück, aber nur so weit, dass sich der Mann durchquetschen konnte, ohne dass man Lori zu Gesicht bekam. Er musterte sie leicht irritiert, aber sie starrte nur herablassend zurück. Der war eh nur Tourist und sie würde ihn nie wiedersehen.

Mrs Peacock ging an die Bar, setzte sich auf einen Hocker und wenig später stand ein Glas Rotwein vor ihr. Sie nahm einen Schluck und dann stieß sie sich völlig überraschend und blitzschnell mit Schwung von der Bar ab, sodass sich der Barhocker drehte, auf dem sie saß. Lori zuckte zurück und wartete einen Moment, ehe sie den Kopf behutsam wieder hinter dem Vorhang hervorstreckte. Mrs Peacock saß jetzt mit dem Rücken zur Bar, und Lori konnte sie nur noch von der Seite sehen. Es reichte. Auf ihrem Gesicht hatte sich ein Leuchten ausgebreitet, als habe sie mit dem Wein eine Glühbirne verschluckt. Es konnte dafür nur einen Grund geben: Sie hatte Liam erspäht. Liam, der so aussah, als sei er einsam und alleine, weil Lori nicht einmal eine Jacke über den Stuhl gehängt oder einen Drink bestellt hatte!

Mrs Peacock rutschte vom Hocker, hängte sich die Handtasche um, nahm das Weinglas, straffte die Schultern, hob den Busen, streckte das Hinterteil heraus und wackelte auf Liam zu. Nun sah Lori nur noch ihren Rücken. Sie sah, wie Mrs Peacock sich vor dem Tisch aufbaute, das Weinglas darauf abstellte, eine Hand besitzergreifend auf Loris Stuhllehne platzierte und mit der anderen Hand affige Gesten machte. Liam lächelte höflich, bewegte den Mund und schielte gleichzeitig an Mrs Peacock vorbei in ihre Richtung.

Lori rutschte wieder hinter den Vorhang. Du führst dich auf wie eine Vollidiotin, dachte sie wütend. Du lässt dir von dieser Londontussi im Karnevalskostüm die Show stehlen? Du schuldest Mrs Peacock nicht die geringste Erklärung. Du gehst jetzt da raus, mit der größten Selbstverständlichkeit der Welt, und setzt dich wieder an *deinen* Tisch, auf *deinen* Stuhl, zu DEINEM Liam! Mrs Peacock soll sich gefälligst verpissen! Lori löste sich aus ihrem Versteck und steuerte mit hocherhobenem Kopf auf ihren Tisch zu. Links von ihr klappte eine Tür auf und das Mädchen mit den Springerstiefeln kam heraus. In jeder Hand balancierte sie einen großen Teller. *Ihre* Teller mit *ihrem* Essen. Köstlich aussehendes, wunderbar riechendes Essen! Der Teller mit den appetitlichen Ravioli war sicher für Lori bestimmt, und ihr lief das Wasser im Munde zusammen.

Liam blickte von Mrs Peacock zu dem Mädchen mit dem Essen, und dann glitt sein Blick weiter, er bemerkte sie und lächelte ihr zu, sichtlich erleichtert. Plötzlich stieg wieder Panik in Lori auf. Ihre Beine schlugen einen Haken nach rechts, über den sie selbst erstaunt war. Es war, als habe sie die Kontrolle über ihren Körper verloren. Sie lief an der Bar und an Matthew vorbei, der hinter der Theke stand und ihr einen überraschten Blick zuwarf, und ohne ein weiteres Mal in Liams Richtung zu sehen, stürzte Lori aus der Tür des Restaurants hinaus in die Nacht.

9. KAPITEL

Margarete

»Lori? Lori, bist du da?« Margarete wanderte in die Küche, so entspannt, wie sie es immer tat, und hoffte insgeheim, dass ein paar Scones vom Frühstück übrig geblieben waren. Das war aber nicht der wahre Grund ihres Besuchs. Zum einen musste sie dringend diplomatische Beziehungen zu ihrer Mutter aufnehmen, die sich beim Grillfest von Johns Sohn mit zurück nach Port Piran hatte nehmen lassen, ohne sich von ihrer Tochter oder Chris zu verabschieden. Zum anderen hatte Chris darauf gedrängt, Lori endlich zum Abendessen einzuladen, weil sie die Kinder noch nicht gesehen und die Grillfete verpasst hatte. Obwohl Maggie nach dem vielen Besuch vom Wochenende ziemlich erledigt war, war sie sofort einverstanden gewesen. Sie hätte Lori einfach kurz anrufen können, aber sie hatte ein schlechtes Gewissen, weil sie sich mit Karen über das Date mit Liam lustig gemacht hatte, obwohl sie genau wusste, wie empfindlich Lori war. Seit Tagen hatten sie nichts voneinander gehört. Lori hatte sich nicht nach der Feier erkundigt, und Margarete hatte es nicht gewagt, sie nach Liam zu fragen, obwohl sie darauf brannte, zu erfahren, wie die Verabredung gelaufen war. Sie hoffte jetzt, Lori allein anzutreffen, um in Ruhe mit ihr reden zu können. Dass Chris und sie Liam mittlerweile kennengelernt hatten, brauchte Lori nicht zu wissen. Sie mochte ihn sehr und wünschte Lori von Herzen ein bisschen mehr Glück in ihrem Leben.

»Hi. Du musst Margret sein.« Margarete hatte die Frau am Küchentisch, die so breit und strahlend lächelte, als wolle sie Zahnpasta verkaufen, noch nie zuvor gesehen, nicht einmal auf Fotos. Sie konnte kein normaler Gast sein, denn die Küche war Loris Heiligtum, die nur eine Handvoll Auserwählter betreten durfte: Karen, Margarete, Titilope, John und natürlich Chris. Die fremde Frau gehörte ohne Zweifel zum erlauchten Kreis. Hinterher fragte sich Margarete, warum sie schon nach einer Millisekunde gewusst hatte, dass sie sie nicht leiden konnte und am liebsten sofort aus der Küche geworfen hätte, und warum es nur eine weitere Millisekunde gedauert hatte, bevor sie anfing, sich mit ihr zu vergleichen. Lag es vielleicht daran, dass ihr sofort klar war, wer da am Tisch lümmelte? Oder daran, dass sie schlecht abschnitt, wenn sie sich mit ihr verglich?

Die Frau in Loris Küche war mindestens zehn Jahre jünger, auf einer Skala von eins bis fünf zehntausendmal hübscher und Maggie schätzte, dass sie bei ungefähr identischer Körpergröße die Hälfte von dem wog, was sie selbst auf die Waage brachte. Sie war barfuß und hatte die verschränkten Beine in der dreiviertellangen, ausgefransten Jeans so lässig auf dem Küchentisch abgelegt, als würde die Küche ihr gehören. Über der Jeans trug sie ein weißes, zerknittertes T-Shirt, die blonden und noch feuchten langen Haare fielen ihr ungekämmt und wirr auf die Schultern. Ihr Gesicht war braun gebrannt, voller Sommersprossen und ungeschminkt. Das Auffälligste an ihr waren jedoch diese extrem vollen Lippen und ihre makellosen Zähne. Sie sah ein bisschen aus wie eine Meerjungfrau auf dem Trockenen, fand Margarete, und es hätte sie nicht gewundert, wenn sich statt Beinen ein Fischschwanz auf dem Küchentisch geringelt hätte. Alles an ihr war lässig und extrem sexy, ohne inszeniert zu wirken. Doch Maggie hätte schwören können, dass hier nichts, aber auch gar nichts dem Zufall überlassen worden war. Die Frau legte das Handy auf den Tisch, griff nach ihrer Teetasse und wackelte mit den rot lackierten Zehen.

»Mabel sitzt draußen und raucht einen Joint. Ich bin übrigens Janie.«

»Ich weiß«, antwortete Margarete knapp und ärgerte sich sofort über sich selbst. Sei nicht so unhöflich, sie hat dir nichts getan, dachte sie. Nur weil sie Chris' Ex-Frau, nein, Immernoch-Frau ist und du nicht im Mindesten damit gerechnet hast, dass sie hier aufkreuzt, musst du nicht blöd zu ihr sein. Da stehst du doch voll drüber. Total souverän. Völlig cool. Leider fühlte es sich kein bisschen so an, und wenn Margarete ein Igel gewesen wäre, dann hätten sich längst all ihre Stacheln in Abwehrhaltung aufgestellt. Sie hatte nicht die geringste Lust auf Small Talk, und Janie wiederum schien es nicht für nötig zu halten, eine Erklärung dafür abzugeben, warum sie in Loris Küche saß. Der schweigende Machtkampf zwischen ihnen beiden zog sich in quälende Länge. Endlich machte Janie den Mund auf.

»Es freut mich, dich kennenzulernen. Die Kinder haben am Telefon viel von dir erzählt. Ehrlich gesagt, ich hatte mir dich ganz anders vorgestellt! Deine roten Haare sind wirklich sensationell.« Sie lachte. Das Lachen war kein bisschen gemein, es war unbekümmert und fröhlich, und trotzdem dachte Margarete sofort, ja klar, du hast gedacht, ich bin jünger und weniger fett. Du hast gedacht, Chris sucht sich jemand, der aussieht wie du, schlank und attraktiv. Er könnte schließlich jede Frau haben. Ein paar Sekunden rang sie mit sich. Britisches Small-Talk-Geplänkel oder unverblümte, brutale, deutsche Direktheit? Sie musste ihr Terrain abstecken. Das ging nur auf die brutal deutsche Art. Sie bemühte sich nicht einmal um den Hauch eines Lächelns.

»Soweit ich das mitgekriegt habe, bist du hier seit Jahren nicht mehr aufgetaucht. Warum also jetzt, warum ausgerechnet während der kostbaren zwei Wochen, in denen Chris seine Kinder für sich alleine hat? Oder besser: haben wollte? Und noch dazu mit einer neuen Freundin zusammenlebt? Das ist schon ein seltsamer Zufall.«

»Natürlich ist es kein Zufall.« Janie lächelte weiter und schien kein bisschen peinlich berührt.

»Warum also?«

Sie nahm die Beine vom Tisch. »Ich wollte dich mal ...« Das

Lächeln verschwand und sie schien konzentriert nachzudenken. »... wie formuliere ich das jetzt am besten? Kennenlernen wäre zu viel gesagt. Nennen wir es besichtigen.«

Margarete schnappte nach Luft. »Du wolltest mich – besichtigen? So, wie man eine neue Wohnung besichtigt? Deshalb bist du hier?«

Janie nickte jetzt mit großer Ernsthaftigkeit. »Jede verantwortungsbewusste Mutter würde das tun.«

»Jede verantwortungsbewusste Mutter? Würde die neue Freundin ihres Ex-Mannes abchecken?«

»Ex-Mann? Noch nicht ganz. Abchecken. Hmm. Das klingt ein bisschen härter als besichtigen. Besichtigen heißt ja nur, dass man sich etwas anschaut, um sich ein Bild zu machen, ob es einem gefällt. Aber natürlich will ich wissen, wie die Neue meines Noch-nicht-Ex-Mannes ist. Immerhin verbringen meine Kinder im Moment nicht nur mit ihrem Vater viel Zeit, sondern auch mit dir, und so, wie es aussieht, nicht zum letzten Mal. Zumindest in den Ferien. Du hast keine eigenen Kinder, habe ich gehört. Da muss ich doch zumindest wissen, ob du ein Risiko für sie darstellst. Vor allem jetzt, wo es um die Scheidung geht! Es könnte ja zum Beispiel sein, du lässt sie die halbe Nacht fernsehen oder stopfst sie ständig mit Schokolade und Chips voll, wenn sie hier zu Besuch sind. Nicht aus Bosheit, sondern einfach deshalb, weil du es nicht besser weißt.« Sie nahm einen Keks und knabberte daran herum. Margarete schnappte jetzt nicht mehr nur nach Luft, sie hyperventilierte. Was erlaubte sich diese Schnepfe? Platzte mitten hinein in die Zeit, die Chris so dringend für sich und die Kinder benötigte? Mit der Begründung, Maggie könne ihre Kinder gefährden?

»Ich glaube, wir essen in Deutschland weitaus gesünder als hier«, gab sie schnippisch zurück. »Bei uns gelten Kekse, Chips und Softdrinks jedenfalls nicht als Teil der gesunden Ernährung, so wie es hier der Fall zu sein scheint.« Nein, bitte nicht, dachte sie unglücklich. Ich schlittere gerade in einen völlig bescheuerten Zickenkrieg. Ich sollte auf dem Absatz umdrehen und wieder gehen. Aber irgendetwas hinderte sie daran. Wahrscheinlich war es nichts als ungesunde Neugier, diese Frau, die jahrelang mit Chris zusammen gewesen war, endlich kennenzulernen, und herauszufinden, was ihn an ihr fasziniert hatte. Ihr Aussehen, das war schon einmal ein dicker Pluspunkt. Ihre Coolness? Das Puppengesichtchen, das Naivität suggerierte? Das breite Lächeln? Margarete drehte sich um und ging zum Wasserkocher, um sich einen Tee zu machen. Erstens signalisierte sie damit, dass sie in Loris Küche zu Hause war, und zweitens gab es ihr Zeit, darüber nachzudenken, was sie als Nächstes sagen würde. Etwas, das bewies, dass sie über den Dingen stand und sich nicht auf Janies Niveau herunterziehen ließ. Sie füllte den Wasserkocher, dann drehte sie sich wieder zu Janie.

»Was ich so von Chris gehört habe, warst du auch nicht immer die Bilderbuchmutter«, rutschte es ihr heraus, und sie ärgerte sich sofort maßlos über sich selbst und ihren schnippischen Ton.

»Tatsächlich.« Janie lachte hell auf. »Chris hat dir also Horrorgeschichten über mich erzählt. Das muss er ja, wenn er gut dastehen will. Dabei höre ich von Hattie, dass er sich am Samstag geprügelt hat. Will man so jemandem seine Kinder überlassen?« Sie stand auf, streckte sich genüsslich wie eine Katze und steckte das Handy in die Gesäßtasche. »Bei Trennungen gibt es immer zwei Versionen, die sich stark voneinander unterscheiden. Aber meist hört man nur eine und hält sie für die Wahrheit. Vielleicht willst du ja irgendwann einmal meine Geschichte hören.« Janie winkte lässig, schob ein »Wir sehen uns« hinterher und schlenderte aus der Küche. Es gab hunderttausend Dinge, die Margarete ihr gerne hinterhergebrüllt hätte, damit sie nicht das letzte Wort behielt. Bloß leider wollte ihr auf die Schnelle nichts, aber auch gar nichts einfallen.

»Du hättest mich vorwarnen können.«
»Und auch dir einen schönen Nachmittag, Maggie. Sie hat erst vor zwei Tagen unter falschem Namen reserviert. Das

scheint sich irgendwie einzubürgern.« Lori kam in die Küche geschlendert, offensichtlich tiefenentspannt und bekifft.

»Tatsächlich. Das ist ein wenig – theatralisch, oder?« Erst ihre Mutter, jetzt Janie. Und dann auch noch zur gleichen Zeit! Was war eigentlich los?

»Natürlich ist es das. Alles an Janie ist theatralisch. Sie ist Einzelkind und hatte eine ziemlich beschissene Kindheit mit Eltern, die man heutzutage als Helikoptereltern bezeichnen würde. Damals gab es den Begriff nur noch nicht.«

»Mir kommen die Tränen.«

»Du musst dir keine Sorgen machen. Sie ist nur hier, um sich ein bisschen aufzuplustern und mal wieder ein paar Leute zu treffen. Mich zum Beispiel.«

»Warum hast du Chris nicht Bescheid gegeben? Er wird aus allen Wolken fallen!«

»Das ist mir zu heiß. Da mische ich mich nicht ein. Janie hat gesagt, sie will mich besuchen. Ich kenne sie, seit sie als kleines Kind zum ersten Mal mit ihren Eltern hier Urlaub gemacht hat. Nur, weil sie sich von Chris getrennt hat, heißt das noch lange nicht, dass ich nicht mit ihr reden darf, oder?«

»Zu mir hat sie nicht gesagt, dass sie dich besuchen will. Sie hat gesagt, sie ist hier, um mich zu besichtigen!«

Lori lachte. »Deshalb natürlich auch. Das erledigt sie nebenher. Aber ganz im Ernst, Maggie. Mach dir keinen Kopf wegen ihr. Sie ist jetzt auf dem Weg zu Caroline, die beiden haben sich immer ganz gut verstanden. Sie wird nicht die ganze Zeit bei euch auf der Farm herumlungern! Je weniger Beachtung du ihr schenkst, desto besser. Janie ist ein verwöhntes Gör, aber sie meint es nicht wirklich böse. Ich konnte ihr nur drei Nächte anbieten, und auch nur deshalb, weil jemand kurzfristig abgesagt hat. Drei Nächte sind gerade mal zwei Tage. Am Mittwochmorgen verschwindet sie wieder nach Dublin, und ihr habt eure Ruhe.«

»Das ist doch genug Zeit, um die Kinder total durcheinanderzubringen! Wir hatten uns so auf die zwei Wochen gefreut.

Nur Chris, die Kinder und ich. Chris wollte wieder eine Beziehung zu Luke und Hattie aufbauen, und wir wollten schauen, wie das Ganze mit mir zusammenpasst. Und dann kommt uns meine Mutter in die Quere. Damit nicht genug, taucht auch noch Janie auf. Und das ist weitaus schlimmer als meine Mutter.« Margarete spürte, wie ihr die Tränen kamen, und sie wunderte sich über sich selbst. Wahrscheinlich war alles ein bisschen viel auf einmal gewesen in letzter Zeit. Chris' Familie, ihre Mutter und Janie.

»Tut mir leid«, schnüffelte sie.

»Ich kann dich ja verstehen«, sagte Lori. »Erst deine Mutter, dann Janie. Das ist schon ein bisschen verrückt.« Sie grinste. »Du hast doch Humor, obwohl du Deutsche bist.«

»Schön, dass du keine Vorurteile hast.«

»Vielleicht kannst du drüber lachen und das Absurde in der Situation sehen?«

»Im Moment sehe ich nur, dass Janie noch viel hübscher ist, als ich dachte. Sie braucht doch nur mit dem kleinen Finger zu schnippen und Chris kommt wieder angekrochen!«

»Sei nicht albern. Glaubst du das wirklich? Janie hat ihn unendlich verletzt. Sie hat ihm seine geliebten Kinder entzogen, zwei Jahre lang! Als ob er das so einfach vergessen könnte. Und als ob du ihm so wenig bedeutest! Glaub mir, Janie ist eine grandiose Schauspielerin. Lass dir bloß nichts vormachen!« Zu Margaretes großem Erstaunen spürte sie plötzlich Loris magere Arme um sich. Das war noch nie passiert!

»Hey Babe«, flüsterte sie. »Vertrau Chris. Und vor allem dir selbst. Janie mag jünger und attraktiver sein, du hast ganz andere Qualitäten. Und du siehst auch nicht übel aus mit deinem Hexenhaar. Und dein Hintern ist nicht so knochig.« Und damit kniff sie Margarete kräftig in den Hintern, bevor sie sie wieder losließ.

»Autsch!« Maggie rieb sich das Hinterteil. »Eigentlich bin ich nur als reitender Bote hier, um dich für heute Abend zum Essen einzuladen.«

»Danke, das ist nett. Aber ich kann nicht.«

»Schon wieder nicht. Die Steuer?«

»Nein.« Lori sah nicht so aus, als würde sie eine Erklärung hinterherschieben. Sie wirkte extrem selbstzufrieden und leicht abwesend.

»Dann eben morgen.«

»Geht auch nicht.«

»Scheint eine sehr umfangreiche Steuererklärung zu sein. Wann dann? Oder soll ich deine Sekretärin nach einem Termin fragen?«

»Das ... kann ich im Moment nicht sagen. Mittags wäre kein Problem. Oder nachmittags.«

»Da essen wir immer nur was auf die Schnelle und gehen dann an den Strand. Chris kocht abends. Mittags gibt es Eier. Zum Glück mögen die Kinder Eier.«

»Jeden Tag?«

»Eier sind viel gesünder als ihr Ruf. Gestern gab's Rühreier, heute gibt's Spiegeleier und morgen *Eggs Benedict*. Es ist ganz allein deine Schuld, du hast mir nichts anderes beigebracht. Warum kommst du nicht mit zum Strand?«

»Ich gehe nur in Ländern an den Strand, wo ich keinen Skianzug tragen muss, um ins Wasser zu gehen. Ich glaube, ich war noch nie in Cornwall am Strand. Zu vielen meiner Gäste sind im Hochsommer die Zehen erfroren, wenn sie einen Fuß ins Meer gehalten haben.«

»Weißt du was, Lori, du bist ganz schön kompliziert. Willst du jetzt die Kinder sehen oder nicht?«

»Okay. Ich gehe morgen mit euch an den Strand. Und weißt du was, ihr macht eine Eierpause, und ich mache Sandwiches für alle.«

»Wir haben einen Deal. Solange du keine *Egg & Cress*-Sandwiches machst.« Und nicht nur das, sie würde Lori so lange in die Mangel nehmen, bis sie endlich mit der Wahrheit über Liam herausrückte.

10. KAPITEL

Lori

Maggie und Janie waren abgezogen, Titilope hatte ein paar Stunden frei und alle Gäste waren aus dem Haus. Lori eilte zur Haustür und schloss zweimal ab. Dann lief sie zurück in die Küche, holte ihre Punkerkluft aus der Speisekammer, schlüpfte hinein und eilte in unbändiger Vorfreude zu ihrem Plattenschrank. Selten war die Entscheidung, welche Punkplatte sich auf dem Plattenspieler drehen würde, so einstimmig gefallen. »Wer möchte ›Horses‹ hören?«, fragte Lori laut und streng. »Ich!«, rief sie und streckte den Arm. »Und ich!« Sie hob den anderen Arm. »Und ich!« Lori musste schrecklich kichern, weil sie keinen dritten Arm hatte, den sie heben konnte. Sie legte die Platte auf. Das Foto auf dem Plattencover hatte der Fotograf Robert Mapplethorpe geschossen. Es zeigte eine sehr dünne Frau in Jeans, einem weißen Hemd und einem Blazer über der Schulter. Sie hatte schwarzes, fast schulterlanges Haar und war wunderschön. Nicht schön im klassischen Sinne wie Janie, die mit ihrem blonden Haar, ihrem prallen Busen und ihrem breiten Lächeln Männerfantasien bediente. Die Frau auf der Plattenhülle lächelte nicht, ihre Formen waren eckig und unweiblich, und gleichzeitig wirkte sie schmal und zerbrechlich. Das puristische Cover verriet nichts von ihrer stimmlichen Power, nichts von der Erotik ihrer Stimme und nichts darüber, dass das Album einmal als Wegbereiter des Punk gelten und Musikgeschichte schreiben würde.

Der erste Song war eine Coverversion, das Original stammte von Van Morrison. Der Song war unzählige Male kopiert worden, von den Doors, Bruce Springsteen und sogar von Bon Jovi, schlimmer ging's wirklich nicht, aber keiner hatte den Song so grandios interpretiert wie Patti Smith auf dieser Platte von 1975. Spröde und gleichzeitig lasziv, vorwärtsdrängend und trotzdem unfassbar lässig sang sie den eigentlich monotonen Song in unzähligen Facetten. »Oh, she looks so good, oh, she looks so fine«, sangen Patti und Lori, und Lori wiegte sich in den Hüften und strich im Takt der Musik mit gespreizten Händen langsam über ihre Brüste und ihre Taille und ihre Oberschenkel und an der Innenseite ihrer Oberschenkel wieder nach oben und stellte sich vor, dass Liam ihr dabei zuschaute, und bei dem Gedanken kam nicht nur ihr Puls in Fahrt. Dann nahm sie die Plattenhülle in beide Hände und tanzte zusammen mit Patti, sie drückte ihr einen Kuss auf den Mund und musste schon wieder hemmungslos kichern. Der Joint hatte sie in eine schrecklich alberne Stimmung versetzt, der Joint und die unheilbare Krankheit, an der sie litt. Sie brauchte keinen Arzt, sie hatte sich selbst die Diagnose gestellt, nachdem sie die Symptome gegoogelt hatte, weil sie Klarheit haben musste: Nervosität, Appetitlosigkeit, Herzrasen, Schweißausbrüche, Atemlosigkeit, Konzentrationsschwäche, Schlaflosigkeit. Dazu dieses ungewohnte Flattern in der Magengegend. Es gab keinen Zweifel: Lori war mit einundsechzig Jahren zum ersten Mal in ihrem Leben verliebt. Verliebt, verliebt, verliebt!

Es hatte sie ihre ganze Energie gekostet, nicht damit herauszuplatzen, aber Karen und Maggie hatten sich dermaßen kindisch benommen, sollten sie ruhig noch ein bisschen zappeln und wilde Spekulationen anstellen. Sie würde es Maggie und Chris am Strand erzählen, wenn die Kinder abgelenkt waren. Vielleicht würde sie es auch noch für sich behalten und ihr kleines Geheimnis auskosten. »G – L – O – R – I Ayayayayaye, Gloria!«, grölte Lori, ließ die Plattenhülle fallen und spielte auf der Luftgitarre die drei Akkorde. E, D, A, das reichte aus. Drei Akkorde, so lautete die Regel, mehr brauchte es nicht für Punk. »Glo – ria!«, plärrte Lori, griff wieder nach der Plattenhülle, verschränkte die Arme darum und stellte sich vor, sie würde die *Godmother of Punk* umarmen und ihr für ihre großartige

Musik danken. Nicht, dass Lori normalerweise Menschen umarmte oder überhaupt nur berührte. Sie war über sich selbst überrascht gewesen, vorhin, als sie Maggie spontan umarmt hatte. Aber vielleicht war es gut, schon einmal ein bisschen zu üben. Bei dem Gedanken musste sie schon wieder fürchterlich kichern. Sie legte die Plattenhülle zur Seite. »Glo – ria!« Sie tanzte mit geschlossenen Augen weiter, vorsichtiger und vernünftiger als im Frühjahr, als sie auf dem Tisch getanzt hatte, heruntergefallen und im Krankenhaus gelandet war. Tanzend und singend träumte sie sich zurück in den Sonntagmorgen.

Sonntags gab es von halb neun bis zehn Frühstück. Titilope hatte es Maggies Mutter aufgemalt – 8:30, eine Uhr und eine Kaffeetasse – und trotzdem saß Charlotte um Viertel vor acht im Frühstückszimmer und guckte vorwurfsvoll, als wüsste sie von nichts. Lori wollte hart bleiben, nach der zweiten schlaflosen Nacht in Folge war sie äußerst schlecht gelaunt, aber Titilope ließ sich erweichen und brachte Charlotte um acht das Frühstück wie sonst auch. Sie hatte nicht gefragt, wie das Date mit Liam gelaufen war, sie brauchte nicht zu fragen, Loris schlechte Laune sprach Bände. Wobei es eigentlich keine schlechte Laune war. Eher Enttäuschung und Niedergeschlagenheit. Und Scham.

»Weißt du was, *Commander*? Ich habe einen Kater und eigentlich keine große Lust zu reden. Trotzdem, es wäre mir lieber, du würdest mich zusammenscheißen, als gar nichts zu sagen. Seit ich bei dir angefangen habe, war es in dieser Küche morgens noch nie so still.«

»Es tut mir leid. Mir ist nicht nach Reden zumute.« Lori schlug die Eier in der Schüssel so heftig mit dem Schneebesen im Kreis herum, als seien sie an dem missglückten Abend schuld.

»War's so schlimm?«, fragte Titilope leise.

»Ich bin abgehauen.«

»Nein.«

»Noch vor dem Hauptgang.«
»Nicht dein Ernst.«
»Und habe Liam mit Mrs Peacock allein gelassen.«
»Shit!« Titilope hatte sich mit weit aufgerissenen Augen die Hand gegen den Mund geschlagen. Lori war wieder in düsteres Schweigen verfallen und Titi hatte nicht weitergefragt. Lori hatte sich auch nicht nach der Grillfete erkundigt. Sie wollte nichts hören von einem fabelhaften Büfett, toller Stimmung und wie süß Luke und Hattie waren. Sie hätte schließlich dabei sein können! Ihr graute vor dem Augenblick, da Liam zum Frühstück herunterkam, und gleichzeitig graute ihr davor, dass er nicht kam. Sie konnte ihm nicht auf Dauer ausweichen und würde versuchen müssen, zu einem distanziert-höflichen Umgang zurückzufinden. Der gestrige Abend ließ sich nicht ungeschehen machen. Aber sie konnten auf gut britische Art so tun, als hätte er nie stattgefunden, und sich auf diese Weise weitere Peinlichkeiten ersparen.

Es war Liams einziger freier Tag, und er hatte zu Titilope gesagt, dass er ausschlafen wolle und falls er nicht spätestens Viertel vor zehn aufgetaucht war, sollten sie nicht länger auf ihn warten und das Frühstück abräumen. Um neun Uhr verabschiedeten sich die Weatherspoons, nachdem sie für den Herbst eine weitere – ihre dritte! – Woche im Jahr gebucht hatten. Sie umarmten Titilope und drückten Lori mit großer Wärme die Hand. Zehn nach neun erschien Mrs Peacock, deren Abreise ebenfalls bevorstand. Sie wirkte ein wenig angeschlagen. Lori vermutete, dass Liam ihr gesagt hatte, mit wem er ins Restaurant gegangen war, aber hatte sie auch Loris dramatischen Abgang beobachtet? Und wie war es nach diesem Abgang weitergegangen? Hatte Mrs Peacock Liam angebaggert?

Leider war Mrs Peacock sehr einsilbig und lieferte Lori nicht den leisesten Hinweis. Sie frühstückte in großer Eile mit der Begründung, sie wolle sich so schnell wie möglich auf den Rückweg nach London machen, um nicht in den Rückreiseverkehr vom Wochenende zu geraten. Hatte sie nicht in eine Galerie gehen wollen? Um zehn klopfte sie an die Küchentür und bat darum, kurz hereinkommen zu dürfen, um sich zu verabschieden. Sie legte die Wärmflasche auf den Küchentisch und bedankte sich zunächst höflich und völlig emotionslos bei Lori, dann drückte sie der sprachlosen Titilope einen Fünfzig-Pfund-Schein in die Hand und lobte sie überschwänglich für ihren exzellenten Zimmerservice. Wahrscheinlich will sie damit nur beweisen, dass sie keine rassistischen Vorurteile hat, dachte Lori.

»Das kann ich nicht annehmen!«, rief Titilope bestürzt. War sie vollkommen bescheuert? Aber Mrs Peacock war schon zur Tür hinaus.

»Wenn du das Trinkgeld nicht willst, nehme ich es«, sagte Lori trocken zu Titilope. In diesem Augenblick hörte sie Liam die Treppe herunterpoltern. Schweißausbruch, Herzklopfen, Atemnot, das volle Programm. Super. Und dazu noch dieses unfassbar schlechte Gewissen.

»Auf Wiedersehen, Phoebe«, hörte sie Liam. »Es hat mich gefreut, dich kennenzulernen.« Auch Titilope war wie erstarrt und lauschte.

»Auf Wiedersehen, Liam«, antwortete Mrs Peacock – Phoebe! – und Lori hatte den Eindruck, dass ihre Stimme zitterte.

»Kann ich dir mit dem Koffer helfen? Soll ich ihn dir hinunter zum Parkplatz tragen?« Liam klang ruhig und höflich wie immer.

»Danke, nicht nötig. Er hat ja Rollen.«

Damit war Mrs Peacock zur Haustür hinaus. »Ich räume das Frühstück ab«, murmelte Titilope und flüchtete aus der Küche, dabei war das normalerweise Loris Job.

»Guten Morgen, Liam, möchtest du noch frühstücken?«, hörte sie Titilopes Stimme im Flur.

»Guten Morgen, Titilope. Ich bin eigentlich zu spät dran, es ist schon zehn Uhr.«

»Das kriegen wir trotzdem hin.«

»Das ist sehr nett, dann nehme ich das Angebot gerne an. Ich möchte nur vorher kurz mit Lori sprechen.« Nein. Ja. Nein!
»Natürlich. Sie ist in der Küche. Ich richte dir so lange deinen Tisch.«

»Lori? Sie scheint gar nicht da zu sein, Titilope. Lori?«

Lori tauchte resigniert wieder aus der Speisekammer auf. Es hatte ja doch keinen Zweck, sich vor Liam verstecken zu wollen. »Was ist?« Gegen ihren Willen klang ihre Stimme unwirsch. Bleib höflich, beschwor sie sich selbst, er bleibt noch eine Woche. Höflich, professionell und vor allem distanziert. Sie straffte die Schultern und ging langsam und mit erhobenem Kopf zurück in die Küche. Zum Glück konnte Liam nicht sehen, wie ihr Herz raste.

Liam hatte den Kopf gesenkt, nicht erhoben. Wie ein Häuflein Elend stand er in der Küchentür. Mit dem selbstsicheren Mann, mit dem sie am Abend zuvor ausgegangen war, hatte er nichts mehr gemein, er wirkte übernächtig und nervös. In den Händen drehte er einen Blumenstrauß, der genauso zerzaust war wie seine grauen Haare.

»Was kann ich für dich tun, Liam?«, fragte Lori so emotionslos, wie sie nur konnte.

»Es tut mir leid, dass der Abend so in die Hose gegangen ist!«, platzte Liam heraus. Er klang verzweifelt.

»Es – tut dir leid?« *Sie* war abgehauen, und *er* entschuldigte sich? In Loris Herz setzte Tauwetter ein. »Komm rein. Mach die Tür zu.« Weil er nicht reagierte, packte sie ihn spontan am Arm und zog ihn in die Küche. Es war, als hätte sie einen elektrischen Schlag bekommen. Rasch ließ sie ihn wieder los und schloss die Tür. Er streckte ihr die ramponierten Blumen hin.

»Die habe ich heute Morgen für dich auf dem Küstenpfad gepflückt«, murmelte er. »Ich konnte nicht schlafen. Ich schätze, es gibt talentiertere Blumenpflücker als mich. Ich hoffe, du nimmst es trotzdem als Geste der Entschuldigung.«

»Eigentlich hätte ich gedacht, dass ich diejenige bin, die sich für ihren unfeinen Abgang entschuldigen muss. Setz dich.« Sie nahm die Blumen, klatschte sie auf die Spüle, schob ihm einen Stuhl hin, setzte sich sehr gerade auf die andere Seite des Küchentischs und faltete die Hände im Schoß, um einen distanziert-professionellen Eindruck zu machen. Plötzlich fing es in ihren Fingerspitzen gewaltig an zu kribbeln. Lori hatte das seltsame Gefühl, in der Nähe eines starken Magneten zu sitzen. Fasziniert sah sie zu, wie die Hände ohne ihr Zutun auseinanderrutschten und sich die Fingerspitzen auf ihren Oberschenkeln nach vorne ausrichteten und Richtung Liam zeigten. Sie schluckte und zwang sich, Liam anzusehen. Auch er sah sie an. Flehentlich. Wie ein Hundewelpe, der gerade ihren Lieblingspantoffel zerkaut hatte.

»Es ist alles meine Schuld!«, beteuerte er. »Ich hätte niemals so mit der Tür ins Haus fallen dürfen! Du hattest mir schließlich unmissverständlich gesagt, dass du es langsam angehen willst. Aber seit Anns Tod habe ich geradezu panische Angst davor, irgendetwas zu versäumen und es anschließend bitter zu bereuen.«

»Am Anfang war alles okay«, begann Lori langsam. Sie hasste es, über Gefühle zu reden, aber Liam sah so jämmerlich aus, dass er eine aufrichtige Antwort verdiente. »Und plötzlich war da so eine Schwere und Bedeutung, und da bin ich in Panik geraten. Mir ging das alles viel zu schnell.«

»Ich weiß! Ich wollte dir auch gar nicht so viel von mir erzählen, aber ich hatte das plötzlich nicht mehr im Griff! Als du nach Ann gefragt hast ...«

»Da wollte ich vor allem von mir selber ablenken. Nicht, dass es mich nicht interessiert hätte, aber ich war froh, dass ich mich an ein Thema klammern konnte. Ein Thema, das mit mir nichts zu tun hat.«

»Ich habe natürlich gemerkt, dass du nicht über dich reden wolltest. Aber ich hätte dich ja nach unverfänglichen Dingen fragen können. Nach eurem legendären Punkkonzert bei diesem Festival. Oder du hättest mir Anekdoten von skurrilen Gästen in Honeysuckle Cottage erzählen können. Oder wir hätten über Punk reden können. Ich habe selber viel Punk gehört früher! Aber ich bin mit der Tür ins Haus gefallen. Kein Wunder, dass du Panik bekommen hast. Es war unser erstes Date, und ich habe es total in den Sand gesetzt. Ich bin leider nicht mehr in Übung. Das war meine erste Verabredung seit ... lass mich nachdenken. Seit ich anfing, mit Ann auszugehen? Also irgendwann in den Siebzigerjahren!«

»Wann ist Ann gestorben?«

»Vor fünf Jahren.«

»Und seither hattest du kein einziges Date?«

»Wundert dich das? Die ersten zwei Jahre war ich in Schockstarre. Erst dann habe ich langsam angefangen, alles zu verarbeiten. Lange Zeit dachte ich, ich bleibe einfach Single. Seit ungefähr einem Jahr strecke ich wieder vorsichtig meine Fühler aus. Es gab aber niemanden, der mich interessiert hätte.«

Unfassbar. Seit Anns Tod war sie die erste Frau, mit der sich Liam verabredet hatte? Dabei gab es bestimmt genug Frauen im fortgeschrittenen Alter, die sich auf ihn stürzten! So wie Phoebe Peacock. Ein gut aussehender, interessanter Mann, ungebunden, war wie die letzte Tankstelle vor der Autobahn.

»Ich suche jemand Besonderes«, schob Liam unvermittelt hinterher, und dann sah er sie an, aus diesen sehr blauen, sehr klaren Augen, und Lori spürte, wie sie errötete und ihr Herz noch schneller klopfte.

»Du bist mir also nicht böse?«, fragte sie rasch.

»Dass du weggelaufen bist? Nein. Es war nur schade.« Er grinste jetzt. »Nicht nur um den Abend. Auch um das hervorragende Essen.«

Er war ihr nicht böse, obwohl sie ihn mit Mrs Peacock und dem Essen hatte sitzen lassen? Es war, als habe er mit einem Tuch sanft über ihre Stirn gewischt und die Schwere und die Scham dahinter verschwinden lassen. Sie fühlte sich leicht und frei, und auf eine geradezu absurde Weise glücklich. Es war noch nicht vorbei! Sie hatten noch eine Chance!

»Hast du dich noch gut mit Mrs Peacock unterhalten? Ich meine natürlich Phoebe.« Sie hielt Liams Blick fest, todernst. Und plötzlich lachten sie beide wie auf Kommando laut los. Wie absurd war die ganze Situation gewesen, und wie tollpatschig hatten sie sich beide benommen! Sie konnten gar nicht mehr aufhören, sie lachten, bis ihnen die Bäuche wehtaten, und als sie endlich fertig waren, hatten sie alle Missverständnisse und alle Peinlichkeiten weggelacht.

»Du willst wissen, wie es weiterging, nachdem du abgezischt bist? Das nehme ich mit ins Grab.« Er verschränkte die Arme und blinzelte ihr frech zu.

»Wenn das so ist, bekommst du für den Rest der Woche Wasser und Brot zum Frühstück.«

Wieder mussten sie beide lachen.

»Das will ich auf keinen Fall riskieren. Na schön. Mir ist natürlich nicht entgangen, dass du dich hinter dem Vorhang versteckt hast.«

Lori zuckte ein wenig zusammen. »Autsch.«

»Schon bevor Mrs Peacock auf mich zusteuerte. Mir war klar, du denkst jetzt ganz scharf darüber nach, ob du an den Tisch zurückkommst, und ich kann nur abwarten und hoffen. Ich konnte dich schließlich nicht zwingen. Dann tauchte Mrs Peacock auf. Sie war natürlich der Meinung, ich sei allein, und fing an, mit mir zu plaudern, und offensichtlich wartete sie auf eine Aufforderung, sich zu setzen, und während sie plauderte, trank sie sehr schnell ihr Weinglas leer. Sie redete ohne Punkt und Komma! Ich kam gar nicht zu Wort. Endlich schaffte ich es, sie zu unterbrechen, und als ich ihr erklärte, dass ich in Begleitung sei, fiel ihr die Kinnlade herunter und sie starrte mich voller Skepsis an, als würde sie mir nicht glauben. Genau in dem Augenblick kam das Essen, und ich sah dich hinter der Bedienung auf den Tisch zusteuern und war sehr erleichtert. Bis du plötzlich abgebogen und zur Tür hinaus bist.«

»Autsch«, murmelte Lori noch einmal und musste trotzdem grinsen.

»Mrs Peacock hat dich übrigens nicht gesehen, und ich habe geschwiegen wie ein Grab, mit wem ich verabredet war. Nun hätte man ja denken können, zwei Teller, das ist Beweis genug und Mrs Peacock zischt ab, sobald diese Teller auf dem Tisch stehen. Stattdessen bittet sie die Bedienung, ihr noch ein großes Glas Wein zu bringen. Das Mädchen ist sichtlich verwirrt und schaut immer wieder zwischen mir und Mrs Peacock hin und her, als sei sie nicht mehr sicher, wie die Frau ausgesehen hat, mit der ich gekommen bin, und Mrs Peacock drückt ihr das Weinglas in die Hand und sagt unwirsch, nun gehen Sie schon. Und dann ...« Er grinste.

»Und dann was?«

»Das rätst du nie.«

»Nun sag schon!«

»Setzt sie sich auf deinen Platz. Nimmt das Besteck ...«

»Nein!«

»... und macht sich gierig über deine Ravioli her. Ich war so überrumpelt, ich konnte gar nicht rechtzeitig reagieren. Dann brachte die Bedienung den Wein. Mrs Peacock stürzte ihn in einem Zug hinunter, streckte ihr das leere Glas hin und sagte, sie solle ihr gleich noch einen bringen.«

»Unfassbar«, flüsterte Lori. »Was hast du gemacht?«

»Mein Essen gegessen und Mrs Peacock ignoriert, wie sie die Ravioli samt Meeresfrüchten verschlang. Ich tröstete mich damit, dass es sonst Verschwendung gewesen wäre, sie hätten dein Essen ja doch nur weggeschmissen. Es war übrigens köstlich. Wir sollten unbedingt noch einmal hingehen! Irgendwann kam dann dein Bekannter vorbei, wie hieß er noch gleich? Matthew. Der hat auch gestaunt, dass da plötzlich eine andere Frau sitzt, aber er hat nichts gesagt. Ich habe gewartet, bis Mrs Peacock fertig gegessen hatte. Sie saß stumm da und aß und trank sehr schnell. Und sie schmatzte! Als sie fertig war, sagte ich: ›Ich würde Sie jetzt bitten, zu gehen, Mrs Peacock.‹ Und sie antwortete: ›Bitte nennen Sie mich Phoebe.‹ Sie war mittlerweile sturzbetrunken. Sie stand auf, schwankte ein bisschen hin und her, und dann ging sie um den Tisch herum. Sie pikste mit ihrem Zeigefinger in meine Brust und sagte: ›Ich hab sowieso nicht die geringste Lust, meine Zeit mit Losern zu vergeuden, die sich zwei Essen bestellen, nur um so zu tun, als seien sie in Begleitung. Gute Nacht, Liam-Schätzchen.‹ Und damit küsste sie mich auf den Mund.«

»Wie bitte? Und du hast sie gelassen?«

»Ich hätte Gewalt anwenden müssen, um sie davon abzuhalten.« Liam grinste. »Damit ist sie abgezogen.«

»Hat sie wenigstens ihren Wein bezahlt?«

»Nein. Ich bin dann noch in den Pub gegangen und habe ein Bier getrunken, um den Abend zu verdauen. Zum Glück kenne ich dort mittlerweile ein paar Leute und konnte mich etwas erholen.«

»Du meine Güte«, murmelte Lori. »Kein Wunder, dass Phoebe-Schätzchen heute Morgen schlecht drauf war. Sie hatte einen Kater. Und du einen teuren Abend.«

»Und wer weiß, vielleicht hatte sie sogar ein schlechtes Gewissen.«

Sie schwiegen für ein paar Sekunden. Dann murmelte Liam: »Diese unverfängliche Konversation, die wir gestern nicht geführt haben. Dafür ist es doch noch nicht zu spät, oder? Wir könnten auf dem *Coast Path* spazieren gehen und dann irgendwo am Meer einen Kaffee trinken oder eine Kleinigkeit essen. Zum Beispiel in Carolines Café? Oder ... ist dir die Lust vergangen?« Er wirkte plötzlich wieder scheu.

»Du meinst also, du willst mit mir das machen, was meine Gäste normalerweise tun?«

»Ist Spazierengehen und Kaffeetrinken etwa nur für Touristen reserviert?«, fragte Liam belustigt. »Sogar am Sonntag?«

»Nein, natürlich nicht. Es ist nur ... ich unternehme solche Ausflüge normalerweise nicht. Nur im Urlaub, und den verbringe ich immer im Ausland.«

»Soll das heißen, du arbeitest pausenlos und genießt nie deine herrliche Umgebung?«

»Mir fehlt einfach die Zeit.« Das stimmte nicht ganz. Ihr fehlte die Lust und die Muße. Und sie hatte keinen Blick für die Schönheit Cornwalls, die Touristen aus der ganzen Welt anzog. Wenn sie ganz ehrlich war, lebte sie in einer Art Tunnel. Maggie war die Einzige, der es gelang, sie ab und zu hinaus ans Licht zu locken.

»Hast du nicht einmal am Sonntag ein paar Stündchen für dich?«

»Ich muss das Frühstücksgeschirr aufräumen und für morgen backen. Und meinen Papierkram und meine Mails machen. Und die Zimmer. Titilope hat sonntags nach dem Frühstück frei.«

»Natürlich hast du Zeit, *Commander!* Ich übernehme!« Die Küchentür wurde aufgerissen und Titilope stolperte herein. Sie grinste über beide Backen.

»Titilope! Du hast doch nicht etwa gelauscht?«, fragte Lori streng.

»Das würde ich nie wagen! Honeysuckle Cottage ist nun einmal sehr hellhörig! Ich habe heute nichts Dringendes vor. Deinen Papierkram kann ich natürlich nicht machen, aber alles andere übernehme ich gern.«

»Das ist sehr nett, Titilope«, meinte Liam und strahlte. »Ich würde, wenn möglich, noch eine Kleinigkeit frühstücken und dann ziehen wir los. Wenn du überhaupt Lust hast, Lori?«

Den Nachmittag mit Liam verbringen. Eine zweite Chance, nach der Aussprache, ganz unbeschwert ... Es gab nichts, was Lori lieber wollte. Laut sagte sie: »Na schön. Ich hätte aber eine Bedingung. Wir fahren ein paar Meilen raus aus Port Piran. Ich will nicht ständig Leuten über den Weg laufen, die ich kenne.«

»Einverstanden.« Liam strahlte jetzt noch mehr. »Kennst du das Café am Lizard Point? Man kann dort sehr gut essen und wunderbar aufs Meer blicken. Oder das National Trust Café in Kynance Cove? Oder wir fahren nach Mullion zum Mullion Cove Hotel. Wo möchtest du am liebsten hin?«

Das waren alles Ausgehtipps aus dem Ordner, der in jedem

Zimmer lag. Und an keinem dieser Orte war Lori jemals selbst gewesen, obwohl sie seit dreißig Jahren in Port Piran lebte. Aber das musste Liam nicht wissen.

»Mir ist alles recht.«

Titilope machte Rührei und Toast für Liam und danach gingen sie den Weg hinunter zum Hafen, wo Liams Auto parkte. John saß vor seinem Haus, winkte ihnen zu und schien sich kein bisschen zu wundern, dass er sie schon wieder zusammen sah. Sie fuhren nach Lizard, stellten das Auto im Dorf ab und wanderten hinunter zum Lizard Point, dem südlichsten Punkt Großbritanniens, an dem Lori noch nie gewesen war und an dem es zu ihrem Erstaunen von Touristen nur so wimmelte. Sie hatte nicht gewusst, dass der *National Trust* dort eine kleine Infostelle betrieb, das musste sie unbedingt in ihre Unterlagen aufnehmen. Liam schien die *Volunteers* zu kennen (wieso kannte er eigentlich alle Leute?) und fachsimpelte mit ihnen über die Delfine und Basstölpel, die sie in den letzten Tagen gesichtet hatten. Sie schauten beide abwechselnd durch das Fernrohr, um die Kegelrobben besser zu sehen, die draußen auf den Felsen lagen und sich sonnten, und dann wanderten sie auf dem Küstenpfad entlang zum *Lizard Lighthouse,* dem Leuchtturm, der nachts den Schiffen an der zerklüfteten Küste den Weg wies. Liam schlug vor, auf den Turm zu klettern – natürlich war Lori noch nie oben gewesen –, und auch wenn sie schrecklich außer Puste war, während Liam kein bisschen außer Atem zu sein schien, die Aussicht von oben über weite Teile der Küste war überwältigend (das musste sie unbedingt in ihre Unterlagen aufnehmen). Danach wanderten sie ein Stündchen auf dem Küstenpfad.

Liam war schon mehrmals auf Seenotrettungsstationen in Cornwall im Einsatz gewesen, wie er ihr erklärte, und er kannte sich mit allem viel besser aus als sie, die Einheimische: Er zeigte ihr den gestreiften Serpentinstein, der typisch für die besondere Geologie des Lizards war, er kannte die Hottentottenfeige, die die Hänge mit ihren rosa und gelben Blumen überzog, und er machte sie darauf aufmerksam, dass es sich bei dem Vogel, der über sie hinwegflog, um die seltene Alpenkrähe handelte, von der es in ganz Cornwall nur wenige Brutpaare gab. Das alles erzählte er ihr mit großem Eifer und ohne jegliche Besserwisserei, wie es ihr schien, einfach aus Freude darüber, sein Wissen mit Lori zu teilen. Nach einer Weile zog er eine Picknickdecke aus seinem Rucksack, breitete sie ein paar Meter vom Küstenpfad entfernt auf dem Gras aus und lud Lori ein, sich neben ihn in die warme Augustsonne zu setzen.

Lori erzählte, wie sie mit Maggie und John beim *Port Piran Village Festival* aufgetreten waren, mit der schlechtesten Punkband der Welt, und sie schmückte die Erzählung mit so vielen komischen Details aus, dass Liam aus dem Lachen nicht mehr herauskam. Irgendwann fielen Lori die Augen zu und sie streckte sich lang auf der Decke aus und genoss den unbeschreiblichen Luxus, mitten am Tag wegzudösen. Im Halbschlaf spürte sie die Sonne und den Wind und die Nähe von Liams Körper, ohne dass sie einander berührten, und sie hatte das Gefühl, so lebendig zu sein wie noch nie zuvor in ihrem Leben.

Weil sie beide plötzlich einen Bärenhunger verspürten, wanderten sie schließlich zurück zum Lizard Point, und Lori hätte so gerne Liams Hand genommen, aber sie traute sich nicht, und Liam machte keine Anstalten. Aus Loris Sicht war es vielleicht ein wenig übertrieben, aber er bestand darauf, im Souvenirladen ein kleines abstraktes Aquarell in lauter Blautönen zu kaufen, um sich bei Titilope dafür zu bedanken, dass sie Loris Arbeit übernommen hatte. Sie ergatterten im Polpeor Café einen Tisch draußen auf der Terrasse, direkt über dem Meer, und Liam bestellte Makrele mit Ofenkartoffel und Lori ein Krabben-Sandwich mit Salat, und Liam bat Lori todernst, diesmal bitte nicht davonzulaufen. Danach tranken sie Tee und aßen dazu *Flapjacks*, und Liam ignorierte die vorwurfsvollen Blicke der Gäste, die auf einen Tisch warteten, und bestellte noch mehr Tee und Schokoladenkuchen hinterher, bis Lori glaubte, auf der Stelle zu platzen.

Er erzählte ihr von seinem Lehrgang, und sie erzählte ihm, wie Maggie nach Port Piran gekommen war und sich in ihren besten Freund verliebt hatte. Zwischendurch schaute der Wirt vorbei und plauderte ein wenig mit Liam, den er natürlich kannte. Schließlich gingen sie auf dem *Coast Path* noch ein Stück in die andere Richtung und Liam zeigte ihr die alte Seenotrettungsstation, die bis 1961 in Betrieb gewesen war. Fünfhundertzweiundsechzig Leben waren in gut hundert Jahren gerettet worden, erzählte er ihr mit leuchtenden Augen, doch 1866 war das Rettungsboot in einem Sturm auseinandergebrochen und der Bootsführer und zwei Crewmitglieder waren ertrunken.

Sie setzten sich auf einen Felsen ans Wasser und sahen ohne ein einziges Wort zu reden zu, wie die Sonne blutrot im Meer versank. Als sie zurückfuhren nach Port Piran, war es schon dunkel, und Lori war erschöpft. Sie war es nicht gewohnt, so viel Zeit mit einem Menschen zu verbringen, so viel zu reden, so viel zuzuhören und so viel zusammen zu schweigen. Als sie im Bett lag, brannte ihr Gesicht, weil sie es normalerweise weder Sonne noch Wind aussetzte, und ihr Fuß schmerzte, weil sie schon lange nicht mehr so viel gelaufen war, und trotz der bleiernen Müdigkeit war sie viel zu aufgeregt, um schlafen zu können. Im Geiste ging sie noch einmal jeden Moment des Nachmittags durch. Sie erinnerte sich an jedes Wort, das sie geredet hatten, und an jedes Lächeln, Grinsen und Lachen, das Liam ihr geschenkt hatte.

Beim Abschied hatte er nicht versucht, sie zu küssen. Er hatte nur ihre Hand gedrückt, ganz fest, ohne ein Wort zu sagen, und er hatte sie angesehen und gelächelt, so zärtlich und liebevoll, dass Lori sich spontan in seine Arme werfen wollte. Und weil sie sich nicht traute, wollte sie ihm wenigstens sagen, dass dies der schönste Nachmittag in ihrem Leben gewesen war. Und am Ende tat sie gar nichts, weil sie sich nicht traute, und Liam drehte sich um und ging.

11. KAPITEL

Margarete

Ich fahre schon wieder viel zu schnell, dachte Margarete, aber ist das ein Wunder? Sie kochte noch immer vor Wut. Es lag in der Natur der Sache, dass man früheren Partnerinnen des neuen Freundes eher reserviert gegenüberstand. Aber Janie war einfach nur ein Biest. Was hatte ein netter Kerl wie Chris jemals in ihr gesehen? Oder hatte sie sich erst über die Jahre in ein Biest verwandelt? Sie stürzte ins Farmhaus. Chris saß in Bermudas und Poloshirt an der Küchentheke, die unvermeidliche Teetasse und ein angebissenes Sandwich neben sich, und erledigte irgendwelchen Papierkram. Er lächelte sie an und ein winziger Teil ihres Ärgers schmolz.

»Hallo, *sweetheart*. Ist was passiert? Du bist ja ganz aufgelöst.«

»Wo sind die Kinder?«

»Sie haben beschlossen, ihren Lunch im Baumhaus zu futtern. Du kannst frei reden, falls nötig. Ist irgendwas mit Lori? Wir haben eigentlich nur auf dich gewartet, um zur Seehundschutzstation zu fahren. Die Kinder sind schon ganz aufgeregt! Möchtest du vorher noch ein Sandwich? Oder ein *cuppa?*«

Sie schüttelte heftig den Kopf. »Tee, Tee, Tee!«, brach es aus ihr heraus. »Immer nur Tee! Nichts hätte ich jetzt lieber als einen richtig starken Kaffee für meine Nerven!«

»Aber wir haben doch Kaffee, Schatz.« Chris musterte sie erstaunt. »Soll ich dir einen machen?«

»Dieser Pulverkaffee? Den kannst du als Schießpulver in deine alte Schrotflinte füllen! Ich fahre so bald wie möglich nach Truro und kaufe eine Kaffeemaschine und Filterkaffee!«

»Aber gern. Wieso bist du eigentlich so wütend?«

»Ich bin in Loris Küche über Janie gestolpert. Sie ist gestern

Abend aus Irland angereist und hat sich für drei Nächte in Honeysuckle Cottage eingemietet!«

Chris seufzte, legte seinen Kuli beiseite und seine Stirn in Falten. Sie wartete. Wie jetzt? *Er seufzte.* Das war alles?

»Du sagst nicht einmal was dazu? Deine Ex taucht mal eben aus Irland unangemeldet hier auf, um dir deine kostbaren zwei Wochen mit deinen Kindern zu versauen! An deiner Stelle würde ich ausflippen!« Tss. Engländer flippen nicht aus, sagte eine lehrerinnenhafte Stimme in ihrem Innern. Hast du das noch immer nicht kapiert, Maggie-Schätzchen? Sie empören sich ein wenig. Aber auf keinen Fall werden sie laut dabei. Sie werden ja nicht einmal beim Sex laut!

»Sagen wir so – es kommt nicht völlig unerwartet.« Chris wirkte nachdenklich. Ärgerlich? Nein.

»Wie bitte? Und wieso hast du mich dann nicht vorgewarnt? Ich bin ins offene Messer gelaufen. Sie hat gesagt, sie will mich *besichtigen!*« Maggie wurde immer wütender, was Chris nicht wirklich aufzufallen schien. Er seufzte noch einmal sehr ausführlich. »Ich wusste nicht, was sie vorhat. Aber ich dachte mir schon, dass sie versucht, meine Zeit mit den Kindern in irgendeiner Weise zu boykottieren. Ich wollte dich aber nicht unnötig beunruhigen. Deshalb habe ich nichts gesagt.«

»Sie meinte, sie sei nicht wegen der Kinder hier. Sondern um sich zu vergewissern, dass ich den Kindern nicht schade!«

»Das ist natürlich völliger Quatsch.« Besonders empört schien er nicht zu sein. Margarete hätte ihn jetzt gerne geschüttelt. Oder in den Hintern getreten. Auch wenn der ziemlich sexy war.

»Mehr sagst du nicht dazu?«

»Nun, es tut mir natürlich ausgesprochen leid, dass du in eine so unangenehme Situation mit meiner früheren Partnerin geraten bist. Ich hätte mir gewünscht, das hätte sich vermeiden lassen. Aber sie hatte eine schwierige Kindheit, musst du wissen.«

Maggie stöhnte. Zum zweiten Mal am gleichen Tag musste sie sich anhören, dass die arme Janie eine schwierige Kindheit gehabt hatte. Offensichtlich taugte das sowohl als Erklärung als auch als Entschuldigung.

»Und nun? Was wirst du jetzt tun?«

»Ich rufe sie natürlich an.«

»Um ihr zu sagen, dass sie sich sofort verpissen soll, hoffe ich?«

Chris seufzte zum dritten Mal und die Falten auf seiner Stirn vertieften sich noch ein bisschen mehr. Warum hatte sie sich ausgerechnet in einen wohlerzogenen Engländer verlieben müssen, dessen Emotionen nur leise angetriggert schienen, während Margarete nicht wusste, wohin mit ihrer Wut, und sich nichts mehr wünschte, als dass Chris seine Ex am Telefon zur Schnecke machte? Immerhin rutschte er jetzt von seinem Barhocker und griff nach seinem Handy.

»Was soll das, Janie. Warum hältst du dich nicht an unsere Abmachungen?« Wenn man Chris kannte, war das schon beinahe ein leidenschaftlicher Gefühlsausbruch. Obwohl er auf und ab lief, hörte sie Janies aufgeregtes Plappern.

»Du willst hierherkommen? Auf keinen Fall. Das würde die Kinder viel zu sehr durcheinanderbringen. Du darfst den Kindern nicht sagen, dass du hier bist, hörst du?« Plapper, plapper, plapper. »Na schön.« Seine Stimme klang besänftigt. So schnell? »Bis später.« Er legte das Telefon auf den Küchentresen. Kein einziger Kommentar dazu, wie Janie Margarete angegangen war?

»Sie kommt nicht hierher, das hat sie mir versprochen, aber ich treffe sie heute Abend. In Port Piran.«

»Warum?«

»Um noch einmal über die Scheidung zu reden.«

»Dafür hätte sie nicht nach England kommen müssen.«

»Nein, aber jetzt ist sie nun einmal hier. Ich bin eigentlich ganz froh über die Gelegenheit.«

»Wie bitte? Sie kreuzt einfach hier auf, klaut dir einen Abend mit den Kindern, pinkelt mir ans Bein und anstatt sie zusammenzuscheißen, bist du auch noch froh darüber?«

Chris zuckte zusammen, was wahrscheinlich an ihrer für seine Verhältnisse leicht vulgären Ausdrucksweise lag. Viel Zeit hatten sie nicht mehr, die Kinder kletterten gerade die Leiter des Baumhauses herunter.

»Glaub mir, es ist viel besser, solche schwierigen Themen persönlich zu besprechen. Das habe ich letzte Woche in Dublin gemerkt, und jetzt kann ich zeitnah an unser letztes Gespräch anknüpfen. Ich hoffe einfach immer noch, dass wir uns gütlich einigen. Es würde alles so viel leichter machen! Und ich werde ihr sagen, dass sie dich so nicht behandeln kann. Ist das okay, wenn du heute die Kinder ins Bett bringst? Das kriegst du sicher problemlos hin, meinst du nicht?«

»Ich denke schon.« Janie kommt mir nicht vor wie jemand, mit dem man sich gütlich einigt, wollte Margarete antworten, aber in diesem Augenblick wurde die Terrassentür aufgerissen und die Kinder stürzten herein.

Sie verbrachten einen herrlichen Nachmittag bei den Robbenbabys und Pinguinen in der Tierauffangstation. Die Kinder forderten ihre ganze Aufmerksamkeit und Margarete gelang es, Janie wenigstens für ein paar Stunden aus ihrem Kopf zu verbannen. Chris fuhr gleich nach der Stallarbeit und einer schnellen Dusche nach Port Piran.

»Willst du nicht wenigstens eine Kleinigkeit essen? Ich könnte dir zwei meiner berühmt-berüchtigten Spiegeleier machen.«

»Das ist natürlich ein Angebot, dem ich kaum widerstehen kann, aber ich bin hoffentlich in zwei Stunden zurück und esse dann in aller Ruhe.« Er zog sie ganz schnell in seine Arme. »Alles wird gut«, murmelte er in ihr Ohr. »Mach dir keine Sorgen. Versprichst du mir das?« Sie nickte, obwohl es sich anders anfühlte. Er roch nach Aftershave. Er ließ sie los, küsste die Kinder zum Abschied, ermahnte sie, brav zu sein, und ging.

Chris hatte vorgeschlagen, Pommes in den Ofen zu schieben, damit Margarete sich den Kochstress ersparte. Das kam nicht nur bei Luke und Hattie, sondern auch bei Maggie selbst weitaus besser an als ihre eigenen Kochkünste. Zum krönenden Abschluss gönnte sie sich und den Kindern noch eine Riesenportion Eis mit Smarties. Leider hatte Janie den Kindern schon vor dem Abendessen telefonisch gute Nacht gewünscht, weil sie sich ja mit Chris traf, sonst hätten sie ihrer Mummy brühwarm erzählen können, dass die böse Stiefmutter sie mit Junkfood vollstopfte.

Nach dem Essen hatten sie zusammen einen Riesenspaß: Erst spielten sie im ganzen Haus Verstecken, und Bonnie musste suchen, was nie sehr lange dauerte, dann bettelte Luke, dem Kälbchen Gute Nacht sagen zu dürfen, obwohl beide Kinder schon im Schlafanzug waren. Sie zog ihm sein Bademäntelchen an und nahm ihn auf den Arm, und Hattie, die keinen Bademantel dabeihatte, schlüpfte in einen Strickpullover von Chris, der ihr bis zu den Knien reichte, drei Paar Socken und viel zu große Gummistiefel, und so gingen sie zusammen in den Stall, ganz leise und ohne Licht anzumachen. Der kleine Bulle lag friedlich schlafend bei seiner Mutter und Luke und Hattie flüsterten ihm zu, dass sie ihm süße Träume wünschten. Auf dem Rückweg ins Haus schlief Luke auf ihrem Arm ein und wachte auch nicht mehr auf, als sie ihn in seinem Zimmer sanft ins Bett legte. Hattie war dagegen noch kein bisschen müde und redete ohne Punkt und Komma über das Wochenende, welche Cousine sie getroffen und was sie mit wem gespielt hatte und dass ihr Daddy sich geprügelt hatte, bis ihr plötzlich mitten im Satz die Lider schwer wurden.

Margarete gab ihr einen Gutenachtkuss und sah dann noch einmal nach Luke. Er hatte sich freigestrampelt und sie deckte ihn wieder zu. Sie blieb einen Moment stehen, um ihn zu betrachten, und das Herz schwoll ihr in der Brust vor lauter Zuneigung zu diesem kleinen Jungen, den sie erst seit wenigen Tagen kannte. Wie würde es sein, wenn Chris tatsächlich das

Sorgerecht bekam? Dann hätte sie plötzlich Kinder. Die klassische Patchworkfamilie, nur, dass Maggie keine eigenen Sprösslinge mitbrachte. Wie würde das sein, nicht nur in den Ferien, sondern auf Dauer? Mit einer Mutter wie Janie, die vermutlich ständig dazwischenfunkte? Und in einer Kultur, die nicht die ihre war? Sie machte sich keine Illusionen. So problemlos wie jetzt würde es nicht bleiben. Die Kinder würden sich an eine neue Schule gewöhnen müssen, sie würden ihre Mutter und ihre Freunde vermissen, und bald würde Hattie in die Pubertät kommen. Und auch, wenn Luke und Hattie bei ihnen lebten, es würden nie ihre Kinder sein, und dieses leise Gefühl der Melancholie, keine eigenen Kinder zu haben, würde sie immer begleiten.

Sie sah auf die Uhr. Zweieinhalb Stunden waren im Flug vergangen, seit Chris nach Port Piran gefahren war. Er war bestimmt schon auf dem Rückweg. Sie ging hinunter, zündete die Kerzen beim Sofa an und holte die halb geleerte Flasche Rotwein und zwei Gläser aus der Küche. Wo blieb Chris? Allmählich wurde sie unruhig. So lange konnte man doch unmöglich ein sachliches Gespräch über eine Scheidung führen? Sie sah auf ihr Handy. Keine Nachricht. Sie überlegte kurz, ob sie ihn anrufen sollte. Aber dann stellte sie sich Janies spöttisches Gesicht vor und ihren bissigen Kommentar, dass Maggie es wohl nötig hatte, Chris zu kontrollieren, weil er sich mit ihr traf, und sie legte das Handy wieder beiseite. Sie nahm einen Schluck Rotwein, um sich zu beruhigen, dann schaltete sie den Fernseher für die 22-Uhr-Nachrichten auf BBC ein, aber sie konnte sich nicht richtig konzentrieren. Was machten die beiden so lange?

»Maggie!«

Sie schreckte hoch. »Ich muss eingeschlafen sein. Wie spät ist es?«

»Halb zwölf.«

»Du meine Güte!« Ihr Nacken war steif, weil sie in einer blöden Haltung eingeschlafen war, und ihr war kalt. Augustnächte in Cornwall waren selten richtig warm. Chris nahm die

Fernbedienung und schaltete den Fernseher aus, dann sank er neben ihr aufs Sofa und seufzte. Er roch nach Alkohol.

»Tut mir leid, dass es so spät geworden ist.«

»Du hättest kurz Bescheid geben können. Ich habe mir Sorgen gemacht.« Ich klinge, als seien wir seit zwanzig Jahren verheiratet, dachte Maggie.

»Sorry. Ich dachte nicht, dass es so lange dauert. Wir waren in dem neuen Restaurant in Port Piran, und es war knallvoll. Wir haben ewig aufs Essen gewartet.«

»Ihr wart … zusammen essen? Ich dachte, das sei ein offizielles Gespräch über Scheidung und Sorgerecht?« Ganz Port Piran tratschte über The Whale & The Dolphin und darüber, dass es der ideale Ort für ein romantisches Tête-à-Tête war, weil man dort niemandem aus dem Dorf begegnete, im Gegensatz zum Pub. Was führte Janie im Schilde, dass sie Chris dorthin zum Essen einlud?

»War es auch, aber wir mussten ja irgendwohin gehen. Wir konnten uns wohl kaum in Loris Küche unterhalten. Janie hatte mir nicht gesagt, dass sie einen Tisch reserviert hat.«

»Natürlich nicht«, kommentierte Margarete sarkastisch.

»Es war nett gemeint. Janie wollte sich dafür entschuldigen, dass sie unangemeldet hier aufgetaucht ist. Da konnte ich wohl kaum Nein sagen. Außerdem hatte ich Hunger. Was stört dich daran?« Er musterte sie, ehrlich erstaunt.

Alles, schrie es in Margarete. Dass du viereinhalb Stunden wegbleibst, obwohl du nach zwei Stunden wiederkommen wolltest. Dass du nicht Bescheid gibst. Dass du Aftershave aufgelegt hast, obwohl ich nicht einmal wusste, dass du welches besitzt. Und am meisten stört mich, dass es mich so stört, und was mich richtig ärgert, ist, dass ich wahnsinnig eifersüchtig auf Janie bin und nicht drüberstehe. Und außerdem wäre ICH gern mit dir in dieses romantische Restaurant gegangen, und jetzt hat Janie es mir versaut. Sonst? Stört mich nichts. Das alles war vermutlich viel zu viel für Chris, deshalb sagte sie nur: »Siehst du denn nicht, wie sie dich manipuliert?«

»Nur weil wir uns in einem Restaurant unterhalten haben? Ich kann verstehen, dass du Janie nicht magst. Aber ich habe allmählich den Eindruck, sie kann machen, was sie will, du legst es ihr negativ aus.«

»Und ich habe umgekehrt den Eindruck, sie kann sich erlauben, was sie will, und du betrachtest sie durch eine rosarote Brille.«

Chris schüttelte den Kopf. »Wirklich, Maggie, du übertreibst. Ich war froh, dass wir uns in einem entspannten Ambiente getroffen haben. Vorher haben wir uns immer nur gestritten.«

Margarete schwieg. Was sollte sie auch dazu sagen? Chris legte den Arm um sie und drückte sie an sich.

»Ich kann verstehen, dass das nicht einfach für dich ist, aber lass uns nicht streiten wegen Janie. Übermorgen ist sie wieder weg, und du hast Ruhe vor ihr. Willst du denn gar nicht wissen, was bei unserem Gespräch rausgekommen ist?«

»Ist denn etwas rausgekommen?«

»Ich habe zumindest meine Position klargemacht. Dass ich so schnell wie möglich die Scheidung will und nach wie vor nicht bereit bin, auf die Kinder zu verzichten.«

Das war ja nun nichts Neues. »Wie hat sie reagiert?«

»Sie hat gesagt, dass wir es dann leider vor Gericht klären müssen und dass sie als Mutter viel bessere Chancen hat, das Sorgerecht zu bekommen. Daraufhin habe ich dann doch mein Ass aus dem Ärmel gezogen und ihr gedroht, dass ich sie des Ehebruchs bezichtige und dem Gericht Alans Namen nenne.«

»Hat es sie beeindruckt?«

»Ich bin mir nicht sicher. Sie hat nicht damit gerechnet, so viel steht fest.« Er schenkte sich einen Schluck Wein ein. »Wie ist es mit den Kindern gelaufen? Ich habe sie vermisst.«

»Es war überhaupt kein Problem. Wir hatten viel Spaß zusammen.«

»Das dachte ich mir. Wenn die Kinder hier sind, so wie jetzt, ist alles so viel – fröhlicher und leichter. Ich möchte sie ständig um mich haben! Ich möchte sie aufwachsen sehen, ich möchte

Hattie helfen, ihren Weg zu finden, wenn sie in die Pubertät kommt, und Luke ein moderner Vater sein, nicht so ein Macho und Autofreak wie Alan. Ich möchte den Kindern Respekt vor Tieren und der Erde und gesundes Umweltbewusstsein beibringen. Ich war es, der unbedingt Kinder haben wollte, Janie war gar nicht so scharf drauf. Sie hatte Angst, dass es ihren perfekten Körper ruiniert. Und jetzt sind die Kinder plötzlich ihr Ein und Alles. Warum kriegt sie nicht einfach welche mit diesem Alan?« Er lachte bitter auf.

»Weil sie die Kinder als Druckmittel benutzt«, erklärte Margarete ruhig. Chris starrte nur ins Leere, ohne zu antworten. »Wie seid ihr verblieben?«

»Wenn ich die Kinder in ein paar Tagen nach Dublin zurückbringe, möchte ich eine Antwort von ihr. Wenn sie dann immer noch das Sorgerecht will, wovon ich ausgehe, zeige ich Alan namentlich als Ehebrecher an und es geht durch die gerichtlichen Instanzen. Dann liegt es aber nicht mehr in meiner Hand, und die Gerichte neigen dazu, den Müttern das Sorgerecht zu übertragen, da hat Janie leider recht. Ich bräuchte dann einen sehr guten Anwalt, und ich weiß nicht, ob meine Finanzen das hergeben.« Er schwieg. Er leidet fürchterlich, dachte Maggie, und sie bekam ein schlechtes Gewissen wegen ihrer Eifersüchteleien. »Ich bin nicht gut im Streiten«, fuhr er fort. »Ich hab's gern harmonisch. Es fällt mir schwer, gegen meine einstige große Liebe gerichtlich vorzugehen.«

»Da wird dir wohl nichts anderes übrig bleiben. War das Essen wenigstens gut?«

»Es war hervorragend. Nachdem wir die unangenehmen Themen abgearbeitet hatten, konnten wir es genießen.«

Konnten wir es genießen? Was sollte denn das heißen? War es normal, die Zeit mit seiner Expartnerin zu genießen? Sie hatten also nicht gute vier Stunden über die Scheidung geredet. Die Eifersucht kam zurück wie ein Tennisball von der anderen Seite des Platzes, der gegen ihre Stirn knallte, weil sie abgelenkt war. Bumm.

»Wäre das denn – für dich okay?«, fragte Chris leise.

»Was meinst du?«

»Die Kinder, natürlich. Wäre das für dich okay, wenn sie hier bei uns wären? Die ganze Zeit, meine ich? Ich weiß, das ist nicht so romantisch, und es ist nicht unbedingt das, was du dir ausgesucht hast, als du dich in mich verliebt hast. Du wolltest einen Mann und kriegst eine Familie. Und dazu auch noch eine Farm mit all ihren Verpflichtungen. Und den schrecklichen englischen Winter, wo fast alle Cafés zu sind. Und die ewige Teetrinkerei.«

Er schob sie ein wenig von sich und sah sie prüfend und liebevoll an, und die Eifersucht verpuffte wieder, und Margarete wurde es ganz warm ums Herz.

»Du meinst, es wäre dann erst einmal vorbei mit romantischen Spaziergängen und trauter Zweisamkeit? Sandwiches für die Schule statt Croissants im Bett? Kuhmist statt Latte macchiato? Kinder mit kalten Füßen statt wildem, leidenschaftlichem Sex, den nur Bonnie hört?«, fragte sie todernst.

»Ich fürchte, ja.« Chris sah sie immer noch an und schien ernsthaft besorgt.

»Chris. Ich wünsche mir doch nichts mehr, als dass du glücklich bist! Solange die Kinder bei Janie sind, wird dir immer etwas zu deinem Glück fehlen. Luke und Hattie sind entzückend. Irgendwann werden sie in die Pubertät kommen, und dann werden sie nicht mehr entzückend sein, aber das werden wir ebenso hinkriegen wie Millionen Eltern vor uns.«

Eltern. Familie. Kinder. Das waren Begriffe, die Margarete aus ihrem Wortschatz gestrichen hatte, weil sie zu sehr wehtaten. Es waren nicht ihre eigenen Kinder, aber was für einen Unterschied würde das schon machen? Sie würde sie genauso lieben. Oder?

»Ich habe mir immer eine Familie gewünscht«, flüsterte sie. »Und da war immer dieser Schmerz. Diese Wehmut, als ich mir eingestehen musste, dass ich jetzt zu alt bin, um eigene Kinder zu bekommen. Du fragst mich, ob das für mich okay wäre? Ich könnte mir nichts Schöneres vorstellen.«

Plötzlich kamen ihr die Tränen, und dann konnte sie nicht mehr aufhören. Sie weinte, weil die Trauer, keine eigenen Kinder zu haben, aus ihr herausfloss wie Blut aus einer Wunde, die längst verheilt schien, jedoch plötzlich wieder aufbrach, und diese Trauer mischte sich mit der Freude, dass ihr Schicksal eine unerwartete Wendung genommen hatte und sie doch noch eine Familie haben würde. Zu dem ganzen Gefühlscocktail kam die Angst, ob das denn auch funktionieren konnte. Eine englische Familie, du meine Güte! In ihr tobte ein einziges Chaos. Sie konnte nicht mehr aufhören zu weinen, und Chris nahm sie ganz fest in die Arme und strich ihr über das Haar, und dann küsste er sie, und sie küsste ihn zurück, und dann verrutschte seine Hand unter ihr T-Shirt, und ihre Hand in seinen Hosenbund, und dabei blieb es nicht, und eins führte zum anderen, und am Ende musste wieder das arme, unschuldige Sofakissen herhalten, um die Kinder nicht zu wecken.

12. KAPITEL

Lori

Lori saß auf ihrem Bett und starrte ins Dunkel. Sie war im Nachthemd und ihr war kalt, vor allem an den nackten Füßen. Sie war nicht in der Lage, daran etwas zu ändern, dabei brauchte sie doch nur unter ihre Bettdecke zu schlüpfen. Sie saß da, stocksteif, unbeweglich, unentschlossen und innerlich zerrissen. Ich tue es. Ich tue es nicht. Ich tue es. So ging das seit einer guten Stunde. Vor einer guten Stunde hatte Liam sie abgesetzt. Er war erst kurz nach sechs von seinem Lehrgang zurückgekommen, hatte rasch geduscht und Lori dann in der Küche abgeholt. Er hatte sie gefragt, wo sie hinwollte, und sie hatte sich für Kynance Cove entschieden. Sie waren zur Bucht hinuntergewandert, hatten die Schuhe ausgezogen und waren am Strand spazieren gegangen.

Lori hatte erwartet, dass Liam ihre Hand nehmen würde, aber er schien beinahe peinlich darauf bedacht, ihr nicht zu nahe zu kommen. Vorsichtig hatte Lori einen Fuß ins Wasser gehalten und ihn sogleich wieder erschreckt zurückgezogen, während Liam sie amüsiert beobachtete. Wann warst du das letzte Mal in Cornwall am Strand, fragte er, und Lori konnte sich nicht erinnern. Wie konnte man bloß auf die absurde Idee kommen, in Cornwall Strandurlaub zu machen? Als die Flut begann, den Strand zu überspülen, der nur bei Ebbe vorhanden war, hatten sie sich mit Blick auf Asparagus Island auf die Decke gesetzt, den Sonnenuntergang betrachtet und das köstliche französische Picknick verzehrt, das Liam besorgt hatte: Räucherlachs, Camembert, Oliven, Baguette und zum Nachtisch Mousse au Chocolat. Statt Alkohol packte Liam augenzwinkernd vegane Smoothies aus.

Lori ließ sich nicht anmerken, wie überwältigt sie war. Sie

war es nicht gewohnt, dass sich jemand um sie kümmerte, um nicht zu sagen, verwöhnte. Sie redeten und lachten, ohne ernste Themen zu streifen und ohne dass Liam versuchte, sie zu berühren, und Lori hätte sich gewünscht, dass der Abend niemals enden möge. Genauso hätte sie sich den Mut gewünscht, selbst die Initiative zu ergreifen und ihre Hand auf Liams Arm zu legen, nur ganz leicht. Doch während ihre Hände nur zwei Tage vorher in der Küche magisch von Liam angezogen worden waren wie von einem Magneten, schien nun das Gegenteil der Fall zu sein. Sie waren schwer wie Blei.

Um zehn waren sie schon zurück in Honeysuckle Cottage. »Ich bin nicht mehr der Jüngste«, hatte Liam am Fuß der Treppe entschuldigend gesagt. »Ich muss noch ein paar Sachen vorbereiten und brauche meinen Schlaf, um morgen wieder ganz fit zu sein.«

»Natürlich«, hatte Lori höflich geantwortet und Liam hinterhergesehen, wie er mit großen Schritten die Treppe hinaufstapfte, ohne sich noch einmal umzudrehen. Sie blieb mit einem leisen Gefühl der Enttäuschung zurück. Was hatte sie denn erwartet? Sie war schließlich diejenige gewesen, die Liam gebeten hatte, es langsam angehen zu lassen. Er hatte sie zum Abschied auf die Wange geküsst, nein, eigentlich war es mehr ein Windhauch gewesen, sie hatte es kaum gespürt, aber besser als nichts. Besser als nichts? Sie wunderte sich über sich selbst, aber sie hätte sich mehr gewünscht. Schon den ganzen Abend. Pech gehabt. Jetzt war es zu spät. Er würde längst tief schlafen.

Lori stand auf. Dann öffnete sie die oberste Schublade ihrer Kommode und nahm den Generalschlüssel von Honeysuckle Cottage heraus. Barfuß schlich sie aus ihrem Zimmer und schloss die knarzende Tür hinter sich, so leise sie konnte. Sie lief die Treppe hinauf, mit klopfendem Herzen, als sei sie eine Diebin im eigenen Haus. Sie blieb vor Liams Zimmer stehen, und mit zitternden Fingern steckte sie den Generalschlüssel ins Schloss.

13. KAPITEL

Margarete

Es klopfte. Wenn das Lori ist, können wir in Ruhe reden, bevor wir an den Strand fahren, freute sich Maggie. Ich werde sie ausquetschen wie eine Zitrone, bis ich weiß, was da läuft zwischen Liam und ihr. Liam lässt ja auch nichts raus! Sie nahm ihre Teetasse und ging zur Haustür. Vor der Tür stand Janie. Sie trug ein luftiges, sehr kurzes rosa Indien-Kleidchen, Plateauschuhe aus Sisal und eine riesige dunkle Sonnenbrille über den Augen. Wie kann man sich mit neununddreißig so anziehen, als sei man fünfzehn, und auch noch gut damit aussehen, dachte Maggie verärgert. »Chris ist nicht da, die Kinder auch nicht«, sagte sie und konnte nicht verhindern, dass ihre Stimme gereizt klang.

»Ich weiß. Ich habe gewartet, bis Chris mit den Kindern los ist zum Schafefüttern. Kann ich dich kurz sprechen?«

»Mich?« Maggie zwang sich zur Höflichkeit. »Natürlich. Willst du reinkommen? Kann ich dir eine Tasse Tee anbieten?« Hoffentlich lehnte sie ab.

»Wenn es keine Umstände macht, gern, danke.«

Margarete ließ Janie eintreten, schloss die Haustür und ging voraus Richtung Wohnzimmer.

»Soll ich die Schuhe ausziehen?«, fragte Janie in ihrem Rücken.

»Nicht nötig.« Bonnie kam laut bellend herbeigesprungen. Erst rannte sie wie eine Wahnsinnige im Kreis um Janie herum, dann warf sie sich auf den Rücken und ließ sich hingebungsvoll den Bauch kraulen.

»*Hello, sweetheart*«, murmelte Janie. »*I missed you.*«

Verräterin, dachte Maggie verächtlich und war sich nicht sicher, ob sie Janie oder den Hund meinte.

»Setz dich«, sagte sie. »Du kennst dich hier ja aus.« Sie ging in die offene Küche und füllte den Wasserkocher. Janie lief durchs Wohnzimmer und sah sich interessiert um. Erst hat sie mich besichtigt und jetzt begutachtet sie die Farm, dachte Margarete. Janie streifte die Schuhe ab und ließ sich aufs Sofa sinken, ein Bein angewinkelt.

»Es sieht anders aus. Irgendwie – gemütlicher. Chris hat meinen urbanen Stil nie so richtig verstanden.«

Maggie war froh, dass sie mit der Teetasse hantieren konnte und beschäftigt war. Warum machte Janies Besuch sie bloß so nervös? Sie konnte ihr nichts anhaben. Sie schob das Beistelltischchen vor das Sofa und stellte Janies Teetasse darauf. Dann nahm sie einen Stuhl und setzte sich mit ihrer eigenen Tasse in der Hand Janie gegenüber, um nicht mit ihr auf dem Sofa sitzen zu müssen. Sie brauchte Abstand und zumindest eine kleine Barriere. Und sie würde Janie keine Kekse anbieten.

»Vielen Dank, Margret. Ich will dich nicht aufhalten. Es ist nur so ... es gibt da etwas, das solltest du wissen.«

»Ja?«

Janie schwieg.

»Was willst du, Janie?«, fragte Margarete irritiert. Warum hatte sie solche Angst vor der Antwort? Janie war nichts als ein verzogenes Gör.

»Bitte, versteh mich nicht falsch«, murmelte Janie. »Ich bin nicht mit einem Plan von Dublin hierhergekommen, wirklich nicht. Es war eine total spontane Idee, und dann hatte Lori zufällig ein freies Zimmer ... Aber ich habe Chris vor ein paar Tagen seit fast zwei Jahren zum ersten Mal wiedergesehen. Wir haben selten telefoniert und meistens gemailt, ja, aber wir haben uns nicht gesehen.«

»Ich weiß. Und?«

»Da fing es an. In Dublin. Letzte Woche.«

»Was genau fing an?«

Eine Träne kullerte unter der Sonnenbrille heraus. War die echt? Konnte man so dicke Tränen weinen? Janie schob die

Sonnenbrille in ihr Haar. Ihre Augen waren rot und geschwollen. Sie wischte sich mit dem Handrücken über die Augen und schniefte.

»Chris wiederzusehen hat alles verändert.«

Ich darf jetzt nicht die Nerven verlieren, dachte Maggie und spürte, wie Verzweiflung in ihr aufstieg. Ich lasse mich nicht von dieser Dramaqueen beeindrucken! Laut und mit fester Stimme sagte sie: »Das bildest du dir ein, Janie. Nichts hat sich verändert, glaub mir. Gar. Nichts.«

»Ich fürchte, doch. Als ich Chris letzte Woche sah, habe ich gemerkt ... dass ich ihn immer noch liebe.« Sie machte eine Pause, wahrscheinlich, damit die Bombe richtig einschlagen konnte. »Das mit dir war nur ein Vorwand. Ich bin seinetwegen hergekommen. Ich wollte ganz sicher sein. Und gestern Abend, als wir zusammen essen waren, Chris und ich, da haben sich meine Gefühle bestätigt. Ich liebe ihn immer noch. Es hat sich angefühlt wie früher. In unseren guten Zeiten. Diese Vertrautheit und Nähe ...« Wieder eine Pause, wieder eine Krokodilsträne, und wieder ein Tennisball, der an Margaretes Schläfe knallte. »Es tut mir leid, Margret. Ich habe mir das nicht eingestanden. Es hat mich selber überrascht, wirklich. Aber ich halte es für fairer, mit offenen Karten zu spielen.«

Maggie spürte, wie der Boden unter ihrem Stuhl zu wanken begann. »Das fällt dir leider etwas zu spät ein«, sagte sie mühsam beherrscht. »Mag sein, dass du deine Gefühle wiederentdeckt hast. Das ändert nichts daran, dass Chris jetzt mit mir zusammen ist. Und soweit ich weiß, hast du auch einen neuen Lebensgefährten. War er nicht der Grund, dass du abgehauen bist?«

»Es war ein Fehler! Der größte Fehler meines Lebens. Und ich werde alles dafür tun, um ihn zu korrigieren! Ich, Chris und die Kinder, wir gehören zusammen. Wir sind eine Familie. Da wirst du doch nicht im Weg stehen wollen, Margret!«

Margarete sprang auf, stieß dabei gegen das Tischchen und

warf Janies Tee um. Der Tee floss über den Tisch und den Boden. Es war ihr egal. Dramaqueen? Konnte sie auch.

»Du kannst doch nicht einfach hier ankommen«, rief sie und verfluchte, dass ihre Stimme zitterte. »Du kannst doch nicht hier auftauchen und meinen, du könntest alles, was du getan hast, ungeschehen machen! Vor zwei Jahren bist du einfach abgehauen, mitsamt den Kindern! Seit zwei Jahren lebst du in einem anderen Land, mit einem anderen Mann! Die Zeit ist nicht stehen geblieben. Chris ist nicht stehen geblieben! Du kannst nicht einfach dort weitermachen, wo du aufgehört hast, nur, weil du mal eben deine Meinung geändert hast! Und jetzt geh bitte!«

»Doch«, flüsterte Janie. »Ich fürchte, das kann ich. Ich war blind. Ich habe jetzt erst verstanden, dass Chris der einzige Mensch ist, der mich wirklich liebt.«

»Geliebt hat!«, rief Maggie verzweifelt. Janie schüttelte den Kopf. Sie wirkte müde.

»Es tut mir leid, Margret. Ich mag dich. Und das hier – geht nicht gegen dich. Aber ich liebe Chris noch immer, und ich glaube, er liebt mich auch. Das mit dir war nur ein Intermezzo. Ich will Chris wiederhaben, und da kann ich auf dich leider keine Rücksicht nehmen.« Sie stand auf. »Das bedeutet natürlich auch, dass ich nicht in die Scheidung einwillige. Und die Kinder gebe ich schon gar nicht her.«

»Chris braucht deine Einwilligung nicht!«

Janie zuckte mit den Schultern. »Ich kann verstehen, dass das ein Schlag für dich ist, Margret. Du hast dein Leben in Deutschland aufgegeben, und du bist nicht mehr die Jüngste. Aber ich werde um Chris kämpfen, und ich glaube, meine Waffen sind besser als deine. Danke für den Tee.« Sie bückte sich nach ihren Schuhen und ging. Bonnie rannte hinter ihr drein.

Ich gehe ihr an die Gurgel, dachte Margarete, wenn sie sich noch einmal umdreht, gehe ich ihr an die Gurgel. Oder ich werfe ihr meine Birkenstock-Sandale an den Kopf. Janie schien sich ausführlich von Bonnie zu verabschieden, denn das Bellen der

Hündin wollte kein Ende nehmen. Zisch endlich ab, dachte Margarete wütend. Dann fiel die Tür ins Schloss. Instinktiv griff sie nach ihrem Handy. Sie musste Chris anrufen, sofort, sie musste ihm diese Ungeheuerlichkeit brühwarm erzählen, und bestimmt würde er sie beruhigen, dass sie sich nicht die geringsten Sorgen wegen Janie machen musste. Aber Chris war mit den Kindern unterwegs, er konnte nicht frei sprechen. Sie musste warten. Sie sprang auf, zutiefst aufgewühlt, und lief zum Fenster. Janies Mietwagen rollte soeben vom Hof. Maggie atmete auf. Hauptsache, sie war weg. Hoffentlich kam Lori bald!

Während sie den Tee aufwischte, ging sie im Geiste noch einmal den gestrigen Tag durch. Chris hatte Janie sofort angerufen und in ihrem Beisein mit ihr telefoniert, das sprach nicht unbedingt für Geheimniskrämerei und Flirten hinter Margaretes Rücken. Aber was war gestern Abend wirklich vorgefallen? Hatte Chris ihr nur die halbe Wahrheit erzählt? Janie hatte ihn zum Abendessen in einem romantischen Ambiente eingeladen, und er hatte nicht Nein gesagt. Er hatte nicht die geringsten Bedenken gehabt, dass das der falsche Rahmen für ein Gespräch über Trennung und Sorgerecht war! Und jetzt kam heraus, dass Janie es tatsächlich drauf angelegt hatte, mit ihm zu flirten? Hatte Chris das nicht bemerkt, oder hatte er es nicht erwähnt, um sie nicht zu beunruhigen? Oder hatte er mit seiner Ex geflirtet, ohne es selbst zu merken? Wie hatte er es noch einmal formuliert? »Wir haben die unangenehmen Themen abgearbeitet und danach haben wir es genossen.« Wir. Er sah sich immer noch als ein Wir mit Janie. Das sagte doch alles!

Sie wusch den Lappen aus und hängte ihn auf die Wäscheleine auf der Terrasse. Drinnen bellte Bonnie, und sie lief zurück ins Haus.

»Hallihallo! Maggie?«

»Komm rein, Lori!« Selten hatte sie sich so gefreut, Loris Stimme zu hören.

»Wow. Wie gemütlich es hier auf einmal ist! Nicht dieser Wir-sind-so-cool-und-klinisch-steril-Stil, den Janie draufhatte.«

»Ich kann's nicht fassen, dass du noch kein einziges Mal hier warst, seit ich hier wohne!«

Bonnie sprang fröhlich um Lori herum. Sie hatte einen großen Korb unter dem Arm, den sie stolz präsentierte. »Vegane Sandwiches, für eine ganze Kompanie! Und vegane Smoothies!«

»Vegan? Was ist denn mit dir los?«

»Titilope meint, ich müsste moderner werden und auch ein veganes Frühstück anbieten. Auch wenn sie mich damit nervt, sie hat meistens gute Ideen. Also habe ich gedacht, ich experimentiere ein bisschen mit Sandwiches herum und benutze euch als Versuchskaninchen. Wenn die Kinder Kichererbsenaufstrich mit Sprossen oder Rote Bete mit Kresse auf selbst gebackenem Sauerteigbrot essen, was für mein Gefühl viel zu gesund klingt, um gut zu schmecken, haben die Sandwiches den Test bestanden. Für alle Fälle gibt's auch noch ungesundes Toastbrot mit kaltem Hühnchen, Speck und Schinken. Man soll's ja nicht übertreiben.« Sie grinste. Dabei schien ihr ganzes Gesicht zu leuchten.

»Hmm. Liegt das an deiner Steuererklärung, dass du irgendwie anders aussiehst?«

»Wie anders?« Lori grinste weiter über beide Backen und schien sich kein bisschen zu wundern.

»Lebendiger? Fröhlicher?« Plötzlich dämmerte es ihr. »Wachgeküsst! Um nicht zu sagen: mehr als wachgeküsst!«

»Kein Kommentar. Du bist dagegen ganz weiß im Gesicht. Könnte das damit zu tun haben, dass Janie soeben in ihrem Mietwagen an mir vorbeigefahren ist?«

Margarete nickte. Plötzlich war ihr nicht mehr zum Scherzen zumute.

»Ich habe mir das alles viel leichter vorgestellt«, flüsterte sie. »Ich habe keinen Job, dafür eine hysterische Ex-Frau am Hals und eine Mutter, die mich enterben will. Ich glaube, ich habe den Cornwall-Blues.«

»Janie ist aber auch eine harte Nummer. Das ist einfach Pech. An deiner Stelle würde ich ihr aus dem Weg gehen.«

»Und wie soll ich das machen, wenn sie unangemeldet hier aufkreuzt?«, protestierte Margarete.

»Sie sofort rausschmeißen. Es hat keinen Zweck, sich mit ihr vernünftig unterhalten zu wollen.«

»Das hat sie aber gestern mit Chris getan. Sie hat ihn in dieses neue Restaurant eingeladen!«

»The Whale & The Dolphin? Interessant. Nun, Chris hat keine Wahl. Er muss schließlich mit ihr reden. Du nicht.«

»Sie hat gesagt, sie liebt Chris immer noch. Und nicht nur das, sie will um ihn kämpfen!«, platzte Maggie verzweifelt heraus. Nun, da sie es ausgesprochen hatte, kam es ihr noch ungeheuerlicher vor und die Tränen stiegen ihr in die Augen. Lori musterte sie ungläubig. Und dann brach sie in schallendes Gelächter aus.

»Sie hat dich allen Ernstes drangekriegt?«

»Drangekriegt?«

»Du hast ihr das geglaubt?«

»Natürlich habe ich es ihr geglaubt! Du hättest ihren Auftritt sehen sollen!«

»Richtig erkannt. Ein Auftritt. Mehr nicht. Sie blufft.«

»Sie blufft?«

»Sie ging jahrelang auf dieses sündhaft teure Londoner College und war dort in der Theater-AG. Sie hatte immer die weiblichen Hauptrollen. Julia, Desdemona und wie sie alle heißen, der ganze Shakespeare-Kram rauf und runter. Verstehst du jetzt, warum? Im Moment hält sie sich für die Hauptdarstellerin einer brasilianischen Telenovela.« Sie schloss die Augen, machte schluchzende Geräusche und schniefte:

»Ich li-hi-hi-hi-hiebe Chris noch immer, Maggie!«

»Willst du ernsthaft damit sagen, sie behauptet nur, dass ihr Chris immer noch etwas bedeutet?«

»Natürlich. Sie will dich nur ärgern. Sie hat mir beim Frühstück erzählt, wie sehr sie es genießt, dass ihr irischer Kerl Geld hat, im Gegensatz zu Chris, der ein armer Schlucker ist und als Farmer immer einer bleiben wird, und um wie viel angenehmer das Leben ist, wenn man morgens nicht mehr zu einer vollkommen unmenschlichen Zeit in den Stall muss.«

»Sie hat mich also angelogen?« Margarete war fassungslos.

»Klar. Hat sie geheult?«

»Ja.«

»Große Krokodilstränen unter schwarzer Sonnenbrille?«

»Ja!«

»Kenn ich. Das war Show. Kann sie auf Knopfdruck.«

»Aber ... warum tut sie das?«

»Um dir Zweifel einzuflüstern. Um deine Beziehung zu torpedieren! Ohne sie darf Chris nicht glücklich sein. Deswegen auch der Streit um Hattie und Luke. Wahrscheinlich würde sie die Kinder gar nicht so sehr vermissen, aber Chris gönnt sie sie auch nicht. Und jetzt, wo sie dich kennengelernt und kapiert hat, dass ihr wahrscheinlich ganz gut funktionieren würdet als Familie, erst recht nicht.«

»Das ist doch schrecklich. Wie kannst du mit so jemandem befreundet sein, Lori? Und komm mir jetzt bitte nicht wieder mit der schwierigen Kindheit. Sonst kriege ich einen Schreikrampf!«

Lori seufzte. »Weil ich selber kein Engel bin? Und weil ich die Kaputten und Gestörten auf dieser Welt verstehe? Und ja, weil ich selber eine schwierige Kindheit hatte?«

»Man kann sich doch nicht ewig mit seiner Kindheit rausreden! Chris verteidigt Janie übrigens auch. Deswegen mache ich mir ja Sorgen, dass er genauso auf diese Show reinfällt. Wenn sie ihm nichts mehr bedeuten würde, dann hätte er doch wohl kaum gestern Abend mehrere Stunden mit ihr in einem romantischen Restaurant verbracht!«

»Ich glaube eher, er versucht, gut Wetter zu machen. Und vermutlich hatte er einfach Hunger. Männer sind viel pragmatischer, als du denkst.«

»Er hat gesagt, er hat die Zeit mit ihr genossen!«

»Das ist ziemlich undiplomatisch ausgedrückt. Aber es spricht doch auch dafür, dass er keine Geheimnisse vor dir hat, oder? Übrigens bin ich schon eine ganze Weile hier und du hast mir noch keinen Tee angeboten. Soll ich mir selber einen machen?« Lori grinste wieder.

Maggie murmelte eine Entschuldigung, schüttelte den Kopf und füllte Wasser in den Wasserkocher.

»Manchmal ist mir Chris ein Rätsel. Ein sehr englisches Rätsel. Nichts scheint ihn wirklich aufzuregen, nicht einmal, dass Janie hier ohne Vorwarnung aufgetaucht ist. Chris' Betriebstemperatur liegt gefühlt zwanzig Grad unter meiner.«

»Vielleicht habt ihr einfach ein sehr unterschiedliches Temperament? Und du solltest die kulturellen Unterschiede nicht unterschätzen. Glaub mir, ich hatte schon oft Gäste aus dem Ausland, über deren seltsames Gebaren ich mich sehr gewundert habe. Meinst du nicht, das spielt auch eine Rolle?«

»Natürlich. Aber Auseinandersetzungen mit Expartnerinnen sind vermutlich auf der ganzen Welt nervtötend.«

»Und auf der ganzen Welt sind die Expartnerinnen eifersüchtig auf die neue Freundin und würgen ihr nur zu gern eine rein. Und umgekehrt.«

Eigentlich klang das alles sehr einleuchtend. Warum war Margarete trotzdem nicht wirklich beruhigt? Sie warf einen Teebeutel von PG Tips in eine Tasse und goss Wasser darüber.

»Weißt du, Lori, ich habe schon die ganze Zeit das Gefühl, dass ich nicht gegen sie ankomme. Dass sie diejenige ist, die die Fäden in der Hand hält.«

»Das spricht für ein ausgeprägtes Selbstbewusstsein. Du lässt dich von Janie einwickeln wie alle anderen auch. Hab doch ein bisschen Vertrauen in Chris! Nur weil Janie jetzt mit dem Finger schnippt und weil sie ihre angeblich große Liebe zu ihm entdeckt hat, von der jahrelang nichts zu merken war, heißt das noch lange nicht, dass Chris sofort springt!«

»Wenn sie mich einwickelt, dann wickelt sie Chris genauso ein. Und vielleicht liebt er sie ja wirklich noch. Warum war er immer so zögerlich, wenn es um die Scheidung ging?«

»Maggie, ich kann dir nur raten: Entspann dich. Rede mit

Chris, sag ihm, was vorgefallen ist, und vor allem: Vertrau ihm!«

»Seit wann bist du eigentlich Spezialistin in Beziehungsfragen? Vielleicht sollten wir zur Abwechslung mal über dich reden, Lori?«

Leider wurde in diesem Moment die Haustür aufgerissen.

»Auntie Mabel, Auntie Mabel!« Hattie und Luke stürmten auf Lori zu und warfen sich in ihre Arme.

»Wir waren bei den Schafen, Auntie Mabel!«, strahlte Luke. »Ich durfte beim Füttern helfen!«

»Du kommst mit uns an den Strand, nicht wahr, Auntie Mabel?«, rief Hattie. »Wir haben schon schrecklichen Hunger! Was gibt's zum Lunch? Dürfen wir dich besuchen, bevor wir zurück nach Dublin müssen? Ich möchte Bluebell Guten Tag sagen, Auntie Mabel!«

»Mabel heißt jetzt Lori«, erklärte Maggie.

»Ach, lass sie doch«, wehrte Lori ab, während sie in jedem Arm ein Kind hielt. »Für die Kinder bin ich eben Mabel. Was seid ihr gewachsen, ihr beide!« Es konnte nicht nur an den Kindern liegen, dass sie so strahlte. Irgendwas musste passiert sein, was sie verändert hatte.

»Wo ist euer Daddy?«, fragte Margarete.

»Der ist noch draußen mit deiner Mum«, antwortete Hattie. »Ich glaube, er zeigt ihr das Kälbchen.«

»Meine Mutter ist hier?« Das war genauso überraschend wie die Tatsache, dass ihre Mutter freiwillig in einen stinkenden Kuhstall ging. Wahrscheinlich hatte sie nicht verstanden, was Chris vorhatte.

»Ja. Daddy hat vorgeschlagen, sie an den Strand mitzunehmen. Sonst wäre sie ja ganz alleine, weil Lori mit uns mitgeht, und das wäre doch schrecklich langweilig für sie, oder? Wir haben sie aus ihrem Zimmer in Honeysuckle Cottage geholt, Luke und ich. Sie hat gleich Ja gesagt! Daddy hat im Auto auf uns gewartet. Wir schauen mal, ob sie im Stall sind.« Die Kinder ließen Lori los und stürmten aus dem Wohnzimmer.

»Tatsächlich«, murmelte Maggie matt. Sie hatte sich so auf den Nachmittag mit Lori und den Kindern gefreut. Und sie wollte endlich, endlich Loris Geschichte hören! Wieso mischte Chris sich schon wieder ein, und wieso zog er die Kinder mit hinein? Das war übergriffig!

Lori grinste. »Ist doch eine gute Idee. Sie fährt schließlich übermorgen, und die Kinder bringen ihr Herz zum Schmelzen. Willst du sie im Streit gehen lassen?«

»Sie enterbt mich sowieso.« Margarete seufzte. Janie und Charlotte, nahezu gleichzeitig, es war einfach zu viel für ihre Nerven.

Die Kinder hatten sich gewünscht, zu ihrem Lieblingsstrand zu fahren, nicht zuletzt deshalb, weil es in Poldhu Cove das beste Eis weit und breit gab. Chris befürchtete, wegen der Sommerferien keinen Parkplatz zu bekommen, weil der Strand bei Familien beliebt und der Parkplatz nicht besonders groß war, doch die Kinder hörten nicht auf zu betteln, und Lori war es egal. Sie nahm Charlotte in ihrem klapprigen Auto mit, weil beide Kinder einen Kindersitz benötigten, worüber Maggie nicht unglücklich war. Sie hatte keine Gelegenheit gehabt, mit Chris über Janie zu reden, und mittlerweile waren ihr auch Zweifel gekommen. War es nicht besser, sich an Loris Einschätzung zu halten, Janies Auftritt als Dramaqueen zu vergessen und ihr nicht mehr Beachtung zu schenken, als sie verdiente?

Sie mussten mehrmals im Kreis über die Wiese fahren, bis sie zwei Parkplätze ergatterten, und auch am Strand war die Hölle los. Bestes britisches Strandleben bei ungewöhnlich gutem Wetter, dachte Maggie: Großfamilien mit Hunden hatten es sich auf Klappstühlen und Handtüchern bequem gemacht und ihr Terrain mit niedrigen blau gestreiften Zäunen abgesteckt, überall waren Surfboards und Neoprenanzüge verstreut. Auf den Holztischen bei dem kleinen Kiosk lagen riesige Wasserpistolen bereit, mit denen man die hungrigen Möwen abwehren konnte, die nur darauf warteten, sich im senkrechten Flug auf Softeis oder Pommes zu stürzen. Sie fanden mit Mühe ein freies Plätzchen, breiteten Decken und Handtücher aus, cremten die Kinder ein, damit sie nicht wie viele Strandbesucher die Farbe von Langusten annahmen, und verzehrten Loris Picknick.

Die Kinder schienen gar nicht zu merken, dass sie als Versuchskarnickel benutzt wurden, und aßen Loris vegane Brote mit ebenso großem Appetit wie die Sandwiches mit Hühnchen. Charlotte schien unschlüssig zu sein, wie sie sich verhalten sollte. Sie trug ein erstaunlich strandtaugliches, luftiges Sommerkleid, das Maggie noch nie gesehen hatte, und flache Sandalen und hüllte sich auf dem einzigen Klappstuhl in hoheitsvolles Schweigen. Margarete hatte nicht die geringste Lust, auch nur einen einzigen Schritt auf ihre Mutter zuzugehen, und ließ die bedeutungsvollen Blicke an sich abprallen, die Chris ihr immer wieder zuwarf. Es war schließlich seine Idee gewesen, Charlotte mitzunehmen!

Nach dem Lunch schlüpften die Kinder in ihre knielangen Neoprenanzüge und Maggie in ihren alten Bikini, der so feuerrot war wie ihre Haare. Lori erklärte, sie fühle sich in Jeans und T-Shirt sehr wohl, vielen Dank, zog nur die Schuhe aus, vergrub die Zehen im Sand und wirkte sehr zufrieden. Maggie hatte den Bikini in letzter Sekunde in Stuttgart in den Koffer geworfen und schon sehr lange nicht mehr angehabt. Als sich abzeichnete, dass sie mit den Kindern Ausflüge an den Strand machen würden, hatte sie ihn anprobiert und Chris verschämt gefragt, ob sie ihn überhaupt noch tragen konnte. Chris hatte sie ehrlich erstaunt angesehen und gesagt: »Ich verstehe die Frage nicht, hat er etwa Löcher?« Als sie ihm gesagt hatte, dass sie ein paar Kilo zugelegt hatte, seit sie den Bikini das letzte Mal getragen hatte, und nicht sicher war, ob sie zu fett dafür war, hatte er nur verständnislos den Kopf geschüttelt und gesagt: »Zu fett? Was für ein Quatsch. Du siehst sehr sexy darin aus.« Er hatte auch nicht verstanden, warum sie ihm daraufhin spontan um den Hals gefallen war.

Charlotte hatte sich bisher zum Glück einen missbilligenden Kommentar verkniffen, die Blicke, die über ihre Fettpölsterchen wanderten, sprachen jedoch Bände.

»Gehst du mit uns baden, Auntie Mabel?«, fragte Luke.

»Ganz sicher nicht. Ich schaue euch zu, wenn ihr mögt, und passe auf, dass ihr nicht ertrinkt.«

»Kommst du mit, Maggie? Wolltest du nicht ein Surfboard leihen und lernen, wie man damit schwimmt?«

»Wisst ihr was, euer Daddy und ich müssen noch was mit Auntie Mabel besprechen. Dann hole ich mir ein Surfboard und ihr zeigt mir, wie das mit dem Ding funktioniert. Charlotte sieht aus, als ob sie sich langweilt. Sie würde sich bestimmt freuen, wenn ihr mit ihr zu den Wasserpfützen zwischen den Felsen geht und schaut, ob es dort Fische oder Krebse gibt.«

Margaretes schlechtes Gewissen, weil sie ihre Mutter loswerden wollte, hielt sich in Grenzen.

Hattie nickte. »Okay, dann spielen wir ein bisschen mit Charlotte und dann bringen wir dir schwimmen mit dem Brett bei.« Die beiden Kinder bauten sich mit ihren Keschern vor Charlotte auf, strahlten sie an und zogen sie von ihrem Klappstuhl. Erstaunlicherweise ließ sich ihre Mutter mitziehen, ohne zu protestieren, ja, sie lächelte sogar ein klitzekleines bisschen. Chris streckte sich in der Sonne lang auf seinem Handtuch aus, schloss die Augen und seufzte tief. Er schien vergessen zu haben, dass sie ungestört mit Lori reden wollten. Lori selbst machte auch keine Anstalten, den Mund aufzumachen.

»Komm schon, Lori, jetzt, wo wir ein paar kostbare Minuten für uns haben, spann uns nicht länger auf die Folter. Wie läuft es denn nun zwischen Liam und dir? Oder sagen wir besser: Was läuft da?«

Lori grinste und bohrte ihre Zehen noch tiefer in den Sand. »Pfui, Maggie. Was bist du neugierig! Ich sage nichts ohne eine Tasse Tee.« Sie angelte nach der Thermoskanne.

»Daddy, Daddy!«

Chris stützte sich auf die Ellenbogen auf, blinzelte und schaute in Maggies Richtung. Hinter ihrem Rücken vernahm sie die aufgeregten Rufe der Kinder und Bonnies Bellen. Auf Chris' Gesicht spiegelte sich erst Verwunderung, dann Ärger, und schließlich irgendetwas, das Margarete nicht deuten konnte. Sie drehte sich auf ihrem Handtuch um. Da waren die Kinder. Strahlend vor Glück rannten sie auf sie zu und zogen dabei eine Frau hinter sich her. Eine blonde, braun gebrannte Frau, deren schlanke Figur in einem weißen, sehr knappen Bikini perfekt zur Geltung kam. Sie lächelte breit, halb entschuldigend, halb unschuldig. Ihr Blick glitt über Margarete, schonungslos, und schien dabei jedes überschüssige Gramm Fett, jede schwabbelnde Hautfalte am Bauch, ihre Cellulitis und ihre Reiterhosen am Oberschenkel zu scannen und mit leisem Schock und unübersehbarem Mitleid zu registrieren.

»Daddy, Daddy!«, rief Hattie. »Sieh doch bloß. Mummy ist hier!«

14. KAPITEL

Lori

»Ich muss mit dir reden.« Vor einer guten halben Stunde war Liam von seinem Lehrgang zurückgekommen. Er war frisch geduscht, trug ein sauberes Polohemd und Bermudas. Sie wusste mittlerweile, wie er drunter aussah.

»Klingt ziemlich offiziell.« Ein Gefühl des Unwohlseins kroch ihr den Rücken hoch. Sie löste sich aus seiner Umarmung, ging zum Wasserkocher, füllte ihn und stellte ihn an.

»Ist es auch«, sagte Liam in ihrem Rücken.

Sie drehte sich um, zuckte mit den Schultern und versuchte, sich ihre Nervosität nicht anmerken zu lassen. »Schieß los.« Sie deutete auf einen Stuhl und setzte sich sehr aufrecht auf die andere Seite des Küchentisches. Sie hatte nicht den Eindruck, dass dieses Gespräch mit dem Austausch von Zärtlichkeiten enden würde.

»Wir haben bisher nicht darüber geredet, wie es mit uns weitergeht.«

Lori schwieg. Für einen Briten hatte Liam eine erschreckend direkte und unverblümte Art der Kommunikation, die sie irritierte. Keine Einleitung, keine Umschweife. Fast wie Maggie. Natürlich war ihr klar gewesen, dass sie dieses Gespräch irgendwann führen würden – führen mussten. Liams Lehrgang war beinahe zu Ende, er hatte nur noch zwei Nächte in Honeysuckle Cottage gebucht, und er war weder der Typ, der kommentarlos abhaute noch jemand, der einfach seinen Koffer vom Gästezimmer einen Stock tiefer in Loris Schlafzimmer stellte. Lori hatte es jedoch geschafft, alle Gedanken, die sich in ihren Kopf schleichen wollten und auf denen »Liam« und »Zukunft« stand, unerbittlich wegzudrücken. Sie lebte von Moment zu Moment, von Tag zu Tag. Das schien ihr die beste, die einzig mögliche Strategie, um die gemeinsame Zeit nicht zu ruinieren.

Sie hatte ihre Entscheidung längst getroffen. Oder besser gesagt: Es gab nichts zu entscheiden. Vor dreißig Jahren hatte sie ihr kaputtes Leben in den Griff bekommen, hatte Drogen und Alkohol abgeschworen und aus dem Häuschen einer alten Frau, von der sie nicht wusste, dass es ihre Mutter war, Honeysuckle Cottage gemacht. Seither stand sie zehn Monate im Jahr täglich um sechs Uhr morgens auf und gönnte sich keinen freien Tag. Eiserne Disziplin und harte Arbeit hatten sie vor einem Rückfall bewahrt. In ihren zwei Monaten Auszeit in Thailand, Vietnam oder auf Bali wäre es ein Leichtes gewesen, an Drogen zu kommen, die wurden ja an jeder Ecke angeboten, aber Lori war viel zu erschöpft, um an Drogen auch nur zu denken. Einen Partner oder eine Partnerin – Lori hatte nie verstanden, warum das für die meisten Menschen so einen großen Unterschied machte – hatte sie in all den Jahren weder gesucht noch vermisst. In ihrer Zeit als Straßenpunk waren Männer bedrohlich und gewalttätig gewesen. Sie versuchten, Lori zu beklauen, und noch viel häufiger wollten sie ihr an die Wäsche. Später waren Männer in ihrem Denken einfach nicht vorgekommen.

Lori war sich selbst genug. Seit Jahrzehnten beobachtete sie in Honeysuckle Cottage die unterschiedlichsten Lebensformen. Die meisten Alleinwanderer schienen ein Kommunikationsdefizit und folglich einen hohen Gesprächsbedarf zu haben, insgesamt wirkten sie jedoch glücklich und zufrieden. Aber wie oft hatte sie Paare zu Gast, die sich schon beim Frühstück angifteten und meinten, Lori kriegte es nicht mit, wenn sie Toast auf den Tisch stellte! Schon allein die Frage, wie man den Tag verbrachte – sie wollte unbedingt zu den Skulpturen von Barbara Hepworth nach St. Ives, er wollte lieber wandern –, führte manchmal zu so heftigem Streit in mühsam gedämpftem Ton, dass Lori schnell diagnostizierte, dass die beiden kein bisschen glücklich miteinander waren.

Tatsächlich, so Loris Eindruck, schienen die meisten Paare nicht zusammenzupassen! Alleinsein hatte den unschätzbaren Vorteil, dass man niemanden in seine Planungen einbeziehen musste. Der einzige Mensch, mit dem sich Lori abstimmte, war sie selbst. Liam war wie ein besonders leckerer Nachtisch, den sie nicht bestellt hatte und nicht bezahlen musste. Er war *nice to have,* aber er änderte nichts. Lange würde es nicht mehr dauern, und Lori würde nach dem Rausch der Verliebtheit mit einem fürchterlichen Kater aufwachen. Nein danke. Liam musterte sie nachdenklich.

»In deinem Hirn rattert es. Lässt du mich dran teilhaben? Oder soll ich anfangen?«

»Fang du an.« Das verschaffte ihr eine Frist.

»Du kennst Pete?«

»Von der Rettungsstation? Klar. Ungefähr mein Alter. Er ist der Boss in dem Laden, oder?«

»Genauer gesagt, der *Lifeboat Operations Manager.* Er schmeißt die Station, ist für alle Hauptamtlichen und Freiwilligen zuständig und feiert in ein paar Monaten seinen fünfundsechzigsten Geburtstag. Wir haben bei dem Lehrgang eng zusammengearbeitet.«

»Interessant«, kommentierte Lori belustigt. »Was hat das mit uns zu tun?« Sie biss sich auf die Zunge. Es gab kein *uns.*

»Die Anforderungen an die körperliche Fitness sind bei der Seenotrettung sehr hoch. Deshalb gilt die Regel: Spätestens mit fünfundsechzig ist Schluss. Pete hat seit ein paar Monaten Probleme mit den Augen. Sie werden nicht nur schlechter, wie das bei dir und mir ganz normal ist, weil wir älter werden, er braucht eine Operation. Sein Arzt rät ihm, mit dem Eingriff nicht zu warten, sonst wird's noch schlimmer. Danach wird es ein paar Wochen dauern, bis er wieder normal sehen kann. Er hat aber nur noch vier Monate bis zum Ruhestand, es würde sich also gar nicht mehr lohnen, wieder in so einen Knochenjob einzusteigen. Am meisten Sinn würde es machen, Pete scheidet sofort aus, lässt sich operieren und geht dann in aller

Ruhe in die Reha. Der RNLI will aber, dass er mit der OP wartet, bis er das Rentenalter erreicht hat, damit sie genug Zeit haben, um einen Nachfolger zu suchen. Die Stelle wird jetzt ausgeschrieben, aber so schnell wird sich niemand finden, der genügend Kompetenzen hat.«

So langsam dämmerte es Lori. Sie stand auf, um den Tee aufzugießen. Liam wartete, bis sie wieder saß und er ihre volle Aufmerksamkeit hatte.

»Port Piran gilt als eine der schwierigsten Rettungsstationen in ganz Großbritannien«, fuhr er fort. »Steilküste, starke Strömungen, Stürme – die drei S, schlimmer geht's nicht. Du kannst einen Anfänger an die Ostküste stecken, nach Norfolk beispielsweise, wo wettermäßig nicht viel passiert, aber nicht an eine der exponiertesten Stellen in Cornwall. Pete leitet die Station seit über zwanzig Jahren, er ist hin- und hergerissen zwischen seinem Pflichtgefühl und seinem Augenproblem. Und seiner Frau, die ihm Druck macht, dass seine Gesundheit wichtiger ist als sein Job. Pete befürchtet, dass er Rentenansprüche verliert, wenn er vier Monate vorher ausscheidet. Es gäbe eine sehr elegante Lösung. Das bin ich. Pete hat mich gefragt.«

»Shit«, entfuhr es ihr. Sie hatte damit gerechnet, dass er die »Beziehung« – fürchterliches Wort! – in irgendeiner Form weiterführen wollte. An den Wochenenden, zum Beispiel, alle zwei, drei Wochen oder einmal im Monat. Höchstens! Aber nicht damit, dass er in Port Piran bleiben wollte und schon mit einem konkreten Vorschlag anrückte!

»So viel Enthusiasmus überwältigt mich.« Er grinste.

Nicht mehr lange, dachte sie.

»Lass es mich zu Ende erklären. Wenn der RNLI damit einverstanden ist, dass ich Pete vertrete – und es gibt nichts, was dagegenspricht, weil ich Springer bin und erfahren und fit genug, um den schwierigen Job zu übernehmen –, könnte er schon nächste oder übernächste Woche operiert werden. Ich könnte nahtlos weitermachen. Ich könnte einfach hierbleiben, ohne dass es für dich oder mich irgendeine Verpflichtung darstellt. So lange, bis der RNLI einen Nachfolger gefunden hat oder bis Pete für ein paar Wochen zurückkommt, damit er seine volle Rente kriegt.« Er konnte seine Begeisterung jetzt nicht mehr verhehlen. Er strahlte nur so. Und sie musste ihm den Dämpfer verpassen.

Sie seufzte. »Liam. Ich bin Einzelkämpferin.«

»Das weiß ich. Aber liege ich völlig falsch in der Annahme, dass du, zugegebenermaßen nach anfänglichem Zweifel und Widerstreben, unser Zusammensein genießt?«

»Nein, natürlich nicht.«

»Auf einer Skala von eins bis zehn, wie sehr genießt du es? Eins ist ›Gar nicht‹, zehn ist ›Ich genieße es wahnsinnig‹. Und bitte eine ehrliche Antwort!«

Gegen ihren Willen musste sie lachen. Wenn sie ehrlich war, war es zehn. Hatte es schönere Tage – und Nächte – in ihrem Leben gegeben als die mit Liam? Sie stand auf, angelte die Beutel aus beiden Tassen, goss sie mit Milch auf und stellte die Tassen auf den Tisch. Sie ließ sich Zeit. Tee machen war die beste Methode, um Zeit zu gewinnen.

»Sagen wir mal 8,5.«

»Mehr, als ich erwartet hätte. Da läge es doch nahe, die Chance zu nutzen, dieses Zusammensein zu verlängern, wenn sich dazu die Gelegenheit bietet? Noch dazu so unkompliziert?«

Sie konnte hören, dass sein Magen knurrte, und entschied sich dagegen, ihm etwas zu essen anzubieten.

»Liam. Ich bin einundsechzig Jahre alt und hatte noch nie eine Beziehung.«

»Na und? Gibt's dafür irgendeine Altersbeschränkung?«

»Ich war mein Leben lang allein und soll plötzlich von null auf hundert gehen? Das funktioniert nicht. Wir würden uns nach wenigen Wochen zerfleischen.«

»Schon möglich. Es könnte aber auch – rein theoretisch natürlich – der seltsame Fall eintreten, dass wir uns großartig verstehen. Herausfinden werden wir das aber nur, wenn wir es ausprobieren.«

»Ich bin kein einfacher Mensch, Liam.«

»Erzählst du mir was Neues? Einfach ist für Anfänger. Ich bin kein Anfänger.«

»Willst du etwa hier einziehen?«

»Das ist doch gar nicht nötig. Der RNLI würde mir sicher für ein paar weitere Wochen das Zimmer hier bezahlen, aber das muss ja gar nicht sein. Nicht nur du brauchst Freiheiten und Rückzugsmöglichkeiten, ich brauche sie auch. Ich könnte mir zunächst ein Zimmer oder eine kleine Wohnung nehmen, und dann schauen wir, wie es sich entwickelt. Das Risiko ist doch überschaubar! Wenn es nicht klappt zwischen uns, dann kündige ich und gehe zurück nach Dorset ins Ausbildungszentrum oder wo auch immer sie mich hinschicken. Ich bin vierundsechzig, allzu lange werde auch ich nicht mehr arbeiten. Dann haben wir uns beide ein paar blaue Flecken geholt. Mehr nicht.«

»Ich kann mir das aber nicht vorstellen!«

»Warum nicht? Ich präsentiere dir eine nahezu perfekte Lösung für uns auf dem goldenen Tablett, und du lehnst einfach ab? Du bist nicht einmal bereit, auch nur darüber nachzudenken?«

»Ich muss nicht nachdenken! Du hättest mich ja erst fragen können, ob ich an einer Lösung *für uns* überhaupt interessiert bin! Vor ein paar Tagen war ich noch Single. Und jetzt soll ich mich auf ein gemeinsames Leben festlegen?«

Liam stöhnte. »Ein paar Wochen sind doch kein gemeinsames Leben! Lori, du hast wirklich keine Ahnung!«

»Nein, habe ich nicht«, antwortete Lori und spürte, wie sie zunehmend wütender wurde. »Ich bin eine völlige Idiotin, was Beziehungen angeht, und ich habe kein Problem damit, es zu bleiben!« Was glaubte dieser Typ eigentlich, wer er war? Er plante alles perfekt, ohne sie einzubeziehen? Ohne auf die Idee zu kommen, dass sie ihr Leben einfach so weiterleben wollte wie bisher. Wie früher!

»Wie sieht dann dein Vorschlag aus?«, fragte er und es klang beinahe drohend. Es würde nicht mehr lange dauern, bis er die Beherrschung verlor.

»Ich habe keinen.«

»Du hast keinen, weil dir nichts Besseres einfällt, oder weil du keinen Vorschlag machen willst?«

»Letzteres.« Lori verschränkte die Arme und guckte so finster wie möglich, um ihren Worten Nachdruck zu verleihen.

»Das bedeutet, ich wohne hier noch zwei Tage, und dann verschwinde ich aus deinem Kopf, deinen Armen und deinem Bett, kurz: aus deinem Leben, und das war's?«

»Richtig.«

»Lori!« Liam lief hektisch vor ihr auf und ab und rang mit den Händen. »Ich verstehe, dass du Angst hast. Du hast keinen guten Vater gehabt, mit Männern nur schlechte Erfahrungen gemacht und warst viele Jahre allein. Aber lass es uns doch wenigstens versuchen! Gib dir und mir eine Chance!«

Lori schüttelte den Kopf. Auf die Angst-und-Psycho-Masche, die ihr alle einreden wollten, ließ sie sich nicht mehr ein.

»Es geht hier nicht um Angst«, sagte sie kalt. »Es geht um Selbstbestimmung. Ich will mein Leben zurück. So, wie es war, bevor du aufgetaucht bist.«

Sie konnte Liam ansehen, dass er kurz davor war, zu explodieren. Vor Wut, Ärger und Enttäuschung. Er hatte sich alles so schön ausgemalt.

»Lori, dir ist hoffentlich klar, dass ich nicht der Typ bin, der dir hinterherrennt. Ich habe dir ein Angebot gemacht, das uns, wie ich finde, eine faire und realistische Chance bietet. Niemand verlangt von dir, deine Selbstbestimmung aufzugeben.« Er nahm einen Schluck Tee, verbrannte sich den Mund, fluchte und knallte die Tasse auf den Tisch, sodass sie überschwappte. Er sprang auf, holte einen Lappen, wischte den Tisch ab und warf dann den Lappen in die Spüle.

»Aber ich müsste Kompromisse machen.«

»Das gehört zu einem Leben zu zweit dazu, ja.« Er setzte sich nicht wieder hin, sondern fing an, rastlos zwischen Tisch und Spüle hin- und herzulaufen.

»Darauf habe ich keine Lust.«

»Zu einem Leben zu zweit gehört aber auch Nähe, Zärtlichkeit, Freundschaft, Hilfe in der Not, Besuche im Krankenhaus und Altenheim, Gespräche mit Ärzten, wenn man es selber nicht mehr kann, und die Organisation von Pflege, wenn man sie braucht. Hast du Lust, alleine alt zu werden? Glaub mir, das ist kein Spaß.«

Lori zuckte mit den Schultern. »So, wie du das beschreibst, ist das vor allem eine pragmatische Angelegenheit. Ich brauche niemanden, der mich versorgt. Ich bin die letzten dreißig Jahre prima alleine klargekommen. Warum sollte das im Alter anders sein?«

Liam hörte auf, hin- und herzulaufen, sah sie an, raufte sich die Haare, und dann hob er die Arme und fing an zu brüllen. »Weil du irgendwann aufhörst zu arbeiten und das Alleinsein viel mehr spüren wirst, wenn du Honeysuckle Cottage abgibst. Weil es ziemlich beschissen ist, wenn du alt bist, einsam und krank, und keinen interessiert's, und keiner kümmert sich. Das Schicksal bietet uns eine Chance, vielleicht die letzte in diesem Leben, und du wirfst sie einfach weg? Verdammt, Lori, sei doch nicht so stur und nicht so naiv! Und nein, es geht nicht nur um Pragmatismus und Altersvorsorge!« Er hielt inne und schien noch einmal Anlauf zu nehmen. »Verdammt«, brüllte er. »Es geht doch auch um Liebe!« Er ließ erschöpft die Arme sinken.

Lori war während des Gebrülls ziemlich unbeeindruckt geblieben. Nur bei dem Wort »Liebe« zuckte sie zusammen. Er kannte sie seit nicht einmal zwei Wochen. Wie konnte er da so ein Wort überhaupt in den Mund nehmen? Sie starrte in ihre Teetasse.

»Ich frage dich zum letzten Mal.« Seine Stimme war jetzt ganz ruhig. »Willst du, Lori, dass ich den Job als Leiter der Rettungsstation ablehne und in zwei Tagen von hier verschwinde, aus Port Piran, aus deinem Leben und für immer?«

Das hörte sich an wie ein umgekehrter Heiratsantrag. Lori brauchte keine Bedenkzeit. Sie sah ihn an.

»Ja«, sagte sie mit fester Stimme. »Ja, ich will.«

2. TEIL

15. KAPITEL

Margarete

Margarete stützte sich auf den Spaten und wischte sich mit dem Handrücken den Schweiß von der Stirn. Dann band sie sich die Haare im Nacken zusammen. Sie musste etwas tun, um nicht durchzudrehen! Also hatte sie beschlossen, einen Gemüsegarten anzulegen, da, wo Janie es schon einmal versucht hatte. Das Viereck war noch zu erkennen, aber es war voller Unkraut und Disteln, und die Erde wog schwer. Es war ein idyllisches Fleckchen unterhalb des Wohnhauses, nach oben und unten hin von Büschen und kleinen Bäumchen eingefasst und geschützt. Ein schöner Ort für einen Garten, das musste sie Janie lassen.

Wenn sie mit dem Umgraben fertig war, würde sie Lori bitten, vorbeizuschauen und ihr ein paar Ratschläge zu geben. Aber nur tagsüber! Sie konnte immer noch nicht fassen, wie viel Grund und Boden Chris besaß. Schließlich kostete in Stuttgart jeder Quadratmeter Tausende von Euro! Unterhalb des zukünftigen Gemüsegartens war eine Schafweide, die Chris aber praktisch nie nutzte, weil sie steil und schwer zugänglich war. Er brauchte sie auch gar nicht, so viel Land hatte er von seinem Vater geerbt, und dieser wiederum von seinem Vater.

Unterhalb der Weide, begrenzt durch eine Hecke, begann die nächste Weide, die dem Nachbarn gehörte, und noch viel weiter unten sah man normalerweise die Dächer von Port Piran und das glitzernde Meer, aber heute hatte die Küste den ganzen Tag im dicken Herbstnebel gelegen, während hier oben die Sonne warm schien. Die Welt war durch eine dicke Wattewand in zwei Teile geteilt. Ob die Leute unten in der Nebelsuppe überhaupt wussten, dass es hier oben sonnig war?

Plötzlich fiel Maggie die erste Strophe von »Der Mond ist aufgegangen« ein. »Der Wald steht schwarz und schweiget, und aus den Wiesen steigt, der weiße Nebel wunderbar.« Ihr wurde ganz wehmütig ums Herz. Cornwall war traumhaft schön, keine Frage. Der Wind und die Steilküste und die Seevögel und das Donnern des Meeres und die ungeheure Wucht der Naturgewalten waren mit nichts zu vergleichen. Aber die Stille und Schönheit eines Waldes, im Frühjahr, wenn die Blätter langsam sprossen und der Boden mit Buschwindröschen bedeckt war, oder im Herbst, wenn die Natur noch einmal alles gab und sich die Blätter gelb, orange und rot einfärbten, ein fröhliches, buntes Fest vor der Durststrecke des Winters? In Cornwall gab es Bäume, manchmal standen auch ein paar zusammen, aber das hatte überhaupt nichts mit dem zu tun, was Maggie als »Wald« bezeichnen würde.

Plötzlich bekam sie schreckliches Heimweh. Stuttgart war von großen Waldgebieten umgeben, und ausführliche Streifzüge durch den Wald hatten zu Margaretes Alltag gehört. Würde sie das nun gegen Cornwall eintauschen? Für immer? Sie liebte Chris, natürlich liebte sie ihn. Aber reichte das? Für den Rest ihres Lebens? Das sind die falschen Fragen, flüsterte eine Stimme in ihrem Kopf, entweder man liebt und lässt sich darauf ein, mit Haut und Haar und allen Konsequenzen, oder man lässt es bleiben! Doch da war auch eine andere, lautere Stimme, die dagegenhielt. Nein, das sind nicht die falschen Fragen! Sei realistisch, Margarete! Du bekommst nicht nur etwas, du gibst auch sehr viel auf! Was hast du denn für Perspektiven? Wie lange wird die Liebe halten, wenn du keine richtige Beschäftigung findest? Willst du wirklich Gemüse verkaufen oder Karens Käse? Wirst du damit auf Dauer glücklich?

Der Sommer war beinahe vorüber, es war schon Mitte September, Herbst und Winter standen vor der Tür und würden sich sehr viel länger hinziehen als in Deutschland. Die meisten Cafés und Restaurants an der Küste würden den Winter über schließen, Kino und Theater waren im meilenweit entfernten

Truro und nicht vor der Haustür, wie Maggie es gewohnt war. Es würde hart werden.

Mit der Abreise der Kinder vor gut zehn Tagen und dem bevorstehenden Winterhalbjahr war Maggie in ein tiefes Loch gefallen. Luke und Hattie hatten ihr überhaupt keine Zeit gelassen, über ihre eigenen Probleme nachzubrüten, weil immer etwas los gewesen war. Die Kinder und der Trubel, den sie verursachten, fehlten ihr schrecklich, was sie von ihrer Mutter nicht behaupten konnte. Sie hatte Charlotte zum Flughafen nach Newquay gebracht, am Tag nach dem Drama mit Janie am Strand. Maggie hätte überhaupt kein schlechtes Gewissen gehabt, ihre Mutter mit dem Taxi fahren zu lassen, aber Chris hatte ihr am Morgen den Autoschlüssel neben die Müslischüssel gelegt und scheinbar beiläufig gesagt: »Du fährst deine Mutter doch, oder?« Und da hatte Maggie es nicht geschafft, Nein zu sagen, weil sie dann schon wieder eine Diskussion hätte führen müssen, und dafür hatte sie keine Energie (sie hatte auch keine Energie, Chris Vorwürfe zu machen, dass er seine unfassbar unverschämte Leider-immer-noch-nicht-Ex-Frau am Strand zum Tee eingeladen hatte. Zum Tee! Warum hatte er sie nicht zum Teufel gejagt? Sie hatte es ihm bis heute nicht verziehen).

Sie und ihre Mutter hatten nicht allzu viel geredet auf der Fahrt. Maggie war es mehr als unangenehm gewesen, dass ihre Mutter Zeugin der peinlichen Szene mit Janie geworden war. Natürlich waren sich die beiden zuvor in Honeysuckle Cottage über den Weg gelaufen, aber weder hatte Janie gewusst, dass Charlotte Margaretes Mutter war, noch hatte Lori Charlotte gesagt, dass es sich bei Janie um Chris' Ex-Frau handelte. Nun wurde Charlotte ungewollt Zeugin einer hitzigen, wegen der Kinder halb unterdrückten Debatte, von der sie nichts verstand und die in jener absurden Tee-Einladung mündete.

Widerstrebend hatte Maggie hinterher ihrer Mutter erklärt, was passiert war. Charlotte hatte schweigend zugehört und keinen Kommentar dazu abgegeben. Das würde sie doch nur darin bestärken, dass sich ihre Tochter nicht nur in den falschen Mann am falschen Ort verliebt hatte, sondern sich darüber hinaus auch noch mit dessen eifersüchtiger Hoffentlichbald-Ex-Frau herumschlagen musste! Doch dann kam alles ganz anders.

Als Maggie sich am Flughafen von ihrer Mutter verabschiedete und gerade fieberhaft darüber nachdachte, ob sie ihr die Hand geben, sie umarmen, auf die Wange küssen oder einfach gar nichts tun sollte, breitete ihre Mutter die Arme aus und drückte sie an sich. Unbeholfen, aber doch. Margarete war dermaßen überrumpelt, dass sie einfach mit hängenden Armen stehen blieb. Ihre Mutter ließ sie abrupt los und murmelte, ohne sie anzusehen: »Er ist eigentlich ein ganz netter Kerl, dein Chris.«

»Das ... das freut mich.« Sie konnte nur stottern, so überrascht war sie. War die Enterbung damit vom Tisch?

»Und die Kinder sind ungewöhnlich wohlerzogen.«

»Äh ... ja, das sind sie. In der Tat.«

»Lass dir bloß nichts von dieser ... dieser Janie gefallen. Was glaubt sie denn eigentlich, wer sie ist?«

»Ich werd's versuchen.«

»Du bist vielleicht älter und dicker und siehst nicht so gut aus, aber du hast viel mehr Charakter!«

»Äh ... danke.«

»Und an Weihnachten brauchst du mich nicht einzuladen.«

»Äh ... nein?« Das war das Letzte, was sie vorgehabt hatte.

»Ich komme auch ohne Einladung. Morgen gehe ich in mein Reisebüro und buche den Flug.«

Und damit straffte sie die Schultern, drehte sich um und ging, ohne eine Antwort abzuwarten. Nicht, dass Margarete eine eingefallen wäre.

Seither waren die Tage eintönig verlaufen. Chris war tagsüber mit der Farm und der Ernte und abends mit der Suche nach einem guten und nicht allzu teuren Anwalt beschäftigt. Überhaupt schien er vor allem mit sich selbst beschäftigt. In seiner wenigen freien Zeit telefonierte oder skypte er mit den Kindern und fiel dann todmüde ins Bett, und er schien nicht zu bemerken, wie melancholisch und still Maggie war. Immerhin hatte sich an seiner Lust und Leidenschaft für sie nichts geändert. Weil Chris im Bett immer sofort einschlief, hatten sie spontanen Sex im Hühnerstall, auf der Schafweide, auf der Ladefläche des kleinen Traktors und im Heuschober. Das waren die wenigen Momente, wo Maggie sich Chris nahe fühlte.

Die Sache mit Janies überfallartigem Besuch hatte sie für sich behalten. Es brauchte nicht noch mehr Geschichten um Janie, die Chris' Aufmerksamkeit beanspruchten. Mittlerweile glaubte sie wie Lori, dass Janie gelogen hatte, als sie behauptet hatte, sie würde Chris noch immer lieben. Sie glaubte auch nicht, dass Chris immer noch in Janie verliebt war, weil die beiden meistens höflich stritten, wenn sie miteinander telefonierten. Trotzdem war Janie wie ein mächtiger Schatten im Hintergrund, der so viel Raum einnahm, dass er ihre Beziehung zu Chris bestimmte und sie beide manipulierte. Maggie machte sich wenig Hoffnung, dass sich dies nach einer Scheidung ändern würde. Janie würde auch weiterhin Aufmerksamkeit fordern und damit ihre Beziehung torpedieren, sie hatte ja die Kinder als Ausrede, um sich in alles einzumischen, und wahrscheinlich würde Chris sie gewähren lassen, so wie bisher. Warum grenzte er sich nicht mehr ab? War das nicht ein Zeichen dafür, dass er sie, Maggie, nicht wirklich liebte? Jedenfalls nicht so, wie er Janie einmal geliebt hatte? Er mochte sie, natürlich, aber er wirkte oft so abwesend, dabei waren sie doch erst seit ein paar Monaten zusammen.

Einmal versuchte sie anzusprechen, dass sie so gerne wieder arbeiten und Chris nicht auf der Tasche liegen wollte. Das war, nachdem sie eine Absage vom Touristenbüro in Truro für einen Job im Marketing kassiert hatte. Er hatte sie in den Arm genommen und gesagt: »Mach dir nicht so einen Stress. Auf einer Farm verhungert man nicht! Wir kommen schon irgendwie über die Runden. Hauptsache, wir sind zusammen. Irgendwas wird sich schon ergeben. Vielleicht für die nächste Urlaubssaison?«

Nein, dachte Margarete verzweifelt, nein, das reicht mir nicht. Die nächste Urlaubssaison, das war ja noch fast ein Jahr! Und dieser beschissene Gemüsegarten, der würde doch auch erst im nächsten Jahr Ertrag bringen! Was machte sie hier eigentlich? Es war vollkommen sinnlos. Bis zur Aussaat im nächsten Frühjahr würde alles wieder voller Unkraut sein! Egal. Sie konnte nicht tatenlos herumsitzen! Wütend ließ sie sich auf die Knie fallen und begann, wie eine Wahnsinnige Unkraut auszureißen. Sie hatte Gartenhandschuhe mitgebracht, aber damit hielt sie sich nicht auf. Mit bloßen Händen grub sie die Disteln aus der harten Erde und warf sie neben sich. Stacheln ritzten ihr die Finger auf, aber sie beachtete weder den Schmerz noch die Dornen noch die Blutstropfen. Und dann kamen ihr die Tränen.

»Maggie! Maggie?« Rasch wischte sie mit dem Handrücken die Tränen weg, sprang auf und klopfte ihre dreckigen Knie ab. Dann holte sie tief Luft.

»Ich bin hier, Liam!« Liam tauchte zwischen den Büschen auf. Seine Haare waren feucht und er trug ein neutrales graues T-Shirt. Das bedeutete, dass er sich schon geduscht und umgezogen hatte. War es schon so spät? Er deutete auf den Spaten.

»Das sieht nach harter Arbeit aus. Warum hast du nichts gesagt, das kann ich doch machen. Da kann ich mich ein bisschen als starker Mann aufspielen.« Er spannte seinen linken Arm an, sodass der Bizeps anschwoll, und lachte.

»Nach einem harten Tag auf der Seenotrettungsstation? Ein bisschen körperliche Arbeit schadet nicht. Außerdem habe ich alle Zeit der Welt.«

»Nicht jeder Tag ist hart. Amy hatte Geburtstag und hat Kuchen mitgebracht. Ich soll dich zum Essen holen.« Er blickte sie prüfend an, dann schaute er auf ihre dreckigen, zerkratzten, blutigen Hände. Ohne ein Wort nahm er ein Papiertaschentuch aus der Hosentasche und wischte ihre beiden Hände ab. Maggie musste sich schwer zusammenreißen, um nicht wieder loszuheulen.

»Ist alles in Ordnung mit dir?«

»Ja.« Sie seufzte. »Und auch nein.«

»Hmm. Ich weiß, wir Männer sind nicht so gut in diesen Dingen. Aber wenn ich dir irgendwie helfen kann ...« Er blickte sie mit so viel Mitgefühl an, dass bei Maggie die Dämme brachen.

»Es ... es tut mir leid ...«, schluchzte sie. Liam schüttelte den Kopf.

»So ein Quatsch.« Er breitete beide Arme aus und drückte sie kurz und intensiv an sich. So intensiv, dass Maggie nach Luft schnappte. Außerdem kratzte sein Vollbart. Aber es tat gut. Liam ließ sie wieder los und sah sie an, fragend und interessiert.

»Du musst nicht. Nur, wenn es dir hilft.«

»Ich ... habe schreckliches Heimweh«, flüsterte Margarete und schnäuzte sich. »Obwohl es dafür überhaupt keinen Grund gibt.«

»Für Heimweh braucht man keinen Grund. Ich hatte immer Heimweh, als ich zur See gefahren bin, obwohl ich für meinen Job brannte. Meinst du etwa, du hast kein Recht darauf?«

»Ich fühle mich – so undankbar. Viele meiner Freundinnen stehen vor den Trümmern ihrer Ehe. Manche sind seit vielen Jahren Single und haben Angst davor, es zu bleiben. Und ich verliebe mich mit fünfzig, und das auch noch glücklich und in einen tollen Mann! Da gibt's doch wirklich keinen Grund, mit seinem Schicksal zu hadern!«

Liam schüttelte ungläubig den Kopf. »Und deshalb meinst du jetzt, du darfst kein Heimweh haben?«

Sie nickte und wischte sich die Tränen ab.

»Soll ich dir mal was sagen, Maggie? Ich bewundere dich unendlich.«

»Du – bewunderst mich? Aber wofür denn bloß?«

»Ich bewundere deinen Mut. Sich mit fünfzig neu zu verlieben ist eine Sache. Dann aber wirklich seinen Gefühlen zu folgen, so, wie du es getan hast, und alles aufzugeben, ohne zu wissen, was einen erwartet? Das ist in meinen Augen geradezu heroisch. Die meisten Leute hätten vermutlich kalte Füße gekriegt. Sie wären geblieben, wo sie sind, und hätten sich den Rest ihres Lebens den Kopf drüber zerbrochen, ob sie nicht einen Fehler gemacht haben.«

Nun musste Margarete lachen. »Heroisch? Im Moment fühle ich mich bestimmt nicht heldenhaft. Ich fühle mich klein und jämmerlich und habe schreckliche Angst vor der Zukunft.«

»Alles andere wäre doch auch verwunderlich! Du bist von einer Großstadt auf eine Farm gezogen, und noch dazu hierher, zu uns skurrilen Engländern! Chris hat eine anstrengende Ex-Frau, eine Scheidung, die in der Luft hängt, und du weißt nicht, ob seine Kinder demnächst bei euch leben werden oder nicht. Ich finde, du hättest genug Gründe, um schreiend davonzurennen. Aber das wirst du nicht tun. Dafür bist du zu stark.«

»Wieso bist du dir da so sicher? Gerade jetzt fühle ich mich alles andere als stark.«

»Aber du weißt, dass du es schaffen wirst. Du hast Momente des Zweifelns, aber du wirst nicht aufgeben. Nicht wahr?« Er sah sie ganz ruhig an.

Maggie dachte einen Augenblick nach. »Nein«, flüsterte sie. »Nein, ich gebe nicht auf. Zumindest hoffe ich das.«

»Siehst du. Und das macht dich so mutig. Andere dagegen, die es viel leichter hätten als du, die versuchen es nicht einmal.« Seine Stimme klang plötzlich bitter, und nun war Margarete diejenige, die ihm mitfühlend die Hand auf den Arm legte.

»Vielleicht kommt sie noch zur Besinnung«, murmelte sie leise. Wie bescheuert war Lori eigentlich, einem Mann wie Liam den Laufpass zu geben?

Liam schüttelte heftig den Kopf. »Ich habe die Hoffnung aufgegeben. Sie ist viel zu stur. Aber sag mal, lässt du Chris eigentlich an deinen Sorgen teilhaben?«

»Nicht wirklich. Ich möchte auch nicht, dass er es erfährt. Er hat schon genug Probleme mit Janie und der Scheidung.«

»Findest du nicht, er sollte wissen, wenn es dir nicht gut geht?«

»Nicht jetzt. Im Augenblick muss ich das mit mir selber ausmachen. Bitte behalte es für dich.« Chris muss es doch merken, dachte sie. Warum merkt er es nicht?

Liam nickte. »Ich verspreche es. Du kannst dich jederzeit bei mir ausheulen.«

»Du auch.« Nun mussten sie beide lachen.

»Wir sollten ins Haus gehen. Ich habe in Chris' Töpfe geschaut. Da köchelt ein wunderbares indisches Curry vor sich hin. Hühnchen, glaube ich. Ich habe eine Flasche italienischen Rotwein mitgebracht. Hast du nicht schrecklichen Hunger von deiner Umgraberei?«

»Jetzt, wo du es sagst ...«

Liam legte ihr den Arm um die Schultern und drückte sie an sich. Zusammen gingen sie hinauf zum Haus. Liam hat recht, dachte Maggie. Ich lasse mich nicht unterkriegen. Schon allein deshalb nicht, um Janie zu ärgern.

16. KAPITEL

Lori

Liam war jetzt gut zwei Wochen weg. Nach dem unangenehmen Beziehungskistengespräch hatte er Lori nicht mehr angefasst und war ohne ein weiteres Wort aus der Küche verschwunden. Er war noch eine Nacht geblieben, die hatte er in seinem Gästezimmer verbracht. Sie hatte ihre Zimmertür nicht abgeschlossen, weil sie ganz sicher gewesen war, dass er irgendwann aufkreuzen würde, und hatte selbst im Schlaf mit einem Ohr gelauscht. Am nächsten Morgen hatte Liam nach dem Frühstück plötzlich mit gepacktem Koffer vor ihr gestanden. Er war höflich gewesen – höflich und distanziert. Er hatte ihr die Hand gegeben, als wäre nie etwas zwischen ihnen passiert, und Lori war zu überrumpelt gewesen, um zu reagieren. Er hatte sich bedankt, ihr sehr formell alles Gute gewünscht, Titilope herzlich geküsst und umarmt (wie bitte?), Bullshit gestreichelt und war zur Tür hinaus. Kein persönliches Wort, keine Erklärung, warum er früher abreiste, nichts. Lori war sprachlos zurückgeblieben. Das Zimmer war bezahlt, das war nicht das Problem. Aber Lori war irgendwie automatisch davon ausgegangen, dass sie die letzten beiden Nächte noch bei- und miteinander schlafen würden, unabhängig von dem unerfreulichen Gespräch. Welchen Grund gab es, dass Liam die Zeit, die ihnen noch blieb, abkürzte und versaute? Und wenn der Sex schon ausfiel, warum küssten sie sich nicht zum Abschied noch einmal ausführlich und gründlich, bevor sie sich nie mehr küssen würden? Liams peinlicher Abgang bestätigte Lori, dass ihre Entscheidung richtig gewesen war: Es war vorbei, gerade noch rechtzeitig, bevor es anfing, kompliziert zu werden.

Liams Verschwinden hinterließ zwar ein schales Gefühl,

aber Lori hatte ihre Freiheit wieder und war unendlich erleichtert. Das alte Bett von Ruth war sowieso zu klein gewesen für zwei! Wenn es auch zugegebenermaßen ziemlich überwältigend gewesen war, aufzuwachen und da war jemand, ganz nah. Jemand, der einen anlächelte und küsste und in den Arm nahm. Nach all den Jahren des Alleinschlafens hatte das schon etwas gehabt. Wahrscheinlich war ihr niemand körperlich so nahe gekommen, seit ihre Mutter sie als Baby weggegeben hatte. Es war ein schönes Gefühl, ach was, ein umwerfendes, überwältigendes, unvergleichliches Gefühl. Und der Sex ... Lori hatte eine neue Welt entdeckt, von deren Existenz sie zwar gewusst hatte, die sie aber bisher mit Gewalt, Übergriffen und Fremdbestimmung in Verbindung gebracht hatte. Mit Liam erlebte sie dagegen Zärtlichkeit, Hingabe und eine Leidenschaft, die sie sicherlich von ihm, aber ganz bestimmt nicht von sich selbst erwartet hätte.

Die größte Überraschung für Lori war, wie leicht es ihr fiel, Liam Zugang zu ihrem eigenen Körper zu gewähren, ohne jegliche Angst oder Scham. Ja, nicht mehr mit Liam zu schlafen, das würde sie vermissen. Aber der Preis dafür war einfach zu hoch. Im Moment schlief sie zwar miserabel, ohne es sich erklären zu können, aber sie konnte jetzt wieder frei ihren Tag gestalten, ohne sich mit Liam absprechen zu müssen, was die Abende und Mahlzeiten betraf. Sie konnte Titilope anschnauzen, ohne Liams kritischen Blick auf sich zu spüren. Sie war einfach wieder Herrin der Lage! Und irgendwann hätte Liam sie nicht mehr angelächelt. Verliebtheit war vergänglich. Er hätte griesgrämig geguckt, genauso wie die mürrischen Paare an den Frühstückstischen, er hätte sich morgens weggedreht und sie wären ohne ein Wort aufgestanden. Darauf konnte sie nun wirklich verzichten.

Lori hatte die letzten zwei Wochen genutzt, um noch einmal ganz sachlich und emotionslos über ihre Zukunft nachzudenken. Sie hatte den Kredit für den Umbau von Honeysuckle Cottage noch immer nicht abbezahlt und würde bis ungefähr zu ihrem siebzigsten Lebensjahr arbeiten müssen, um ihre Schulden zu begleichen. Dann würde sie das B&B verkaufen und Port Piran den Rücken kehren. Sie hatte viele Stammgäste, Honeysuckle Cottage lag ruhig und trotzdem zentral, und bald würde die Folge von »Cornwall 1900« ausgestrahlt werden, die in Honeysuckle Cottage – in ihrem Schlafzimmer! – gedreht worden war. Das würde die Nachfrage sicherlich noch mehr anheizen. Mit dem Erlös ihres Cottages würde sich Lori ein schönes Leben machen. Vielleicht würde sie bei ihren nächsten Reisen anfangen, nach einem Plätzchen zu suchen, wo sie sich niederlassen würde, irgendwo in Asien oder in Mexiko. Und wenn das Geld nicht reichte, konnte sie irgendwo in einem Hotel aushelfen. Es gab nichts, was sie in Port Piran hielt. Schon gar nicht die feuchten Winter. Und ganz bestimmt kein Mann! Sie war ihr ganzes Leben alleine klargekommen, und sie war sehr froh, dass sich daran nichts ändern würde.

Lori redete mit niemandem über Liam und wie die Geschichte mit ihm ausgegangen war, und seltsamerweise sprach sie auch niemand darauf an, weder Caroline noch Chris noch Karen, nicht einmal Maggie, dabei tat die doch nichts lieber, als sich in Loris Leben einzumischen und ihr unwillkommene Ratschläge zu geben. Sie musste sich doch eigentlich wundern, dass Liam plötzlich verschwunden war? Wahrscheinlich hatte selbst Maggie mittlerweile kapiert, dass die ganze Affäre, denn mehr war es ja nicht, ein Fehler gewesen war und sie Lori nicht dazu hätte ermutigen sollen. Und die anderen waren vermutlich mit sich selbst beschäftigt und merkten gar nicht, dass Liam fehlte. Alles war wieder im Lot.

Leider explodierte Titilope irgendwann. Dabei hatte Lori nur tadelnd zu ihrem Rücken am Spülbecken gesagt, seit Wochen hätten die Tassen fürs Frühstück innen Teeränder und Titilope hätte das doch schon längst auffallen können und sie hätte sie mit Natron oder Zitronensäure entfernen können, und warum wurden die Dinge eigentlich immer erst dann erledigt, wenn Lori darauf hinwies? Da war Titilope blitzschnell herumgefahren und hatte sie angezischt wie eine böse Schlange, während der Schaum von ihren Spülhandschuhen nachlässig auf den Holzboden und auf die Katze tropfte, die aus irgendwelchen Gründen Titi nicht mehr von den Fersen wich.

»Hör mir gut zu, *Commander*. Du und ich, wir müssen jetzt mal ein Wörtchen miteinander reden.«

»Jaa?«, antwortete Lori gedehnt. Offensichtlich war Titilope eine Laus über die Leber gelaufen. Nach allem, was sie für sie getan hatte!

»Wenn du nicht bald, um nicht zu sagen: sofort, subito, jetzt gleich aufhörst, deine beschissene Laune an mir auszulassen, dann bin ich weg. Der Herbst kommt, und mit ihm die Wanderer. Es gibt auch jetzt noch Hotels, die Leute suchen.«

»Ich habe keine schlechte Laune. Ich bin mein normal-unfreundliches Selbst, wie sonst auch. Du solltest dich dran gewöhnt haben.«

»Einspruch. Du bist nicht normal-unfreundlich, sondern ein tausendmal potenzierter Superklon deiner selbst. Vorwurfsvoll, arrogant und unverschämt. Und zufälligerweise genau seit dem Tag, an dem du Liam abserviert hast!«

»Nonsens. Liam hat damit überhaupt nichts zu tun! Und von Abservieren kann nicht die geringste Rede sein!«

»Ach, tatsächlich? Dann belügst du dich selber noch viel heftiger, als ich dachte!«, zischte Titilope, pfefferte die Plastikhandschuhe in die Spüle, band sich die Schürze ab, packte Bullshit (was hatten die nur alle mit der dämlichen Katze?) und rauschte aus der Küche. Lori erkannte, dass sie schlau sein und einlenken musste, wenn sie die Zimmer nicht selbst machen wollte. Also lief sie hinter ihr drein, in den Garten vors Haus, wo Titilope vor Wut schnaubend im Regen stand, die Katze auf dem Arm wie ein überdimensionales Trostpflaster. Lori entschuldigte sich knapp und gelobte Besserung. Titi antwortete blumig, sie werde sie beim Wort nehmen und an ihren Taten messen. Lori verzichtete auf die Frage, wieso Titilope glaubte, dass sie sich belog. Das war Einbildung. Niemand war so schonungslos ehrlich zu sich selbst wie sie. Sie kannte ihre eigenen Schwächen nur zu gut.

Ein paar Tage später gingen ihr mit beiden Händen im Teig die Eier aus. Sie hatte Mehl, Backpulver, Salz, Zucker und Butter schon für die Scones zu Bröseln verarbeitet, und nun konnte sie nicht weitermachen. Das tat dem Teig nicht gut. Sie war kurz davor, Titilope dafür zu tadeln, dann fiel ihr ein, dass sie mit Chris ausgemacht hatte, dass sie dreißig Eier bei ihm auf der Farm holen würde, aber sie hatte es schlichtweg vergessen. Wobei das nicht ganz stimmte, sie hatte automatisch angenommen, Maggie würde auf eine Tasse Tee vorbeikommen und die Eier bringen, wie sonst auch, aber Maggie war seit Tagen nicht mehr in Honeysuckle Cottage aufgetaucht. War sie etwa auch sauer auf Lori, und wenn ja, weshalb? Nach dem Debakel mit Titilope verspürte Lori eine gewisse Unruhe. Sie beschloss, die Frage sofort zu klären, ließ die Küche im Chaos zurück und marschierte zu ihrem klapprigen Ford Fiesta auf dem Parkplatz oben am Ortseingang. Eigentlich war sie jetzt schon halb auf der *Oak Hill Farm,* aber sie konnte schlecht dreißig Eier den Berg hinuntertragen. Ein paar Minuten später fuhr sie leicht quietschend auf den Hof der Farm und stieg aus. Niemand war zu sehen.

»Maggie? Chris?«, rief Lori. Weit konnten sie nicht sein, Chris' Auto stand auf dem Hof, daneben sein roter Traktor. Und daneben wiederum war ein nicht mehr ganz neuer Range Rover Defender geparkt, so blau wie das Meer. Es war bestimmt Zufall, es gab sicher noch mehr Leute, die so ein Teil aus den Neunzigerjahren fuhren. Aber in diesem Augenblick ging die Haustür der Farm auf, und heraus trat Liam.

»Bis später, Maggie!«, rief er. »Danke für die Sandwiches!«

Jetzt hatte Liam Lori gesehen. Besonders bemerkenswert schien er das nicht zu finden. Er nickte ihr zu; das war aber auch alles. In diesem Augenblick kam Bonnie mit hängender

Zunge angerannt, und die Verräterin warf sich nicht etwa vor Lori, sondern vor Liam in den Dreck, um sich den Bauch kraulen zu lassen, was dieser ausführlich tat, ohne Lori weiter zu beachten. Dazu murmelte er zärtliche Worte. Dann stieg Liam in seinen Range Rover, nickte Lori ein weiteres Mal knapp zu und fuhr vom Hof. Loris Knie gaben nach und sie musste sich gegen ihren Ford Fiesta lehnen. Sie zitterte am ganzen Körper. Liam so unerwartet zu begegnen fühlte sich an wie ein Erdbeben der Stärke acht. Ihr erster Impuls war gewesen, sich entweder in seine Arme zu werfen oder ihn auf Knien anzuflehen, zu ihr zurückzukommen. Sie hatte ihre ganze Kraft aufbieten müssen, um es nicht zu tun. Wie hatte sie den Köter beneidet. Ach du liebe Güte! Sie musste völlig durchgeknallt sein! Sie hatte Liam doch längst abgehakt! Die Haustür ging auf.

»Lori! Alles in Ordnung?«, rief Maggie besorgt. »Geht's dir nicht gut?«

»Doch, doch«, brachte Lori mit Mühe heraus. »Ich ... ich wollte bloß die Eier holen.«

»Dann komm doch rein! Wir haben gerade Lunchpause gemacht. *Cup of tea?*«

»Gerne.« Lori löste sich vom Auto, ging zum Haus, ließ sich auf die Treppe sinken und zog ihre Schuhe aus.

»Hi, Lori.« Chris schlüpfte neben ihr in seine grünen Gummistiefel. »Ich fürchte, du wirst mit Maggie vorliebnehmen müssen. Ich muss raus aufs Feld. Was ist denn los? Du bist ja ganz bleich. Hast du eine Erscheinung gesehen?«

»So was Ähnliches«, murmelte Lori.

Maggie und Chris warfen sich bedeutungsschwangere Blicke zu.

»Ciao, Lori. Ich stelle dir die Eierkartons ins Auto. Komm, Bonnie!« Chris schien froh, sich mit dem Hund aus dem Staub machen zu können.

Lori wanderte rastlos durch das riesige Wohnzimmer mit der offenen Küche, während Maggie Teewasser aufsetzte. Die bunten Kissen, Bilder und Fotos, die Maggie überall verteilt hatte, hatten eine beruhigende Wirkung auf ihre Nerven. Sie blieb vor einem kleinen Aquarell stehen.

»Was für ein hübsches Bild von Port Piran«, sagte sie. »Wo hast du das her?«

»Das hat Titilope bei einem ihrer Sonntagabendbesuche mitgebracht. Vor ein paar Tagen habe ich es endlich aufgehängt. Sie hat es selbst gemalt, ist es nicht hübsch?«

»Es passt gut zu deinem gemütlichen Stil.«

»Ich hatte das Gefühl, dem Haus meinen eigenen Stempel aufdrücken zu müssen. Es ist auch so noch genug Ex-Frau vorhanden. Am liebsten würde ich den sterilen Glastisch und das Ledersofa rausschmeißen und durch einen langen Holztisch, auf dem immer eine große Vase mit Feldblumen steht, und kleine, gemütliche Sofas ersetzen. Hier sieht es immer noch aus wie im Büro einer Werbeagentur in Stuttgart. Aber ich verdiene ja nichts. Wir müssen mit den Möbeln vorliebnehmen, die wir haben.« Sie seufzte.

»Ist Chris denn mit Janie und der Scheidung vorangekommen, als er die Kinder nach Dublin zurückgebracht hat?«

»Nicht wirklich. Janie legt Chris noch immer Steine in den Weg, wo sie nur kann. Nachdem sie sich nicht bewegt hat, hat Chris jetzt diesen Alan als Ehebrecher bei Gericht angezeigt. Sie hat noch nicht darauf reagiert.«

»Na, wenigstens bewegt sich überhaupt was.« Es war aufmunternd gemeint, aber Maggie entgegnete leicht säuerlich: »Glaub mir, es wäre schön, sich nicht dauernd mit seinem Partner über eine Noch-nicht-Ex-Frau und ihre Manöver unterhalten zu müssen. Allein schon die Geschichte am Strand! Wie konnte sie behaupten, es sei Zufall, uns zu treffen? Das war doch eine glatte Lüge!«

»Poldhu war schon immer der Lieblingsstrand der Kinder. Die Gefahr, euch dort zu treffen, war ziemlich groß. Aber so ist Janie nun einmal. Wahrscheinlich hat sie es selber geglaubt.«

»Wenn du noch einmal Janies schwierige Kindheit erwähnst, kriege ich einen Schreikrampf. Ihre eigenen Kinder haben es auch nicht besser! Luke hat an dem Abend nicht mehr aufgehört zu weinen. Er hat einfach die Welt nicht mehr verstanden, dass seine Mutter plötzlich auftaucht, um dann gleich wieder zu verschwinden.«

»Wenigstens hat Chris Janie gleich weggeschickt. Damit ist doch endgültig bewiesen, dass er nicht mit ihr flirtet, oder?«

»Nachdem er ihr eine Tasse Tee angeboten hat! Ich habe gedacht, ich explodiere. Hinterher meinte er, wenn er sie sofort weggeschickt hätte, wäre das für die Kinder noch traumatischer gewesen. Er wollte nicht, dass die Kinder denken, er streitet sich nur mit ihrer Mutter. So oder so war es schlimm. Die Kinder haben vermutlich zum ersten Mal wirklich begriffen, dass das nichts mehr wird mit ihren Eltern. Luke hat danach fast jede Nacht ins Bett gemacht, und Hattie war sehr still. Wie kann man so egoistisch sein und nicht nur den Ex, sondern auch die eigenen Kinder sabotieren?«

Maggie stellte zwei Tassen mit Tee auf den Küchentresen und glitt auf den Barhocker auf der anderen Seite. »Gefühlt meine hundertste Tasse Tee heute. Dabei wollte ich schon längst eine Kaffeemaschine kaufen! Hast du Hunger? Du hast mir zwar immer noch nicht das Kochen beigebracht, aber meine *Egg & Cress*-Sandwiches sind gar nicht so schlecht. Oder wie wär's damit?« Sie öffnete eine Dose mit Keksen und schob sie Lori hin.

Lori schüttelte den Kopf und nippte an dem Tee. »Nein danke, kein Sandwich. Ich muss zurück zu meinen Scones. Ich gebe mich derweil mit einem hochindustriellen *Digestive Biscuit* zufrieden. Schöne Abwechslung zu dem ständigen selbst gebackenen Zeugs.« Sie biss in einen Keks. Es gab eine unangenehme Pause.

»Liam ...«

»Wieso ist Liam ...«

Sie lachten beide laut heraus. Dabei war Lori eigentlich nicht zum Lachen zumute.

»Der Elefant im Raum.« Maggie holte tief Luft. »Liam wohnt

hier. Vorübergehend. Bis er was gefunden hat. Eine kleine Wohnung oder so.«

»Er wohnt hier? Ich ... ich dachte, er wollte nach Dorset, ins Ausbildungszentrum des RNLI!« Liam war die ganze Zeit hier gewesen? Anderthalb Meilen entfernt? Schon seit zwei Wochen? Und nicht nur das, er suchte eine Wohnung? Er würde hierbleiben? Sie würde auch weiterhin über ihn stolpern?

»Wollte er ursprünglich auch. Aber dann hat er es nicht übers Herz gebracht, weil im Krankenhaus in Truro überraschend ein OP-Termin für Pete frei geworden ist. Daraufhin hat er beschlossen, Pete zuliebe hierzubleiben und den Job auf der Seenotrettungsstation zu machen. Auch ...« Ihre Stimme verlor sich.

»Auch wenn er nicht mehr mit mir zusammen ist. Warum hast du mir nichts gesagt? Bist du deshalb seit ein paar Tagen nicht mehr aufgetaucht?« Alles passierte hinter ihrem Rücken. Titilope kam sonntags zum Essen, sie malte Aquarelle, Liam wohnte hier, und keiner hielt es für nötig, ihr irgendwas mitzuteilen.

»Lori, wenn zwei Leute sich trennen, und man mag sie beide, ist es meist nicht so leicht, den besten Weg zu finden. Ich wollte es dir schon seit Tagen sagen, wusste aber nicht, wie.«

»Mir war nicht klar, dass ihr ... mit Liam zu tun habt.«

Maggie sah sie erstaunt an. »Nein? Chris und Liam mochten sich von Anfang an sehr. Sie ticken sehr ähnlich.« Noch etwas, das an Lori vorübergegangen war. »Sie haben sich irgendwann zufällig im Pub getroffen, als Liam mit John ein Bierchen getrunken hat. John hat sie einander vorgestellt. Liam hat spontan angeboten, den Kindern die Rettungsstation zu zeigen. Er hat sie sogar mit dem Rettungsboot rausgenommen. Die Kinder waren total im Glück. Zum Dank hat Chris ihn hierher zum Bier eingeladen. Daraus ist dann so eine Art ... Gewohnheit geworden. Liam ist oft nach der Arbeit hier gewesen, die Farm liegt ja auf dem Weg, und dann saß er mit Chris draußen auf der Treppe und hat ein Feierabendbier getrunken, meist nur ein Viertelstündchen.« Lori wusste nichts von alledem. Nichts, gar nichts! Liam hatte nichts gesagt. Chris hatte nichts gesagt! »Als du mit ihm Schluss gemacht hast ...«

»Ich habe nicht mit ihm Schluss gemacht, verdammt! Um Schluss zu machen, muss man zusammen sein. Wir waren nicht zusammen!«

Maggie sah sie an und schüttelte den Kopf. »Du hast es gerade selber so formuliert. Und wenn du es jetzt abstreitest, dann belügst du dich selbst.«

»Wieso glaubt eigentlich alle Welt, dass ich mich belüge?« Voller Ärger biss Lori in einen zweiten Schokoladenkeks, dass es nur so krachte. »Erst Titilope, dann du. Bin ich hier in Gruppentherapie oder was? Eine Gruppe Hobbypsychologen meint, mich therapieren zu müssen?« Lori knallte die Teetasse auf den Küchentresen. Der Tee schwappte über. So wie bei Liam.

»Lori-Schätzchen, um dich zu therapieren, braucht man nicht mal ein Grundstudium in Psychologie. Jeder Postbote kann dich therapieren!«, rief Maggie sichtlich gereizt.

»Und jetzt wirst du mir als Nächstes etwas von meiner gestörten Mutter-Kind-Beziehung und den daraus resultierenden Bindungsängsten erzählen und dass Liam und ich eigentlich vom Schicksal füreinander bestimmt sind, nur ich bin zu blöd, um es zu merken, und stehe meinem Glück im Weg, blablabla. Nicht wahr?«

»Trifft es das etwa nicht?«, gab Maggie zurück. Ihre Stimme war noch lauter geworden.

»Nein, verdammt noch mal! Ich will einfach nur frei sein! Ich bin zu alt, um mich an jemanden zu binden! Zu alt und zu egoistisch!«

»Wieso hast du dann vorhin so reagiert, als sei dir der Tod erschienen? Du bist immer noch ganz bleich!«

»Weil ich nicht die geringste Ahnung hatte, dass Liam in Port Piran ist. Dass er überhaupt nie weg war! Dass ihr ihn hinter meinem Rücken eingeladen habt, bei euch zu wohnen!« Lori rutschte von ihrem Hocker und lief wütend auf und ab.

»Nur weil du ihn abserviert hast, heißt das noch lange nicht, dass wir nicht mit ihm befreundet sein können. Er kann schließlich nichts dafür!«, blaffte Maggie. Es gab nichts, was Lori so sehr hasste, wie Chris und Maggie, die ein »Wir« bildeten, das sie nicht einschloss. »Als du ... Liam erklärt hast, dass du dir keine gemeinsame Zukunft vorstellen kannst, um es mal neutral zu formulieren, hat er Chris angerufen und ihn gefragt, ob er in der letzten Nacht auf der Farm schlafen kann. Er hat es nicht mehr ausgehalten in Honeysuckle Cottage.« Lori zuckte zusammen, als hätte Maggie ihr einen Schlag versetzt. »Chris hat ihn natürlich sofort hierher eingeladen, und als Liam zum Übernachten hier war, klingelte sein Handy und Pete rief an, und Liam musste sich sofort entscheiden, ob er den Job auf der Rettungsstation vertretungsweise übernimmt, weil Pete dem Krankenhaus den Termin für die OP bestätigen musste. Petes Frau hat ihm die Wohnzimmercouch zum Schlafen angeboten und Liam hat zugesagt, Pete zuliebe. Dann hat Chris überlegt, das ist doch Quatsch, dass Liam auf einer Couch schläft, wenn er ein großes Haus mit zwei leer stehenden Kinderzimmern hat, zumindest bis Weihnachten, und dann war klar, dass er vorübergehend hier unterkommt.«

»Hinter meinem Rücken.«

»Hätten wir dich um Erlaubnis fragen müssen? Du kannst weder Liam noch uns vorschreiben, die Dinge so zu regeln, wie es dir am besten passt.«

»Nein! Aber ihr hättet es mir wenigstens sagen können! Damit ich nicht ins Messer laufe! So wie vorhin!«

»Normalerweise kreuzt du hier nicht auf!«

»Bist du deshalb nicht mehr gekommen?«

Maggie seufzte. »Ja. Ich hatte Angst, es dir zu sagen. Ich hatte Angst, du fühlst dich hintergangen.«

»Tue ich.« Gegen ihren Willen stiegen ihr die Tränen in die Augen. Liam hatte nicht einmal etwas gesagt wie »Lass uns telefonieren«. Und bei Maggie und Chris ging er ein und aus?

Und er würde erst einmal in Port Piran bleiben, und sie lief an jeder Ecke Gefahr, über ihn zu stolpern! Das tat weh.

»Lori. Setz dich bitte hin, du machst mich total nervös. Bitte, lass uns nicht streiten, sondern in aller Ruhe darüber reden. Ich finde es einfach so schade. Wir ... finden es einfach so schade.«

»Wir? Wer ist wir? Du und Chris?« Lori setzte sich wieder und blickte Maggie anklagend an.

»Und Caroline. Und Karen. Und Titilope. Und John! Einfach alle, denen dein Wohl am Herzen liegt. Wir wünschen uns alle so sehr, dass du deinen Widerstand aufgibst und es mit Liam noch einmal versuchst. Was glaubst du denn, warum er nicht weggefahren ist? Nicht nur wegen Pete. Er spricht nicht drüber, er spricht überhaupt nicht über dich, aber ich bin mir ganz sicher, dass er hofft, dass du es dir noch einmal überlegst. Er wirkt sehr still. Und ziemlich unglücklich!«

»Ihr ... ihr Hobbytherapeuten habt alle hinter meinem Rücken über mich gesprochen? Ihr zerreißt euch das Maul! Über die bockige, verhaltensgestörte Lori, die ihrer großen Liebe selber im Weg steht? Vielen Dank für eure großartige Unterstützung!«

Lori rutschte vom Hocker und drehte Maggie mit einer abrupten Bewegung den Rücken zu.

»So war das doch nicht gemeint!«, brüllte Maggie hinter ihr her. »Es tut mir leid, ich hab mich blöd ausgedrückt. Wir wollen doch nur, dass du glücklich bist. Dass ihr beide glücklich seid!«

Lori schubste den Köter aus dem Weg, der beleidigt aufjaulte. Sie rannte aus dem Haus. Krachend fiel die Haustür hinter ihr ins Schloss.

17. KAPITEL

Margarete

Margarete starrte angestrengt auf das Kuchenrezept. Hundert Milliliter süße Sahne. Sie wusste von ihren Einkäufen im Supermarkt, dass es in England *double cream, single cream, whipped cream* und *clotted cream* gab. Zu viel *cream* für Maggies Geschmack. Welche *cream* entsprach jetzt der deutschen süßen Sahne? Wahrscheinlich war es besser, nicht mit einem hochkomplexen Aprikosenkuchen mit Guss und Streuseln zu beginnen, sondern mit einem Kuchen, dessen Zutaten sie problemlos besorgen konnte. Sie blätterte ein paar Seiten weiter. Der schwäbische Zwetschgenkuchen basierte auf einem Quark-Öl-Teig, der so simpel klang, dass sich selbst Margarete daranwagen würde. Leider musste in einen Quark-Öl-Teig Quark. Quark hatte sie aber selbst bei *Sainsbury's* in Truro noch nie gesehen. Außerdem war in dem Rezept Backpulver angegeben. Auch das hatte sie bisher noch nirgends gefunden. Frustriert starrte sie auf das Backbuch mit Rezepten der schwäbischen Landfrauen. Sie hatte es sich extra von einer Freundin aus Stuttgart schicken lassen, aber nicht daran gedacht, dass sie nicht alle Zutaten bekommen würde. Noch hatte sie die Idee nicht ganz aufgegeben, einen Hofladen aufzumachen, in dem sie neben Chris' Eiern, seiner Milch und seinen Äpfeln selbst gebackenen schwäbischen Kuchen verkaufen wollte und vielleicht ein paar von Karens Produkten von ihrer Farm. Aber wie sollte sie das Problem mit den Zutaten lösen? Backpulver konnte sie sich schicken lassen, davon brauchte man keine großen Mengen. Aber Sahne oder Quark? Vielleicht war es doch besser, sich von Lori in ein paar englische Kuchenrezepte einweihen zu lassen? Aber *Bakewell Tart* und *Victoria Sponge* gab es an jeder Ecke, das war nichts Besonderes. Und sie brauchte etwas Besonderes, wenn sie die Leute zum Abbiegen von der Landstraße bewegen wollte! »*Farmshop – Homemade German cakes and pastries*« würde doch auf dem Hinweisschild an der Straße weitaus interessanter klingen als einfach nur »*Homemade cakes*«. Sie brauchte Loris Hilfe, so viel stand fest. Vielleicht konnte sie ihr auch sagen, wie sie die deutschen Zutaten ersetzen konnte? Leider war Lori im Augenblick nicht besonders kooperativ …

Zwei Tage nach Loris missglücktem Besuch war Maggie nach Port Piran gefahren, um Lori zu sagen, dass sie es nicht so gemeint und sich unglücklich ausgedrückt hatte. Lori hatte die Entschuldigung akzeptiert, aber ihre Laune war sichtlich auf dem Tiefpunkt gewesen. Sie hatte Liam nicht erwähnt, aber Maggie war sich ziemlich sicher, dass sie noch immer daran herumknabberte, dass Liam bei ihnen untergekommen war, vorerst in Port Piran bleiben würde und ihr deshalb ständig über den Weg laufen konnte. Sie hatte lange überlegt, ob sie Lori sagen sollte, dass Liam nicht mehr bei ihnen wohnte. Er war einen Tag nach Loris Besuch auf der Farm in eine kleine Wohnung in Port Piran gezogen, eine gemütlich eingerichtete Ferienwohnung, deren Vermieter froh war, über die Wintermonate Geld zu verdienen. Am Ende hatte Maggie nichts gesagt. Sonst hätte sich bestimmt wieder Loris Zorn über ihr entladen, und darauf konnte sie nun wirklich verzichten. Das war jetzt eine gute Woche her. Titilope hatte ihr versichert, das Beste sei, sich im Augenblick so weit wie möglich von Lori fernzuhalten; sie hatte noch nie erlebt, dass sie derart schlechte Laune hatte, und das wollte etwas heißen.

Plötzlich stand Chris vor ihr. Er sah sie an, als wolle er etwas sagen. Das kam zu Margaretes Leidwesen ziemlich oft vor. Er stand dann einfach nur da und schaute sie an, und die Chancen lagen bei fünfzig Prozent, dass er redete. Schwieg er, dann zerbrach sie sich natürlich anschließend den Kopf, was er wohl hatte sagen wollen. Fragte sie nach, dann murmelte er nur zerstreut: »Ach, nicht so wichtig.« Es. Machte. Sie. Wahnsinnig!

Schwaben galten als maulfaul, vor allem die Männer. Aber Engländer? Hatten sie nicht eine lange Tradition eloquenter Redner, etwa Winston Churchill, und übten sich an den Universitäten in Debattierclubs? Vielleicht hatte Chris auch einfach versäumt zu erwähnen, dass er schwäbische Vorfahren hatte, aus dem Remstal oder von der Alb, die nach Cornwall ausgewandert waren? Er stand noch immer stumm da. Wie viel Zeit mochte vergangen sein, zwei Minuten? Er schien es nicht zu merken. Sie klappte das Backbuch zu, zählte im Geiste bis zehn und versuchte, ihn weder zu drängen, weil das erfahrungsgemäß sowieso nichts brachte, noch auszuflippen. Er holte tief Luft. Unfassbar. Offensichtlich hatte er nach reiflichem Überlegen entschieden, den Mund aufzumachen.

»Heute Abend gehen wir aus!«, platzte es aus ihm heraus. Wieso war er so nervös? Das war gar nicht seine Art.

»Wir gehen aus? Wohin?«

»Das soll eine Überraschung werden. Ich hoffe, du magst Überraschungen?«

»Ich liebe Überraschungen!«, beteuerte Margarete entzückt. »Wenn sie angenehm sind, natürlich. Gehen wir irgendwo schick essen?« Erst vor Kurzem hatte jemand in Carolines Café von Rick Steins Fischrestaurant im Hafen von Falmouth geschwärmt. Sie hatte neidisch gelauscht. In Stuttgart war sie ständig essen gegangen, aber hier? Erstens konnten sie es sich nicht leisten, weil die Preise für Touristen gemacht waren, zweitens war Chris abends meist todmüde, wenn er aus dem Stall kam, und drittens konnten die meisten Restaurants mit seinen Kochkünsten sowieso nicht mithalten. Jetzt lachte er. »Typisch Frau. Wenn ich dir das jetzt verrate, dann ist es doch keine Überraschung mehr!«

»Klar, aber – typisch Frau – ich muss doch wissen, was ich anziehen soll! Sind wir drinnen oder draußen? Schick oder sportlich?«

»Hmm. Mach dich hübsch.« Er schmunzelte. »Das schadet auf keinen Fall. Aber zieh dich nicht zu dünn an. Auch wenn es erst Anfang Oktober ist, abends wird es empfindlich kühl. So viel verrate ich dir, das ... wie umschreibe ich das jetzt am besten ... also das Event findet draußen statt. Wenn ich im Stall fertig bin. Dann dusche ich schnell und es geht los.«

Margarete verbrachte den Rest des Tages damit, sich den Kopf über die Überraschung zu zerbrechen. Es schien wohl ein irgendwie feierlicher Anlass zu sein, aber weder sie noch Chris hatten Geburtstag. Einen kurzen Moment blitzte in ihrem Hirn auf, ob er ihr wohl einen Heiratsantrag ...? Aber er war ja noch nicht einmal geschieden. Das kam also nicht infrage. Außerdem war es dafür viel zu früh.

Abends stand Margarete unschlüssig vor dem Schrank im Schlafzimmer. Sie hatte nicht viel Auswahl, wenn es darum ging, sich hübsch anzuziehen. Sie erinnerte sich daran, wie sie in Stuttgart vor dem Schrank gestanden und ihre zwei Koffer für Cornwall gepackt hatte. Als Erstes hatte sie die Bügel mit den Hosenanzügen und Blazern, die sie als Pressereferentin fast täglich getragen hatte, zur Seite geschoben. Was sollte sie damit auf einer Farm in Cornwall? Das wichtigste Kriterium hieß »Vernunft«. Also hatte sie vor allem Jeans, T-Shirts und warme Sachen gegen Wind und Regen eingepackt. Ein paar Sommerkleidchen hatte sie sich gegönnt, aber die waren jetzt zu dünn. Blieb also nur das Kleid, das sie bei ihrem letzten Einkaufstrip in Truro bei *Seasalt* erstanden und Chris noch nicht vorgeführt hatte – aus gutem Grund. Titilope hatte sie zu *Sainsbury's* mitgenommen. Sie hatte den Großeinkauf für Honeysuckle Cottage gemacht, und Margarete hatte Vorräte für die Farm besorgt. Als sie alles in Loris klappriges Auto geladen hatten, hatte Maggie eine unglaubliche Sehnsucht nach einem ordentlichen Kaffee in der Zivilisation überkommen. Sie hatte langsam wirklich genug von Chris und seinem grauenhaften löslichen Kaffee.

»Lass uns einen Kaffee in der Fußgängerzone trinken«, schlug sie vor. »Ich lade dich ein, um mich fürs Mitnehmen zu revanchieren.« Margarete legte großen Wert darauf, Titilope politisch korrekt zu behandeln und ihr nicht das Gefühl zu geben, dass sie sie nur gönnerhaft einlud, weil sie eine arme Schwarzafrikanerin war.

»Ich kann nicht. Der *Commander* wartet mit der Stoppuhr in der Hand«, gab Titilope düster zurück. »Seit Liam weg ist, ist es noch schlimmer geworden.« Da hatte Maggie Lori vom Handy aus angerufen und ihr klargemacht, dass es Grenzen gab für ihre Sklaventreiberei und dass sie beide jetzt Kaffee trinken und dazu ein fettes Stück Schokoladentorte essen würden, ob es Lori passte oder nicht. Loris Antwort wartete sie nicht ab. Sie setzten sich auf die Terrasse des Museumscafés und lachten so viel, dass sich die Passanten nach ihnen umdrehten, und Maggie stellte wieder einmal fest, wie gern sie Titi mochte. Nach dem Kaffee kamen sie zufällig an einem Klamottenladen von *Seasalt* vorbei. Titilope blieb wie angewurzelt stehen, deutete ins Schaufenster und rief begeistert: »Sieh doch nur. Das ist *dein* Kleid!«

Margarete hatte zunächst kopfschüttelnd abgewehrt. »Flammend rotes Kleid zu flammend rotem Haar? Das ist zu viel Flamme! Jeder, der mich sieht, wird sofort die Feuerwehr rufen!«

»Das Kleid ist wie gemacht für dich«, widersprach Titilope. »Probier's wenigstens an. Mir zuliebe!« Sie hatte Maggies heftigen Protest ignoriert, sie an der Hand genommen und hinter sich her in den Laden gezogen. Maggie war halbherzig und nur Titilope zuliebe in das Kleid geschlüpft, doch als sie sich vor dem Spiegel drehte, hatte sie verwundert festgestellt, dass Titi den richtigen Blick gehabt hatte. Das fließende Wickelkleid betonte ihre üppigen Rundungen, ließ sie aber nicht fett erscheinen, wie sie befürchtet hatte, sondern sinnlich. Es hatte genau die gleiche Farbe wie ihr Haar. Nur der großzügige Ausschnitt, der mehr Busen zeigte als verbarg, erschien ihr geradezu *shocking*.

»Ist das nicht etwas gewagt?«, murmelte sie, als sie sich im Spiegel betrachtete.

»Allerdings, das ist es«, grinste Titilope triumphierend. »Gewagt und unglaublich sexy! Chris wird umfallen!«

Sexy war normalerweise keine Kategorie, die Maggie mit sich selbst in Verbindung brachte. Sie hatte das rote Kleid gekauft, das schon, es Chris aber bisher nicht gezeigt, weil sie sich genierte. Nun stand sie befangen vor ihm. Er starrte sie an und schien sich diesmal für eine Schweigeminute zu entscheiden. Als Maggie den Bikini vorgeführt hatte, hatte er nicht so lange gebraucht.

»Was ist?«, fragte Maggie schließlich nervös. »Ich bin zu fett. Gib's zu, ich bin zu fett für dieses Kleid? Ich hab's gewusst! Es ist peinlicher als der Bikini. Ich zieh's wieder aus! Und der Ausschnitt ist skandalös, oder?«

»Zu fett? So ein Quatsch. Du siehst sensationell aus«, murmelte Chris. »Um nicht zu sagen: dramatisch. Und der Ausschnitt …« Er starrte wie hypnotisiert auf ihren Busen und schwieg. Sie interpretierte das als gutes Zeichen.

»Ist es passend für den Anlass?«, fragte sie. Sie hatte sich seit langer Zeit endlich einmal wieder geschminkt. Einschließlich feuerrotem Lippenstift. Er nickte. Er selbst trug ein weißes Leinenhemd und eine beige Bermuda und schicke braune Lederslipper, die sie noch nie gesehen hatte. Er sah aus wie ein anderer Mensch. Einen Augenblick lang fixierte er ihre Absätze, als wolle er etwas sagen.

»Stimmt was nicht mit den Schuhen?« Es waren die einzigen Schuhe mit Absätzen, denen sie einen Platz im Koffer gegönnt hatte. Er schüttelte den Kopf und grinste.

»Nein. Ich habe dich bloß noch nie mit hohen Absätzen gesehen. Lass uns gehen.«

Sie gingen zur Haustür. Bonnie kam herbeigeschossen.

»Tut mir leid, altes Mädchen, diesmal bleibst du ausnahmsweise daheim.« Chris schubste die Hündin sanft zurück. Wie immer schloss er die Haustür nicht ab, »Weil es nichts zu holen gibt, weil hier keiner einbricht und weil die Leute manchmal etwas vorbeibringen, ohne sich vorher anzumelden«, wie er ihr schon mehrfach erklärt hatte. Er trug einen Korb unter dem Arm. Leider mit Deckel, sodass Maggie nicht hineinspähen konnte. Ein Picknick? Aber dafür hätte sie sich doch bestimmt nicht schick anziehen müssen? Sie stiegen in den Jeep, Bonnies unglückliches Heulen im Ohr. Chris war mal wieder in Schweigsamkeit verfallen. Am Ende der Zufahrt zum Hof bog er rechts ab, also ging es nicht nach Port Piran. Sie fuhren auf einem der typischen schmalen, gewundenen Sträßchen mit hohen Hecken, die Maggie an Cornwall so sehr liebte. Chris schwieg weiterhin hartnäckig und auch Margarete war zu aufgeregt, um etwas zu sagen. Dies war nicht einfach nur ein Ausflug. Etwas Entscheidendes hing in der Luft. Nach ein paar Meilen, die sich wie Kaugummi zogen, hielt Chris und parkte den Jeep in der Einfahrt zu einer umzäunten Weide. »Wir sind da.«

»Wir sind da?« Margarete sah sich um und sah nur Hecken, Weiden, grüne Hügel und weit unten das Meer. Es gab kein Haus weit und breit, nicht einmal eine Farm, und schon gar kein schickes Restaurant. Hier war nichts als Natur. Selbst die Schafe und Kühe fehlten. Also doch ein romantisches Picknick? Chris hatte schon einmal einen Pizzaboten auf eine Klippe bestellt. Aber dafür hätte sie sich doch nicht so aufbrezeln müssen?

Sie stiegen aus und Chris holte den Korb aus dem Kofferraum. Der kräftige Wind fuhr Margarete durchs Haar und verwandelte ihre sorgfältig gestylte Frisur innerhalb kürzester Zeit in wildes Gestrüpp. Es war einfach völlig sinnlos, sich in Cornwall hübsch machen zu wollen.

»Ich fürchte, du musst jetzt ein bisschen klettern«, erklärte Chris.

»Im Kleid und in High Heels?«, protestierte Margarete.

Chris grinste. »Glaub mir, es ist dem Anlass angemessen.« Er ging ihr voraus und kletterte über einen Zaunübertritt auf die Weide. Maggie schlüpfte kurzerhand aus ihren hochhackigen Sandalen, hoffte, dass auf der Weide kein Schafmist herumlag, und folgte ihm barfuß über den Zaun. Chris nahm sie an der Hand, nein, er umklammerte sie geradezu, so aufgeregt schien er zu sein, und zusammen gingen sie die steile Weide hinunter. Am Ende der Weide stiegen sie wieder über den Zaun und folgten dann einem überwucherten Pfad steil hinab durch ein kleines Wäldchen. Margarete hatte Mühe, mit ihren nackten Beinen nicht in Brennnesseln zu geraten. Sie wusste aus schmerzhafter Erfahrung, dass Brennnesseln in England viel schlimmer brannten als in Deutschland, manchmal tagelang. Sie kamen aus dem Wäldchen heraus, und plötzlich war da das Meer, direkt unter ihnen. Maggie schnappte nach Luft.

»Wie ist das schön!« Sie waren nur durch einen Steilhang von einer winzigen Bucht getrennt, die so perfekt oval geformt war, als hätte sie jemand mit der Hand vorgezeichnet. Der Sand war von einer ungewöhnlichen Farbe, beinahe grau. An beiden Seiten der Bucht lagen große schwarze Felsbrocken, sodass der Weg über die Weide vermutlich den einzigen Zugang darstellte. Es war ein verborgenes kleines Paradies.

»Komm.« Hand in Hand kletterten sie hinunter auf den Strand. Der Boden war warm und weich unter Margaretes nackten Füßen. Sie bückte sich und ließ den gräulichen Sand staunend durch ihre Finger rieseln. Er war ganz fein. Sie richtete sich wieder auf und blickte aufs Wasser. Es war flach und kristallklar, kleine Wellen schwappten ans Ufer. Weiter draußen schirmte eine große Klippe die Bucht vom offenen Meer ab. Die Schönheit des Ortes war herzzerreißend.

»Was für ein Zauber!«

Chris lächelte und schien sich zu freuen. Er stellte den Korb in den Sand. »Siehst du die Robbe, die sich dort auf der Klippe sonnt?«, fragte er.

Maggie kniff die Augen zusammen. Es dauerte eine Weile, bis sie die Robbe ausmachen konnte, die sich von der Farbe des Felsens kaum unterschied.

»Auf der Klippe lebt eine kleine, stabile Kolonie. Drei, vier Tiere sind es meist, sie haben regelmäßig Nachwuchs.« Chris

ging auf dem Strand auf und ab, er schien noch immer nervös.
»Die Schafweide und die Bucht haben bis vor Kurzem meiner Familie gehört. Seit vierhundertfünfzig Jahren bewirtschaften wir unser Land, habe ich dir das eigentlich schon einmal erzählt?«

»Nein.« Damit schieden die schwäbischen Vorfahren aus.

»Als mein Vater sich aus der täglichen Arbeit im Stall und auf dem Feld zurückzog und mir die Farm und den damit verbundenen Grund und Boden überschrieb – das war lange, bevor er starb –, verschaffte ich mir einen Überblick über alles Land, das im Besitz unserer Familie war. Von der Weide hier wusste ich nichts. Sie ist dreieinhalb Meilen von der Farm entfernt, und mein Vater hat sie nie genutzt und nie erwähnt. Es gibt genug Weiden für Kühe und Schafe rings um die *Oak Hill Farm,* wieso sollte er seine Tiere hierherbringen? Mein Vater war pragmatisch, wie das nun einmal üblich war in seiner Generation. Ich glaube nicht, dass ihm die Schönheit dieses Orts bewusst war, sonst wäre er mit unserer Familie zum Sonntagsausflug hierhergekommen. Wahrscheinlich fand er, dass es hier zu flach ist zum Baden, und deshalb fuhr er lieber mit uns zu den großen öffentlichen Stränden oder nach Kynance Cove. Als ich das erste Mal hierherkam, sah ich mir die Weide an und dachte, hübsche Lage, aber zu steil und zu weit weg von allem, anfangen tust du damit nichts, kein Wunder, dass Vater nie darüber gesprochen hat. Dann sah ich in den Unterlagen, dass das Grundstück bis zum Meer ging und die Bucht dazugehörte. Ich lief hinunter zum Strand, und es ging mir wie dir, es verschlug mir den Atem. Ich beschloss spontan, dass dieser Ort mein kleines Refugium bleiben und ich die Bucht nur für mich alleine nutzen würde. Sie hat keinen Namen, aber ich taufte sie für mich *Christopher's Beach.*« Meine Güte, dachte Maggie beeindruckt, was für eine Geschichte, er hört ja gar nicht auf zu reden! Sie hätte sich gerne in den warmen Sand gesetzt, aber Chris wirkte so feierlich, dass es ihr unpassend erschien.

»Der *Coast Path* verläuft ein gutes Stück weiter oben«, fuhr Chris fort, »weil die Küste hier unten viel zu felsig zum Wandern ist, und außerdem gab es ein paar Hundert Meter von hier einen Erdrutsch. Von der Seeseite kann man auch nicht anlanden, das Riff ist im Weg, und weiter draußen sind spitze Felsen direkt unter der Wasseroberfläche. Kanuten und Kajakfahrer werden gewarnt, die Bucht zu meiden. Man ist hier also ganz für sich allein. Das kommt sehr selten vor an der Küste von Cornwall!« Er lachte. »*Christopher's Beach* zog mich sofort in den Bann, und so beschloss ich, die Bucht als meinen geheimen Rückzugsort zu nutzen.« Er sah hinaus aufs Meer. »Anfangs kam ich hierher, um etwas für die Uni zu lesen, zu schlafen, in der Sonne zu liegen oder die Robben zu beobachten. Sie kommen manchmal sogar auf den Strand, wenn ich hier bin, weil sie spüren, dass sie von mir nichts zu befürchten haben. Später kam ich, wenn ich von der Arbeit so erschöpft war, dass jeder Knochen meines Körpers schmerzte, wenn die Kinder uns nachts vom Schlafen abhielten und ich trotzdem morgens um sechs in den Stall musste. Es war an diesem Strand, dass ich mir eingestand, dass sich die Ehe mit Janie nicht mehr retten ließ, und dann kam ich hierher, um zu weinen. Ich weinte wegen Janie und wegen der Kinder, die sie mir weggenommen hatte. Ich weinte auch nach dem Brexit-Referendum, als mir klar wurde, dass ein Großteil der Menschen, mit denen ich täglich zu tun habe, für den Austritt gestimmt hatte. Manchmal waren es nur fünf Minuten hier am Strand, aber selbst wenn ich kaum Zeit hatte, immer fühlte ich mich danach gestärkt und getröstet. Dieser Ort bedeutet mir sehr, sehr viel. Niemand weiß davon. Nicht einmal Janie, oder Lori, und die Kinder schon gar nicht. Du bist der erste Mensch, den ich hierher mitgenommen habe.«

Er sah sie nach dieser ungewohnt langen Rede sehr ernst an. Maggie spürte einen Kloß im Hals. Sie wusste gar nicht, was sie sagen sollte.

»Ich ... ich bin überwältigt, und fühle mich sehr geehrt. Aber hast du nicht vorhin gesagt, die Bucht gehört dir gar nicht mehr?«

Er lächelte jetzt zärtlich. »Kannst du bitte deine Schuhe wieder anziehen? Jetzt kommt der offizielle, der feierliche Teil.«

»Natürlich«, antwortete Maggie verwirrt und schlüpfte wieder in die Sandalen. Chris klappte den Korbdeckel zurück und drückte ihr zwei Gläser in die Hand. Dann entkorkte er eine Flasche Prosecco.

»Du machst mir jetzt aber keinen Antrag, oder?«, flüsterte Margarete und wusste nicht, welche Antwort sie sich wünschte.

Chris lachte. »Nein, keine Sorge.« Er füllte beide Gläser. Dann bückte er sich wieder über den Korb, kramte darin herum und zog einen Plastikordner heraus. Er nahm ihr ein Glas ab und drückte ihr stattdessen ein Blatt Papier in die Hand, das fast so dick wie Pappkarton war. Dann räusperte er sich und blickte nach links und rechts, als säße da ein unsichtbares Publikum, das auf eine Rede wartete. Maggie strich automatisch das Kleid glatt und straffte den Rücken.

»Du hast vorhin gefragt, was mit der Bucht passiert ist. Wenn du einen Blick auf das Dokument wirfst, dann weißt du es.«

Margarete starrte auf ein offensichtlich hochoffizielles Papier, ohne zu begreifen. Verschnörkelte Schrift, Stempel, Siegel. Das komplizierte Englisch ergab keinen Sinn. Chris deutete auf die Mitte der Seite. Da stand ihr Name, ihre Passnummer, ihre Adresse in Stuttgart und die Adresse der Farm.

»Ich ... verstehe nicht ...«

Chris räusperte sich erneut. »Ich habe doch vor Kurzem behauptet, ich brauchte deinen Pass für deine Aufenthaltspapiere? Das war gelogen. Ein klitzekleine Notlüge. Ich brauchte den Pass für den Notar. Die Bucht gehört ab sofort dir. Ich habe sie dir überschreiben lassen. Das ist die Besitzurkunde. Ab sofort heißt sie *Maggie's Beach*.« Er grinste jetzt wie ein Lausbub, dem gerade ein besonders lustiger Streich geglückt war.

Maggie starrte auf das Papier. Ihr war nicht zum Lachen zumute.

»Lass uns anstoßen.«

Margarete war wie gelähmt. Sie reagierte nicht, als Chris' Glas gegen das ihre klirrte.

»Aber ... das geht doch nicht«, flüsterte sie. Ihr war ganz flau. »Das kann ich nicht annehmen.«

»Wieso nicht?«

»Weil diese Bucht dir gehört. Das ist dein magischer Ort! Wie lange kommst du schon hierher? Alleine?«

»Zweiundzwanzig Jahre.«

»Zweiundzwanzig Jahre lang hast du dich hierher zurückgezogen. Du hast nie jemandem davon erzählt, und jetzt willst du mir die Bucht – schenken? Das ist Wahnsinn, Chris! Kompletter Wahnsinn! Wie lange kennen wir uns, ein paar Monate? Ich kann das nicht annehmen! Niemals!«

»Doch. Doch, das kannst du. Glaub mir, ich habe mir das reiflich überlegt.« Er wirkte jetzt gar nicht mehr aufgeregt, sondern ganz ruhig.

»Das ist aber eine Bürde! Es ist zu viel!«, stammelte Maggie.

»So ist es nicht gemeint. Ich sehe es vielmehr als – ein Liebespfand? Ein Zeichen dafür, dass ich ganz sicher bin, dass wir beide zusammengehören, auch wenn wir aus unterschiedlichen Welten und Leben stammen? Ich weiß, dass du dir schreckliche Sorgen machst. Du machst dir Sorgen wegen Janie und wegen der Scheidung, und weil du ein paar Jahre älter bist, und weil du befürchtest, dass ich dich nicht mehr lieben werde, wenn du faltig und runzlig wirst oder vielleicht sogar krank.« Er war jetzt wieder ganz ernst, und Maggie fühlte sich ertappt. »Du hast alles aufgegeben, um zu mir zu ziehen, in ein fremdes Land, zu einem Mann, den du kaum kanntest. Ich hatte es im Vergleich zu dir sehr viel bequemer, mein Leben ist einfach weitergelaufen. Damit hast du mir einen enormen Vertrauensvorsprung gegeben, der mich sehr berührt hat. Ich möchte dir wenigstens ein bisschen was davon zurückgeben, indem ich dir die Bucht schenke. Außerdem wollte ich damit endgültig wiedergutmachen, was damals beim Schafwettbewerb passiert ist. Jedes Mal, wenn ich an die Geschichte denke, treibt es mir die Schamesröte ins Gesicht. Damals habe ich dich öffentlich verraten. Das lag mir auf der Seele.«

Margarete spürte, wie ihr die Tränen in die Augen stiegen. Ihre Knie gaben nach und sie ließ sich in den Sand sinken.

»Das ... ist doch längst vergessen. Du bist vollkommen verrückt«, stammelte sie. Chris schüttelte den Kopf, setzte sich neben sie und legte ihr den Arm um die Schultern.

»Ganz im Gegenteil. Ich war mir noch nie so sicher, das Richtige zu tun.«

»Aber was ist, wenn es doch schiefgeht zwischen uns. Was, wenn du es eines Tages bereust?«

»Das werde ich nicht. Weil ich ganz fest an uns glaube, und an eine gemeinsame Zukunft. Und jetzt lass uns anstoßen! Auf *Maggie's Beach!*«

»*Maggie's Beach*«, wiederholte Margarete staunend. Sie stießen an, und jetzt ließen sich die Tränen nicht mehr aufhalten.

18. KAPITEL

Lori

Lori konnte sich nicht erinnern, wann sie in ihrem Leben jemals so aufgebracht gewesen war. Sie hatte alles darangesetzt, Liam endgültig zu verbannen – aus ihrem Kopf, ihrem Bett und Port Piran. Dass es eine Weile dauern würde, bis sie nicht mehr an ihn dachte, damit hatte sie gerechnet. Aber sie war felsenfest davon überzeugt gewesen, dass die Erinnerung an ihn immer mehr verblassen würde und sie sich rasch wieder daran gewöhnen würde, allein zu sein. Allein. Unabhängig. Frei! Das hatte eigentlich ganz gut funktioniert. Bis sie Liam auf der *Oak Hill Farm* gesehen hatte, ohne darauf vorbereitet zu sein. Die Wucht der Gefühle, die die Begegnung ausgelöst hatte, hatte sie umgehauen. Und seither war sie wütend. Ununterbrochen. Wütend darauf, dass er immer noch in der Gegend war. Wütend auf Pete, der letztlich schuld daran war, dass Liam den Job auf der Rettungsstation bekommen hatte. Wütend auf Chris und Maggie, die ihn auf der Farm hatten unterschlüpfen lassen. Wütend auf Liam, der sie kaum beachtet hatte! Wütend aber vor allem auf sich selbst. Sie hatte sich kein bisschen im Griff. Sie wusste, dass sie Titilope in den Wahnsinn trieb, unfreundlich zu den Gästen war und unwirsch, wenn John morgens auftauchte. Sie hatte die Katze hinausgeworfen in den strömenden Regen und Karen angeschnauzt. Die hatte sie nur sehr erstaunt angesehen und war ohne ein weiteres Wort verschwunden. Lori wusste, dass sie einfach unmöglich war. *Commander from hell,* so hatte Titilope sie vor Kurzem genannt, und es stimmte. Sie wusste es und konnte es doch nicht ändern. Wenn sie so weitermachte, war Titi weg. Nachts tigerte sie schlaflos in ihrem Zimmer auf und ab, weil die immergleichen Gedanken sie quälten.

Die Wahrheit war ganz simpel: Liam aus ihrem Leben herauszukicken war die bescheuertste Idee gewesen, die sie je gehabt hatte. Liam war liebevoll, leidenschaftlich, er hatte Humor, war tolerant, ein zugewandter Gesprächspartner und alles, was sich eine Frau nur wünschen konnte. Nein. Das klang alles nach Frauenzeitschrift und war viel zu wenig. Liam war vermutlich der einzige Mann auf der ganzen verdammten Welt, der es mit Lori aufnehmen konnte. Mit ihren Launen, ihren Macken, ihrer Vergangenheit und ihrem Alkoholproblem. Er ließ sie in Ruhe, wenn sie allein sein wollte, und leistete ihr Gesellschaft, wenn sie sich einsam fühlte. Er verstand es, wenn ihr die Gäste zu viel wurden und sie sich mit einem Joint in ihren winzigen Garten zurückziehen musste. Liam war die andere Seite derselben Medaille, ihr zweiter Schuh, der Mensch, auf den sie ihr Leben lang gewartet hatte, ohne es zu wissen. Ihr Seelenkamerad. Vielleicht würde sie noch einmal einen anderen Mann (oder womöglich eine andere Frau) kennenlernen. Nicht, dass sie Wert darauf legte. Aber diese Person würde nicht einmal ein Abziehbild von Liam sein.

Leider war ihr das erst klar geworden, als sie ihn auf der *Oak Hill Farm* gesehen hatte. Die Erkenntnis hatte sie getroffen wie ein Blitzschlag. Seither hatte sie nur ein Ziel: Liam aus ihrem Herzen zu reißen. Sie arbeitete hart daran. Manchmal, früh am Morgen, wenn es endlich hell wurde und sie eine weitere schlimme Nacht überstanden hatte, glitten ihre Gedanken in die falsche Richtung ab. Was wäre, wenn …? Wenn sie es doch noch einmal …? Nein. Niemals! Sie hatte ihre Entscheidung getroffen und war viel zu stolz, um einen Rückzieher zu machen. Sie würde doch nicht um Liams Liebe betteln! Und betteln würde sie müssen. Das hatte er ihr unmissverständlich klargemacht, als er sie bei ihrem zufälligen Treffen quasi ignoriert hatte. Liebe … Wenn sie an Liam dachte, brach ihr der Schweiß aus oder sie zitterte vor Kälte, es juckte sie oder ihre Finger wurden taub. Alles tat ihr weh. Ihr ganzer Körper, aber auch das, was tief in ihm drinnen vergraben war und von dem sie nicht gewusst hatte, dass es schmerzen konnte: ihr Herz und ihre Seele. Falls sie so etwas überhaupt noch hatte und ihre Seele nicht schon längst in der Hölle schmorte. *Commander from hell.* Noch nie in ihrem Leben hatte sie jemanden so vermisst und sich so nach ihm gesehnt. War das Liebe? Was auch immer es war, es würde vorübergehen. Wie viele der Milliarden Menschen auf diesem Planeten waren unglücklich verliebt, jetzt, in diesem Augenblick? Was sie empfand, war kein bisschen originell. Es würde noch eine Weile dauern, bis sie damit klarkam. Die Begegnung hatte alles wieder aufgewühlt, aber von nun an war sie vorbereitet. Sie wusste, dass ihr Liam auch weiterhin über den Weg laufen würde. Sie hatte gehört, dass er nicht mehr auf der Farm wohnte, sondern eine Ferienwohnung in Port Piran gemietet hatte. Sie wusste, von wem, und sie wusste, wo. Port Piran war klein. Sie konnte praktisch nicht mehr aus dem Haus gehen, ohne Gefahr zu laufen, Liam zu treffen. So war es, aber sie konnte sich nicht Tag und Nacht im Haus verbarrikadieren. Sie war vorbereitet. Sie würde Liam grüßen, natürlich würde sie das. Kurz und knapp und ohne Lächeln, und dann würde sie mit hocherhobenem Kopf an ihm vorübergehen und sich nicht mehr nach ihm umdrehen.

Sie stolperte schließlich vor ihrer eigenen Haustür über ihn. Sie war gerade an Johns Haus vorbeigelaufen. Und da stand er plötzlich vor ihr zwischen den Hortensien und den Rosen, auf dem schmalen Fußweg, auf dem man kaum aneinander vorbeikam, ohne sich zu berühren. Lori blieb stehen wie angewurzelt. Sie musste ihre ganze Willenskraft aufbringen, um sich nicht umzudrehen, zu Honeysuckle Cottage zurückzulaufen und die Haustür zu verbarrikadieren.

»Guten Tag, Lori«, sagte Liam. Er war die Höflichkeit in Person. »John hat mich zum Tee eingeladen.«

Warum sagte er das? Um ihr sofort jede Hoffnung zu nehmen, dass er auf dem Weg zu ihr war? Seine Stimme verriet nicht die geringste Emotion. Was für eine unerträgliche, widerliche Arroganz! Sie ballte die Fäuste. Die ganze Wut, die sich seit Wochen in ihr aufgestaut hatte, ballte sich zusammen und entlud sich in diesem einen Moment.

»Ich hasse dich!«, kreischte sie mit einer Stimme, die sie kaum als die ihre erkannte. Sie nahm die Fäuste vors Gesicht wie zu einem Boxkampf. »Geh mir aus dem Weg!« Sie ging auf ihn zu. Langsam. Drohend. Mit den Fäusten fuchtelnd. Liam sah sie nur an, unendlich zärtlich. »Ach Lori«, seufzte er. Und dann öffnete er seine Arme weit. Und Lori stürzte sich hinein.

19. KAPITEL

Margarete

Margarete klappte den Laptop zu. Ihr ganzer Körper bebte vor Aufregung. Das war es! Genau das! Sie sprang vom Terrassentisch auf, hastete ins Haus und kritzelte am Küchentresen eine kurze Nachricht auf den Notizblock. »Musste noch mal kurz weg, bin in einer Stunde zurück.« Dann schnappte sie die Autoschlüssel und rannte zur Haustür. Du hast doch eigentlich überhaupt keine Eile, dachte sie verwundert, aber sie musste einfach Klarheit haben. Jetzt. Sofort! Sie klaubte sich zwei Stiefel aus der Gummistiefel-Kollektion auf der Treppe zusammen. Hoffentlich gelang es ihr zu verschwinden, ohne dass Chris es merkte. Bonnie kam fröhlich mit dem Schwanz wedelnd auf sie zugelaufen, als sie in den Jeep sprang.

»Halt bloß die Schnauze«, flehte Margarete und fuhr los, aber den Gefallen tat Bonnie ihr nicht, sie rannte laut bellend hinter dem Jeep her. »Dann komm eben mit.« Sie bremste scharf, öffnete die Beifahrertür und Bonnie sprang in den Wagen. Maggie lenkte den Jeep vom Hof. Im Rückspiegel sah sie, wie die Stalltür aufging und Chris hinter ihr drein schaute. Normalerweise nahm sie sein Auto nicht, ohne es mit ihm abzusprechen und ihm zu sagen, wohin sie fuhr. Aber genau diese Erklärung wollte sie nicht abgeben. Nicht jetzt. Nicht, bevor sie ganz sicher war.

Es war ein traumhaft schöner Morgen. Chris hatte sie vor dem Herbst gewarnt, vor dem hartnäckigen Nieselregen, der unaufhaltsam durch die Jacke drang, vor dem dunkelgrauen Himmel, der auf die Stimmung drückte, und vor den Stürmen, die so heftig tobten, dass jeder Schritt ein zäher Kampf gegen den Wind war. Doch bisher hatte es der Oktober gut mit Margarete gemeint. Die Herbstsonne strahlte von einem ungewöhnlich wolkenlosen Himmel und tauchte Hügel, Weiden und Farmhäuser in warmes Licht. Die Schafe lagen auf den Wiesen wie gemütliche kleine Wollknäuel, die eine fleißige Strickerin dort liegen gelassen hatte. Sie fuhr flott auf dem schmalen Sträßchen. Je schneller sie vor Ort war, desto schneller hatte sie Klarheit. Vielleicht war es ja auch eine völlig verrückte Idee? Bonnie war nach hinten geklettert, rannte auf dem Rücksitz hin und her und hörte nicht auf zu bellen.

»*Shut up,* Bonnie!«, rief Maggie in scharfem Ton. Normalerweise legte sich Bonnie im Auto brav hin. Offensichtlich übertrug sich Margaretes Aufregung auf die Hündin. Sie fuhr sportlich in eine Kurve, und plötzlich war da ein Paar weit aufgerissene Augen und die Vorderfront eines Traktors, ohrenbetäubendes Hupen und Bonnies wildes Gebell. Sie riss das Steuer herum, krachte in die Hecke auf der linken Straßenseite, der Jeep schlingerte, dann war sie wieder auf Spur und hatte das Auto im Griff. Sie fuhr im Schneckentempo ein paar Meter weiter an eine Ausweichstelle und hielt an, am ganzen Leib zitternd. Bonnie kletterte auf ihren Schoß und leckte ihr das Gesicht. Sie schob die Hündin ein Stück von sich weg und streichelte sie. »Brave Bonnie«, murmelte sie. »Kluge Bonnie. Hätte ich nur früher begriffen, was du mir sagen willst.« Sie war rechts gefahren, auf der falschen Straßenseite, ohne es zu merken. Macht der Gewohnheit, und Macht der Aufregung. Vorsichtig streckte sie die Arme und bewegte die Beine. Es hatte sie ordentlich durchgeschüttelt, aber wie durch ein Wunder war sie unverletzt geblieben. Sie stieg aus, mit noch immer zitternden Knien, und lief ein paar Schritte zurück. Bonnie trabte neben ihr her, ganz dicht, als wolle sie ein Auge auf sie haben. Abgerissene Blätter auf der Straße zeigten an, wo sie in die Hecke gerauscht war. Der Traktor war weitergefahren, offensichtlich war dem Farmer hoch oben auf seinem Sitz nichts passiert. Die Farmer hier waren einiges gewohnt, da viele Touristen mit den hohen Hecken, den schmalen Sträßchen und den vielen Kurven nicht zurechtkamen und viel zu weit in der Mitte der Straße fuhren. In der Mitte, aber eben nicht auf derselben Straßenseite, dachte Maggie. Sie ärgerte sich maßlos über sich selbst. Der Jeep hatte von der Hecke ein paar Kratzer abbekommen, die fielen aber kaum auf, bei all den Kratzern und Dellen, die das Auto sowieso schon hatte. Ein Schwabe hätte sich vielleicht aufgeregt, für Chris würde es kaum der Rede wert sein.

Sie kletterte wieder ins Auto und fand auf dem Boden des Beifahrersitzes eine Plastikflasche, halb voll mit Wasser. Das Wasser schmeckte alt und schal, trotzdem trank sie die Flasche in einem Zug aus. Danach fühlte sie sich besser. Sie ließ den Motor an und Bonnie kletterte ohne Aufforderung auf den Rücksitz. Maggie holte noch einmal tief Luft und verbannte den Beinahe-Zusammenstoß aus ihrem Hirn. Sie kannte den Farmer nicht, sonst hätte sie ihn später anrufen können, um sich zu entschuldigen. Wo war überhaupt ihr Handy? Sie hatte Fotos machen wollen, aber das Handy lag auf dem Küchentresen. Sie fuhr weiter, in deutlich gemäßigterem Tempo und auf der linken Seite. Zehn Minuten später war sie am Ziel.

Sie parkte das Auto an der Weide und stieg aus. Weit und breit war niemand zu sehen. Wieder überkam sie das Gefühl, als sei sie durch ein unsichtbares Tor in eine Parallelwelt gelangt. Sie kletterte über den Zauntritt und lief hinunter zur Bucht. Bonnie rannte vornedraus und platschte ohne anzuhalten ins Wasser hinein. »Gute Idee«, murmelte Maggie. Sie zog ihren Kapuzenpulli, Turnschuhe und Socken aus, krempelte die Jeans hoch und watete ein paar Schritte ins Wasser hinein. Es war kristallklar. Winzige Fische schwammen um ihre Zehen. Bonnie rannte pausenlos am Wassersaum hin und her, dass es nur so spritzte. Draußen auf der Klippe sonnten sich zwei Robben. Das einzige laute Geräusch war das Schreien der Seevögel.

Dieser Ort gehört mir, dachte Maggie staunend, ist das nicht unfassbar? Ein warmes Glücksgefühl durchströmte sie.

Sie watete wieder an den Strand, und ohne lange nachzudenken, zog sie ihre restliche Kleidung aus, legte alles auf einen Stein und watete tiefer ins Wasser, bis an die Stelle, wo Steine und Felsen den Sand ablösten. Dort ließ sie sich prustend fallen. Das Wasser war gerade so tief, dass es ihren Körper bedeckte. Es war kalt, und sie musste auf die Felsen aufpassen, aber die Sonne schien warm, und das Ergebnis war ein herrliches Wechselbad der Empfindungen. Maggie drehte sich auf den Rücken, strampelte mit Armen und Beinen und jauchzte vor Freude. Bonnie rannte wie wild im Kreis um sie herum und spritzte ihre Haare nass. Sie kam wieder auf die Füße und schaufelte ihrerseits mit den Händen Wasser Richtung Hund, und dann lieferten sie sich eine Verfolgungsjagd im flachen Wasser, bis Maggie völlig außer Puste war. Der Hund hatte eindeutig die bessere Kondition.

Sie watete aus dem Wasser und setzte sich nackt in den warmen Sand, um sich von der Sonne trocknen zu lassen, wohl wissend, dass jedes einzelne Sandkörnchen an ihrem Hintern kleben bleiben würde. Bonnie schüttelte sich kräftig und rollte sich dann neben ihr zusammen. Ich sitze nackt an einem windgeschützten, sonnigen Strand, dachte sie, die Oktobersonne wärmt mich durch und durch und niemand kann mich sehen oder stören. Ist es nicht der völlige Wahnsinn, dieses Paradies der Öffentlichkeit zugänglich machen zu wollen?

Sie schloss für einen Moment die Augen und dachte an gar nichts. Dann öffnete sie die Augen wieder und versuchte, sich vorzustellen, wie die Bucht aussehen könnte. In England waren die Sicherheitsstandards hoch, wahrscheinlich würde man eine Treppe brauchen, damit die Leute ohne umständliche Kletterei auf den Strand kamen. Eine Holztreppe, ganz klar, die sich harmonisch in die Landschaft einfügte. Der Strand war zu klein für ein Häuschen, es würde weiter nach oben müssen, da, wo das kleine Wäldchen war. Vielleicht würde man ein paar Bäume roden müssen, weil der Platz nicht ausreichte. Bänke oder Stühle? Auf Bänke passten mehr Leute, aber die Briten benötigten gefühlt sogar noch mehr Sitzabstand als die Schwaben. Wie viele Leute würde man überhaupt unterbringen, wenn man realistisch war? Dreißig, vierzig, oder mehr? Strom und Wasser waren das Allerwichtigste, aber eine Stromleitung, so weit draußen, das war vermutlich technisch machbar, würde aber ein Vermögen kosten. Und wohin mit dem Abwasser, wenn es keine Wasserleitung gab? Vielleicht konnte man mit einem Generator Strom erzeugen, oder mit Solartechnik? Damit konnte man doch mittlerweile fast alles betreiben. Andererseits gab es mehr Wind als Sonne. Vielleicht war Windkraft besser? Sie wollte ein ökologisches Vorzeigeprojekt daraus machen! Alles musste recycelbar sein, das Geschirr, das Besteck, die Servietten. Die Speisen natürlich bio. Konnte man ökologisch grillen? Woher kam das Wasser zum Kochen und Spülen? Gab es eine Alternative zu einem Chemieklo? Sie würde jemanden finden müssen, der sie beriet. Chris kannte sicher die richtigen Leute. Leute, die sich mit alternativen Energien auskannten ... In Margaretes Hirn ratterte es. Es schien unendlich lange her zu sein, dass sie sich so lebendig gefühlt hatte. Sie platzte beinahe vor Energie und Lust, das Projekt anzugehen. Ihre eigene Bucht, ihr eigenes Café! Eine Perspektive für die Zukunft! Sie konnte es kaum erwarten, zurückzufahren und eine Liste der Dinge zu machen, die sie als Allererstes klären musste. Baugenehmigung. Brauchte es so etwas? Gab es vielleicht Naturschutzauflagen, die das Projekt von vorneherein unmöglich machten? Auch das würde Chris sicherlich wissen.

Chris. Er würde nicht begeistert sein von ihrer Idee. Dass Margarete dort ein Café eröffnen wollte, hatte er sich bestimmt nicht ausgemalt, als er ihr die Bucht geschenkt hatte. Sie schloss die Augen wieder und träumte sich an den Abend zurück. Sie hatten den Prosecco getrunken, und dann hatten sie auf der Picknickdecke gesessen und zugesehen, wie es dämmerte. Die Robben draußen auf der Klippe waren erst schemenhaft und dann gar nicht mehr zu erkennen gewesen, aber man hatte ihr heiseres Bellen gehört. Sie hatte sich ganz nah an Chris gekuschelt und sich eins gefühlt mit ihm, den Robben und der Natur. Es war ein überwältigendes Gefühl gewesen.

»Und ich kann mit der Bucht machen, was ich will?«

Er hatte gelacht. »Rein rechtlich, ja. Nur, was willst du mit einem abgelegenen Fleckchen wie diesem schon groß machen außer grillen, lesen, planschen, die Sonne genießen und vor dich hin träumen? Für einen Golfplatz ist das Grundstück zu klein. Obwohl. Eine Idee hätte ich noch. Eine wirklich gute Idee.« Er drehte sich zu ihr, runzelte die Stirn und blickte so konzentriert in ihren Ausschnitt, als betrachte er ein Gemälde im Museum. Margarete ließ sich nicht anmerken, dass ihr allein davon heiß und kalt wurde.

»Die wäre?«

»Dieses rote Kleid ist eine einzige Provokation für jeden Mann.«

»Tatsächlich?«

»Du hast es doch sicher nur deshalb angezogen, damit ich es dir wieder ausziehe?«

»Der Gedanke war mir gekommen. Durchaus.« Sie hielt den Atem an. Er rutschte auf der Picknickdecke ein Stück zurück, sodass er jetzt hinter ihr saß. Seine rechte Hand legte sich wie beiläufig auf ihre Schulter und wanderte dann unendlich langsam zu ihrem Nacken, verweilte dort einen Moment und bewegte sich dann weiter zum Reißverschluss des Kleides auf ihrem Rücken. Er zog den Reißverschluss auf, schob die Träger des Kleides herunter und küsste ihren Nacken und die Schultern. Margarete glaubte zu explodieren, während das Kleid in Zeitlupe von ihren Schultern glitt.

»Ich war noch nie mit einer Frau hier«, flüsterte Chris. »Das ist eine Weltpremiere.« Seine Hände tasteten sich von oben in ihren BH. Sie war vorausschauend genug gewesen, den einzigen Spitzen-BH anzuziehen, den sie besaß. »Hier ist niemand weit und breit. Wir können so laut sein, wie wir nur wollen. Auch ohne Kissen.«

Und laut, hemmungslos laut waren sie geworden, und als sie anschließend auf der Decke lagen, erschöpft und überwältigt von der Intensität ihres Zusammenseins, war es ganz dunkel gewesen, und Maggie hatte den Schreien der Seevögel und dem heiseren Bellen der Robben gelauscht, und sie hatte sich als Teil der überwältigenden Natur gefühlt, nicht nur geduldet, sondern willkommen.

Sie seufzte. Das kannst du komplett vergessen, wenn du das hier durchziehst, dachte sie. Wie würde Chris reagieren? Sie musste es behutsam angehen. Er würde sich erst an den Gedanken gewöhnen müssen, dass die Bucht, sein Refugium, sein Glück und sein größtes Geheimnis, auf Dauer nicht geheim bleiben und fremde Menschen die Bucht bevölkern würden. Andererseits hatte er mittlerweile hoffentlich kapiert, dass sie nicht zur Farmerin taugte, sondern ein Projekt brauchte, das zu ihr passte. Ein Projekt und eine Perspektive! Ohne es zu ahnen, hatte Chris dafür die nötigen Voraussetzungen geschaffen. Sie musste mit ihm reden, jetzt, sofort. Sie sprang auf, klopfte sich die Sandpanade vom Hintern und angelte nach ihrer Wäsche. Sie zog sich an, so schnell sie konnte, rief nach Bonnie und kletterte den steilen Abhang hinauf. Dort drehte sie sich noch einmal um. Zweifel krochen in ihr hoch und begannen, an dem perfekten Plan in ihrem Hirn zu nagen. Vor ihr lag das Paradies, unangetastet und in jeder Hinsicht perfekt. War sie nicht die Schlange, die das Paradies zerstörte? Aber was sprach dagegen, auch anderen den Zugang zum Paradies zu gewähren? Das Glück zu teilen? Vielleicht konnte man ein Fernrohr aufstellen, um die Robben zu beobachten, und Freiwillige des *National Trust* dazu bewegen, den Gästen naturkundliche Auskünfte zu geben. So wie am Lizard Point. Ein durch und durch nachhaltiges und ökologisches Unterfangen. Das war doch auch Karens Idee gewesen! Sie hatte ihr geraten, lieber etwas Eigenes auf die

Beine zu stellen, als krampfhaft und vergeblich Farmersfrau oder Bäckerin spielen zu wollen. Was sollte Chris dagegen haben?

Eine halbe Stunde später war sie zurück auf der Farm und hupte, bevor sie aus dem Jeep kletterte. Bonnie raste Richtung Scheune, das Tor ging auf und Chris kam heraus. »Da bist du ja endlich!«, rief er. »Ich habe die ganze Zeit versucht, dich zu erreichen! Bis das Handy in der Küche klingelte und ich endlich kapiert habe, dass du es nicht bei dir hast! Ich habe mir die allergrößten Sorgen gemacht!«

»Sorgen? Wieso? Weil ich dir nicht gesagt habe, wohin ich gefahren bin? Tut mir leid! Ich wollte schon längst zurück sein.« Sie war beinahe zweieinhalb Stunden weg gewesen, viel länger als geplant.

»Nein! Weil Marcus mich angerufen hat. Er sagte, du wärst auf die falsche Seite geraten und beinahe in seinen Traktor geknallt! Ich konnte nicht fassen, dass er einfach weitergefahren ist. Er konnte mir nicht einmal sagen, ob dir was passiert ist! Manche der Farmer hier sind wirklich grobe Klötze!«

Er nahm sie in den Arm und Margarete bekam ein schrecklich schlechtes Gewissen. Den Zusammenstoß hatte sie vor lauter Aufregung über die Bucht und das Café-Projekt ganz vergessen.

»Es war ja meine Schuld!«, gab sie zerknirscht zu. »Es tut mir leid! Ich war in Gedanken und so unkonzentriert, dass ich versehentlich auf der rechten Seite gefahren bin. Ich habe keine einzige Sekunde darüber nachgedacht! Bonnie hat versucht, mich zu warnen, aber ich habe es nicht begriffen. Unverzeihlich, ich weiß. Ich werde Marcus nachher anrufen und mich entschuldigen. Ich bin ins Schlingern geraten und mit dem Jeep in die Hecke auf der anderen Seite gerauscht. Mir ist nichts passiert, ich bin nur erschrocken. Es tut mir leid, dass du dir Sorgen gemacht hast! Soll ich dir die Kratzer am Jeep zeigen?«

»Als ob es auf ein paar Kratzer mehr oder weniger ankäme!

Hauptsache, dir ist nichts passiert!« Er hielt sie noch ein bisschen fester. Margaretes Gewissen wurde noch ein bisschen schlechter.

»Was war denn nun eigentlich?«, murmelte Chris. »Wohin musstest du so dringend?«

»Das ist eine längere Geschichte. Hast du Zeit für eine Tasse Tee?«

20. KAPITEL

Lori

Lori bemehlte die Arbeitsplatte, dann fing sie an, den Brotteig zu kneten. Wie lange würde es dauern, bis Maggie aufkreuzte? Bullshit schoss an ihr vorbei Richtung Haustür. Die arroganteste Katze der Welt stolzierte meist mit steil aufgerichtetem Schwanz wie eine Diva durch die Küche und zeigte nicht die geringste Dankbarkeit für die Person, die ihr mit teurem Geld das tägliche Futter bezahlte. Nicht, dass Lori darauf Wert legte. Trotzdem ärgerte es sie jedes Mal, wenn Maggie auftauchte und die Katze ihr unmissverständlich klarmachte, dass sie auch ganz anders konnte, wenn sie nur wollte. »Hi, Bluebell, meine Schöne«, hörte sie Maggie gurren. Mein Gott, das war eine verdammte Katze, kein Baby! Maggie streifte an der Küchentür die Sandalen ab und schlenderte in einem roten Kleid barfuß in die Küche, die miauende Katze klebte an ihren Fersen. Die Kombination aus Maggies flammend roten Haaren, dem roten Kleid und der roten Fellfarbe der Katze war einfach lächerlich.

»Hi, Lori. Alles klar? Hast du Zeit für eine Tasse Tee?« Sie klang nervös.

»Eigentlich nicht. Das Brot für morgen muss in den Ofen. Und ich habe das Frühstücksgeschirr noch nicht abgeräumt. Titi ist mit dem Auto nach Truro, zum Großeinkauf. Ich habe ihr verboten, dir Bescheid zu geben, damit ihr nicht wieder den halben Tag mit Kaffeetrinken verdödelt.« Sie knetete energisch weiter. »Mach dir doch selber eine Tasse Tee und für mich gleich eine mit. Du weißt ja, wo alles zu finden ist.« Maggie füllte den Wasserkocher und donnerte zwei Tassen auf den Tisch.

»Chris ist sauer auf mich«, platzte sie heraus. »Obwohl. Sauer ist eine Untertreibung. Ich habe ihn noch nie so wütend gesehen.« Sie seufzte. »Und wir haben uns noch nie so heftig gestritten.«

»Ich weiß.« Sie knetete, ohne Maggie anzusehen, und überlegte, ob es ihr wohl viel ausmachen würde, wenn sich die beiden trennten. Nach diesem Knaller, den sich Maggie geleistet hatte, würde es sie nicht wundern. Dann hätte sie Chris wieder für sich allein. Andererseits hatte sie jetzt Liam und konnte großzügiger sein.

»Hat er angerufen?«

»Nein.« Sie würde sie zappeln lassen.

»Woher weißt du es dann?«

»Er war hier.«

»Er war hier? Shit. Wann?«

»Er ist vor ungefähr einer halben Stunde abgedampft. Davor hat er in Rekordzeit drei vom Frühstück übrig gebliebene Scones verdrückt. Kochst du so schlecht?«

»Sehr witzig. Ich koche überhaupt nicht, das weißt du ganz genau, weil du es mir immer noch nicht beigebracht hast. Ich stelle auf den Tisch. Nämlich Brot, Butter und Wurst. War er immer noch wütend?«

»Wütend ist gar kein Ausdruck. Ich habe ihn noch nie so erlebt.« Die Wut würde verrauchen. Die Enttäuschung nicht.

»Was hat er gesagt?«

»Frag ihn das am besten selber.«

»Vielen Dank für deine Unterstützung. Du bist eine echte Freundin.« Rastlos tigerte Maggie in der Küche auf und ab, die korrupteste Katze der Welt lief jeden Schritt mit ihr mit, als würde sie dafür bezahlt.

»Tss. Stürz mich bitte nicht in einen Loyalitätskonflikt. Wenn Chris sich mir anvertraut, muss er sich schließlich drauf verlassen können, dass ich den Inhalt des Gesprächs nicht weitertratsche.« Natürlich würde sie alles weitertratschen, aber nur in wohldosierten Häppchen. Es tat so gut, endlich mal wieder Geheimnisse mit Chris zu haben und sie Maggie vorzuenthalten, und sich dabei auch noch moralisch im Recht zu fühlen. Maggie warf zwei Teebeutel in die Tassen und übergoss sie mit viel zu viel Schwung mit kochendem Wasser.

»Er fühlt sich verraten.« Ihr Ton war anklagend.

»Wundert dich das? Du verwandelst eine ungeheuer romantische Geste in eine – eine Geschäftsidee?«

»Glaub mir, die Geste hat mich überwältigt, und sie beschämt mich, nachdem ich so an Chris gezweifelt habe. Aber ich bin nun einmal pragmatisch. Und ich brauche eine Perspektive!«

»Pragmatismus war sicherlich nicht Chris' Motiv. Meine Güte, Maggie. Er hat dir eine verdammte BUCHT überschrieben! Selbst, wenn eure Beziehung in die Brüche geht, wird dir die Bucht für alle Zeiten gehören. Deine private Bucht in Cornwall! Nicht einmal ich wusste, dass sie überhaupt existiert! Hast du jemals ein umwerfenderes, ein großzügigeres Geschenk bekommen?«

»Nein.« Maggie nahm die Milchflasche aus dem Kühlschrank und donnerte die Tür so heftig zu, dass die Gläser und Flaschen in der Kühlschranktür klirrten.

»Geht's noch romantischer?«

»Nein, verdammt noch mal. *Fuck off,* Lori! Musst du es mir dermaßen reinreiben? Ich bin also die geschäftstüchtige, eiskalte, geldgeile Deutsche. Profitdenken ist mein einziges Motiv. Nur weil ich eine fabelhafte Idee habe, was ich mit meinen langen, freien Tagen anfange? Weil ich einfach nur das tun will, was ich am besten kann? Ich bin ein Organisationstalent. Ich hab's probiert, ich hab's wirklich probiert, aber aus mir wird niemals eine Farmerin, eine Schäferin, eine Gärtnerin, eine Bäckerin oder eine Köchin. Ich hab noch nie in meinem Leben auch nur einen verdammten Kuchen gebacken. Aber ein Restaurant am Strand schmeißen, das kann ich! Und ich kann es kaum abwarten, mit der Planung anzufangen!«

»Ich sag ja nicht, dass es eine schlechte Idee ist, ein Café oder Restaurant in Strandnähe aufzumachen. Es gibt genug reiche Londoner und Sommergäste, die ständig auf der Suche nach dem neuesten Geheimtipp sind. Aber ausgerechnet in dieser Bucht! Auf dem Grund und Boden, der seit Jahrhunderten im Besitz von Chris' Familie ist!«

»Was ist daran so schlimm? Ich mache doch keinen McDonald's oder eine Tankstelle auf, sondern ein Pop-up-Restaurant! Die Menschen werden an schlichten Holztischen unter improvisierten Sonnensegeln sitzen. Das Essen wird einfach sein und von lokalen Händlern stammen. Ohne lange Transportwege, am besten bio. Der Fisch wird von den Fischern in Port Piran stammen. Ich werde Caroline fragen, ob sie Kuchen für mich backt, und Karen kann frisch gebackenes Brot beisteuern. Alle werden davon profitieren und daran mitverdienen! Auch du, wenn du möchtest! Deine Scones zum Nachmittagstee, damit könntest du ordentlich dazuverdienen!«

»Was ist daran schlimm, fragt sie!« Lori stöhnte und nahm endgültig die Hände aus dem Teig. Sie konnte nicht gleichzeitig streiten und backen. »Chris hat dir keinen Pyjama, keine Teetasse und auch kein Kochbuch geschenkt, obwohl du es nötig hättest. Nein. Er schenkt dir eine Bucht! Meine Güte, Maggie! Ich bin nun wirklich der allerletzte Mensch auf Erden, der zur Romantik neigt. Aber eine traumhaft gelegene Bucht zu verschenken, von deren Existenz keiner wusste, nicht einmal Janie, das ist doch wohl die romantischste Geste, seit Romeo für Julia den giftigen Trank runtergestürzt hat! Und ich werde Chris bestimmt nicht verraten und Verräter-Scones beisteuern!«

»Hast du nicht gesagt, du hast keine Ahnung von Shakespeare? Mit einem Geschenk kann man machen, was man will.«

»Natürlich kann man das. Aber was gibst du Chris damit für ein Signal? Wie reagierst du auf seine Geste? Du warst dir ganz sicher, dass er zurück in Janies Arme rennt, sobald die nur ein bisschen mit dem Busen wackelt. Während du kräftig an eurer Vertrauensbasis sägst, geht er heimlich zum Notar und überschreibt dir seinen heiligsten Ort, um dir seine Liebe und Treue zu beweisen. Ein Rückzugsort nur für euch beide, ein Ort für ein intimes Tête-à-Tête, für leidenschaftlichen Sex, aber doch nicht für ein öffentliches Restaurant!«

»Jetzt reicht's!«, empörte sich Maggie. »Das mit dem Sex geht zu weit! Gib zu, es macht dir teuflischen Spaß!«

»Ehrlich gesagt, ja. Weil ich dich eigentlich für cleverer gehalten hätte. Du willst einen Ort romantischer Zweisamkeit in einen öffentlichen Hype verwandeln – das ist es, worüber sich Chris so aufregt. Wie bist du bloß auf die absurde Idee gekommen?«

»Ich habe in der Zeitung einen Artikel über das *Hidden Hut* gelesen. Daraufhin fing ich an, zu recherchieren. Ich habe mir mehrere YouTube-Videos angesehen und es sah einfach fantastisch aus. Dasselbe könnte man in der Bucht probieren.«

»Das dachte ich mir. Du willst Simon Stallards Idee kopieren.«

»Hat er vielleicht ein Patent drauf angemeldet?«, antwortete Maggie hitzig.

»Natürlich nicht. Aber was genau hast du über das *Hidden Hut* in Portscatho gelesen? Jeder hier kennt die Geschichte. Simon wurde zum Opfer seines eigenen Erfolgs. Er wollte das einfache, naturnahe Leben zelebrieren und hat sogenannte *Feast Nights* veranstaltet, das war nichts anderes als ein Essen an langen Holztischen am Strand. Bei jedem Wetter, selbst im strömenden Regen. Er hat einfach alles auf den Grill geschmissen, Makrele, Taschenkrebse oder Sardinen, was er eben an dem Tag fangfrisch von den Fischern vor Ort gekriegt hat, und dazu gab's Pommes und Salat. Das war alles. Keine Auswahl, immer nur ein Essen. Die Leute mussten sogar ihr eigenes Geschirr mitbringen! Die Tickets dafür hat er online verkauft. Die waren in der Regel in ein paar Sekunden weg. Mehrere Tausend Menschen haben versucht, eines der hundert Tickets zu ergattern! Viele sind auch ohne Ticket aufgetaucht! Wenn das Ding bei dir genauso funktioniert, und das wird es vermutlich, schon allein wegen der traumhaften Lage der Bucht, werden auf der Weide keine Schafe blöken, sondern Autos parken, und du wirst rundherum ein einziges Chaos haben, weil die Straßen viel zu schmal sind für so ein großes Verkehrsaufkommen. Die Farmer werden stinkewütend auf dich und vor allem auf Chris sein, weil sie mit dem Traktor und den Erntemaschinen nicht mehr durchkommen. Und statt Strandparadies gibt es überall Müll und Hundedreck! Und was ist mit der Robbenkolonie? Die Naturschützer werden dich zur Zielscheibe machen, und das zu Recht!« Das waren eins zu eins Chris' Worte gewesen, aber Lori war genauso empört. Nicht wegen der Robben, die waren ihr ziemlich egal. Auf jedem zweiten Felsbrocken im Meer lagen mittlerweile Robben. Nein, das war es wirklich nicht, aber sie fühlte sich bestätigt. Maggie passte nicht hierher! Das hatte sie auch zu Chris gesagt, aber der hatte das natürlich nicht hören wollen.

»Dass ausgerechnet du mir Vorträge über Romantik halten musst! Die Frau, die mit einundsechzig zu ihrem ersten romantischen Date eingeladen wird, von einem wirklich netten Kerl, und es komplett in den Sand setzt! Du kannst von Glück sagen, dass Liam so ein geduldiger Mensch ist und dir eine zweite Chance gegeben hat, nachdem du ihn brutal abserviert hast!« Maggie stand mit geballten Fäusten vor ihr. Sie hatte sich beim Zuhören vor lauter Emotion die Haare zerzaust, und jetzt standen sie wie der Glorienschein eines Racheengels um ihren Kopf.

»Pass auf, Maggie. Du bewegst dich auf sehr gefährlichem Boden!«, rief Lori scharf.

»Du auch!«, gab sie wütend zurück.

»Hi.«

Sie wurden in ihrem hitzigen Wortgefecht von Titilope unterbrochen, die mit schweren Tüten beladen in die Küche schlich. Dass sie schlich, lag nicht an den Tüten. Lori merkte sofort, dass etwas nicht stimmte. Normalerweise schmetterte Titi schon an der Haustür einen fröhlichen Gruß. Aber heute schmetterte gar nichts. Es war so offensichtlich, dass es Lori trotz des Streits mit Maggie auffiel.

»Was ist los?«, fragte sie alarmiert.

»Nichts«, murmelte Titilope, stellte die Taschen ab, öffnete den Kühlschrank und begann, Lebensmittel in die Fächer zu räumen. »Es sind noch Tüten im Auto.«

»Ich gehe«, bot Maggie an. »Wir reden nachher weiter, Lori. Steht das Auto unten auf dem Parkplatz?«

»Warte. Irgendwas ist doch passiert.«

»Ich will nicht darüber reden.« Titilope klang ungewohnt schnippisch und räumte weiter. Lori marschierte zum Kühlschrank, klappte die Tür zu und sah sie stirnrunzelnd an. Titilope brach mit einer Milchflasche in der Hand in Tränen aus.

»Wusste ich's doch. Raus mit der Sprache.«

»Was bist du einfühlsam, Lori.« Maggie klang vorwurfsvoll. »Setz dich. Wie wär's mit einer Tasse Tee, Titi?« Sie nahm der weinenden Titilope die Milchflasche aus der Hand, legte ihr den Arm um die Schultern und steuerte sie zum Küchentisch. Meine Güte! Die Rollen waren mal wieder klar verteilt. *Good cop, bad cop.* Maggie gab die Mitfühlende, und sie war der unsensible Trampel. Dabei war Maggie diejenige, die auf Chris' Gefühlen herumtrampelte! Lori füllte den Wasserkocher, dann setzte sie sich auf die andere Seite des Küchentischs.

»Nun erzähl schon«, drängte sie. Miss Supereinfühlsam warf ihr einen vorwurfsvollen Blick zu. Lori streckte ihr ganz schnell die Zunge raus. Titilope putzte sich umständlich die Nase.

»Da waren diese zwei Männer«, begann sie stockend und ohne sie anzusehen. Shit, dachte Lori. Shit, shit, shit. »Bei *Sainsbury's.* Ich hatte gerade bezahlt und alles in den Einkaufswagen geräumt, um zum Parkplatz zu gehen. Sie waren mir schon im Laden aufgefallen. Sie gingen hinter mir her, penetrant und viel zu dicht, und als ich mich umdrehte, grinsten sie total blöd. Das waren so junge Typen in Jeans und engem

T-Shirt, mit kurz geschorenen Haaren. Bei der Army, würde ich schätzen. Ich habe vor einem Regal gewartet, bis sie sich an eine Kasse gestellt haben, und bin an eine andere Kasse gegangen, so weit weg, wie es nur ging. Aber als ich aus dem Supermarkt kam, standen sie da und rauchten, und es war offensichtlich, dass sie auf mich warteten. Einer ging dann um den Einkaufswagen herum, stellte sich direkt davor, sprang mit hängenden Armen auf und ab und machte Geräusche wie ein Affe. Ich bekam einen Schweißausbruch, und Panik, und versuchte, dem Kerl auszuweichen, aber der Einkaufswagen war so schwer, und er ließ sich nicht abschütteln. Der hinter mir schrie: ›Das ist unser Land. Geh doch zurück in den Dschungel, du Affe!‹ Wir liefen im Zickzack über den Parkplatz, es war komplett absurd. Dann begann ich so zu zittern, dass ich den vollgeladenen Wagen kaum mehr schieben konnte. Die beiden haben sich blendend amüsiert.«

»Oh, mein Gott«, murmelte Maggie schwach.

»Und dann? Du hast sie hoffentlich zur Schnecke gemacht?«, rief Lori wütend. Sie war nicht überrascht. Es war alles ihre Schuld. Sie hätte Titi niemals alleine zum Einkaufen schicken dürfen. Titilope schüttelte den Kopf.

»Da war eine alte Frau«, flüsterte sie. »Sie stellte sich dem Typen in den Weg. Und dann fuchtelte sie mit ihrem Stock und rief: ›Ihr solltet euch schämen. Lasst die Frau in Ruhe, sie hat euch nichts getan! Verschwindet, oder ich rufe die Polizei!‹ Sie hat ihr Handy aus der Tasche gezogen und es dem Kerl drohend unter die Nase gehalten. Ich hatte Angst um sie. Angst, dass der Typ auf sie losgeht und ihr das Handy aus der Hand reißt, aber die beiden haben nur blöd gelacht und sind abgehauen. Die Frau ist mit mir zum Auto gegangen und hat gewartet, bis ich alles eingeladen habe. Dann hat sie sich entschuldigt. Für ihre Landsleute. Sie hat gesagt, ich soll nicht denken, alle Briten seien Rassisten.«

Für einen Augenblick herrschte schockierte Stille. Dann legte Maggie los.

»Die Polizei. Genau. Du rufst jetzt die Polizei, Lori, und schilderst ihr den Vorfall!«

Maggie stand auf, holte das Telefon und knallte es demonstrativ vor Lori auf den Tisch.

»Nein, bitte nicht!«, wehrte Titilope panisch ab.

»Warum nicht? Willst du die Kerle einfach davonkommen lassen? Du brauchst die Hilfe einer alten Frau, um den Weg von der Supermarktkasse zum Auto unbeschadet zu überstehen! Das ist doch ein Skandal!« Ihre Stimme überschlug sich. Der Racheengel war jetzt in voller Fahrt. Offensichtlich hatte Maggie noch nicht kapiert, wie viele Idioten es in diesem Land gab.

»Ich will kein Aufhebens machen deswegen. Das ist es nicht wert!«, protestierte Titilope. »Außerdem habe ich schlechte Erfahrungen mit der Polizei gemacht!«

»Aber dann ändert sich nie etwas!«

»Glaubst du etwa, diese kranken Typen ändern sich, nur weil ich sie anzeige?«

»Nein«, rief Maggie. »Aber man muss solche Vorfälle öffentlich machen! Du kannst das doch nicht einfach ... einfach auf sich beruhen lassen!«

»Weißt du, was das Schlimmste ist, Maggie?«, flüsterte Titilope. »Das Grillfest bei Chris, das werde ich nie vergessen. Und weißt du, warum? Es war das erste Mal, dass meine Hautfarbe keine Rolle gespielt hat, seit ich in England bin. Da war ich aber in einem geschützten Raum. Die Geschichte im Supermarkt war vielleicht ein Extremfall – aber von einem Skandal weit entfernt. Weißt du, wie oft ich verächtliche Blicke auf mir spüre? Wie oft ich merke, dass die Leute über mich reden? Vor allem seit dem Brexit-Referendum und dem Austritt? Und weißt du, wie viele deutlich jüngere Leute als die couragierte alte Frau einfach tatenlos zugeschaut haben, wie mich die beiden über den Parkplatz gejagt haben?«

»Aber das ist doch ungeheuerlich!«, regte sich Maggie auf. »In Stuttgart wäre das undenkbar! Bei uns ist es völlig normal, dass Menschen aus der ganzen Welt friedlich zusammenleben! Da würde so ein Vorfall eine riesige Aufmerksamkeit erregen!«

»Davon haben wir jetzt auch nichts, dass du uns dein Stuttgart als Multikulti-Vorzeigeparadies hinstellst«, rief Lori ärgerlich. »Viele Briten sind nun mal ausländerfeindlich. Gegen polnische Erntehelfer und schwarze Flüchtlinge. Der Tatsache muss man leider ins Auge sehen, und der Brexit hat Rassismus erst so richtig salonfähig gemacht!« Sie stand auf, ging zu ihrem Portemonnaie, öffnete es und zog einen Zehn-Pfund-Schein heraus. »Ich weiß, dass nichts so sehr die Nerven beruhigt wie ein großes Stück Kuchen von Caroline. Du gehst jetzt zu ihr ins Café und erholst dich. Lass dir Zeit.«

»Und die Einkäufe? Und die Zimmer? In einer Stunde reisen neue Gäste an, und das Zimmer *Marigold* ist noch nicht gemacht!«

»Maggie hilft mir sicher gern. Sie hat bestimmt nicht vergessen, wie man die Zimmer putzt. Außerdem ist sie dann für eine Weile aus der Schusslinie ihres *sweethearts*. Oder, Maggie?« Sie bemühte sich, fies zu grinsen. Maggie blitzte sie ärgerlich an.

»Natürlich«, zischte sie. »Ruh dich nur aus, Titilope.«

»Bist du sicher, Maggie?«

»Ganz sicher. Lass uns zusammen runter zum Auto gehen, ich hole die Tüten, du gehst zu Caroline.«

Die beiden verschwanden ohne weiteren Kommentar und Lori atmete tief durch. Sie mochte keine Dramen. Vor allem nicht, wenn sie eine Mitschuld trug. Wie viele Dramen sich wohl schon in ihrer Küche abgespielt hatten? Seit Maggie in Port Piran aufgetaucht war, war ihre Zahl deutlich gestiegen. Das größte Drama war Chris' öffentlicher Verrat an Maggie im Frühsommer gewesen. Danach hatte Chris in ihrer Küche gesessen, am Boden zerstört, und ihr sein Herz ausgeschüttet. Sie hatte behauptet, Maggie sei abgereist, dabei hatte die in der Speisekammer gelauscht. Mehr Drama ging nun wirklich nicht. Das Brot! Sie musste dringend das Brot fertig kneten, sonst war die Mühe umsonst gewesen. Oder sie rauchte einen schnellen Joint. Es würde sicher eine ganze Weile brauchen, bis Maggie den Weg hinunter zum Parkplatz und wieder zurück gegangen war, beladen mit schweren Taschen.

So ein kleiner Joint wirkte einfach Wunder. Eine Viertelstunde später fühlte sich Lori schon wieder deutlich entspannter. Das konnte man von Maggie leider nicht behaupten.

»Ich fass es nicht!«, rief sie, kaum dass sie zur Küchentür herein war und die restlichen Einkaufstaschen abgestellt hatte. Um nicht zu sagen: hingeknallt. »Titilope ist komplett traumatisiert, und was machst du? Du drückst ihr zehn Pfund in die Hand und schickst sie zum Kuchenessen wie ein kleines Kind!«

»Manchmal sind die scheinbar simplen Lösungen die besten. Den britischen Rassismus schaffe ich bestimmt nicht ab. Du hast es nun mal nicht leicht in Cornwall, wenn du nicht hier geboren bist. Das gilt sogar für Leute aus anderen Teilen Großbritanniens. Wenn du dazu auch noch die falsche Hautfarbe hast ...« Ob das Brot noch zu retten war? Zur Not musste sie eins aus der Gefriertruhe holen. Sie schob das Blech in den vorgeheizten Ofen.

»Die falsche Hautfarbe?«, meinte Maggie ungläubig. »Was soll das heißen, die falsche Hautfarbe?«

»Maggie-Schätzchen, das ist ganz bestimmt nicht meine Meinung. Glaub mir, meinetwegen können die Menschen grün, blau oder rosa sein. Für mich macht das null und gar keinen Unterschied. Nur, da draußen gibt es einen Haufen Dummköpfe, die einen Menschen nach der Hautfarbe bewerten. Damit muss man leben.«

»Damit muss man leben? Das kann doch wohl nicht dein Ernst sein! Titilope arbeitet für dich. Und sie arbeitet viel und gut für wenig Geld! Du trägst Verantwortung für sie!« Natürlich hatte Maggie recht. Titilope hatte der Himmel geschickt, aber Lori hatte nicht die geringste Lust, das Maggie gegenüber zuzugeben.

»Ich hätte die Polizei angerufen, wenn Titilope es gewollt hätte. Es war deine Idee, sie hier zu beschäftigen, vergiss das bitte nicht, nicht meine. Ich wusste, dass es Ärger geben kann. Das hier ist eine konservative Gegend. Wir sind nicht an Ausländer gewöhnt.«

»Ich bin auch Ausländerin!«

»Wie könnte ich das je vergessen? Man merkt es daran, dass du dich aus englischer Sicht manchmal wie ein sehr seltsames Schaf benimmst. Und vielleicht wirst du das schon bald zu spüren bekommen, wenn die Leute gar nicht so scharf drauf sind, dich zu beliefern, weil sie Chris nicht in den Rücken fallen wollen.«

»Ach, sind wir wieder beim Thema von vorhin? Ich bin also seltsam, ja, nur weil ich mir eine eigene berufliche Perspektive wünsche? Und die Leute werden mich boykottieren?« Es wäre jetzt vermutlich klug, einzulenken, überlegte Lori. Aber der Joint hatte sie träge gemacht, und irgendwie war ihr ziemlich egal, ob Maggie wütend war oder nicht.

»Ich glaube, du bist vor allem deshalb sauer, weil ich auf Chris' Seite stehe.«

»Natürlich bin ich sauer! Ich dachte, wir sind befreundet und du unterstützt mich!«

»Ich bin auch mit Chris befreundet. Und das schon sehr viel länger.«

»So ist das also«, stieß Maggie hervor. »Im Zweifelsfall ist die alte Freundschaft mehr wert als die Freundschaft zu mir. Du warst ja von Anfang an gegen unsere Beziehung! Du denkst, ich habe dir Chris weggenommen!«

»Sei nicht ungerecht. Ich bin doch nicht grundsätzlich auf Chris' Seite! Ich finde einfach, dass er in diesem Fall recht hat und dass du dir das Projekt mit dem Restaurant am Strand aus dem Kopf schlagen solltest!«

Maggie baute sich vor ihr auf. Ach du liebe Güte, dachte Lori. Nur gut, dass der Racheengel kein Schwert bei sich trug, denn sonst würde es nun vermutlich auf sie niedersausen und ihren Schädel in zwei Hälften spalten. Bei dem Gedanken musste sie grinsen. Maggie schien die Situation nicht witzig zu finden.

»Weißt du, wie sich das anfühlt, wenn dir die beiden Menschen, die dir in einem fremden Land am nächsten stehen, in den Rücken fallen?«, stieß sie hervor. »Das Land, in dem man gerade mühsam versucht, sich eine neue Heimat aufzubauen? Es fühlt sich so an, dass man am liebsten sofort seine Koffer packen würde! Ich kann Titilope ja so gut verstehen! Putz deine Scheißzimmer ohne Hilfe von Ausländern!« Und damit rauschte sie aus der Küche. Drama, dachte Lori milde. Sie liebt eben das Drama. Sie wird sich auch wieder beruhigen.

21. KAPITEL

Margarete

Seit über einer Woche schlichen sie jetzt umeinander herum. Sie redeten miteinander, das schon, aber nur das Nötigste. Nachts drehte sich jeder stumm auf seine Seite. Margarete fühlte sich elend und kämpfte schwere innere Kämpfe mit sich aus. Sie wusste, dass sie Chris viel zumutete. Aber war sie wirklich übers Ziel hinausgeschossen und hatte ihn und seine romantische Idee verraten, so wie Lori es ihr vorgeworfen hatte? Ausgerechnet Lori! Die Fachfrau für Romantik! Die hatte sie zwei Tage nach dem Streit angerufen und ihr aufs Handy gesprochen. »Hi, Maggie. Tja, also, es tut mir leid, ich hätte dich vermutlich nicht so hart angehen dürfen oder sollen. Was die Bucht betrifft, da hab ich meine Meinung allerdings nicht geändert. Das ist bekloppt. Trotzdem. War nicht so gemeint. Also, was ich damit sagen wollte, falls ich es nicht schon gesagt habe, komm doch bald mal wieder vorbei.«

Margarete hatte sich gefreut und sich ein bisschen weniger einsam gefühlt. Dass Lori sich entschuldigte, kam nicht allzu oft vor und war vermutlich Liam und seinem guten Einfluss geschuldet.

Am Morgen nach dem Anruf stattete Maggie Honeysuckle Cottage einen Besuch ab. Nicht nur wegen Lori, sondern auch deshalb, weil sie herausfinden wollte, wie es Titilope ging. Die schien sich gefangen zu haben, zumindest machte sie diesen Eindruck. Als Maggie sie vorsichtig darauf ansprach, ob sie den rassistischen Übergriff vor dem Supermarkt nicht doch der Polizei melden wollte, wehrte sie allerdings schroff ab.

»Du bist weiß, Maggie. Du bist es wahrscheinlich gewohnt, dass die Polizei dir glaubt und sich für dich und deine Rechte einsetzt. Glaub mir, als schwarze Einwanderin habe ich andere

Erfahrungen gemacht. Ich lasse die Geschichte auf sich beruhen.«

Lori warf Margarete nur einen genervten Blick zu, der deutlich sagte, ob sie bitte aufhören könne, im Wespennest herumzustochern?

Liam wiederum sprach die Sache mit ihrer Bucht an. »Ein Café ist sicher nicht das, was Chris sich vorgestellt hat, aber die Idee ist doch gar nicht so schlecht. Man könnte es zumindest einmal gedanklich durchspielen! Damit ist ja noch nichts entschieden. Vielleicht braucht er einfach noch ein bisschen Zeit. Soll ich mal mit ihm reden?«

Nun war Liam derjenige, der von Lori einen genervten Blick kassierte. Maggie hatte sich bedankt, aber sie wusste, dass sie selbst versuchen musste, die Geschichte mit Chris zu klären. Sie war mit dem festen Vorsatz von Port Piran auf die Farm zurückgekehrt, sich noch am selben Tag mit Chris auszusprechen. Aber dann hatte der bis spätabends draußen gearbeitet, und als er endlich hereinkam, wirkte er so erschöpft, dass sie wieder nicht den nötigen Mut aufbrachte.

Seither fühlte sie sich jeden Tag ein bisschen elender. Sie hatte nicht erwartet, dass Chris begeistert auf ihren Vorschlag reagieren würde. Aber dass er die Idee rundweg ablehnte? Lori hatte ins Spiel gebracht, irgendwo anders ein Café oder Restaurant aufzumachen. Aber Margarete lebte jetzt schon seit Monaten von ihrem Ersparten und verdiente nichts. Sie hatte etwas Geld auf die Seite gelegt, das vermutlich gerade so für die Infrastruktur am Strand reichen würde, größere Investitionen konnte sie damit nicht stemmen. Auf keinen Fall wollte sie ihre Mutter um Geld bitten! Ihr Leben lang war sie berufstätig gewesen und hatte ihr eigenes Geld verdient.

Chris musste doch verstehen, dass sie nicht monatelang Däumchen drehen konnte! Er war mit der Farm voll ausgelastet, und in seiner freien Zeit war er mit Janie, der Scheidung und den Kindern beschäftigt. Aber hatte er sie auch nur ein einziges Mal gefragt, wie sie sich ihre Zukunft in Cornwall vorstellte? Wovon sie träumte? Was sie sich wünschte? Bei dem Gedanken wurde sie jedes Mal ärgerlich. Oder traurig. Dann wiederum fand sie sich selbst schrecklich undankbar. Die Bucht war so ein unfassbar großzügiges Geschenk! Chris hatte es als Liebespfand bezeichnet, und sie wollte ein kommerzielles Projekt daraus machen. Hatte er da nicht allen Grund, enttäuscht zu sein? Warum schlug sie es sich nicht aus dem Kopf und suchte sich einen Job, der nichts mit der Bucht zu tun hatte?

Weitere Tage vergingen und nichts passierte, außer dass sich die Gedanken in Maggies Kopf im Kreis drehten. Endlich kam sie zu einer Entscheidung. Sie konnte das nicht durchziehen, wenn Chris dagegen war. Das würde die Beziehung nicht aushalten. Sie würde das nicht aushalten! Was hatte sie von einem tollen Projekt, wenn darüber die Beziehung zerbrach? Was wollte sie dann noch in Cornwall? Sie musste sich etwas anderes suchen. Irgendetwas würde sich schon ergeben. Bei dem Gedanken stieg Mutlosigkeit in ihr auf. Sie waren doch schon mitten im Herbst. Cornwall hatte außer im Tourismus und der Landwirtschaft nicht viele Jobs zu bieten, und die Arbeitslosigkeit war hoch. Für die Landwirtschaft war sie nicht geeignet, und der Tourismus würde erst wieder an Ostern in Schwung kommen. Wie gerne hätte sie jetzt über den Winter ihre ganze Energie in die Vorbereitungen für das Café in der Bucht gesteckt, um dann im Frühjahr mit Beginn der neuen Saison richtig loszulegen! Aber was war ihr wichtiger, Chris oder ihr Projekt? Die Antwort war klar. In diesem Moment öffnete sich die Haustür. Impulsiv sprang Maggie auf und lief auf Chris zu.

»Ich kann so nicht weitermachen!«, rief sie.

»Bitte lass uns nicht mehr streiten!«, rief Chris und rannte ihr mit weit ausgebreiteten Armen entgegen.

Maggie fiel einfach hinein und sie küssten sich wild.

»Du bist mir wichtiger als der Strand!«

»Die letzten Tage waren einfach schrecklich!« Chris drückte sie ganz fest an sich und durchwühlte mit einer Hand ihr Haar.

»Ich schlage mir das Café aus dem Kopf!« Maggie musste ihn gleich noch einmal küssen.

»Wenn dir das Café so viel bedeutet, dann sollst du dein Café haben!«, rief Chris und küsste sie zurück.

Und dann lachten sie beide, und Margarete spürte, wie sich endlich die Anspannung löste und in ungeheure Erleichterung verwandelte.

»Das nächste Mal warten wir nicht so lange, bis wir uns versöhnen. Das war ja nicht zum Aushalten.«

»Mir ging's genauso«, gestand Chris. »Es gab so viele Momente, wo ich mit dir reden wollte. Nachts, im Bett, war's am schlimmsten. Aber ich habe es nicht geschafft, über meinen Schatten zu springen. Komm, setz dich an den Tisch. Wir trinken einen Tee und sprechen das Ganze noch mal in Ruhe durch, bevor ich zu den Schafen rausfahre. Ich habe mir ein paar Gedanken gemacht. Schau dir das schon einmal an.«

Er zog ein paar zusammengefaltete Blätter Papier aus seiner Hemdtasche und drückte sie ihr in die Hand. Dann ging er zur Küchentheke und füllte Wasser in den Kessel. Margarete setzte sich an den Esstisch und breitete die zerknitterten Unterlagen vor sich aus. Sie traute ihren Augen nicht. Da waren Adressen und Telefonnummern von Architekten, Handwerkern und Schreinereien und von städtischen Ämtern für die erforderlichen Genehmigungen. Fotos und Skizzen vom Strand. Ein Zettel, auf den lauter Stichworte gekritzelt waren: Strom, Licht, Wasser, Toilette, Parken, Spülen, Kochen, Personal, Öffnungszeiten, Sitzgelegenheiten, Treppe, Ebbe/Flut, Robben/Tierschutz, Werbung, Essen/Getränke, Preise … Ganz zuunterst waren ein paar entzückende Entwürfe von einem winzigen Café. Auf einer Skizze sah es aus wie ein Food Truck, auf einer anderen wie ein Tipi und auf der dritten wie ein Retro-Kiosk, und auf allen dreien stand in altmodischer Schnörkelschrift »*Maggie's Café*«. Er hatte auch die Innenansichten mit schnellen Strichen skizziert, winzige Küchen mit Kochstellen und Regalen. Und er hatte sie selbst hineingezeichnet, mit ganz wenigen Strichen, wie eine Comicfigur, aber doch unverkennbar, mit ihrem wilden Haar und ihren Sommersprossen und einem breiten, glücklichen Lächeln ... es rührte sie an.

»*Maggie's Café!* Oh, Chris! Das ... das ist einfach zauberhaft! Wann hast du dir das bloß alles ausgedacht?«

»In den letzten Tagen. Ich hatte immer Papier und Bleistift zur Hand, sogar im Stall, weil mir ständig was Neues eingefallen ist. Ideen für die Gestaltung, und Dinge, an die du denken musst. Leute, die dir helfen können. Du brauchst auf jeden Fall Facebook und Insta. Ohne das geht es heutzutage nicht mehr. Mein alter Freund Charlie kann dir dabei helfen. Nicht zu vergessen die Hinweisschilder an der Straße. Die sollten möglichst originell sein, damit sie viel Aufmerksamkeit erregen. Vielleicht auch im Retro-Stil?« Er stellte eine Tasse Tee und einen Teller mit *Chocolate Digestives* vor ihr auf den Tisch, setzte sich neben sie, legte ihr einen Arm um die Schultern und drückte sie an sich. Sie lehnte sich an ihn. Ein paar Sekunden blieben sie einfach so sitzen. Endlich waren sie wieder gut miteinander. Alles andere war nebensächlich.

»Diese ganzen Pläne und Skizzen ... dabei wolltest du doch gar kein Café!«

»Ich habe in den letzten Tagen viel nachgedacht.« Er wollte weiterreden, aber Maggie fiel ihm ins Wort.

»Ich auch. Und ich bin zu dem Schluss gekommen, dass ich nicht der Bucht wegen unsere Beziehung riskiere. Du hast gesagt, ich kann damit machen, was ich will. Aber wenn ich dich mit dem Café unglücklich mache, dann ist der Preis dafür zu hoch. Ich werde den Winter nutzen, um mich umzuschauen und Kontakte zu knüpfen. Dann wird sich schon was ergeben.«

Chris nickte bedächtig. »Willst du das Café aus Rücksicht auf mich nicht mehr oder weil du die Idee grundsätzlich nicht mehr gut findest?«

Maggie zögerte.

»Sag mir einfach ehrlich, was du denkst. Anders kommen wir nicht weiter, das haben wir ja gesehen.«

»Na schön. Ich hätte immer noch große Lust, es zu versuchen, aber ich habe Skrupel bekommen, weil du niemals auf die Idee gekommen wärst, dass ich die Bucht kommerziell nutzen will, als du sie mir geschenkt hast. Der Eingriff in die Natur wäre gewaltig, keine Frage. Ich bin mittlerweile nicht mehr sicher, ob und wie das funktionieren könnte. Viel wichtiger ist aber – was habe ich von einem Café, wenn unsere Beziehung darüber zerbricht?«

»Das wird sie nicht.« Chris lächelte und ihr wurde ganz warm.

»Soll das heißen, du bist nicht mehr dagegen?«

»Es soll heißen, dass ich in den letzten Tagen begriffen habe, was für eine riesige Chance dir die Bucht bietet. Es ist bestimmt nicht das, was ich ursprünglich im Sinn hatte. Aber ich verstehe, dass du eine Perspektive brauchst. Wenn du glaubst, dass dir die Bucht eine bietet, dann ist es einen Versuch wert. Ich weiß ja, wie schwer es ist, in Cornwall beruflich Fuß zu fassen. Noch dazu für dich als Deutsche.«

»Wirklich?« Sie konnte es kaum glauben. Sie hatte sich schon halb damit abgefunden, dass sie sich das Projekt aus dem Kopf schlagen musste. Und nun hatte Chris nicht nur seine Meinung geändert, sondern bereits heimlich Pläne und Checklisten gemacht? Stille Wasser ... Sie knuffte ihn in die Seite. »Aus dir soll mal einer schlau werden.«

Er grinste. »Ich bin noch nicht fertig. Ein paar Kompromisse erwarte ich schon von dir. Die Finanzierung ist allein deine Sache, ich stecke kein Geld in das Café. Das ist dein Projekt, ich helfe dir, wenn ich kann und wenn du möchtest, ansonsten sind Finanzierung, Bau, Genehmigungen und Organisation, Gewinne und Verluste allein deine Verantwortung.«

Margarete nickte. »So ist es mir auch am liebsten.«

»Manchmal haben wir hier komplett verregnete Sommer. Dir muss klar sein, dass du dann nicht viel verdienen wirst. Die

Behörden hier sind nicht die schnellsten, die Handwerker auch nicht. Du wirst viel Geduld brauchen.«

»Das ist meine große Stärke. Ist dir das noch nicht aufgefallen?«

Chris grinste. »Als Nächstes würde ich mir wünschen, dass das Café nur am Wochenende geöffnet ist. Sagen wir – Freitagnachmittag bis Sonntag am frühen Abend? Das machen viele so in Cornwall, die ein Café oder einen Imbiss am Strand betreiben. Den Rest der Woche ist der Zugang zur Bucht gesperrt. Dann hätten die Vögel und die Robben vier Tage lang ihre Ruhe. Und wir auch, falls wir dort ungestört Zeit verbringen wollen. An Ostern, den langen Maiwochenenden und in den Sommerferien könntest du vielleicht etwas großzügiger öffnen. Was hältst du davon?«

»Das ist eine tolle Idee. Wahrscheinlich ist drei Tage durcharbeiten anstrengend genug.«

»Willst du denn selber hinterm Tresen stehen und bedienen? Oder jemanden einstellen? Und wer macht das Essen? Wird es vor Ort zubereitet oder fertig geliefert?«

Maggie lachte. »Ich habe es noch nicht gewagt, darüber nachzudenken. Es ging in meinem Kopf immer nur um die Frage, ob überhaupt.« Sie hielt die Skizzen vom Café hoch. »Die sind einfach entzückend. Am besten gefällt mir der Zirkuswagen. Er hat so was wunderbar Nostalgisches. Du überraschst mich immer wieder. Woher kannst du das?«

Chris grinste. »Vergiss nicht, ich habe die Farm selber umgebaut. Es ist nicht das erste Mal, dass ich mich mit dem Thema beschäftige. Sieh mal, diese Liste hier, das sind die Leute, die du unbedingt ins Boot holen musst. Die arbeiten alle im Bereich alternative Energien. Du brauchst Strom, und ich weiß nicht, ob Solarpaneele auf dem Dach des Cafés ausreichen. Sicher nicht in einem schlechten Sommer! Brauchst du einen Kühlschrank oder geht es ohne? Du musst irgendwo Wasser herkriegen. Und wohin mit dem Abwasser? Das nächste Dorf und die nächste Wasserleitung sind anderthalb Meilen entfernt. Lass dir ausrechnen, was es kosten würde, eine Wasserleitung in die Bucht zu legen. Parken wird vermutlich das größte Problem. Vielleicht brauchen wir dafür die Schafweide, die Straße ist zu schmal, aber dann ist sie für alle Zeiten als Weide unbrauchbar. Und dann natürlich die Robben. Du wolltest den *National Trust* einbinden, das würde ich als Allererstes tun, damit sie dir keine Steine in den Weg legen. Vielleicht würde es auch Sinn machen, Hunde von vorneherein zu verbieten. Wenn du zwei, drei Hunde hast, die im Wasser herumrennen, können dort keine Kinder mehr spielen. Ich würde mir aber wünschen, dass du Familien mit kleinen Kindern im Blick hast, für die ist der flache Strand zum Planschen eigentlich ideal. Da stören Hunde nur.«

»Wie weit du schon gedacht hast!«, staunte Maggie. Die Probleme schreckten sie nicht, die waren dazu da, dass man sie löste. Es kribbelte in ihrem ganzen Körper vor lauter Lust, loszulegen. Sie hatte das Gefühl, von oben bis unten mit positiver Energie aufgeladen zu sein. »Meinst du, die Leute werden mich unterstützen?«

Chris nickte. »Weißt du, ich bin hier in der Gegend kein Unbekannter. Natürlich werden sie dich unterstützen, wenn sie wissen, dass ich hinter dir stehe. Manch einer wird dagegen sein, schon aus Prinzip. Da spielt dann die Brexit-Geschichte wieder rein … und der Neid. In Cornwall ist der Kuchen klein, und je mehr Leute ein Stück davon abhaben wollen, desto weniger bleibt für die anderen übrig. Außerdem gibt es einen generellen Widerstand gegen Leute von außerhalb, weil in Cornwall immer mehr Investoren von außen mitmischen, vor allem aus London. Aber meine Familie lebt seit Jahrhunderten hier, das wird dir helfen. Wenn du Handwerker und Lieferanten aus Port Piran einbindest, erhöht das deine Erfolgschancen. Wenn du stattdessen Leute aus Truro holst, machst du dich sehr schnell unbeliebt.«

»Das ist ja klar. Und du …? Bist du dir ganz sicher, dass du mich unterstützt? Das ist für mich das Allerwichtigste. Wir müssen das nicht sofort entscheiden.«

»Schau mal in den Kühlschrank. Ich habe eine Flasche Prosecco kalt gestellt, um auf dein neues Projekt anzustoßen.«

Er war einfach unmöglich. Unmöglich und wunderbar.

»Jetzt gleich?«

»Lieber heute Abend. Die Schafe warten.«

»Wie clever sind deine Schafe?«

»Überdurchschnittlich clever. Das liegt an ihrem überdurchschnittlich cleveren Besitzer.«

»Das heißt, wenn du ihnen erklärst, warum du ein bisschen später kommst, dann verstehen sie das?«

»Aber natürlich. Ich stelle mich vor sie und halte eine kleine Ansprache. Das mache ich übrigens regelmäßig, um sie über die neuesten Entwicklungen in Politik und Gesellschaft auf dem Laufenden zu halten. Was soll ich als Grund angeben, warum ich ein bisschen später komme?«

»Versöhnungssex?«

»Ich bin mir ganz sicher, dass sie dafür allergrößtes Verständnis haben werden.«

Margarete konnte sich nicht erinnern, wann sie das letzte Mal so erschöpft und gleichzeitig so glücklich gewesen war. Sie war gleich nach dem Gespräch mit Chris (und dem dringend fälligen Versöhnungssex) mit Chris' Plänen und Zeichnungen zur Bucht hinausgefahren, war alles noch einmal abgelaufen und hatte Fotos gemacht. Noch in der Bucht war sie über ein gravierendes Problem gestolpert: Sie war so abgelegen, dass es weder Handy- noch Internetempfang gab. Maggie versuchte es in alle Richtungen, vergeblich. Das würde bedeuten, dass sie alle Telefonate und Mails von der Farm aus erledigen musste und auch später in der Bucht weder für Handwerker und Lieferanten noch für Gäste (oder auch Chris) telefonisch erreichbar sein würde. Chris lachte nur, als sie zurückkam und es ihm berichtete.

»Das ist doch großartig. Ich habe in der Bucht bisher nie etwas vermisst, und dann kannst du das Café als handyfreie

Zone anpreisen. Die Eltern kümmern sich dann endlich mal wieder um ihren Nachwuchs, anstatt ständig aufs Smartphone zu starren.«

»Bis dahin ist es noch ein weiter Weg«, seufzte Maggie. Erst einmal bedeutete es, dass sie ständig zwischen der Bucht, der Farm und Port Piran hin- und herpendeln musste. Ziemlich rasch ergab sich ein zweites Problem: Niemand, mit dem sie vor Ort verabredet war, schien die Bucht auf Anhieb zu finden, sodass Maggie sich angewöhnte, die Farm als Treffpunkt anzugeben, um von dort aus gemeinsam zur Bucht hinauszufahren, was zusätzlich Zeit kostete. Weil das Café am dringendsten war, traf sie sich als Erstes mit dem Ökoschreiner aus Port Piran, den Chris ihr empfohlen hatte. Der hatte schon einmal ein vollautonomes *Tiny House* mit Fotovoltaikmodulen auf dem Dach konstruiert. Er begriff sofort, was Maggie sich vorstellte, und baute nun ein *Tiny Tiny House,* wie er es grinsend nannte, ein wind- und wetterfestes Häuschen mit einem breiten Tresen für den Verkauf. Innen würde es mit Regalen, Stauflächen, einer Arbeitsplatte, Platz für einen Kühlschrank und einer winzigen Spüle ausgestattet sein, alles maßgeschneidert und aus Ökoholz. Ob die kleine Dachfläche ausreichen würde, um genug Strom zu produzieren, würde sich im ersten Sommer weisen müssen. Maggie hoffte es sehr, denn der Preis für die Fotovoltaikanlage war ein ziemlicher Schock gewesen und hatte ihre Ersparnisse stark schrumpfen lassen.

Als weitaus komplizierter erwies sich das Thema Wasser – es gab externe Wassertanks für Frisch- und Brauchwasser zu kaufen, aber wie sollte sie die füllen und leeren? Sie sondierte das Gelände in der Nähe der Bucht und stieß auf eine allein stehende, etwas heruntergekommene Farm, gut eine halbe Meile von der Bucht entfernt. Chris kannte den Farmer nicht, also klopfte Maggie einfach an seine Tür und fragte ihn ohne große Umschweife, ob er sich vorstellen könne, seine Wasserleitung bis zur Bucht zu verlängern, natürlich mit entsprechender Entschädigung. Der Farmer war äußerst skeptisch, versprach aber, darüber nachzudenken. Dass die Bucht so schwer zugänglich war, machte sie einzigartig, erschwerte aber die Logistik. Von der Straße bis zur Bucht lief man gut zehn Minuten über unwegsames Gelände, und alles musste getragen werden.

Maggie las und recherchierte unermüdlich, sie traf sich mit Fachleuten für regenerative Energien und Vertretern des *National Trust*, sie klapperte Ämter ab, kümmerte sich um die Inneneinrichtung, das Geschirr, den Herd, die Kaffee- und Softeismaschine, Stühle, Bänke, Tische, Sonnenschutz und die Lieferanten.

Sie hatte Chris gebeten, für den steilen Zugang vom Wäldchen zum Strand eine Lösung zu finden. Nun wurden bequeme Treppenstufen angelegt, mit zwei Handläufen aus dem Tau eines ausrangierten Segelschiffes, eines in Erwachsenen-, das andere in Kinderhöhe. Zunächst würde sie sich mit einem Chemieklo behelfen, im Frühjahr sollte dann eine Trockentoilette in dem kleinen Wäldchen gebaut werden.

Eigentlich lief alles gut. Zumindest am Anfang. Aber dann stellte Maggie fest, dass alles viel langsamer ging als gedacht. Sie konnte wirbeln, wie sie wollte, die Leute zogen einfach nicht mit. Sie war davon ausgegangen, dass man sofort ins Auto steigen und losfahren würde, wenn sie sich mit einem Handwerker oder Energiefachmann auf der Farm verabredete. Stattdessen schauten sich die Leute entspannt auf dem Hof um und Maggie erwartungsvoll an, bis sie kapierte, dass erst Tee getrunken und Kekse gegessen werden mussten, was die Abfahrt um eine halbe Stunde verzögerte. Manche wollten sogar die Kühe sehen! Ähnlich erging es ihr, wenn sie Leute in Büros oder Geschäften aufsuchte. Maggie war durchgetaktet und wollte eigentlich sofort zur Sache kommen. Stattdessen bot man ihr ein Tässchen Tee an (was sonst) und befragte sie ausführlich nach Chris' und ihrem Wohlbefinden, was natürlich im Umkehrschluss bedeutete, dass auch sie Fragen stellen musste, um nicht unhöflich zu wirken. Dabei hatte sie dafür doch überhaupt keine Zeit! Sie plante schließlich für Anfang November eine kleine Voreinweihungsparty, an einem Sonntagnachmittag, an dem sie auf trockenes Wetter hoffte! An Weihnachten sollte es dann richtig losgehen, mit ein paar kleinen Glühweinevents zwischen Weihnachten und Silvester. Aber zunächst würde sie alle Leute einladen, die mit an ihrem Projekt gearbeitet hatten oder sie zukünftig beliefern würden. Der Innenausbau des Häuschens würde noch nicht fertig sein, aber es sollte einen Tag vor dem Event mit einem Hubschrauber (noch mehr Kosten!) auf seinem Standort auf dem Plateau vor dem kleinen Wäldchen abgesetzt werden, dunkelblau angestrichen und mit dem hellblauen Schild versehen, auf dem in schnörkeliger Schrift *Maggie's Café* stand. Sie würden Klapptische und -stühle auf den Strand stellen und den ganzen Nachmittag essen, trinken und feiern. Und sie würden Musik machen – die schlechteste Punkband der Welt, bestehend aus Lori, John und Maggie, würde an diesem Nachmittag auferstehen und ihre »Greatest Hits« zum Besten geben. Margarete freute sich wahnsinnig darauf, obwohl sie natürlich überhaupt keine Zeit zum Proben hatte.

Nachdem Chris seinen Widerstand gegen das Projekt aufgegeben hatte, hatte auch Lori ihre Unterstützung zugesagt und war bereit, die Scones für das Café zu backen. Noch viel besser aber war: Titilope war sofort Feuer und Flamme gewesen. »Ich habe keinen Fulltime-Job hier bei Lori. Darf ich hinterm Tresen stehen und für dich arbeiten? Bitte, Maggie! Du hast doch nichts dagegen, *Commander,* oder?« Und Lori hatte großzügig gesagt, solange sie ihren Job in Honeysuckle Cottage nicht vernachlässige, könne sie den Rest ihrer Zeit machen, was sie wolle, sie sei schließlich keine Sklaventreiberin. Titilope grinste vielsagend und Margarete freute sich riesig. Sie würde das sowieso nicht alleine stemmen können, und Titilope war die ideale Partnerin. Sie war zuverlässig, immer gut gelaunt, konnte wunderbar Small Talk mit Gästen machen, kochen und backen, und sie würde hinter dem Tresen einfach fantastisch aussehen (das sagte Maggie nicht laut). Vor allem aber hatte Margarete nun jemanden, mit dem sie sich austauschen konnte: darüber, was es zu essen und zu trinken geben würde (vegane Sandwiches! Smoothies!), wo und wie sie das Menü präsentieren würden (auf einer altmodischen Schiefertafel), was sie fertig anliefern und was sie vor Ort zubereiten würden (Karen war für Salat und Gemüse zuständig).

Außerdem sprühte Titi nur so vor Ideen. Sie schlug Maggie vor, einen Esel anzuschaffen. Der konnte als Lastentier von der Straße bis zum Strand Baumaterialien, Getränke und Lebensmittel transportieren und außerdem später als Streicheltier fungieren. Chris fand die Idee wunderbar, plädierte aber für zwei Esel, weil das Tier erst einmal auf der Weide bei der Bucht bleiben sollte und dort einsam und alleine gewesen wäre. Am Ende schenkte er ihr großzügig ein Eselpärchen, das nach Fertigstellung der Bauarbeiten für die Wintermonate auf die Farm ziehen sollte und langfristig vielleicht sogar Nachwuchs produzierte. Margarete taufte die beiden Robin und Marian und stellte rasch fest, dass der Umgang mit Eseln alles andere als romantisch war und ihr dafür komplett die Geduld fehlte. Sobald sie sie vom Fleck bewegen wollte, blieben sie einfach stehen, stemmten alle viere in den Boden und gingen weder vor noch zurück. Titilope hatte dagegen ein Händchen für die beiden: Sie brauchte nur mit der Zunge zu schnalzen, schon machten sie alles, was sie von ihnen verlangte.

Trotz der Verzögerungen und Geduldsproben konnte Maggie nicht fassen, wie sich ihr Leben in Cornwall in so kurzer Zeit so positiv verändert hatte. Wenn sie durch Port Piran lief, schien jeder sie zu kennen und ihr freundlich zuzuwinken, weil sie mit so vielen Leuten zusammenarbeitete. Ihre Tage waren knallvoll und nachts fiel sie todmüde ins Bett. Es machte ihr nichts aus. Endlich hatte sie etwas zu tun! Etwas, das ihr Spaß machte!

»Ich bekomme dich kaum mehr zu Gesicht«, stellte Chris

eines Abends fest und klappte sein Buch zu, als sie spät zu ihm ins Bett kroch, nachdem sie noch wenige Minuten zuvor am Computer gesessen hatte.

»Oh, das tut mir leid!«

Er schüttelte den Kopf. »Hauptsache, du bist glücklich dabei.« Und das war sie. Sie war so glücklich und zufrieden wie schon lange nicht mehr, und das Grinsen wollte gar nicht mehr aus ihrem Gesicht verschwinden. Aber dann rief der Schreiner an.

»Es tut mir leid, Maggie. Ich habe überraschend einen Auftrag für den Innenausbau eines Restaurants in St. Ives bekommen.«

»Was bedeutet das?«, fragte sie beunruhigt.

»Es bedeutet, dass ich die nächsten drei Wochen jeden Tag in St. Ives bin. Wahrscheinlich wohne ich sogar dort.«

»Die nächsten drei Wochen? Und was ist mit *Maggie's Café?*«

»Das muss ich zurückstellen. Normalerweise gibt es hier im Winter kaum Jobs. Das verstehst du doch sicher? Ich kann das nicht absagen. Ich brauche das Geld dringend.«

»Aber was ist mit meiner Eröffnung?«

»Die wirst du verschieben müssen. Sorry.« Und schon hatte er aufgelegt. Maggie war erst verdattert, dann bekam sie einen Tobsuchtsanfall. Sie rannte durchs Wohnzimmer, knüllte die Sofakissen zusammen und donnerte sie auf den Fußboden. Dazu fluchte sie auf Schwäbisch laut vor sich hin. »Halbdackel! Vollseckel!« Bis sie merkte, dass Chris vor ihr stand.

»Was ist los?«, fragte er ganz ruhig.

So ruhig, dass Margarete erst recht explodierte.

»Was los ist?«, rief sie wütend. »Nichts ist los. Das ist es ja gerade! Wenn es in diesem Tempo weitergeht, eröffnen wir in den nächsten fünf Jahren nicht! Dieser ewige Small Talk und die Scheißteetrinkerei! Als ob es nichts Wichtigeres auf der Welt gäbe! Und jetzt geht auch noch der Schreiner für die nächsten drei Wochen zum Teetrinken nach St. Ives! Und der

Farmer wird noch ein paar Monate abwarten und Tee trinken und dann erst entscheiden, ob ich seine Wasserleitung verlängern darf oder nicht! Und du stehst einfach hier herum und guckst blöd!«

Chris lachte laut heraus und schien kein bisschen verärgert, weil sie ihre schlechte Laune an ihm ausließ.

»Scheißteetrinkerei«, schmunzelte er, dann wurde er ernst. »Hör zu. Es gibt einen Grund, warum schnelle Autos in Stuttgart gebaut werden und nicht in Port Piran. Hier ticken die Uhren einfach anders. Du kannst den Menschen nicht deine Stuttgarter Arbeitsmoral und dein Effizienz- und Optimierungsdenken aus der Autowelt aufdrücken. Da reagieren sie empfindlich. Und du musst auch verstehen, wenn der Schreiner den Auftrag in St. Ives annimmt. Er verdient daran wahrscheinlich viel mehr als an deinem Häuschen. Eine Absage kann er sich nicht erlauben.«

»Ich war trotzdem zuerst da. Da hat man doch auch eine gewisse Verpflichtung, oder? Mir geht das alles viel zu langsam! Jetzt muss ich die Eröffnung auf unbestimmte Zeit verschieben!«

»Tja, hier ist es nun einmal so, dass die Leute schnell bockig werden, wenn sie das Gefühl haben, man macht ihnen Druck.«

»Die Leute und die Esel.«

Chris nickte. »Richtig. Lass den Dingen etwas mehr ihren Lauf, und du wirst sehen, es dauert vielleicht ein bisschen länger, als du es gewohnt bist, aber dafür ist es auch weniger hektisch, und es wird ordentlich gemacht. Es ist ja nicht so, dass die Leute hier auf der faulen Haut liegen. Sie haben nur ihren eigenen Rhythmus. Und ja, Teetrinken ist sehr wichtig. Es bedeutet einfach, sich Zeit füreinander zu nehmen, einander wertzuschätzen. Glaub mir, Teetrinkzeit ist gut investierte Zeit. Du kannst die Dinge entspannt besprechen, und dabei wächst die Sympathie füreinander. Ich wollte mich nicht einmischen, aber es war sicher nicht der diplomatischste Weg, den fremden Farmer zwischen Tür und Angel zu fragen, ob er seine Wasserleitung verlängert. Lad ihn zum Tee ein, du wirst sehen, er wird viel umgänglicher sein. Hier lassen sich die Leute nicht so gern für jemanden einspannen, den sie nicht so richtig mögen, selbst wenn sie das Geld brauchen. Da sind sie stur. Wie die Esel.«

»In Stuttgart ist Sympathie bestimmt nicht das entscheidende Kriterium im Geschäftsleben!«, gab Maggie hitzig zurück.

»Hier schon. Verstehst du jetzt, warum das Teetrinken so wichtig ist?«

Margarete stöhnte. »Das ist mir alles so fremd. Wie soll ich mich bloß an das Leben hier gewöhnen? Auf Dauer? Ich weiß nicht, ob ich das schaffe!«

Chris sah sie liebevoll an. »*Sweetheart,* hab einfach ein wenig Geduld. Mit den Menschen hier, und auch mit dir. Du bist schließlich erst seit ein paar Monaten in Cornwall. Da wäre es doch ein Wunder, wenn alles reibungslos laufen würde.«

»Jetzt, wo es auf den Winter zugeht, fehlt mir so vieles«, gestand Maggie. »Obwohl ich den ganzen Tag mit dem Café beschäftigt bin. Mal kurz ins Kino, ohne es tagelang vorher planen zu müssen. Oder ins Stuttgarter Ballett. Ich würde so gerne mal mit dir hingehen.« Und die politische Einstellung der Leute machte ihr mehr zu schaffen, als sie gedacht hatte. Dass so viele Menschen froh waren, nicht mehr Teil Europas zu sein, während sie selbst überzeugte Europäerin war, war für sie ein echtes Problem, aber das sagte sie nicht laut. Chris hatte es sich nicht so ausgesucht.

»Das verstehe ich«, antwortete Chris. »Wir versuchen, es zu organisieren, langfristig. Ich kümmere mich um jemanden, der mich auf der Farm vertritt, und wir fahren für ein paar Tage nach Stuttgart. Vielleicht im Februar? Ich will ja schließlich auch wissen, wo du herkommst. Und deine Mutter würde sich bestimmt freuen.«

Maggie nickte halbherzig. Ein paar Tage? Monate vorher geplant? Es würde nicht dasselbe sein. »Manchmal kriege ich so schreckliches Heimweh. Ich habe sogar Heimweh nach den Verkehrsstaus und der dreckigen Luft. Ist das nicht völlig absurd? Und dann mache ich mir Vorwürfe. Weil es hier doch so schön ist. Und weil ich die Bucht habe! Wie kann man sich da nach Verkehrsstaus sehnen?« Oder nach einem Kaffee vor dem Neuen Schloss, oder auf dem Schillerplatz. Spontan zum Italiener an der Ecke gehen mit Chris, ohne Tage vorher jemanden suchen zu müssen, der den Stall machte. Mal wieder eine ganz einfache Pizza! In England konnte man hervorragend indisch essen, aber die italienischen Restaurants waren einfach fürchterlich. Waren das nicht alles Luxusprobleme? Die letzte Frage stellte sie laut.

»Luxusprobleme klingt so, als hättest du kein Recht darauf. Dass du Dinge vermisst, die für dich zum Alltag gehört haben, ist doch normal und legitim. Ja, es ist schön hier. Trotzdem ist es kein Paradies, und es ist anders. Warum also machst du dir Vorwürfe, wenn du dich mit Dingen, die anders sind, schwertust? Das ist doch ganz normal.«

»Weil ich dich gefunden habe. Weil das doch alles aufwiegt. Aufwiegen sollte.«

Chris schüttelte den Kopf. »Liebe kann viel«, murmelte er. »Aber nicht alles. Dabei wünsche ich mir nichts mehr, als dich glücklich zu machen.«

»Ich weiß«, murmelte Maggie. »Danke.« Sie hielten sich ganz fest.

»Alles wird gut«, flüsterte Chris in ihr Ohr. »Es wird nur ein bisschen dauern.«

Wie lange ist ein bisschen, dachte Maggie, und ihr war bang.

Aber dann ging plötzlich alles ganz schnell. Der Schreiner brauchte nur zwei Wochen statt der geplanten drei in St. Ives und stellte nach seiner Rückkehr das *Tiny Tiny House* in Rekordzeit fertig. Und nicht nur das, es gab eine Schönwetterperiode mit ungewöhnlich warmem Wetter. Am zweiten Samstag im November stand Margarete auf dem Plateau vor dem Wäldchen und dirigierte aufgeregt den Hubschrauber, der

Maggie's Café absetzte. Der Pilot winkte ihr zu und knatterte wieder davon. Sie lief auf den Strand und schaute sich das Häuschen von unten an. Es fügte sich harmonisch in die Landschaft ein und sah aus, als habe es schon immer dagestanden. Es war genauso, wie Margarete es sich vorgestellt hatte. Es war perfekt.

Am Tag darauf feierte Maggie ihre erste große Strandparty. Alle kamen, und alle brachten etwas mit. Caroline hatte gleich drei Kuchen gebacken, Karen brachte selbst gemachten Käse und frisches Brot, Lori ihre Scones mit *clotted cream* und Erdbeermarmelade und Titilope veganen Jollofreis nach einem nigerianischen Rezept, der so köstlich war, dass Maggie ihn in Zukunft auf die Speisekarte setzen wollte. Der Schreiner rückte gleich mit einer ganzen Kiste Prosecco an! Der Fischer, bei dem sie ihren frischen Fisch beziehen würde, hatte unglaublich leckere Sandwiches mit Krebsfleisch gemacht. Sogar der Farmer kam. Er hatte ihr noch keine Zusage gemacht wegen der Wasserleitung, aber sein Auftauchen stimmte Maggie optimistisch. Es war ein warmer und beinahe windstiller Nachmittag, sie weihten das fröhliche bunte Geschirr ein und Maggie war so glücklich wie noch selten in ihrem Leben. Sie saßen auf den Bänken auf dem Strand, bestimmt dreißig Leute, mit dem leisen Schwappen der Wellen und dem heiseren Rufen der Robben als Begleitmusik, und alle lachten und scherzten und umarmten Maggie und gratulierten ihr zu *Maggie's Café*. Ein paar Gäste hatten ihre Kinder mitgebracht, die fröhlich am Wasser spielten. Chris saß neben ihr, drückte sie immer wieder an sich und murmelte ihr ins Ohr, wie stolz er auf sie war. Genauso hatte es sich Margarete vorgestellt: ein idyllischer Platz, in ihrer Bucht, direkt am Meer. Ein Ort, an dem die Leute glücklich sein konnten und für ein paar Stunden Sorgen und Nöte hinter sich ließen. Sie sah sich um. Es funktionierte. Ja, es funktionierte.

Zum Abschluss sang die schlechteste Punkband der Popgeschichte ihre größten Hits, und Lori, John und Maggie gaben alles. Maggie hatte das lächerliche blaue Kinderschlagzeug aufgebaut und traktierte es mit aller Kraft, Lori folterte ihre Gitarre und grölte »*I heard it through the grapevine*« und John sang »My Way« so intensiv, dass alle heulen mussten.

Am Schluss konnte Liam nicht mehr an sich halten, er stürmte auf Lori zu und packte sie mitsamt ihrer Gitarre, hob sie hoch und küsste sie, und Lori ließ sich küssen, lachte und strahlte und sah so glücklich aus, wie Margarete sie noch nie gesehen hatte.

Es war ein Nachmittag, an den sie ihr Leben lang zurückdenken würde.

22. KAPITEL

Lori

Lori stand mit Zettel und Stift in ihrer Speisekammer und überprüfte höchst konzentriert die Regale. Mehl, Zucker, Tomaten, Bacon, Champignons, notierte sie. Sie musste nachher in den Garten gehen und nach dem Schnittlauch sehen. Taugte Novemberschnittlauch noch für Rührei?

»Lori? Hallo? Bist du hier?«

Liam hatte in seiner Wohnung übernachtet. Eigentlich wusste er, dass sie es nicht leiden konnte, wenn er sie nach dem Frühstücksservice für die Gäste störte. Sie streckte den Kopf aus der Speisekammertür. »Was ist?«, fragte sie unwirsch. Sie zog den Kopf sofort wieder zurück.

»Guten Morgen. Könntest du für einen Moment aus deiner Speisekammer rauskommen? Ich muss mit dir reden«, sagte Liam. Er klang ungewöhnlich gestresst. »Dringend. Es wird Sturm geben. Du musst Vorkehrungen treffen und so viele Leute wie möglich warnen. Vor allem deine Gäste.«

Lori kam aus der Speisekammer heraus und lächelte spöttisch. Liam trug das hellblaue Hemd, auf dem »Lifeboats« stand, in der Hand hielt er eine Landkarte. Hatte er nicht gesagt, dass er heute freihatte? »Niedlich, dass du dich sorgst, aber das kam schon heute Morgen um sechs im Radio. Das hat garantiert ganz Port Piran gehört. Die Leute lachen sich tot, wenn ich sie anrufe. Wir haben jeden Winter Stürme und wissen, wie man sich darauf einstellt.«

Liam ging nicht auf ihren Spott ein und blickte sie sehr ernst an. »Ich weiß, dass du kein Greenhorn bist, aber ich hatte gerade einen Anruf von der Küstenwache. Das wird kein normaler Sturm, wie es die Leute hier gewohnt sind. Wir kriegen die Ausläufer eines Zyklons, der über Kuba hinzieht. Und wenn ich

Ausläufer sage, dann klingt das vielleicht harmlos. Aber Kuba wird gerade zerlegt. Das könnte einer der schlimmsten Stürme werden, die Cornwall je gesehen hat.« Er tippte auf die Landkarte. »Der Sturm kommt ungebremst aus der Karibik hier an, knallt erst auf die Scilly-Inseln und dann bei Land's End aufs Festland.«

Lori sah ihn stirnrunzelnd an. »So dramatisch klang das heute Morgen im Radio aber nicht.«

»Genau das ist meine Sorge – dass es die Leute nicht ernst genug nehmen. Offensichtlich gibt es einen Konflikt zwischen Küstenwache und Wetteramt. Das Wetteramt meint, es wird nicht so schlimm, und will Panikmache und Sturmtourismus verhindern. Die Küstenwache findet dagegen, dass die Gefahr verharmlost wird. Ich vertraue der Küstenwache mehr. Die sind hier vor Ort und kennen die Gegebenheiten.«

»Hmm. Da hast du sicher recht. Wann soll der Sturm kommen?« Sie warf einen Blick aus dem Fenster. Draußen strahlte die Sonne von einem mit Schäfchenwolken bedeckten Himmel, und es sollte heute bis zu vierzehn Grad geben, ungewöhnlich warm für Ende November. Aber Lori wusste, wie schnell das Wetter in Cornwall umschlagen konnte.

»Übermorgen, vielleicht auch schon im Lauf der morgigen Nacht. Es wird ein Temperatursturz und sehr heftiger Wind und Regen vorhergesagt. Du solltest allen deinen Gästen raten, abzureisen oder Honeysuckle Cottage nicht zu verlassen.«

»So schlimm?« Lori stöhnte. Nun war sie wirklich alarmiert.

Liam nickte. »Der Klimawandel sorgt für immer heftigeren Wind und Regen. Außerdem ziehen die Stürme langsamer weiter. Das könnte im extremsten Fall gut zwei Tage richtig heftig werden. Kriegst du neue Gäste, denen du noch absagen kannst? Die anderen müsstest du möglicherweise voll verpflegen, wenn sie nicht abreisen wollen. Morgen Abend solltest du alle Fensterläden am Haus schließen und nicht mehr öffnen, bis der Sturm abgezogen ist. Rate Caroline, das Café zu verrammeln, und gib im Pub Bescheid. Sieh zu, dass du genug Essen, Kerzen und Taschenlampen bereithältst. Und Holz für deinen Ofen! Strom und Heizung könnten ausfallen. Gegenstände, die umherfliegen könnten, solltest du sichern. Räum alles in deinen Schuppen, was draußen herumsteht. Auch Dinge, von denen du meinst, sie fliegen nicht. Vielleicht wäre es auch keine schlechte Idee, John bei den Vorsichtsmaßnahmen unter die Arme zu greifen? Ich fahre jetzt zur Küstenwache, wir haben ein Krisengespräch. Dann muss ich zur Rettungsstation, die *Pride of Port Piran* bis zur letzten Schraube durchchecken, Rettungsboot und Ausrüstung überprüfen und alle Freiwilligen briefen, dass ab morgen Abend höchste Alarmstufe gilt und niemand Port Piran verlassen darf, weil wir möglicherweise jeden Mann und jede Frau brauchen. Morgen Abend übernachte ich hier, zur Vorsicht, falls du in irgendeiner Form Hilfe benötigst, und übermorgen früh fahre ich spätestens um sechs mit meinem Schlafsack zur Rettungsstation und bleibe dort, bis der Sturm abgezogen ist.«

Lori nickte und versuchte, alle Infos zu verdauen. Liam war der umsichtigste und am besten organisierte Mann, den sie kannte. Sie hatte nicht den geringsten Zweifel daran, dass er jede Schraube am Rettungsboot nachziehen würde. »Ich gebe dir für deine Schicht auf der Station Verpflegung und eine Thermoskanne Tee mit.« Er grinste. »Am besten gleich für eine ganze Kompanie. Die Leute von der *Shore Crew* werden auch in der Station bleiben müssen, damit wir im Notfall sofort handlungsfähig sind. Soll ich nach meinen Meetings Vorräte für Honeysuckle Cottage einkaufen? Ich sitze dann ja sowieso schon im Auto.«

»Einkaufen wäre prima, dann kann ich mich in Ruhe um meinen Laden kümmern. Ich war sowieso gerade dabei, eine Liste zu schreiben. Machst du dir eine Tasse Tee und gibst mir fünf Minuten? Zur Belohnung kriegst du die beiden Scones, die vom Frühstück übrig geblieben sind.«

»Da sag ich nicht Nein.« Liam griff nach dem Wasserkocher. In Loris Hirn ratterte es längst. Nicht nur Liam war gut organisiert. Sie würde Karen Bescheid geben und bei der Gelegenheit um eine Extralieferung frischer Lebensmittel bitten. Brot, Eier, Käse, Schinken, Speck, Kartoffeln ... normalerweise machte sie für die Gäste nur Frühstück. Was ließ sich für viele Leute mit wenig Aufwand gut kochen? Bestimmt kein Gericht von Yotam Ottolenghi mit zweiunddreißig verschiedenen exotischen Gewürzen. Wozu gab es die guten englischen Klassiker? *Macaroni Cheese* machte in der Regel jeden glücklich. Zum Lunch am nächsten Tag *Cornish Pasties,* die ließen sich gut vorbereiten. Und zum Abendessen *Fish Pie*. Hoffentlich dauerte der Sturm nicht länger als einen Tag! Sie würde Titilope zum Hafen schicken, um frischen Fisch zu kaufen. Vorzeitige Abreisen galt es zu verhindern, unter allen Umständen. Sie brauchte das Geld so dringend!

Im Rekordtempo vervollständigte Lori die Einkaufsliste für Liam und verbrachte dann die nächsten anderthalb Stunden am Telefon. Sie gab Caroline, Karen, Chris und natürlich John Bescheid, und dann rief sie noch im Pub an. Auf John würde sie nicht nur vor, sondern auch während des Sturms ein Auge haben müssen. Alle Angerufenen reagierten zunächst genauso skeptisch wie Lori selbst, doch sobald sie hörten, dass die eindringliche Warnung von der Küstenwache kam und Liam sich ihr anschloss, änderten sie ihre Haltung.

»Was für ein Glück, dass Liam hier ist!«, meinte Karen. Sie klang ungewöhnlich besorgt. »Wenn er sagt, es wird schlimm, dann wird es schlimm. Ich bringe dir nachher frische Lebensmittel für mindestens vier Tage.«

Caroline entschied noch am Telefon, das Café für zwei Tage zu schließen. »Ich hänge gleich einen Zettel auf«, versprach sie. »Dann können sich die Gäste drauf einstellen. Außerdem spricht es sich dann rascher herum.«

Auch der Merry Fisherman wollte den Betrieb einstellen. »Damit niemand auf dem Heimweg vom Pub im Sturm von umherfliegenden Dachziegeln verletzt wird«, wie Gary meinte.

Lori hatte ihre Buchungen im Kopf und sah trotzdem für

alle Fälle im Computer nach. Im Zimmer *Rose* würde es morgen einen Wechsel geben, die anderen Zimmer waren bis Ende der Woche belegt. Sie schaffte es nach längerer Diskussion, die neuen Gäste abzuwimmeln. Es wurmte sie, weil sie ihnen nun das Geld zurückerstatten musste, aber je weniger Leute, für die sie verantwortlich war, desto besser. Allein die Vorstellung, zwei Tage lang mit frierenden, hungrigen Gästen in Honeysuckle Cottage eingesperrt zu sein und sich die ganze Zeit um sie kümmern zu müssen! Vorsichtshalber würde sie ein, zwei Kuchen backen, dazu etwas Brot und Gebäck. Essen hielt die Leute bei Laune. Titilope kam mit zwei Kilo frischem Fischfilet vom Hafen zurück.

»Es sieht nicht so aus, als ob Liam übertreibt«, berichtete sie. »Die Fischer sind ja normalerweise sehr entspannt, aber in diesem Fall scheinen sie sich ernsthafte Sorgen zu machen. Morgen früh wollen sie noch einmal auslaufen und dann am Mittag alle Boote auf den Strand holen und so gut sichern, dass es sie selbst bei einer Sturmflut nicht wegspülen kann. In Port Piran haben die ersten Leute schon angefangen, ihre Häuser zu verrammeln und ihre Autos vom Parkplatz im Hafen wegzufahren. Deine Nachricht scheint sich wie ein Lauffeuer zu verbreiten.«

»Ich habe noch immer den Verdacht, dass Liam übervorsichtig ist. Andererseits ist zu viel Vorsicht besser als zu wenig, und wenn sich sogar die Fischer solche Sorgen machen, kann er so falsch nicht liegen. Am besten frieren wir den Fisch ein, dann sind wir flexibel.«

Titilope ging in die Speisekammer und legte den Fisch in die Tiefkühltruhe. Dann kam sie zurück und stand vor Lori, ohne den Mund aufzumachen.

»Was stehst du so stumm rum? Spuck's schon aus.«

»Ich trau mich aber nicht, *Commander*«, murmelte Titi.

»Sei nicht albern. Sonst bist du doch auch nicht schüchtern! Ich hab nicht den ganzen Tag Zeit, ich muss die Blumentöpfe und die Gartenstühle in den Schuppen räumen.«

»Das kann ich doch machen. Darf ich dich um was bitten?«

»Kommt drauf an. Mehr Geld gibt's nicht, wenn du das meinst.«

»Kann ich morgen Abend hierbleiben und für die Dauer des Sturms im Frühstückszimmer schlafen? Wenn in meinem Zimmerchen der Strom oder die Heizung ausfallen, gibt es niemand, der sich drum kümmert, weil der Vermieter in Redruth wohnt. Dann bin ich aufgeschmissen und kann mir nicht mal einen heißen Tee machen. Außerdem traue ich den dünnen Fensterscheiben nicht. Wenn der Wind die eindrückt, bin ich geliefert.«

Lori zögerte einen Augenblick. Es war ungewöhnlich, dass Titilope um Hilfe bat, was bedeutete, dass sie sich ernsthafte Sorgen machte. Andererseits war ihr Zimmer nur acht Minuten Fußmarsch entfernt. Sie konnte ihr vorschlagen, erst dann herüberzukommen, wenn es tatsächlich Probleme gab. Wenn sie aber bereits in Honeysuckle Cottage war, konnte sie sie für die Gäste einspannen. Titilope war weitaus eloquenter und vor allem lockerer im Gespräch mit den Gästen als Lori, und sie konnte nach dem Kochen die Küche aufräumen. Blieb das Problem mit der Hautfarbe, aber eigentlich war es eine gute Gelegenheit, um die Reaktion der Gäste zu testen. Lori dachte angestrengt nach.

»Hmm. Wenn es wirklich schlimm wird, werden manche Gäste die halbe Nacht im Frühstückszimmer hocken und sich gemeinsam gruseln, dann kommst du nicht zum Schlafen.«

»Das nehme ich in Kauf. Immer noch besser als mutterseelenallein in einem Zimmer ohne Strom und Heizung zu bibbern.«

»So war das nicht gemeint. Ich habe gerade den Leuten abgesagt, die morgen Abend anreisen wollten. Sie hatten *Rose* gebucht. Du könntest dort schlafen.«

»Du ... du bietest mir eines deiner Gästezimmer an?«, gab Titilope ungläubig zurück. »Ist das dein Ernst?«

Lori war über sich selbst erstaunt. Die Idee war ihr ganz spontan gekommen.

»Vorausgesetzt, du richtest es danach selber wieder her.«

»Natürlich! Das ist sehr großzügig von dir, Lori, vielen Dank!« Titilope schien völlig verdattert. Meine Güte!

»Das bietet sich doch an. Bin ich normalerweise so ein Drachen?«, fragte Lori stirnrunzelnd.

Titi grinste. »Ich könnte dir jetzt schmeicheln und dich anlügen, oder ich kann ehrlich mit dir sein, und du bist vermutlich angepisst. Welche Version darf's denn sein, *Commander?*«

»Die Wahrheit natürlich!« Hmm. Oder vielleicht doch nicht?

»Wie du willst. Die Wahrheit ist: Ja, du kannst ein fürchterlicher Drachen sein. Aber ...« Sie lachte jetzt laut heraus.

»Aber was?«, fragte Lori streng.

»Willst du das wirklich hören? Seit du mit Liam zusammen bist, bist du ein viel netterer Mensch.«

23. KAPITEL

Lori

Beim Frühstück hatte es nur ein einziges Thema gegeben. Niemand wollte abreisen, die Gäste, allesamt Großstadtpflanzen, schienen den Sturm vielmehr als aufregendes Abenteuer zu empfinden. Lori warnte, dass es nicht nur aufregend, sondern auch ziemlich unangenehm werden konnte und dass sie am Abend in allen Zimmern die Fenster verrammeln würde, sodass die Gäste möglicherweise ein, zwei Tage im Dunkeln sitzen und gar nicht viel mitbekommen würden von dem, was sich draußen tatsächlich abspielte, aber das schien niemanden abzuschrecken.

»Ein richtiger Sturm, direkt am Atlantik, das ist doch etwas ganz Besonderes!«, schwärmte Mr Hancock, der mit seiner Frau Mary im Familienzimmer wohnte. »Das gibt es bei uns zu Hause in Birmingham nicht!«

Lori schätzte das Paar auf Ende sechzig, sie waren beide ausgesprochen dick, bewegten sich mehr rollend als laufend auf ziemlich kurzen Beinchen vorwärts und hatten bisher keinen besonders abenteuerlustigen Eindruck auf Lori gemacht.

»Hilfe, die Hancocks kommen«, raunte Titilope morgens, wenn zweistimmiges lautes Schnaufen ankündigte, dass die Hancocks die Treppe hinunterwatschelten. Beim Frühstück verdrückten sie beide zusätzlich zum *Full English Breakfast* mit der doppelten Menge Würstchen und einer Extraportion *Baked Beans* noch jewels vier Scheiben weißen Toast (»Lori, nicht wahr, Sie halten auch nichts von diesem neumodischen Vollkorngedöns?«). Wenn Lori vorher gewusst hätte, welche Mengen Essen in die beiden hineingingen, hätte sie ihnen einen Fresszuschlag berechnet. Sie machte sich in Gedanken eine Notiz, dass sie für die Hancocks besser die doppelte Portion Nudeln einplante. Oder die dreifache?

»Heute Abend gibt es *Macaroni Cheese* mit gemischtem Salat«, verkündete sie. »Hat jemand ein Problem damit?«

»*Mac & Cheese!* Wunderbar!«, rief Cathy entzückt. »Und dazu ein schönes Glas Cabernet Sauvignon!« Ihr Mann Henry nickte eifrig. Die beiden waren vermutlich Anfang vierzig, wohnten mitten im stinkereichen London-Kensington und hatten ihren ersten Urlaub ohne Kinder schon vor Monaten geplant, sodass auch für sie eine Abreise nicht infrage kam. Sie hatten die Kinder zu den Großeltern gesteckt und wohnten in Einzelzimmern, weil Cathy »Nach zehn Jahren mit Dauerbeschallung durch Henrys Schnarchen und zappelnden Kindern im Bett« endlich wieder einmal ungestört schlafen wollte. Lori hätte gedacht, dass man nach zehn Jahren mit Kindern vielleicht mal wieder ungestört Sex haben wollte, aber das war zum Glück nicht ihr Problem.

»Wunderbare Idee! Nicht wahr, Lori?«, stimmte Mr Hancock eifrig zu. »Dann machen wir es uns hier alle so richtig gemütlich!«

»Es tut mir leid, ich habe keinen Wein«, gab Lori zurück. »Die Einkäufe sind bereits erledigt. In Port Piran gibt es nirgends Wein zu kaufen.«

»Wir können ja noch Wein besorgen«, bot Mrs Hancock an. »In Truro. Weiß oder rot? Dann legen wir es einfach auf alle um.«

»Ich habe auch keine Alkohollizenz«, wehrte Lori ab. »Sie können gerne Alkohol kaufen und auf dem Zimmer konsumieren. Aber bitte nicht hier unten.«

»Aber Lori, wer soll das denn merken, wenn wir sowieso alles verrammeln?«, kicherte Mrs Hancock. »Kein Sterbenswörtchen dringt über unsere Lippen, nicht wahr?« Alle Gäste nickten und zwinkerten verschwörerisch.

»Sorry«, antwortete Lori. Hoffentlich klang ihre Stimme nicht allzu schroff. »Es geht wirklich nicht. Ich kann Ihnen Ribena anbieten, oder meinen hausgemachten Holundersirup. Dafür berechne ich Ihnen nichts.« Sie drehte sich auf dem Absatz um und rauschte aus dem Frühstückszimmer, um die unsägliche Diskussion zu beenden. Ihre Wangen brannten. Alkohol in ihrer Küche und in ihrem Frühstückszimmer? Niemals! Was für ein undankbares Völkchen die Gäste doch waren! Lori tat alles, um sie zufriedenzustellen, aber nicht einmal das reichte, und sie wollten sie zwingen zu lügen. Wahrscheinlich waren sie jetzt angepisst, aber das war ihr egal.

Am frühen Nachmittag drehte Lori eine Runde durch das Dorf. Normalerweise vermied sie es, tagsüber spazieren zu gehen, weil sie außer den Touristen jeden Dorfbewohner kannte und Small Talk hasste, aber sie brannte darauf zu erfahren, ob und wie sich Port Piran auf den Sturm vorbereitete. Noch immer war das Wetter herrlich – nichts wies auf einen aufziehenden Sturm hin – und noch immer lieferten sich Küstenwache und Wetteramt einen erbitterten Streit. Die Medien hatten sich auf die Seite des Wetteramtes geschlagen und bezichtigten die Küstenwache, sich wichtigmachen zu wollen.

Liam hatte sich beim Frühstück schrecklich aufgeregt und befürchtete, dass viele Leute den Sturm nun auf die leichte Schulter nehmen würden. Lori war sich immer noch nicht ganz sicher, ob er nicht übertrieb, aber das sprach sie nicht laut aus. Port Piran, daran gab es keinen Zweifel, vertraute Liam und der örtlichen Küstenwache und bereitete sich fieberhaft auf den Sturm vor. Überall hatten die Leute damit begonnen, ihre Häuser und Dächer abzusichern, Bretter lagen herum, es klopfte und hämmerte. Josie und ihr Mann Ben standen vor ihrem kleinen Souvenirlädchen und füllten mit ihrem Sohn, wie hieß er noch gleich, Sandsäcke ab. War der Sohn nicht gerade noch ein Kleinkind gewesen? Er musste mindestens vierzehn sein. Josie richtete sich auf, wischte sich den Schweiß von der Stirn und winkte Lori zu.

»Hi, Lori, wir haben Anthony heute von der Schule dabehalten, damit er uns hilft. Wir räumen den Laden komplett leer. Wenn's richtig losgeht, kommt die Flut bis über die Türschwelle! Gut, dass wir vorbereitet sind! Sag Liam danke und grüß ihn herzlich!«

Lori nickte nur knapp. Für die Leute in Port Piran ist es mittlerweile völlig normal, dass wir ein Paar sind, sinnierte sie, nur ich selber habe mich noch nicht dran gewöhnt. Und wieso glauben alle an das, was Liam sagt?

Vom Parkplatz im Hafen, wo im Winterhalbjahr nur die Einheimischen parken durften, waren alle Autos verschwunden. Vermutlich standen sie jetzt oben am Dorfeingang auf dem Parkplatz für die Touristen, wo auch Loris alte Schüssel parkte. Der Parkplatz war geschützt und weit weg vom Wasser. Ich sollte nachsehen, ob das Auto unter einem Baum steht, überlegte Lori, es reicht ja, wenn ein Ast aufs Auto knallt, dann ist es auch hinüber. Andererseits ist es sowieso schon verbeult. Auf dem verwaisten Parkplatz stand ein Fernsehteam und eine schicke junge Reporterin in beinahe unanständig engen Jeans und High Heels führte gerade ein Interview. Mit Liam! Warum hatte er nichts davon erzählt? Ein paar der Fischer standen mit verschränkten Armen und finsterem Blick im Halbkreis um Liam herum, als seien sie seine Bodyguards, während Liam in das Mikrofon sprach, das ihm die Reporterin unter die Nase hielt. Lori wollte nicht näher heran, um Liam nicht abzulenken, aber es kam ihr so vor, als ob er sich schon wieder fürchterlich aufregte.

An der Tür zu Carolines Buchladen hing ein überdimensionales Schild, auf dem eine in schnörkeliger Schrift verfasste und mit bunten Blümchen verzierte Mitteilung stand. Das sah nach Julie aus.

»*Liebe Gäste! Wir schließen ab Donnerstag, weil ein echt schlimmer Sturm aufzieht. Wir öffnen wieder, sobald sich der Sturm gelegt hat. Bitte bleiben Sie zu Hause und passen Sie gut auf sich auf!*«

Neben dem Eingang lagen Bretter, eine Packung Nägel und ein Hammer bereit. Lori spähte vorsichtig durchs Fenster. Jemand winkte heftig, dann wurde die Tür aufgerissen.

»Lori! Was für ein seltener Anblick! Willst du nicht kurz hereinkommen? Maggie ist auch da, wir machen Lagebesprechung!«, rief Caroline fröhlich.

»Na schön. Ich habe aber nicht viel Zeit.« Zögernd trat sie ein. Fast alle Tische waren besetzt, einige Gäste aßen Suppe, andere Kuchen. Die Atmosphäre war angenehm und entspannt. Sie hatte nicht gewusst, dass das Café so gut lief und dass Caroline Lunch anbot. Wann war sie das letzte Mal hier gewesen?

»O MY GOD! Der Maulwurf krabbelt ans Tageslicht!« Maggie lehnte am Cafétresen, hatte einen Kaffee in der Hand, Croissantkrümel im Mundwinkel und sah so aus, als sei sie hier zu Hause. Und das nach wenigen Monaten in Port Piran! Lori spürte einen kurzen, scharfen Stich.

»Sehr witzig«, kommentierte sie kühl.

»Du warst schon lange nicht mehr hier, Lori. Schön, dass du dich mal wieder blicken lässt«, sagte Caroline herzlich. Sie trug eines dieser bunten Flatterkleidchen, die sie wie zwanzig aussehen ließen, und ein rosa Wollmützchen über den langen blonden Haaren. Wie nannte man das noch mal in London? Hipster? War Caroline etwa auch eine?

»Du hast alles umgestellt, oder? Die Bücherregale waren doch irgendwie anders verteilt?«

»Ja, ich habe umgestellt, renoviert, neues Mobiliar gekauft und die Fenster vergrößert, damit man besser aufs Meer schauen kann. Das muss, lass mich nachdenken, fünf oder sechs Jahre her sein?« Caroline grinste verschmitzt.

»Sag ich doch. Maulwurf!«, bekräftigte Maggie. »Sie schleicht nur nachts durch Port Piran. Wie Jack the Ripper. Sie bringt zwar niemanden um, aber sie will auch niemanden grüßen.«

»Hör auf, sie zu ärgern, Maggie. Ich freue mich wirklich, Lori!«, rief Caroline. »Möchtest du einen Kaffee?«

Lori zögerte. Sie musste noch eine Menge erledigen, aber auf eine Viertelstunde kam es nun wirklich nicht an. Wenig später stand sie mit einem Kaffee in der einen und einem Brownie in der anderen Hand zwischen Maggie, Caroline und Julie, die sich ebenfalls dazugesellt hatte. Dann tauchte überraschend auch noch Roland auf.

»Hast du schon wieder Semesterferien, Roland?«, fragte Lori höflich.

»Roland hat immer Semesterferien«, kommentierte Maggie süffisant. »Oder wie er es nennt, vorlesungsfreie Zeit. Es läuft auf dasselbe hinaus, nämlich, dass er sich hier durch Carolines Kuchenbüfett futtert, während sich seine tüchtige Assistentin Maria in München um seine astrologische Abteilung kümmert.«

»Tss, Maggie! Du hast schon wieder Astrologie und Astronomie verwechselt!« Roland schüttelte streng den Kopf. »Astrologie ist Humbug, Astronomie eine seriöse Wissenschaft! Und die Astrophysik ist die höchste Wissenschaft von allen! Man könnte beinahe meinen, du bist neidisch. Niemand hat dich gezwungen, in Cornwall Schafe zu hüten. Augen auf bei der Berufswahl!«

»Ist doch schön, dass Rolly hier ist!«, rief Julie mit glänzenden Augen und hakte sich bei ihm ein. Offensichtlich war sie mit Carolines neuem Partner mehr als einverstanden. Noch eine unerwartete Erkenntnis für Lori.

»Rolly? Du nennst ihn – Rolly?« Maggie brach in wieherndes Gelächter aus.

»Roland geht auf Englisch einfach nicht!«, entgegnete Roland. »Das klingt ja wie *row-land!* Mit Rudern habe ich nichts am Hut!«

»Und Rolly geht nicht auf Deutsch!« Maggie lachte weiter, bis ihr die Tränen kamen. »Wie wär's mit Rollmops? Das funktioniert auf Englisch und auf Deutsch! *Rollmop!* Darf ich dich ab sofort so nennen?«

»Ich finde Rolly sehr hübsch!«, protestierte Roland würdevoll.

»Ich auch!«, bekräftigte Julie voller Eifer.

Caroline blickte nur von einem zum anderen, schüttelte den Kopf und seufzte.

»Wenn ihr nicht nett zueinander seid, gibt's die nächsten zwei Wochen keinen Kuchen mehr!«

So ging es noch eine ganze Weile weiter. Die Scherze flogen wie Tennisbälle hin und her, niemand sprach über den Sturm. So läuft das wahrscheinlich immer ab, dachte Lori verwundert, und der Stich, den es ihr versetzte, war noch ein bisschen schärfer als der vorherige. Sie treffen sich mal hier im Café, mal auf der Farm, sie plaudern und essen oder trinken zusammen. Manchmal ist Chris mit von der Partie, oder Titilope. Sie hänseln sich gegenseitig und nehmen es nicht krumm. Nur ich bin nicht dabei. Nicht, dass ich wüsste, wie es geht ...

»Ich muss los«, sagte sie knapp und stellte die halb volle Tasse Kaffee auf den Tresen. Natürlich hätte sie noch ein paar Minuten dranhängen können, aber dieses freundschaftliche Geplänkel war ja nicht zum Aushalten! »Ich wollte nur sichergehen, dass ihr alle Bescheid wisst.«

Caroline nickte. »Danke, Lori. Wir können froh sein, dass wir Liam haben!«

»Lasst uns telefonieren, wenn es Probleme gibt«, sagte Lori.

»Ehrlich gesagt kommunizieren wir meist über unseren WhatsApp-Gruppenchat«, gestand Caroline. »Das geht schneller, und alle haben die Info gleichzeitig. Bist du auf WhatsApp, dann schicke ich dir einen Einladungslink?«

Eine WhatsApp-Gruppe. Warum hatte Maggie die nie erwähnt? Wahrscheinlich, weil sie Lori nicht dabeihaben wollte. Sie wollte ihren Sonderstatus als *Everybody's Buddy* nicht gefährden und es Lori spüren lassen, dass sie die Außenseiterin war, obwohl sie seit Jahrzehnten in Port Piran lebte. Oder vielleicht war sie den anderen einfach zu alt?

»Das ist nichts für mich. Mir ist das gute alte Telefon lieber«, murmelte Lori. Nun würden sie sie erst recht für altmodisch halten, dabei kommunizierte sie seit Jahren über WhatsApp.

Sie hätten sie doch schon längst einladen können! Sie bedankte und verabschiedete sich hastig und fühlte unendliche Erleichterung, als sie zur Tür hinaus war. Hinter ihr wurde die Tür noch einmal aufgerissen.

»Lori! Wir telefonieren heute Abend, ja?«, brüllte ihr Maggie hinterher.

Lori nickte, ohne sich noch einmal umzudrehen. Ohne nach links und rechts zu schauen, eilte sie zurück ins Honeysuckle Cottage.

Dort lief Liam mit dem Handy am Ohr erregt in der Küche auf und ab, während Titilope Schüsseln spülte. Schon wieder die Küstenwache? Noch immer wunderte sich Lori, mit welcher Selbstverständlichkeit sie Liam Zugang zu ihrer Küche, ihrem Heiligtum, gewährt hatte. Sie hatte sich nicht an ihn gewöhnen müssen. Es war, als sei er schon immer da gewesen.

Es roch verführerisch. Lori hatte beschlossen, dass es an der Zeit war, Titi in ihre geheimen Backrezepte einzuweihen, und sie mit einer *Bakewell Tart* anfangen lassen. Die *Cornish Pasties* wollte sie dagegen lieber selbst machen.

»Dein Telefon klingelt pausenlos«, seufzte Titilope. »Alle wollen mit Liam sprechen. Ich wimmele sie mit meiner Eisprinzessinnenstimme ab. Oder ich tue so, als wäre ich ein Anrufbeantworter.«

So weit war es also schon. Die ganze Welt wusste, dass sie mit Liam zusammen war – woher eigentlich? – und rief ihn in Honeysuckle Cottage an. Lori warf einen Blick auf ihr Handy. Caroline hatte ihr eine Einladung zur WhatsApp-Gruppe geschickt. Sie würde später darüber nachdenken, ob sie die annahm. Endlich legte Liam auf.

»Ich brauche jetzt eine Tasse Tee«, stöhnte er. »Und sonst brauche ich gar nichts und niemanden, für mindestens eine Viertelstunde.«

»Störe ich euch?« John stand in der Tür. »Mmm. Hier riecht es aber gut!«

Liam seufzte unhörbar. »Nein, komm doch herein, wir müssen sowieso über den Sturm reden«, sagte er.

»Möchtest du eine Tasse Tee, John?«, fragte Titilope. »Ich wollte gerade welchen machen.«

»Was für eine gute Idee, Titilope. Ich habe dich im Hafen gesehen, Liam. Waren die Leute vom Fernsehen?« John setzte sich Liam gegenüber an den Küchentisch.

»Genau, Liam. Klär uns doch über das Interview mit dieser äußerst attraktiven Reporterin auf«, bekräftigte Lori.

»Ich soll auf das nächste Cover der *Vogue,* nur mit einem Feigenblatt bekleidet. Das Titelthema heißt ›Sture alte Haudegen‹.«

»Das wird der Renner.« Lori grinste.

»Die Reporterin war nicht nur äußerst attraktiv, sondern auch äußerst perfide. Sie hatte nur ein einziges Ziel: sich auf meine Kosten zu profilieren. Ich fürchte, es ist ihr gelungen.«

»Wie hat sie das hingekriegt?«, fragte Titi und stellte eine Tasse Tee vor Liam ab.

»Erst hat die Kamera einen langen Schwenk über die ruhige See und den idyllischen Hafen von Port Piran im strahlenden Sonnenschein gemacht. Dann hat mich die äußerst attraktive Reporterin ganz verwundert gefragt, wie ich bloß auf die seltsame Idee komme, dass schon in wenigen Stunden der schlimmste Sturm aller Zeiten über Cornwall hereinbricht. Sie hat mich, die Fischer und ganz Port Piran als Idioten hingestellt, die wegen ein bisschen Wind ihre Fenster und Türen verrammeln. Das Filmteam wollte nach dem Interview durchs Dorf gehen und alle Deppen bei den Vorbereitungen filmen. Ich bin übrigens der Oberdepp, der alle verrückt macht.«

»Ärgere dich nicht. Die Medien drehen doch sowieso alles hin, wie sie wollen«, sagte Lori achselzuckend.

»Also hier im Dorf halten dich alle jetzt schon für einen Helden«, erklärte John eifrig. »Und es wird niemandem gefallen, wenn man dich und uns als dumm hinstellt.«

»Genauso werden wir aber rüberkommen. Das dumme

Dorf im hinterwäldlerischen Cornwall. Während des Interviews fragte mich die attraktive Journalistin scheinheilig, was ich von den zwei Segelbooten halte. Ich bin ahnungslos in die Falle getappt. ›Welche zwei Segelboote?‹, habe ich gefragt. Ich stand da wie ein Idiot, weil mir niemand was davon gesagt hat und die Reporterin besser informiert war als ich. Da draußen auf dem Atlantik sind zwei Segelboote mit einmal zwei und einmal drei Mann Besatzung und Kurs auf Lizard Point. Sie liefern sich seit New York ein Kopf-an-Kopf-Rennen, wollen morgen gegen Mittag ankommen und sind trotz der bedrohlichen Wetterlage nicht bereit, das Rennen abzubrechen. Im Gegenteil. Sie sind begeistert und meinen, sie kriegen jetzt erst so richtig viel mediale Aufmerksamkeit.«

»Sind das private Boote?«

»Nein. Zwei unterschiedliche Turnschuh-Marken, die anscheinend bei den Teenies total angesagt sind. Eine reine Marketinggeschichte. Die Küstenwache hat versucht, sie zum Abbruch des Rennens zu bewegen, aber sie haben natürlich mit dem Wetteramt gesprochen, und die haben ihnen versichert, es wird schon nicht so schlimm werden. Bloß, am Ende sind wir leider diejenigen, die sie aus dem Wasser fischen müssen, nicht das Wetteramt.« Liam seufzte. »Hoffen wir, dass nichts passiert. Bist du gut vorbereitet, John? Soll ich nachher mal rüberkommen und nachschauen, ob alles gesichert ist?«

»Das wäre mir eine große Hilfe, Liam. Vorm Haus habe ich alles weggeräumt, wie Lori es mir geraten hat, aber in meinem Alter übersieht man schon einmal etwas.«

»Ich werde nach deinen Fenstern sehen«, versprach Liam.

Titilope öffnete die Ofentür, holte die *Bakewell Tart* heraus und hielt sie Lori unter die Nase. Fluffig, die Mandeln leicht gebräunt. Sie sah perfekt aus.

»Die ist sogar was geworden«, lachte Titilope. »Oder was meinst du, *Commander*? Dabei bin ich gar keine Kuchenbäckerin.«

»Für den Anfang gar nicht schlecht. Lass sie abkühlen, und

dann kannst du obendrauf entweder Zuckerguss oder Puderzucker machen.«

»Gar nicht schlecht? Sieht köstlich aus«, murmelte John. Seine Augen klebten an der Torte.

»Die ist für die Gäste, tut mir leid«, erklärte Lori, ohne es wirklich zu bedauern. Langsam hatte sie keine Lust mehr, sich um alles und alle zu kümmern. Die ganze Welt marschierte in ihre Küche und schnorrte tassenweise Tee, Scones und Kuchen. Wer war sie eigentlich, die Heilsarmee? Damit war jetzt Schluss!

»Für wann hast du den Kuchen eingeplant?«, fragte Liam unschuldig.

»Für heute Abend, nach dem Abendessen.«

»Da könnte John doch zum Nachtisch herüberkommen. Es ist sicher nicht so schön, alleine zu Hause zu sitzen, wenn der Sturm am Haus zerrt.«

»Ja, natürlich«, antwortete Lori knapp und warf Liam einen bösen Blick zu. Wieso verteilte er großzügig ihren Kuchen und lud noch mehr Leute ein? Die Hancocks würden den Kuchen vermutlich problemlos alleine vertilgen!

»Ich werde auch hier sein, John«, rief Titilope vergnügt.

»Alle werden hier sein«, knurrte Lori. »Ist das nicht hübsch. Eine einzige große Familie. So, wie ich mir das immer gewünscht habe.« Ihr Blick richtete sich anklagend auf das Schild an der Küchentür, auf dem »*Keep out! Private!*« stand.

»Genau!«, ergänzte John fröhlich. »Und mit allen anderen halten wir über die WhatsApp-Gruppe Kontakt.«

24. KAPITEL

Lori

Es war Titilopes Idee gewesen, die Tische im Frühstückszimmer zusammenzuschieben. Vom Abendessen war nichts übrig geblieben, obwohl Lori ihre Auflaufform viermal hintereinander mit *Mac & Cheese* und die Salatschüssel mehrmals mit Karens Salat aus dem Gewächshaus gefüllt hatte. Vier Aufläufe für sieben Personen! Zum Nachtisch tranken sie Tee und aßen Titilopes *Bakewell Tart*. Schon jetzt zeichnete sich ab, dass auch davon kein Krümel übrig bleiben würde. John war vor einer guten Stunde zu ihnen gestoßen und hatte sichtlich aufgeregt berichtet, dass draußen alles herumflog, was nicht niet- und nagelfest war. Und das war erst der Anfang.

Liam verschwand immer wieder in der Küche, um diskret auf seinem Handy zu prüfen, wie sich die Lage entwickelte – Windgeschwindigkeiten, die Bewegung des Sturms und die Position der beiden Segelboote, die sich, vom Wind vorangetrieben, in Rekordgeschwindigkeit auf den Lizard zubewegten. Sie hatten das Radio im Hintergrund laufen lassen, und erst vor wenigen Minuten hatte sich der Ton radikal verändert. Eine Sturmwarnung war herausgegeben worden. Endlich! Von drohenden Überflutungen, Erdrutschen und Riesenwellen war plötzlich die Rede.

Davon hat jetzt auch keiner mehr was, mitten in der Nacht, dachte Lori genervt, es macht nur die Gäste verrückt. Mit der Warnung war die Atmosphäre im Frühstückszimmer plötzlich gekippt. Noch eben hatten alle vergnügt geplaudert. Nun war es, als habe jemand einen Hebel umgelegt, von »gemütlich« auf »angespannt«. Das Gespräch war erstorben, alle schienen besorgt dem Wind zu lauschen, der um Honeysuckle Cottage heulte und an den geschlossenen Fensterläden rüttelte. Mrs Hancock, die mit ihrem Mann zwei der vier Auflaufformen geleert hatte und eben noch so satt und zufrieden ausgesehen hatte wie ein moppeliges Baby, rutschte nun dermaßen unruhig auf ihrem dicken Hintern hin und her, dass Lori um ihren Stuhl fürchtete, dessen Sitzfläche mit einem Holzgeflecht bespannt war. Leider konnte sie schlecht zu Mrs Hancock sagen, sitzen Sie gefälligst still, so schwer, wie Sie sind, machen Sie mir noch meinen Stuhl kaputt.

Lori selbst war einfach nur hundemüde. Sie war es nicht gewohnt, abends Gäste zu bespaßen. Genau genommen war sie es nicht gewohnt, irgendjemanden zu bespaßen. Bisher war zum Glück niemandem aufgefallen, dass sie sich weitestgehend aus der Konversation heraushielt. Titilope hatte die Gäste bewirtet, und Liam hatte geschickt die Gesprächsfäden in der Hand gehalten. Er war das krasse Gegenteil von Lori. Wie schaffte er es nur, alle in der Runde einzubeziehen und diese Mischung aus Optimismus und Ruhe auszustrahlen? Aber nicht einmal ihm schien jetzt noch ein Gesprächsthema einzufallen, das nicht mit dem Sturm zu tun hatte. Dann halten eben alle mal zur Abwechslung die Klappe, dachte Lori. Am liebsten hätte sie sich in ihren winzigen Garten verzogen und einen Joint geraucht, aber dazu stürmte es zu sehr. Ich sollte nach der Katze sehen, dachte sie schläfrig. Lori hatte einen Moment nicht aufgepasst und Bullshit war hinausgeschossen, als sie die Haustür für John geöffnet hatte. Blödes Vieh. Wer ging schon freiwillig hinaus in so ein Sauwetter?

Maggie hatte kurz angerufen und erzählt, dass die Schafe im Stall in Panik waren. Sie hatten vorsichtshalber alle Tiere hereingeholt, auch die Esel von der Schafweide bei der Bucht. »Chris sagt, sie sind es nicht gewohnt, drin zu sein, und sie haben Angst, was dafür spricht, dass Liam recht hat und der Sturm ganz schlimm wird. Sie rennen alle durcheinander wie bekloppt, eines hat sich schon verletzt dabei. Hoffentlich haut es mein Café nicht zusammen.«

Maggies Hütte, die hatte sie ganz vergessen. Es gab nun wirklich Wichtigeres. Das Heulen des Windes wurde jetzt noch lauter.

»Hatte ich Ihnen eigentlich erzählt, dass ich nicht immer bei der Seenotrettung war? Früher war ich Matrose und bin zur See gefahren«, begann Liam mit verschwörerischer Stimme. Aha. Offensichtlich war ihm ein Ablenkungsmanöver eingefallen.

»Ach, tatsächlich?«, fragte Mrs Hancock. Angebissen. »Da erlebt man doch sicher eine Menge. Stimmen denn diese ganzen Geschichten von den treulosen Seemännern?« Sie senkte die Stimme und flüsterte: »In jedem Hafen ein anderes Liebchen?«

»Mary, so etwas fragt man doch nicht!«, kommentierte Mr Hancock kopfschüttelnd. »Entschuldigen Sie bitte, Liam.«

»Das ist doch nicht schlimm, Mr Hancock.«

»Bitte nennen Sie mich Randolph. Und meine Frau heißt Mary.«

»Ich kann Ihnen etwas verraten, Mary, die Frauen sind nicht das Problem. So viele Landgänge hat man gar nicht. Der Alkohol auf See wird irgendwann zum Problem, das ging nicht nur mir so.« Warum muss er ausgerechnet jetzt damit anfangen, dachte Lori genervt. Gleich beschweren sich die Gäste wieder, dass es keinen Wein gibt. »Woche um Woche auf hoher See, tagsüber harte Arbeit und abends nichts zu tun. Keine Kontakte nach außen. Zu meiner Zeit gab's ja kein Internet. Immer die gleichen Gesichter, das gleiche Schiff, keine Telefonate mit zu Hause. Das schlägt aufs Gemüt. Manchmal sieht man sogar …« Er hielt inne und richtete den Blick in die Ferne. »… Gespenster.« Seine Stimme war nur noch ein Murmeln.

»Wirklich?« Nicht nur Mrs Hancock klebte mit weit aufgerissenen Augen an Liams Lippen. Schauspieler. Er hatte es wirklich drauf. Liam nickte mit todernstem Gesicht. »Wir hatten einmal einen Kobold an Bord. Oder so was Ähnliches. Er war für uns nicht sichtbar.«

»Seemannsgarn!«, lachte Henry.

»Vielleicht«, lächelte Liam versonnen.

»Nun wollen wir die Geschichte aber auch hören!«, meinte Cathy.

»Na schön. Wir hatten Südfrüchte geladen und waren auf dem Rückweg nach England, von Paranaguá in Brasilien nach Southampton. Der Kapitän war schwierig. Er trank jeden Abend bis zur Besinnungslosigkeit und war morgens verkatert und furchtbar schlecht gelaunt. Er hatte sich kein bisschen unter Kontrolle und brüllte alle an. Die Stimmung an Bord wurde immer schlechter. Hinter seinem Rücken formierte sich Widerstand.«

»Meuterei!«, flüsterte Mrs Hancock entzückt und klatschte in ihre fetten kleinen Hände.

»Genau. Nun ist ein Frachtschiff kein Kreuzfahrtschiff mit *Captain's Dinner,* der Umgang ist nicht besonders fein, aber die Stimmung kippte endgültig, als der Kapitän ausgerechnet dem Jüngsten an Bord, der dem Smutje in der Kombüse zur Hand ging, mit der Faust ins Gesicht schlug, weil der angeblich eine abfällige Bemerkung über ihn gemacht hatte. Dabei brach er dem Jungen das Nasenbein. Das war der Tropfen, der das Fass zum Überlaufen brachte. Der Kapitän war schon betrunken und geriet in einen fürchterlichen Streit mit zwei Offizieren und dem Leitenden Ingenieur, die ihn in seiner Kabine aufsuchten, um ihn dazu zu bringen, freiwillig die Führung des Schiffes abzugeben. Andernfalls, so drohten sie, würden sie ihn mit Gewalt absetzen, in der Kabine einschließen und wegen Körperverletzung anzeigen.«

»Waren Sie dabei?«, fragte Cathy.

Unfassbar, dachte Lori verwundert. Draußen geht die Welt unter, Liam erzählt ein Märchen, und alle kleben an seinen Lippen.

»Ja. Ich war der Zweite Technische Offizier. Natürlich weigerte sich der Kapitän einzulenken. Es ging gerade so richtig hoch her, da hielt er plötzlich inne. ›Das ist nicht zum Lachen!‹, schrie er. Wir sahen uns an. ›Hier lacht keiner‹, sagte Pablo, der kubanische Erste Offizier, irritiert. ›Keinem von uns ist zum Lachen zumute.‹ Der Streit ging erbittert weiter, und wieder rief der Kapitän: ›Aufhören! Sofort aufhören!‹ Er packte mich am Arm. ›Hörst du es nicht?‹, rief er. ›Es kichert! Es kichert! Es ist hier! Und jetzt dort! Und dort!‹ Jedes Mal deutete er auf eine andere Stelle – an der Wand, auf dem Boden, an der Decke. ›Jetzt ruft es auch noch meinen Namen!‹ Er sprang auf, rannte durch seine Kabine und schlug mit der Faust wie ein Wilder gegen die Wände. Dabei passte er nicht auf und fegte die halb volle Whiskyflasche vom Tisch. Sie zerschellte auf dem Boden. Er fiel auf die Knie, als wolle er den kostbaren Tropfen noch retten, und dabei langte er in eine Scherbe und schnitt sich böse das Handgelenk auf. Es war nur eine Schnittwunde, aber es musste die Schlagader erwischt haben. Das Blut spritzte nur so heraus, und weil er gleich darauf wieder begann, wie ein Wahnsinniger herumzuspringen, den unsichtbaren Gegner zu beschimpfen und um sich zu schlagen, war die ganze Kabine in kürzester Zeit voller Blut. ›Wir müssen den Schiffsarzt holen‹, rief Pablo. ›Er verblutet uns noch!‹ Er stürzte aus der Kabine. Erik, der Leitende Ingenieur, lief ins Bad und kam mit einem Handtuch zurück, während ich versuchte, beruhigend auf den Kapitän einzureden. Erik wollte dem Kapitän mit dem Handtuch einen Druckverband anlegen, aber der Kapitän rannte noch immer wie ein Irrer durch die Kabine und schlug nach dem unhörbaren kichernden Kobold. Es war ein bizarrer Anblick: der Kapitän, der in der Kabine Haken schlug wie ein aufgescheuchter Hase, das Gesicht schmerz- und angstverzerrt, Erik, der ihn mit dem Handtuch verfolgte, das schon nicht mehr weiß war, sondern blutbesprenkelt, und ich hilflos dazwischen. Mittlerweile sah die Kabine aus, als habe ein Massaker stattgefunden. Plötzlich hielt der Kapitän inne und fixierte uns, als nähme er uns zum ersten Mal richtig wahr. ›Raus!‹, brüllte er. ›Raus, alle miteinander!‹ – ›Die Wunde!‹, rief Erik beschwörend. ›Wir müssen die Wunde verarzten!‹ Der

Kapitän aber riss die Tür zu seiner Kabine auf. ›Raus!‹, brüllte er wieder. Erik packte mich am Arm und rief: ›Lass uns lieber gehen. Vielleicht beruhigt er sich dann!‹ – ›In diesem Zustand können wir ihn doch nicht alleine lassen!‹, gab ich verzweifelt zurück, aber Erik schubste mich zur Tür. Wir stolperten aus der Kabine. Vor der Tür drängelte sich die Crew, vom Lärm alarmiert. ›Was ist passiert? Was war da drinnen los?‹«, riefen sie und wollten wissen: ›Hat er dich angegriffen, Erik? Bist du verletzt?‹, weil Erik immer noch das blutbespritzte Handtuch umklammerte. In diesem Augenblick eilte der Schiffsarzt herbei, aber es war schon zu spät, der Kapitän hatte die Tür zu seiner Kabine zugeschlagen und von innen verrammelt. Alles Rufen und Flehen, er möge sich behandeln lassen, verhallte ungehört.« Liam räusperte sich theatralisch.

»Weiter, weiter!«, rief Mrs Hancock. Liam streckte sich ausgiebig.

»Wenn Sie mich für einen Moment entschuldigen wollen. Ich muss mal kurz für kleine Jungs.«

»Sie können doch nicht mitten in der Geschichte unterbrechen!«, rief Cathy empört.

»Nun, ich finde, er hat eine Pause verdient«, meinte Titilope. »Soll ich dir noch ein alkoholfreies Bier holen, Liam?«

»Das ist seit langer Zeit endlich einmal eine gute Idee«, schmunzelte Liam. Er stand auf und verschwand Richtung Toilette. Was für eine Inszenierung, dachte Lori, fasziniert und empört zugleich. Sie hatte während Liams Erzählung die Gäste beobachtet. Mr Hancock, John und Titilope hatten sich vorgebeugt, um besser zuhören zu können. Mrs Hancock hüpfte aufgeregt auf ihrem Stuhl auf und ab. Cathy und Henry lauschten mit einem vergnügten Grinsen im Gesicht, Cathy mit geschlossenen Augen.

»Er ist wirklich ein sehr guter Erzähler«, versicherte John und wirkte so zufrieden, als habe er für den Abend Eintritt bezahlt.

»In der Tat«, bekräftigte Mrs Hancock. »Sie haben die Geschichte ja bestimmt schon hundertmal gehört, Lori.«

»Nein«, gab Lori unumwunden zu und verkniff sich die Ergänzung, dass Liam vermutlich deshalb ziemlich lange auf dem Klo brauchte, weil er sich erst noch den Rest der Story ausdenken musste.

»Sind Sie denn nicht seit Jahrzehnten ein Paar?«

»Nicht ganz«, lächelte Lori geheimnisvoll. Das ging nun wirklich niemanden etwas an.

Titilope kam mit dem Bier zurück, gefolgt von Liam. Niemand schien sich mehr um den Sturm zu sorgen. Außer Lori. Es wurde immer schlimmer. Wenn nur die Segelboote nicht in Seenot gerieten! Was waren das für unverantwortliche Egoisten. Man sollte ihnen eine saftige Geldstrafe verpassen, fand Lori. Niemand von der Crew der *Pride of Port Piran* würde in dieser Nacht auch nur ein Auge zutun.

»Wie ging es denn nun weiter, Liam?«, drängte John.

»Pablo hatte ein paar Matrosen als Wachen eingeteilt, sie sollten sich alle zwei Stunden vor der Tür des Kapitäns abwechseln. Sie hatten Anweisung, immer wieder zu klopfen, um den Kapitän dazu zu bewegen, die Tür zu öffnen. Außerdem sollten sie uns sofort informieren, wenn sich die Situation veränderte. Wir anderen gingen in unsere Kabinen; wir konnten erst einmal nichts mehr tun. Ich schlief sehr unruhig in dieser Nacht. Ich machte mir Vorwürfe, dass wir den Kapitän in seinem Wahnsinn niemals hätten allein lassen dürfen.« Wieder machte er eine Pause und goss sich umständlich den Rest des Biers ein.

»Nun spann uns doch nicht so auf die Folter!«, jammerte Titilope. »Was ist dann passiert?«

»Ich tat fast keine Auge zu. Irgendwann hämmerte Erik gegen meine Kabinentür. ›Steh auf, schnell!‹, brüllte er. Ich hatte meine Uniform erst gar nicht ausgezogen und war in Sekundenschnelle auf den Beinen und an der Tür. Ohne weitere Erklärung stürmte Erik vor mir her und dann die Treppe hinauf auf Deck. Es war eine mondhelle Nacht. Der Kapitän rannte im Zickzack über das Deck, mit den Händen machte er Bewegungen, als würde er einen Lappen auswringen. Er brüllte: ›Jetzt krieg ich dich. Warte nur, ich krieg dich, und dann dreh ich dir den Hals um!‹ Natürlich war niemand zu sehen. Und dann ...«

Liam holte tief Luft. Dann atmete er wieder aus. Man hätte eine Stecknadel fallen hören, hätte der Sturm nicht so geheult. Die Gäste wirkten leicht nervös, und Liam erzählte rasch weiter.

»Dann blieb er abrupt stehen und ließ den Kopf und die Hände sinken, als habe er den Kampf aufgegeben. Erik und ich pirschten uns aus dem Schatten heran, ganz leise, ganz langsam, um ihn zu überwältigen. Wir waren schon beinahe an ihm dran, nur noch wenige Zentimeter fehlten, da hob er plötzlich wieder die Hände, krampfte die Finger zusammen und preschte mit heiserem Gebrüll los, einfach geradeaus, direkt auf die Reling zu. Wir waren erst nach einer Schrecksekunde in der Lage, zu reagieren und die Verfolgung aufzunehmen. Wir schrien, so laut wir konnten, er solle anhalten, aber es war schon zu spät. Er prallte mit so viel Schwung gegen die Reling, dass er mit dem Oberkörper voraus einfach darüberkippte wie eine Puppe. Erik gelang es noch, seinen rechten Fuß zu fassen, aber natürlich konnte er den Sturz nicht aufhalten. Wir hörten einen markerschütternden Schrei. Dann wurde es ganz still. Alles, was Erik in der Hand behielt, war ein schwarzer Schuh.«

»O mein Gott!«, schrie Mrs Hancock und hopste vor lauter Erregung erneut mit viel Schwung auf ihrem Stuhl auf und ab. Und dann krachte das Holzgeflecht des Stuhls, und Mrs Hancock brach mit lautem Rums durch die Sitzfläche. Weil die Stuhlbeine und die Rückenlehne jedoch heil blieben, rutschte ihr dicker Hintern zwar ein Stück Richtung Boden, blieb dann aber stecken. Ihre kurzen Beinchen ragten oben aus dem Stuhl heraus, der Hintern hing in der Luft und ihr Kopf klemmte an der Stuhllehne. Wie ein Fisch im Fischernetz zappelte Mrs Hancock und gab dabei hilflose, fiepende Geräusche von sich.

Natürlich eilten ihr alle zu Hilfe. Liam und Henry packten sie an den Armen und stellten sie auf die Füße. Dann hielt Henry Mrs Hancocks Arme fest, während Liam versuchte, das Stuhlgestell von ihrem Hintern zu ziehen. Doch der Hintern steckte fest. Oder war es vielleicht andersherum, der Stuhl steckte am wohlgepolsterten Hinterteil fest? Mrs Hancock jammerte und klagte, und Mr Hancock – Randolph – schlug die Arme über dem Kopf zusammen, hüpfte auf seinen kurzen Beinchen wie Rumpelstilzchen um seine Frau, Liam und Henry herum und jammerte ebenfalls.

Während auch alle anderen wie die aufgescheuchten Wespen um Mrs Hancock herumschwirrten, tat Lori gar nichts. Sie schaute nur fasziniert zu. Sie merkte, wie ein fatales Glucksen in ihr aufstieg. In genau drei Sekunden würde sie so laut und hemmungslos herauslachen, dass nichts, aber auch gar nichts sie vor einer ganzen Flut von entsetzlichen TripAdvisor-Kommentaren retten würde. »Grausame *Landlady* amüsiert sich köstlich über Missgeschick ihres Gastes.« Lori sprang auf, schlug die Hände vor den Mund und stürzte aus dem Frühstückszimmer, als sei ihr schlecht. Sie lief in die Küche und schlug die Tür, die normalerweise immer offen stand, zu. Dann stemmte sie die Hände in die Seiten und lachte, bis ihr die Tränen kamen. Die Küchentür ging auf.

»Pfui, *Commander*.«

»Ich weiß. Ich bin ein schlechter Mensch. Hör auf zu grinsen, Titilope.«

»Ich mache eine Tasse Tee für die bedauernswerte Mrs Hancock. Und für alle anderen auch, auf den Schreck.«

»Natürlich. Es gibt schließlich kein Problem auf der Welt, das sich nicht mit einer Tasse Tee lösen ließe. Wie geht es Mrs Hancock?«

»Ihr ist nichts passiert.«

»Dafür ist meinem Stuhl was passiert. Ich sollte ihn ihr in Rechnung stellen.«

»Darf ich dir einen guten Rat geben?«

»Nein.«

»Tu's nicht. Wie alt ist der Stuhl?«

»Er stand schon hier, als ich vor dreißig Jahren nach Port Piran kam. Ein sehr solider Stuhl. Dann soll Liam mir einen neuen kaufen. An allem ist schließlich seine Geschichte schuld.«

»Und es werden bereits erste Rufe laut, er soll sie rasch zu Ende erzählen. Der Plan ist folgender: erst Tee, dann die Geschichte und dann ab ins Bett. Eins muss man Liam lassen, er ist wirklich klug. Niemand macht sich mehr Sorgen wegen des Sturms.«

»Ich schon.«

»Ich weiß. Was meinst du, wie es da draußen aussieht?«

Lori schloss die Augen und lauschte. Während der ganzen dreißig Jahre, die sie nun in Port Piran lebte, hatte sie selbst beim schlimmsten Sturm noch nie so etwas gehört. Es war ein Dröhnen, das nicht vom Meer, sondern aus der Mitte der Erde zu kommen schien. Es klang nicht wie ein Sturm, sondern wie ein Drache, der nach Jahrtausenden aus seinem Schlummer erwacht war und sich nun aufgemacht hatte, um alles Lebendige dem Erdboden gleichzumachen, und direkt vor ihrer Haustür würde er damit anfangen. Liam hatte es vielleicht geschafft, die Gäste abzulenken, aber nicht Lori. Sie konnte sich nicht erinnern, wann sie sich das letzte Mal tief drinnen so sehr gefürchtet hatte. Nicht wegen Honeysuckle Cottage oder ihren Gästen oder dem Dorf. Während Liams Erzählung hatte sie ihn immer wieder ansehen und dann wieder wegschauen müssen, weil die Gefühle sie zu überwältigen drohten. Was für ein Mann, hatte sie gestaunt. Sein einziges Ansinnen ist, meine Gäste abzulenken und zu beruhigen, und er tut das für mich. Für die Gäste auch, aber vor allem für mich. Ist das nicht ein Wunder, ist er nicht ein Wunder? Das größte Wunder meines Lebens.

»Da draußen ist es sehr, sehr schlimm«, murmelte sie.

Titilope nickte. »Hoffentlich muss Liam nicht raus.« Sie

machte eine Pause, dann berührte sie Lori ganz leicht am Arm. »Ich weiß, dass du dir große Sorgen um ihn machst«, sagte sie leise. »Auch wenn du es niemals laut aussprechen würdest. Aber vergiss nicht, er ist Profi. Und er ist der Beste.«

Lori unterdrückte den Reflex, Titilope in barschem Ton drauf hinzuweisen, dass sie das überhaupt nichts anging. Sie schluckte. »Danke«, antwortete sie ebenso leise.

Titilope nahm das Tablett mit den Teetassen und marschierte zurück ins Frühstückszimmer, Lori folgte ihr mit der Milch und der Teekanne. Mrs Hancock thronte auf einem intakten Stuhl und wirkte ziemlich aufgelöst. Graulila Haarsträhnen hingen ihr verschwitzt in die Stirn. Ihr Mann saß neben ihr und tätschelte ihr beruhigend die Hand. Alle anderen hatten wieder ihre vorherigen Plätze eingenommen und bemühten sich angestrengt, Mrs Hancock nicht anzusehen. Der kaputte Stuhl war in eine Ecke verbannt worden.

»Mrs Hancock!«, rief Lori. »Ist alles in Ordnung?« Hoffentlich klang sie mitfühlend genug.

»Es ist nichts passiert, Lori«, schniefte Mrs Hancock. »Kann es sein, dass der Stuhl schon etwas – altersschwach war? Sonst wäre er ja nicht so einfach zusammengebrochen.«

Lori klappte den Mund auf, aber Titilope warf ihr einen warnenden Blick zu. Lori beschloss, gar nicht darauf einzugehen, sonst würde Mrs Hancock womöglich noch einen Versicherungsfall daraus machen.

»Ich bin froh, dass Ihnen nichts passiert ist«, gab sie ausweichend zurück. »Trinken Sie doch ein Schlückchen Tee, dann geht es Ihnen gleich besser.«

»Um ehrlich zu sein, Lori, die Aufregung ist mir ziemlich auf den Magen geschlagen«, murmelte Mrs Hancock mit niedergeschlagenen Augen. »Ich bin schrecklich hungrig. Das Abendessen ist ja nun auch schon sehr lange her. Normalerweise gehen wir früh zu Bett, damit wir nicht merken, wenn wir wieder hungrig werden. Aber mit so einem knurrenden Magen kann ich nachher bestimmt nicht einschlafen.«

»Mir geht es ähnlich«, gestand Mr Hancock. »Ich habe mir so schreckliche Sorgen um Mary gemacht! Sorgen verbrauchen sehr viele Kalorien, ich könnte auch noch einen Happen vertragen. Vielleicht gäbe es ja die Möglichkeit, noch ein paar Schinkensandwiches …? Und dazu ein paar klitzekleine … Essiggürkchen?«

»Ich muss gestehen, mein Magen knurrt auch ein wenig. So ein Sturm macht einfach schrecklich hungrig. Wolltest du nicht *Cornish Pasties* machen, Lori?«, fragte John. »Das wäre doch der perfekte Mitternachtssnack!« Er wandte sich an die Gäste. »Loris *Pasties* sind genauso legendär wie ihre Scones!«, schwärmte er.

»Die *Pasties* sind für morgen eingeplant, zum Lunch«, knurrte Lori. »Wer weiß, wie lange wir hier noch festsitzen!«

»*Pasties* klingt ziemlich gut«, grinste Liam. »Die sind nicht zufällig vegetarisch?«

»Nein. Sie sind vegan«, zischte Lori. »Und ich gehe jetzt in die Küche und hänge ein Zahlenschloss an den Vorratsschrank.«

»Ach, Lori, bitte nicht böse sein, aber *Pasties* klingt einfach großartig!«, rief Cathy mit schmeichelnder Stimme.

»Ich mache morgen frische, oder koche etwas«, bot Titilope an. »Ich bin ja sowieso hier und habe alle Zeit der Welt.«

»Ein afrikanisches Gericht zum Lunch. Ein Essen aus deiner Heimat! Wie wäre es damit, Titilope? Das wäre mal was ganz anderes!«, meinte Cathy entzückt. Hatten die sie noch alle? Glaubten die vielleicht, Lori hatte ganz zufällig die Zutaten für ein afrikanisches Essen für sieben Personen in ihrer Vorratskammer? Sechs. Liam würde nicht da sein. Aber John würde sich wieder selbst einladen. Sieben. Und überhaupt, was wurde das hier, sie war ein B&B, kein All-inclusive-Hotel!

»Es tut mir leid, Cathy, aber da müsste ich erst die Zutaten besorgen«, winkte Titilope ab. »Aber ich kann stattdessen schöne traditionelle *Egg & Cress*- und Gurken-Sandwiches anbieten. Oder Ofenkartoffeln mit einer Erbsen-Thunfisch-Füllung.«

»Mein Magen knurrt immer lauter, wenn wir so viel vom Essen reden«, jammerte Mrs Hancock. »Und es wird immer später, und wir wissen immer noch nicht, wie die Geschichte ausgeht! Vegan müssten die *Pasties* ja nicht unbedingt sein, wo sie doch mit Hackfleisch so lecker sind, aber lieber vegane *Pasties* als hungrig zu Bett!«

»Na schön«, knurrte Lori. »Dann schiebe ich jetzt die *Pasties*, die eigentlich für morgen gedacht waren, in den Ofen und wärme sie auf. Liam erzählt endlich seine Geschichte zu Ende, und dann gibt es die *Pasties*, und dann ist aber wirklich Schluss für heute!«

»Lori, du bist die Beste!«, schwärmte Cathy. »Und natürlich kannst du uns alles in Rechnung stellen. Wir schreiben dir eine supertolle Kritik auf TripAdvisor. Versprochen!«

Also marschierte Lori innerlich noch immer knurrend wieder einmal in die Küche und schaltete den Ofen an, holte die Dose mit den veganen *Pasties* aus der Vorratskammer und verteilte sie auf ein Blech, aber nur ein *Pasty* pro Nase, und der Rest wanderte schnurstracks zurück in die Vorratskammer, sie hatten schließlich keine Ahnung, wie lange sie noch im Haus eingesperrt waren, und wenn die Hancocks in dem Tempo weiterfutterten und alle anderen mit ihrem Hunger ansteckten wie mit einer Krankheit, waren alle Vorräte übermorgen aufgebraucht. Und dann ging es endlich weiter mit Liams Märchen. Lori war gespannt, welchen Ausgang er der Geschichte verpassen würde.

»Der Kapitän war also ins Meer gestürzt. ›Mann über Bord!‹, brüllten Erik und ich, so laut wir nur konnten, und warfen sofort einen Rettungsring ins Wasser. Obwohl es eine mondhelle Nacht war und wir uns weit über die Reling beugten, war vom Kapitän nichts mehr zu hören oder zu sehen. So ein Frachter ist schwerfällig. Der Maschinist hatte uns gehört und stoppte sofort die Maschinen. Trotzdem dauerte es noch ein paar endlose Sekunden, bis das Schiff tatsächlich zum Stillstand kam, und noch länger, bis wir Lampen hatten, um über die Reling zu leuchten. Aber es war wie verhext. Eine dunkle Wolke hatte sich vor den Mond geschoben. Es ist schon tagsüber schwierig, jemanden zu orten, der über Bord geht. Nachts, im Dunkeln, ist es nahezu ein Ding der Unmöglichkeit. Wir schrien, bis wir heiser waren, aber es kam keine Antwort. Im Morgengrauen ließen wir das Rettungsboot zu Wasser und suchten die Umgebung des Frachters ab. Nach zwei Stunden gaben wir die Suche auf. Der Kapitän wurde nie gefunden.«

»Ist die Geschichte vorbei?«, rief Mrs Hancock. »Können wir jetzt die *Pasties* essen?«

»Noch nicht ganz. Als wir die Kabine des Kapitäns betraten, erwartete uns ein schrecklicher Anblick.« Liam legte mal wieder eine seiner theatralischen Pausen ein. Dabei wollte Lori nur noch eins: ins Bett. »Wir hatten damit gerechnet, dass alles voller Blut sein würde. Aber es kam noch schlimmer: Der Kapitän hatte mit seinem Blut an die Wand geschrieben. Die ganze Wand war vollgeschmiert.«

»Sein Testament!«, rief John. »Ich muss auch endlich mein Testament machen! Nicht, dass ich viel zu vererben hätte. Aber man will es doch in rechte Bahnen lenken. Auch wenn ich im September erst siebenundachtzig geworden bin und noch ein paar Jährchen leben will. War es ein Testament?«

»Nein.«

»Ein Abschiedsbrief?«, mutmaßte Cathy. »Ein Abschiedsbrief, geschrieben mit dem eigenen Blut! Brrr!«

Liam schüttelte den Kopf. »Es war ein Gedicht.«

»Ein Gedicht?«, riefen nun alle im Chor.

Liam nickte. »Es hat mich damals so beeindruckt, dass ich es abgeschrieben habe und den Zettel seither immer bei mir trage.« Liam legte beide Hände auf seine Brusttasche und starrte in eine unbestimmte Ferne. Jetzt reicht es, dachte Lori staunend bei sich. Das können sie ihm doch unmöglich abnehmen? Doch offensichtlich schien niemand auf den Gedanken zu kommen, dass Liam nichts anderes tat, als einen ganzen Haufen Seemannsgarn zu spinnen. Natürlich wollten nun alle das Gedicht hören. Während Liam umständlich einen gefalteten Zettel aus der Brusttasche zog, ging Lori in die Küche, um die *Pasties* zu holen. Sie wollte endlich ins Bett! Sie klaubte die *Pasties* aus dem Ofen und legte sie auf einen großen Teller. Als sie zurückkam, war Liam mitten in seinem Gedicht.

Lori hätte hinterher nicht mehr sagen können, worum es darin ging. Sie blieb einfach in der Tür stehen, mit dem Teller in der Hand, und nach drei Sekunden hatte sie das Gefühl, das Gedicht habe sie förmlich in sich hineingesogen. Es war ein Seemannsgedicht, natürlich, und gleichzeitig war es viel mehr. Da war von Naturgewalten die Rede, davon, dass der Mensch nur ein winziger Tropfen war im riesigen Ozean, es ging um den Wind und die Wellen, den Anfang und das Ende, es ging um nichts weniger als die Liebe, die große Liebe, die einem nur einmal im Leben begegnete, die Liebe und die Freundschaft und den Tod, der die Liebenden auseinanderriss. Und als Liam verstummte und das zerknitterte Blatt Papier sorgfältig wieder zusammenfaltete, um es wieder in seiner Brusttasche zu verstauen, da weinten sie alle, ohne genau zu wissen, warum. Es war kein trauriges Weinen, die Tränen kamen daher, dass die Worte sie alle so berührt hatten, ganz tief in ihren Herzen. Auch Lori weinte, mit dem Teller in der Hand, weil sie nicht fassen konnte, was für eine Macht Liam über die Worte und die Menschen hatte, die diese Worte hörten, und ausnahmsweise schämte sie sich ihrer Tränen nicht.

Es war beinahe ein Uhr, als Lori aufstand, in die Hände klatschte und rief: »Zeit fürs Heiabettchen! Gute Nacht allerseits!« Nur widerstrebend standen die Gäste auf und verabschiedeten sich mit ausführlichen Dankesworten und Beteuerungen, was für einen wundervollen Abend sie gehabt hätten.

»Was für eine fabelhafte Gastgeberin Sie doch sind, Lori! Und Sie und Liam sind so ein gutes Gespann!«, schwärmte

Mrs Hancock. »Da mag man gar nicht ins Bett gehen! Ich werde Sie allen meinen Freunden weiterempfehlen!«

»Das freut mich sehr, Mrs Hancock«, antwortete Lori artig, während sie bei sich dachte, du hast meinen Stuhl ruiniert und meinen Kühlschrank leer gefuttert, nun verschwinde endlich ins Bett, du Elefantenbaby.

Liam brachte John nach Hause. Obwohl es nur wenige Meter waren, kam er völlig durchweicht zurück.

»So einen heftigen Regen habe ich in den Tropen erlebt«, knurrte er. »Aber noch nie in England. Und das ist erst der Anfang.« Lori schloss für einen Moment die Augen und lauschte. Der heftige Regen wurde vom Sturm übertönt. Der Wind heulte so ohrenbetäubend ums Haus, dass an Schlafen eigentlich nicht zu denken war. Wenigstens hatten sich die Gäste endlich in ihre Zimmer verzogen.

»Wann hast du dir die Geschichte mit dem Klabautermann ausgedacht?« Lori schlüpfte ins Bett, während Liam seine nassen Klamotten im Zimmer aufhängte, um sie zu trocknen. Er warf einen stirnrunzelnden Blick auf sein Handy, dann legte er es zur Seite.

»Die Geschichte?« Er lachte. »Während ich sie erzählt habe. Und auf dem Klo. Tut mir leid, dass es so spät geworden ist. Ich wollte nur die Gäste ablenken.«

»Das ist dir gelungen, wenn auch auf Kosten eines unschuldigen Stuhls. Du solltest dich als Entertainer selbstständig machen. Und das Gedicht? Das war von dir, nicht wahr?«

»Kann schon sein. Hat es dir gefallen?«

»Ja. Sehr sogar.« Lori hatte keine Ahnung von Literatur und Dichtung. Sie wusste nur eins: Das Gedicht hatte alle umgehauen, unabhängig von ihrem Alter, ihrer Bildung und ihrer Herkunft. Das war doch sicher nicht normal? Normal war, dass Leute sich bei Gedichten langweilten.

»Hast du noch mehr?« Sie schlug die Bettdecke für Liam zurück.

»Viel mehr. Ein paar habe ich in den letzten Wochen hier geschrieben, der Rest liegt zu Hause, in meiner Wohnung. Ich hab im Studium damit angefangen, ich habe einen Kurs in ›Creative Writing‹ belegt.« Mit einem zufriedenen Grunzen legte sich Liam neben sie.

»Hast du nie versucht, sie jemandem zu zeigen, der sich damit auskennt? Vielleicht könntest du sie veröffentlichen?«

»Nein. Wozu?« Liam schien belustigt.

»Um sie mit anderen zu teilen?«

»Alle Welt teilt die privatesten Dinge miteinander. Kontakte, Fotos, Meinungen, auf Facebook oder Twitter oder WhatsApp. Niemand scheint mehr in der Lage, etwas für sich zu behalten. Andererseits wachen wir eifersüchtig über das, was wirklich wichtig ist – Zeit, Geld, Freundschaft, Hilfe, Impfstoffe. Da läuft etwas grundsätzlich falsch. Meine Gedichte sind privat. Ich schreibe sie, weil es mir Freude macht. Ich teile sie, wenn mir danach ist. Und ich suche mir aus, mit wem. Heute Abend, das war eine Ausnahme. Ich habe noch nie ein Gedicht öffentlich vorgelesen. Es passte nur so gut.«

»Darf ich sie lesen?«

»Meine Gedichte? Einfach so? Nein. Vor allem nicht die, die ich mit gebrochenem Herzen geschrieben habe. Als eine herzlose Liebste mich verstieß.« Lori knuffte ihn in die Seite.

»Geben dir die Reaktionen nicht zu denken? Ich backe dir einen Kuchen.«

»Lori, also wirklich. Soll das ein Witz sein? Das reicht nicht, um mich zu bestechen.«

»Zwei Kuchen?«

»Nein. Ich hätte eine bessere Idee.« Seine Hand glitt unter ihr züchtiges Nachthemd und wanderte langsam ihre Beine hoch. Lori musste lachen, weil er sie kitzelte. Das war nicht die einzige körperliche Reaktion. »Du könntest diesen altmodischen Fummel ausziehen, der deinen hübschen Körper hermetisch abriegelt. Ist das Nachthemd noch von deiner Mutter? Wie alt ist es, fünfzig Jahre, sechzig? Ich glaube es wird höchste

Zeit, dass wir zusammen Wäsche einkaufen gehen. So wenig Stoff und so durchsichtig wie nur möglich. Für den Tag und für die Nacht.«

»Du willst meinen Körper als Gegenleistung für deine Gedichte? Pfui. Wofür hältst du mich? Außerdem musst du doch schon in ein paar Stunden wieder aufstehen?«

»Ja. Und wer weiß, wie lange ich weg sein werde. Es könnte also ein bisschen dauern, bis wir wieder ...«

»Ich soll dir meinen Körper für deine Gedichte verkaufen?«

»Richtig. Fairer Deal, oder?« Seine Hand war jetzt an ihren Oberschenkeln angekommen. Oben an den Oberschenkeln. Um nicht zu sagen, dazwischen. Loris Atem ging plötzlich so schnell, als sei sie Mrs Hancock, die die Treppe hinunterlief.

»Die Dame gibt sich keusch, trägt aber kein Unterhöschen? *I'm shocked.*«

Wie kann man bei diesem Lärm schlafen, hatte Lori verwundert gedacht. Ich werde kein Auge zutun. Sie musste dann aber doch eingeschlafen sein. Es dauerte einen Moment, bis sie kapierte, dass das, was da so unangenehm in ihre Träume drang, Liams Piepser war. »Fuck!«, fluchte Liam. Das Licht ging an, dann war er schon am Handy.

»Die Segelbootidioten, oder?«, brüllte er. Das Gespräch dauerte nur Sekunden, dann sprang er aus dem Bett und fuhr in Rekordzeit in seine Kleider. »Eines der Segelboote hat einen Notruf abgesetzt. Seither kein Funkkontakt. Wir müssen raus. Das wird dauern.« Raus aufs Wasser, bei diesem Sturm? Das, was sie die ganze Zeit befürchtet hatte. Die nackte Angst fuhr Lori in die Glieder, und ins Herz.

»Ich fahre dich. Dann kannst du nebenher telefonieren.«

Er zögerte eine Millisekunde. »Okay. Mach, so schnell du kannst. Gummistiefel, Jacke, Mütze, dann los. Du musst rennen. Ich lasse das Auto an. Du hast drei Minuten.« Mit diesen Worten war er weg. Wie hatte er sich nur so schnell angezogen?

Lori sprang aus dem Bett, fand ihre Unterwäsche nicht und fuhr nackt in Jeans, T-Shirt und Pulli. Wo waren die Socken? Keine Zeit. Liam würde ohne sie fahren, wenn sie nicht in den nächsten zwei Minuten unten beim Auto war. Sie schlüpfte in die Gummistiefel, packte Regenmantel und Mütze, machte in allerletzter Sekunde einen Abstecher in die Küche, um einen Beutel mit Scones zu schnappen, die vom Frühstück übrig geblieben waren, und rannte dann aus dem Haus. Verdammt, es war stockduster. Auch wenn es sie wertvolle Zeit kostete, die Taschenlampe am Handy zu finden, war das doch besser, als sich den Fuß zu brechen. Wann war sie überhaupt das letzte Mal gerannt?

Überall auf dem Weg lagen Hindernisse, die der Sturm verstreut hatte. Der Regen prasselte nur so auf sie herunter. Bei John brannte Licht. Wenn Liam nur nicht ohne sie fuhr! Erstaunlich, dass er sie überhaupt mitnahm. Sie war sich sicher gewesen, dass er ablehnen würde. Klar, Lori kannte jeden der supereifrigen Welten- und Lebensretter, die sich auf der *Lifeboat Station* engagierten. Fast alle kamen aus dem Dorf. Aber Liam hatte nie gefragt, ob sie mitkommen wolle, auch nicht, wenn sie nach dem Training noch zusammensaßen oder einen Geburtstag feierten. Wozu auch? Das war sein Ding, da mischte sich Lori nicht ein. Liam mischte sich schließlich auch nicht in Honeysuckle Cottage und die Gäste ein.

Aber jetzt hatte Lori zum ersten Mal Angst. Dieser Sturm war etwas nie Dagewesenes. Ein Monster, eine Krake, ein Ungeheuer. Normalerweise hätte sie das nicht geschreckt. Sie hätte die Rollläden geschlossen und alles, was umherfliegen konnte, gesichert. Aber jetzt hatte Lori zum ersten Mal in ihrem Leben etwas zu verlieren. Das größte Wunder, das ihr je zugestoßen war.

25. KAPITEL

Margarete

»Ich. Gehe. Jetzt. Da. Raus.«
»Du. Gehst. Nirgendwohin.« Chris klang ungewöhnlich streng.
»Ich drehe aber durch, wenn ich nichts tue!« Margarete klang beinahe hysterisch. Sie schämte sich dafür. Sie wollte so gern tapfer sein. Aber so fühlte es sich nicht an. Kein bisschen.
»Du kannst nichts tun. Außer mir im Stall helfen. Die paar Meter zwischen Haus und Stall schaffen wir. Mehr nicht. Morgen vielleicht. Mit viel Glück.«
Maggie fror, obwohl sie einen alten Frotteebademantel von Chris trug, Chris den Arm um sie gelegt hatte und sie an einer Tasse Tee nippte. Sie standen am Schlafzimmerfenster und starrten hinaus. Es wurde gerade hell. Wobei hell übertrieben war. Eine stockdunkle Nacht verwandelte sich unendlich langsam in einen tiefgrauen Tag, und noch konnte man draußen nichts erkennen. Nur hören. Das reichte.
»Mein Strand. *Maggie's Café!* Was, wenn es alles kaputtgehauen hat?«
Die Bucht. Das Café. Ihr Baby.
»Das kann, muss aber nicht sein. Der Strand ist relativ geschützt. Das Riff auf der einen Seite, das kleine Wäldchen auf der anderen ... Du kannst dir jetzt eine Menge ausmalen, aber das macht doch bloß Stress. Du musst es sowieso nehmen, wie es kommt!«
So etwas wie diesen Sturm hatte Margarete noch nie erlebt. Wenn sie von der Nordsee käme, vielleicht. Aber sie kam aus Stuttgart! Da hatte es mal einen Sturm namens Lothar gegeben. Der hatte im Schwarzwald für Kahlschlag gesorgt, war aber letztlich ein blutiger Anfänger gewesen im Vergleich zu

dem, was »Andrew« gerade ablieferte. Noch nie hatte sie sich dermaßen gefürchtet. Dabei war sie normalerweise gar kein ängstlicher Typ! Sie hatte sich in der Nacht an Chris' Rücken geklammert und bei jeder neuen, noch heftigeren Sturmböe war ihr ganzer Körper zusammengezuckt, als hätte man ihm einen Stromschlag versetzt. Sie war ganz sicher gewesen, dass jeden Moment das Dach abgedeckt werden könnte und sie unter freiem Himmel liegen würden, Sturm und prasselndem Regen ausgeliefert.

Chris hatte versucht, sie zu beruhigen. »Ich habe das Haus selbst gebaut und das Dach selbst gedeckt«, hatte er gesagt. »Ich habe starke Stürme einkalkuliert. Ein paar kleinere Schäden werden sich nicht vermeiden lassen. Aber du brauchst keine Angst zu haben.« Er hatte mit ihr geplaudert, um sie abzulenken, aber irgendwann war er mitten im Satz eingenickt, und Maggie war allein gewesen mit ihrer Panik. Sie hatte die ganze Nacht kein Auge zugetan und unendliches Heimweh bekommen. Cornwall würde niemals ihr Zuhause werden, dachte sie voller Verzweiflung. Die Natur übertrieb es hier einfach. Sie brauchte einen Ort, an dem es weniger dramatisch zuging. Wie konnte Chris bei diesem ohrenbetäubenden Lärm schlafen?

»Ich halte das nicht aus!«, stöhnte sie jetzt. Draußen flog etwas am Fenster vorbei. Es war knallorange und sah aus wie eine wild gewordene Zeltplane. Sie hatten vereinbart, erst nach einer Tasse Tee aufs Handy zu schauen und das Radio einzuschalten. Für Katastrophenmeldungen war es einfach noch zu früh.

Chris seufzte und zog sie näher an sich. »Das musst du aber. Der Sturm ist noch lange nicht vorbei. Wenn du jetzt zur Bucht hinausfährst, kann alles in Ordnung sein, und eine Stunde später hauen der Wind oder die Wellen alles kaputt. Außerdem wäre es lebensgefährlich, jetzt ins Auto zu steigen. Ein Baum könnte aufs Auto fallen, oder du rauschst plötzlich in eine Überflutung, an einer Stelle, wo du sie überhaupt nicht erwartest. Du musst Geduld haben! Und vor allem: keine Alleingänge! Das wäre unverantwortlich!« Er klang jetzt wieder sehr streng.

»Geduld ist nicht meine Stärke.« Der Strand und das Café bedeuteten ihr so viel. Das musste Chris doch begreifen!

»Ich weiß. Aber dann musst du es lernen. Du musst lernen, dass hier in Cornwall die Natur das letzte Wort hat. Die Natur und der Klimawandel, aber das ist unterm Strich dasselbe. Wir haben schon so vieles gehabt: monatelange Trockenheit oder zu viel Regen, Getreide, das nicht aufgeht, patschnasses Heu, das nicht zum Füttern taugt.«

Er fasste sie sanft an den Schultern und drehte sie zu sich. Ich weiß vielleicht nicht, ob ich mich jemals in Cornwall zu Hause fühlen werde, dachte Maggie bewegt. Aber so, wie er mich ansieht, weiß ich: Ich gehöre zu ihm.

»Wenn du nicht akzeptierst, dass die Natur stärker ist als wir, wirst du es hier auf Dauer nicht aushalten.«

»Das ist mir letzte Nacht klar geworden.« Sie seufzte tief. »Ist es die Natur oder hat der Mensch all das ausgelöst?«

Chris zuckte mit den Schultern. »Wer weiß das schon. Ich weiß nur, dass ich noch nie einen Sturm wie diesen erlebt habe. Und dass der Regen im Herbst und Winter immer heftiger wird und im Sommer die Trockenheit zunimmt.«

»Warum kämpfst du dann nicht mehr gegen den Klimawandel?«

»Maggie. Ich habe gegen den Brexit gekämpft und mir die Finger verbrannt. Man hat mir die Reifen durchgestochen und ›Verräter!‹ an die Scheunenwand gesprüht. Wer weiß, vielleicht war es sogar jemand aus dem Dorf. Ein Fischer, der den Lügen geglaubt hat, er könne nach dem Brexit mehr Fisch verkaufen. Ich will niemanden mehr missionieren. Du und ich, wir können versuchen, mit gutem Beispiel voranzugehen und so umweltfreundlich wie möglich zu leben. Ich habe die Farm als Ökohaus gebaut, mit Solarpaneelen und Brauchwassernutzung. Damit stehe ich weit und breit alleine da. Ich dünge ökologisch und benutze kein Glyphosat. Wir legen im Frühjahr noch ein paar wilde Wiesen an, wenn du möchtest, für Bienen und Insekten. Und du versuchst, das Café so umweltfreundlich wie nur möglich zu machen. Mehr können wir nicht tun.«

»Natürlich können wir das. Wir können eine Klimakampagne in Port Piran starten. Das ist doch ein Wahnsinn!« Margarete löste sich von ihm und deutete hinaus. Weit konnten sie noch nicht sehen. Aber es reichte bis zu den Bäumen, die die Terrasse säumten. Sie hatten gestern alle Gartenmöbel in die Scheune geräumt. Zum Glück. Ein Baum war quer über die Terrasse gestürzt, und der Anblick des Wurzelwerks, an dem dicke Erdklumpen klebten, weckte in Margarete den bizarren Wunsch, hinauszurennen und den Baum mit Chris zusammen aufzurichten und wieder tief in die Erde einzugraben, bevor es zu spät war. Die anderen Bäume sahen aus wie gerupft, Äste und Zweige waren abgeknickt oder ganz abgerissen. Das Baumhaus, in dem die Kinder im Sommer so viel gesessen und gespielt hatten, war Geschichte, die bunt bemalten Bretter lagen zersplittert überall verstreut. Der Sturm bog die Bäume so sehr, dass es ein Wunder war, dass sie nicht abknickten wie Streichhölzer.

»Klimakampagne?« Chris klang resigniert. »Die Dorfbewohner von Port Piran können sich noch nicht einmal darauf einigen, im Sommer den Parkplatz am Hafen für die Autos der Touristen zu sperren. Die rennen schreiend davon, wenn ein Wort auch nur mit ›Klima‹ anfängt. Hilfst du mir im Stall? Wir müssen versuchen, die Tiere zu beruhigen.«

»Da draußen geht die Welt unter, Chris!«, protestierte sie erbost. Manchmal würde sie Chris am liebsten packen und schütteln. Sie würde dieses britische reservierte Zögern, öffentlich auf die Pauke zu hauen, nie verstehen.

»Und genau deshalb trinke ich jetzt meinen Tee aus«, antwortete Chris ruhig. »Und dann gehe ich in den Stall und tue das Einzige, was sinnvoll und dringend ist: Ich kümmere mich um meine Kühe, Schafe und Hühner. Also, was ist jetzt, hilfst du mir? Und danach frühstücken wir.« Er blickte angestrengt aufs Handy.

Sie seufzte. »Na schön. Was meldet die Wettervorhersage?«

»Der Sturm ist schneller gekommen als gedacht und zieht deshalb hoffentlich auch früher weiter. Heftiger soll es nicht mehr werden, bis heute Abend könnte das Schlimmste überstanden sein. Ich verspreche dir, wenn es kurz vor Sonnenuntergang ruhiger ist, fahren wir hinaus zur Bucht.«

»Danke.«

»Das war die gute Nachricht.« Er starrte immer noch aufs Handy, als könne er seinen Augen nicht trauen.

»Heißt das, es gibt auch eine schlechte?«

»Ja, leider. Eine sehr schlechte. Die beiden Segelboote sind in Seenot geraten. Die *Pride of Port Piran* ist um fünf Uhr ausgelaufen.«

»O mein Gott. Soll das heißen, Liam ist da draußen?«

»Ja, und mit ihm eine Crew von elf Leuten. Er leitet den Einsatz.«

Maggie blickte hinunter Richtung Meer. Trotz schlechtem Licht und großer Entfernung sah sie, dass das Meer wütete wie ein Ungeheuer, das sich von einer Kette losgerissen hatte. Und diesem Drachen war Liam jetzt mit seiner Crew ausgeliefert? Wegen der Skrupellosigkeit zweier Turnschuhhersteller, denen jedes Mittel recht war für ein bisschen mediale Aufmerksamkeit, riskierten sie ihr Leben?

»War das in den Nachrichten?«

»Nein. Noch nicht. Lori hat geschrieben. Sie ist mit Liam zur *Lifeboat Station* gefahren und bleibt erst mal dort, weil sie es in Honeysuckle Cottage nicht aushält.«

Die coole Lori hatte also entsetzliche Angst um Liam. Das sagte eine Menge. Über den Sturm und über Lori. »Sollst du mir was ausrichten? Soll ich Frühstück für die Gäste machen?«

Chris schüttelte den Kopf. »Titilope ist im Cottage und kümmert sich ums Frühstück und die Gäste. So, wie's da draußen tobt, kannst du sowieso nicht nach Port Piran fahren.«

Lori hatte an Chris geschrieben und nicht an sie. Die Rangfolge war mal wieder klar. Aber das war jetzt nicht der Moment für Eifersüchteleien.

»Ich weiß, dass Liam und seine Leute Profis sind. Aber ... in diesem Sturm ... Es ist gefährlicher als sonst, oder?«

Sie war so ein Greenhorn. Jeder Idiot konnte doch mit eigenen Augen sehen, was da draußen passierte.

Chris beugte sich immer noch mit gerunzelter Stirn über sein Handy. Sie hatte ihn noch nie so besorgt gesehen.

»Lori schreibt, die Segelboote sind von der Strömung weit abgetrieben worden. Sie konnten den Kurs auf den Lizard nicht halten und sind jetzt irgendwo bei Land's End. Südlich von Land's End gibt es ein berüchtigtes Riff unter der Wasseroberfläche, es heißt Runnel Stone. Da sind schon unzählige Boote havariert. Deshalb hat man auf der Steilküste bei Gwennap Head zwei Warnmarkierungen aufgestellt. Sie sehen aus wie umgedrehte Eistüten, und wenn sie auf einer Linie liegen, sodass die rote Tüte die schwarz-weiße verdeckt, ist man auf Höhe des Riffs. Leider hilft das in stockdunkler Nacht niemandem. Es ist nur eine Möglichkeit von vielen, aber wenn es die zwei Segelschiffe dorthin abgetrieben hat ... ich sehe mir nachher die Schiffspositionen an. Jetzt muss ich in den Stall. Um deine Frage zu beantworten: Wenn ich die Küstenwache wäre, ich hätte Liam verboten, bei diesem Sturm hinauszufahren. Das Risiko ist zu groß, dass die Retter selber in Seenot geraten.« Er machte eine Pause. »Es ist lebensgefährlich«, flüsterte er. »Ein absolutes Himmelfahrtskommando.«

26. KAPITEL

Lori

Sie tranken Tee. Und dann Kaffee. Und dann wieder Tee. Die Scones hatten sie längst bis auf den letzten Krümel verputzt. In der Regel kam immer jemand vorbei, wenn ein Einsatz länger dauerte, hatte Sarah gesagt. Eine Freundin, ein Mann oder eine Tochter brachten Sandwiches oder Kuchen oder eine heiße Suppe. Aber noch war der Sturm viel zu heftig, um ohne zwingenden Grund durch die Gegend zu fahren. Pete, der es auch nicht zu Hause ausgehalten hatte, hatte eine Packung *Hobnobs* mitgebracht, die ihm seine Frau in letzter Sekunde in die Tasche gesteckt hatte. Die Kekse waren auch ziemlich schnell weg gewesen. Und nun konnten sie nur noch warten. Lori hatte sowieso keinen Hunger. Sie fror so jämmerlich, dass alle anderen Empfindungen dagegen verblassten.

Sarah war nicht besonders glücklich gewesen, als Lori mit Liam zusammen aufgekreuzt war, um zu bleiben. Lori schätzte Sarah auf Anfang dreißig, sie war blond und schlank und sehr energisch und wirkte kein bisschen wie ein *Shore Manager,* eher wie ein Model. Lori hatte sie vorher noch nie gesehen, weil sie neu war und aus Truro kam. Sarah leitete die Station, wenn das Rettungsboot im Einsatz und der oberste Chef in der Funktion als Bootsführer – *coxswain,* wie das im Fachjargon hieß – mit dem Boot draußen auf dem Meer war. So wie jetzt. Essen bringen oder jemanden abliefern war eine Sache, dableiben eine andere. Das Boot war schon ausgelaufen, als Lori spontan entschieden hatte, nicht zurück nach Port Piran zu fahren, weil sie es dort nicht aushalten würde. Liam wäre bestimmt nicht begeistert gewesen, aber das war Lori egal. Es war ihr auch egal, dass sie sich ziemlich lächerlich benahm und kein bisschen souverän, und dass sie noch vor ein paar

Wochen über ihr eigenes Verhalten und Frauen, die sich an ihre Männer klammerten, gespottet hätte. Sie spürte genau, dass Sarah Mitleid mit ihr hatte, Mitleid mit der nicht mehr ganz jungen, offensichtlich hysterischen Freundin ihres Chefs. Lori wusste, dass sie bei anderen starke Emotionen auslöste, aber Mitleid hatte bisher nicht dazugehört. Sarah hatte ihr erlaubt, dazubleiben, ausnahmsweise, aber sie hatte ihr unmissverständlich klargemacht, dass sie zwar warten durfte, daraus aber bitte keine weitergehenden Ansprüche ableitete.

»Die Station ist eigentlich exklusiv für die aktiven Mitglieder des RNLI«, sagte sie streng. »Sonst stolpern wir hier bald nur noch über Angehörige, die unsere Arbeit behindern. Daran ändert auch die Tatsache nichts, dass du die Freundin des Chefs bist. Wir werden dich nicht darüber informieren, wie der Einsatz läuft.«

Lori hatte geschluckt und genickt und gemurmelt, ob Sarah ihr denn Bescheid geben würde, sollte es eine dramatische Entwicklung geben, und Sarah hatte nach kurzem Zögern zugestimmt. Nun saß Lori auf einer zugigen Bank neben der schweren Eisentür, hinter der sich die Einsatzzentrale der Rettungsstation verbarg. Neben Sarah und Pete war noch Robert vor Ort, er war der IT-Spezialist und kümmerte sich um die Technik. Sie war einmal mit Liam in der Zentrale gewesen, als er eine Führung für eine Schulklasse gemacht hatte. Man ging eine steile Treppe hinauf und dann öffnete sich der Raum mit einer breiten Fensterfront zum Meer hin. Die Tische standen voll mit Computern, Funkgeräten und Radarschirmen, es gab aber auch ganz klassische Ferngläser. Neben der Einsatzzentrale war eine zweite Tür und dahinter eine kleine Kaffeeküche. Immerhin wurde auch Lori regelmäßig mit heißen Getränken versorgt. Das war auch bitter nötig. Die Bank, auf der sie saß, lag oberhalb der abschüssigen Rampe ins Meer, auf der das Rettungsboot normalerweise im Trockendock lag und auf seinen Einsatz wartete. Nur eine Plane am Ende der Schiene, auf der das Boot ins Meer rollte, trennte und schützte Lori vor der Außenwelt und dem Sturm, und auch wenn die Plane bestimmt achtzig Meter entfernt war, blies es doch ganz gehörig herein.

Es rächte sich jetzt bitter, dass Lori in der Hektik ihre Unterwäsche und Socken nicht gefunden hatte. Sie war einfach viel zu dünn angezogen. Sarah hatte ihr geraten, zu Hause zu warten, und ihr versprochen, sie anzurufen, sobald das Boot zurückkam, aber Lori schaffte es einfach nicht, sich loszureißen. Sie wagte auch nicht, nach einem wärmeren Platz zu fragen. Es war, als könne sie mit ihrer bloßen Anwesenheit und ihrem Frieren Liam vor einem Unglück schützen. Kurz vor halb sechs nahm sie ihr Handy und schrieb an Titilope und Chris. Titilope antwortete kurz vor sechs, Lori solle sich keine Sorgen machen und so lange wegbleiben, wie sie wolle, sie würde sich um alles kümmern, und Chris antwortete wenig später und schickte gute Wünsche von sich und Maggie. Beide schrieben, Liam schafft das, Liam ist der Beste. Dass alle einhellig der Meinung zu sein schienen, dass Liam der Beste war, tat gut.

Lori war wie eine Rennfahrerin am Steuer von Liams Rover durch den Sturm gerast. Liam hatte pausenlos mit der Küstenwache telefoniert. Die beiden Segelschiffe waren von ihrem Kurs abgekommen und trieben jetzt Richtung Land's End, so viel bekam Lori mit. Es gab Funkkontakt zu einem der Boote, dieses Boot war schwer angeschlagen, die Crew in Seenot und Panik, aber unverletzt. Was mit dem anderen Boot los war, nur wenige Hundert Meter entfernt, war völlig unklar, es hatte einen Notruf abgesetzt, danach war der Funkkontakt abgebrochen. Liam beschwor die Küstenwache, noch mehr Rettungsboote zu alarmieren. »Wir schaffen das nicht allein! Fünf Leute auf zwei Booten. Wir können maximal ein Segelboot ins Schlepptau nehmen, wenn überhaupt, bei dem Wellengang! Wir brauchen das Rettungsboot und den Hubschrauber von Land's End. Ja, verdammt, ich weiß, dass die Flugbedingungen beschissen sind!« Dann warf er fluchend sein Handy beiseite.

»Muss ich jetzt sogar der Küstenwache erklären, was auf dem Spiel steht? Da draußen sind fünf Menschen in Seenot. Und selbst, wenn es leichtsinnige Idioten sind, wir können sie doch nicht einfach absaufen lassen!«

Der Parkplatz vor der Rettungsstation war schon voll mit Autos, die zum Teil abenteuerlich geparkt waren. Immer wieder spielte Lori auf ihrer zugigen Bank die letzten Sekunden mit Liam durch. Er hatte sich zu ihr herübergebeugt, ganz kurz nur, und sie schnell und hart auf den Mund geküsst. »Geh nach Hause und ins Bett, Süße. Ich komme zu dir zurück, so schnell es geht. Fahr vorsichtig und pass auf dich auf.« Damit sprang er aus dem Auto. Es war typisch für ihn, dass er zu ihr sagte, sie solle auf sich aufpassen, obwohl er sich selbst viel größerer Gefahr aussetzte! Lori war umgekehrt nicht einmal dazu gekommen, ihm alles Gute zu wünschen. War das ein schlechtes Omen?

Sie war langsam ausgestiegen, darauf bedacht, niemandem im Weg zu stehen, sie war die steile Treppe hinunter in die Rettungsstation gegangen und hatte sich in eine Ecke gedrückt. Es wimmelte nur so von Menschen. Manche trugen bereits ihre volle Ausrüstung. Zwei Minuten später war Liam mit dem Schutzhelm unter dem Arm aus dem Umkleideraum gekommen. Wie hatte er es nur geschafft, sich so schnell umzuziehen? Es war das erste Mal, dass sie ihn in voller Montur sah, in der wasserdichten gelben Jacke, der schwarzen Überhose und der Rettungsweste, die, wie er ihr erklärt hatte, mehrere Kilo wog, weil Werkzeug, Handy und Leuchtraketen darin verstaut waren und Karabiner daran hingen. Die Gummistiefel in ihrem fröhlichen Gelb passten weder zum Rest der Ausrüstung noch zu Liams ernstem Gesichtsausdruck. Er war jetzt ganz der Chef, ganz der Profi. Alle Freiwilligen hatten sich vor ihm aufgereiht, und er hatte in Sekundenschnelle elf Namen gebrüllt. Die elf Leute, die er aufgerufen hatte, hatten sich im Halbkreis um Liam herum versammelt, die anderen waren zurückgetreten, und Liam hatte mehrere Minuten leise zu ihnen gesprochen. Lori hatte kein Wort verstanden, sie hatte nur die Anspannung auf den Gesichtern gesehen und dass alle die Köpfe schüttelten.

Lori kannte die meisten, Amy half bei Caroline im Laden, Martin, der zweite Steuermann, war irgendwie mit Chris verwandt, und Tom machte Ausflugsfahrten für Touristen. Dann rannten sie Richtung Boot. Liam wechselte noch ein paar schnelle Worte mit Sarah, bevor er selbst auf die *Pride of Port Piran* stürzte, ohne Loris panisches Abschiedswinken zu bemerken. Dann dröhnten die Motoren, das Boot glitt die Rampe hinunter, pflügte durch die Plane und war weg. Die Freiwilligen, die nicht ausgewählt worden waren, es mochten fünf oder sechs sein, schlichen murmelnd und mit hängenden Köpfen zurück in die Umkleidekabine.

Wie konnte man nur Enttäuschung verspüren, wenn einem die Hölle erspart blieb, dachte Lori bei sich. Weitere Freiwillige, die zu lange gebraucht hatten, trudelten ein und diskutierten aufgeregt miteinander. Lori kannte sie alle. Manche kamen zu ihr herüber und versuchten, sie aufzumuntern. Immer wieder fielen die gleichen Worte. »Liam ist der Beste. Wenn jemand das schafft, dann er.« Einer nach dem anderen verabschiedete sich, und außer dem Heulen des Sturms war nichts mehr zu hören. Irgendwann kam Pete aus der Einsatzzentrale.

»Was machst du denn hier, Lori, du holst dir doch den Tod!«, rief er. »Warum kommst du nicht rein zu uns?«

»Weil Sarah mich nicht lässt«, flüsterte Lori. »Gibt's was Neues?« Sie war vollkommen erschöpft. Noch nie in ihrem Leben hatte sie um jemanden gebangt. Es fühlte sich an, als ginge ein Riss mitten durch sie hindurch.

»Feldwebel«, brummte Pete. »Unter uns, ich kann gar nicht mit ihr! Setz dich wenigstens in die Kaffeeküche, ich drehe die Heizung auf. Das nehme ich auf meine Kappe. Und nein, es gibt nichts Neues. Aber es sieht gut aus! Man sieht auf dem Radar, dass das Boot trotz des wahnsinnigen Wellengangs erstaunlich gut vorankommt und bald bei den Segelbooten ist.

Mach dir keine Sorgen. Die *Pride of Port Piran* gehört zur neuesten Generation von Rettungsbooten. Die richtet sich sogar selber wieder auf, wenn sie kentert.«

In der Kaffeeküche gab es einen wackligen Stuhl, und die Heizung machte den kleinen Raum schon nach wenigen Minuten mollig warm. Pete brachte ihr sogar noch eine kratzige Wolldecke. Lori streifte die Gummistiefel ab und wickelte die Decke um ihre Füße, die sie vor lauter Kälte kaum noch spürte. Es dauerte lange, bis sie nicht mehr fror. Mit der Wärme und der Erleichterung, dass bisher nichts Schlimmes passiert war, kam eine bleierne Müdigkeit. Immer wieder fielen Lori die Augen zu, sosehr sie auch dagegen ankämpfte. Nur ein kurzes Nickerchen, dann würde sie sich bestimmt besser fühlen ...

Sie wurde von Lärm aufgeschreckt. Draußen war es taghell. Sie warf einen panischen Blick auf ihr Handy. Elf Uhr! Sie musste Stunden geschlafen haben, wie war das nur möglich? Sie hatte alles verpasst! Sie fuhr in ihre Gummistiefel und stürzte aus der Kaffeeküche. Überall waren Menschen. Sarah brüllte Befehle. Da waren die *Volunteers,* die zurückgeblieben waren, und Pete und Robert und Menschen in weißen Kitteln mit Koffern in der Hand. Das Boot! Es wurde gerade mit einem Seilzug die Rampe hochgezogen. Sie waren zurück, Liam war zurück! Lori hatte alles verschlafen! Sie fand Pete in dem Getümmel. Er schien ihr ausweichen zu wollen, aber sie packte ihn am Arm.

»Was ist passiert?«, rief sie. Sie konnte kaum sprechen, so sehr nahm ihr die Angst den Atem. »Ist jemand verletzt?«

»Wir wissen es nicht«, murmelte er, Lori verstand ihn kaum in dem Lärm. »Das Funkgerät ist ausgefallen. Wir haben nur auf dem Radar gesehen, dass die *Pride of Port Piran* mit einem der Segelboote im Schlepptau umgedreht ist. Von der Küstenwache wissen wir, dass der Hubschrauber zwei Verletzte vom anderen Boot abtransportiert hat. Da haben wir für alle Fälle auch den Rettungsdienst alarmiert.«

»Aber es gibt doch Handys. Ihr müsst doch wissen, was passiert ist! Gibt es weitere Verletzte? Was ist mit Liam?«, schrie Lori und umklammerte Petes Arm.

»Wir wissen es nicht, Lori! Reiß dich zusammen!«

Er log. Sie war sich ganz sicher, dass er log. In seinen Augen stand Panik. Etwas war passiert, und er wollte es ihr nicht sagen. Das Boot war jetzt in seiner endgültigen Position angekommen. Eine unendlich lange Zeit passierte gar nichts. Dann ging eine Tür auf, und die Leute in den weißen Kitteln rannten mit einer Trage an Lori vorbei aufs Boot und durch die Tür. Die Tür schloss sich. Wieder passierte eine endlose Weile gar nichts. Pete griff nach Loris Hand und hielt sie fest. So standen sie da und warteten. Dann öffnete sich die Tür wieder, und die ersten Besatzungsmitglieder kamen von Bord, die Helme unter dem Arm. Eins, zwei, drei, vier, zählte Lori. Sie gingen nicht, sie schlichen, die Köpfe gesenkt. Wenn der Einsatz gelungen war, wieso schauten sie dann nicht her und winkten? Wieso strahlten sie nicht, wieso redeten sie nicht miteinander, erleichtert, erlöst? Und wo war Liam? Fünf, sechs, das waren Martin und Amy, sieben, acht, neun. Gleich würde Liam auftauchen. Er war der *coxswain,* der Bootsführer, der Kapitän, natürlich ging er als Letzter vom Schiff. Vielleicht musste er noch Papiere ausfüllen oder ein dringendes Telefonat führen, wahrscheinlich mit der Küstenwache. Zehn, elf. Jetzt fehlte nur noch Liam, und nun verlor Lori die Fassung.

»Wo ist Liam. Wo ist Liam?«, brüllte sie, packte Sarah an beiden Schultern und schüttelte sie. Sarah reagierte nicht, sie blickte durch Lori hindurch, als sei sie gar nicht da. Dann deutete sie hinter sich, ohne sich umzudrehen. Die Sanitäter kamen als Letzte vom Boot. Mit der Trage. Die Trage war leer.

27. KAPITEL

Margarete

Margarete hatte mit Zerstörung gerechnet, natürlich hatte sie das, alles andere wäre schrecklich naiv gewesen. Chris hatte sie endlich ziehen lassen, widerstrebend, doch auch er hatte zugeben müssen, dass der Sturm zwar noch nicht abgezogen, aber deutlich schwächer geworden war. Er hatte Maggie begleiten wollen, aber sie schlug ihm vor, im Haus zu bleiben, weil er am Strand keinen Handyempfang hatte und er sonst vielleicht eine Nachricht von Lori oder Liam verpasste. Chris hatte auch versucht, die Küstenwache zu kontaktieren, um etwas über die Rettungsaktion der *Pride of Port Piran* zu erfahren, aber die Leitung war ständig belegt. Sie hatten immer noch keine Neuigkeiten und er war halb verrückt vor Sorge. Im Radio war nur eine kurze Meldung gekommen, dass die beiden Segelboote in Seenot geraten waren und Hilfe angefordert hatten. Maggie hatte versprochen, sich zu beeilen, damit sie gegebenenfalls zur Rettungsstation fahren konnten, falls Chris niemanden erreichte.

Doch davor wollte sie nach dem Strand schauen. Sie hielt es einfach nicht mehr aus. Natürlich machte sie sich auch Sorgen um Liam, und Chris' Einschätzung, es sei ein Himmelfahrtskommando, hatte ihr einen fürchterlichen Schrecken eingejagt. Doch in der Zeit, als Liam bei ihnen auf der Farm gewohnt hatte, war ihr klar geworden, dass Karens Einschätzung stimmte: Liam war der Beste. In jeder Hinsicht! Privat war er klug, warmherzig und humorvoll, und in seinem Job war er absoluter Profi. Das ging ganz klar daraus hervor, wie er über seine Arbeit redete. Unter Druck und Stress behielt er die Nerven, er gab klare Anweisungen und konnte Gefahren einschätzen, und gleichzeitig würde er niemals das Leben seiner Crew riskieren, dessen war sich Maggie sicher. Sie vertraute ihm bedingungslos. Schon bald würden sie ihn als Helden feiern! Natürlich tat ihr Lori schrecklich leid, dass sie solche Ängste ausstehen musste. Aber jetzt musste sie nach ihrem Baby schauen.

Sie hatte gedacht, sie sei innerlich vorbereitet. Doch das, was sie sah, oder besser: nicht sah, nachdem sie in Gummistiefeln über die völlig verschlammte Weide mehr gerutscht als gelaufen war, machte sie fassungslos. Sie war davon ausgegangen, dass sie die Schäden inspizieren und sich dann überlegen würde, wie man sie beseitigte und alles möglichst schnell wieder in den Originalzustand zurückversetzte. Nur: Es gab nichts mehr zu reparieren und nichts mehr zu sehen außer angeschwemmte Plastikteile und Müll. Alles war einfach weg. Nur ein paar verstreute Teller, Töpfe und Schüsseln zwischen umgestürzten Bäumen erinnerten an die Stelle, wo einmal *Maggie's Café* gestanden hatte. Alles andere war verschwunden. Es musste das komplette Häuschen, ihr wunderschönes, geliebtes dunkelblaues *Tiny Tiny House* ins Meer geweht haben. Wie war das möglich? Die Holztische, vom Meer verschluckt. Vom gemauerten Grill waren nur noch ein paar Steine übrig, der Grillrost war verschwunden. Das Chemieklo, einfach weg! Die Sonnensegel, die Pfähle, um sie aufzuhängen, alles hatte das Meer mit sich gerissen. Die Treppenstufen hinunter auf den Strand, die sie mit so viel Liebe zum Detail angelegt hatten, waren kaum mehr zu erkennen, das Holzgeländer und die Taue waren komplett verschwunden.

Maggie spürte einen Kloß im Hals. Mit wie viel Wucht waren die Wassermassen auf ihren Strand getroffen, dass sie alles mit sich gerissen hatten? Sie war eine Landratte. Sie kannte nur den Bodensee! Niemals hätte sie gedacht, dass ein Sturm solche Schäden anrichten, dass Wasser so eine Zerstörungswut haben konnte. O mein Gott. Was bedeutete diese Naturgewalt für Liam, seine Crew und die *Pride of Port Piran?*

28. KAPITEL

Lori

»Ich möchte wissen, was passiert ist. Von Anfang an.«
»Ich glaube nicht, dass ich das schaffe«, antwortete Martin stockend.

»Du musst aber«, entgegnete Lori ruhig. »Das seid ihr mir schuldig.«

»Wir wechseln uns ab, Martin«, murmelte Amy. »Ich fange an, Lori. Du hast ja noch mitbekommen, dass wir gegen vier Uhr ausgelaufen sind. Wir haben beinahe drei Stunden gebraucht bis nach Land's End. Niemand von uns war schon einmal in so einem Wetter da draußen, nicht einmal Liam! Die Wellen waren unfassbar, unfassbar hoch. Selbst einige von uns wurden seekrank und mussten Tabletten gegen die Übelkeit nehmen. Wir waren im ständigen Funkkontakt mit einem der Segelboote, dem *Runner's High*. Die drei Jungs auf dem Boot wurden immer verzweifelter, sie waren in Todesangst. Die waren gerade mal Mitte zwanzig. Unverantwortlich! Liam hat alles getan, um sie zu beruhigen. Er hat die ganze Zeit mit ihnen geplaudert, als seien wir alle auf einem Sonntagsausflug. Vom anderen Boot gab es keine Nachricht. Auch das AIS, das ist ein Sicherheitssystem über Radar, war tot. Damit kann man normalerweise die exakte Position bestimmen. Deswegen wussten wir ja, wo die *Runner's High* ist.«

»Ich weiß, was AIS ist. Ihr braucht nicht mit mir zu reden wie mit einem kleinen Kind.«

Amy sah aus, als würde sie gleich wieder in Tränen ausbrechen. Martin legte ihr besänftigend die Hand auf den Arm. Sie waren immer noch in kompletter Montur, in Schutzanzug und schwerer Rettungsweste. Lori war es egal, dass die beiden wahrscheinlich völlig erschöpft waren. Sie hatte sich ihnen in den Weg gestellt, bevor sie sich umziehen konnten.

»Lass mich weiterzählen, Amy. Es wurde gerade hell, als wir die *Runner's High* erreichten. Dann passierte das große Wunder: Das zweite Boot, die *Marathon,* war nur gut hundert Meter entfernt. Wegen der Dunkelheit und dem starken Seegang hatten die anderen drei Segler das Boot nicht gesehen. Die *Marathon* sah schwer angeschlagen aus, sie hing auf der Seite. Liam fragte bei der Küstenwache nach, ob weitere Rettungsboote auf dem Weg waren. Und da bekamen wir die niederschmetternde Antwort, dass kein anderes Boot ausgelaufen war, weil die Küstenwache es ihnen verboten hatte. Das Risiko war zu hoch. Wir waren auf uns alleine gestellt.«

»Großartig«, sagte Lori bitter. »Euch schickt man an die Front als Kanonenfutter, und die anderen bleiben zu Hause, weil sie zu feige sind.«

Martin schüttelte den Kopf. »Ganz so war es nicht, Lori. Die *Pride of Port Piran* gehört innerhalb der Rettungsboote zur neuesten Klasse namens Tamar, sie ist praktisch unsinkbar und das modernste Rettungsboot weit und breit. Die anderen Boote sind deutlich älter, die hätten das nicht gepackt. Die Küstenwache hat Liam gewarnt. Sie haben ihm geraten, nicht rauszufahren, ihm aber letztlich die Entscheidung überlassen, weil sie ihm vertrauten. Liam war sich des Risikos voll bewusst. Er hat zu uns allen gesagt, bevor wir raus sind, dass er noch nie so einen gefährlichen Einsatz hatte und dass er jeden respektiert, der nicht teilnehmen will. Keiner von uns hat zurückgezogen.«

»Er hat noch etwas gesagt«, ergänzte Amy leise. »Dass er den gefährlichsten Teil selber übernehmen wird, egal, wie der aussieht.«

»Ich habe auf der ganzen Fahrt mit ihm gestritten«, fuhr Martin fort. »Ich war wütend, ich habe zu ihm gesagt: ›Liam, du bist der Chef, der *coxswain,* und du hast die meiste Erfahrung. Aber ich bin der zweite Steuermann und körperlich viel fitter als du, das weißt du genau.‹ Und Liam hat ganz ruhig geantwortet: ›Ja, das ist richtig. Aber wenn hier einer sein Leben riskiert, dann bin ich es. Ich bin fünfunddreißig Jahre älter als du, meine Kinder sind erwachsen. Deine beiden kleinen Mädchen brauchen dich noch.‹« Martin brach ab. Tränen liefen ihm über das Gesicht.

»Wir bekamen keine Verstärkung, aber die gute Nachricht war, dass der Helikopter der Küstenwache über uns kreiste. Liam entschied, sich erst um die *Marathon* zu kümmern«, fuhr Amy wieder etwas gefasster fort. »Er erklärte der Besatzung der *Runner's High,* sie müssten sich noch etwas gedulden, wir würden versuchen, sie ins Schlepptau zu nehmen und im Hafen von Penzance abzusetzen, aber das andere Boot hätte Priorität. Daraufhin flehten die drei Jungs Liam an, sie zuerst zu retten. Aber ihr Boot war einfach in einem viel besseren Zustand. Also fuhren wir so nah, wie wir nur konnten, an die *Marathon* heran. Wir konnten nicht sehen, ob die Besatzung noch auf dem Boot oder verletzt oder gar über Bord gegangen war. Und da sagte Liam, er würde sich auf das Boot abseilen und nachsehen. Sie mussten uns ja längst bemerkt haben.«

»Das war sein Todesurteil«, flüsterte Lori.

»Verdammt, Lori. Er ist ... er war der Boss. Es war seine Entscheidung!«, rief Martin. »Er hat so etwas schon tausendmal gemacht! Wir haben ihn abgeseilt, das hat super geklappt, trotz der beschissenen Bedingungen und obwohl das Boot Schlagseite hatte! Und er hat die zwei Jungs aus der Kabine geholt, und sie waren nur leicht verletzt, wie wir später erfahren haben, standen aber völlig unter Schock, und dann hat er erst den einen und dann den anderen in das Geschirr gepackt, das der Hubschrauber runtergelassen hat, und in atemberaubend kurzer Zeit waren die Jungs sicher an Bord des Hubschraubers. Es war ein Bilderbucheinsatz! Im schlimmsten Sturm, den Cornwall je gesehen hat! Wir haben gejubelt, weil wir es nicht fassen konnten! Und gerade, als wir Liam zurückholen wollten, genau in dem Moment, als er unser Seil in seine Weste einklinken wollte, kentert das beschissene, beschissene Boot, und Liam ist einfach weg! Es war ein tragischer Unfall! Er hatte den Karabiner schon in der Hand! Wenn wir nur drei, ach was, eine Sekunde mehr Zeit gehabt hätten, wäre nichts passiert! Liam wäre gesichert gewesen, trotz gekentertem Boot!« Die letzten Worte brüllte Martin, knallrot im Gesicht.

»Und dann seid ihr einfach abgehauen«, flüsterte Lori. »Ihr habt ihn ertrinken lassen, um die Segler vom anderen Boot zu retten.«

Amy starrte Lori mit schmerzverzerrtem Gesicht an, als habe sie sie geschlagen.

»Lori. Wir haben dreißig Minuten lang versucht, Liam zu finden. Niemand überlebt in dem eiskalten Wasser länger als dreißig Minuten, selbst mit Rettungsweste! Wenn du unter Wasser bist, kriegst du Wasser in die Lunge und überlebst nur drei bis fünf Minuten! Liam ist der beste Mann weit und breit. Er hat uns beigebracht, wie man unter den schwierigsten Bedingungen eine Leuchtrakete im Wasser zündet. Aber es gab keine Leuchtrakete. Wir haben voller Verzweiflung auf das Wasser gestarrt, niemand von uns hat ein Signal gesehen, oder einen Körper, der im Wasser treibt. Die Sichtverhältnisse waren unsagbar schlecht, aber ein Leuchtsignal hätten wir gesehen! Das spricht dafür, dass er entweder unter dem Boot war und nicht herauskam oder schon nicht mehr bei Bewusstsein war, als er ins Wasser fiel. Wahrscheinlich hat er einen Schlag vom Boot abbekommen. Vielleicht vom Mast. Das würde bedeuten ...« Sie brach ab.

»... dass er schon nach wenigen Minuten ...« Fast automatisch sprach Lori weiter, brachte den Satz aber ebenfalls nicht zu Ende. Es auszusprechen, dass Liam tot war, ertrunken, das war einfach zu viel.

Amy nickte, mit Tränen in den Augen. »Es würde auch bedeuten, dass er nicht gelitten hat, Lori«, flüsterte sie. »Ich weiß, das ist kein Trost. Glaub mir. Das ist der schlimmste Tag meines Lebens. Der schlimmste Tag ... im Leben von uns allen. Ohne Liam heimzukehren, dir diese Nachricht zu überbringen, es ist ... es ist ...«

Sie schluchzte jetzt so sehr, dass ihr ganzer Körper bebte, warf ihre Arme um Lori und klammerte sich an sie, als sei sie selbst am Ertrinken. Lori stand stocksteif da und machte einfach gar nichts. Sie konnte nicht einmal weinen. Nach ein paar unendlichen Sekunden schob sie Amy von sich weg, drehte sich um und ging.

29. KAPITEL

Margarete

Maggie wusste nicht, wie lange sie schon am Strand saß. Der Strand, der keiner mehr war. Sie hatte sich kraftlos auf einen Stein sinken lassen. *Maggie's Beach?* Der Name erschien ihr jetzt wie blanker Hohn. Es gab keinen Strand mehr. Das Paradies war zerstört. Der Sturm hatte den Sand weggespült, und an seiner Stelle gab es nichts als Wasser. Schmutzig braunes, vermülltes Wasser. Margarete identifizierte zersplittertes Holz von ihrem Häuschen, Teller, Pfannen, Plastikmüll und, am groteskesten, Toilettenpapier aus der chemischen Toilette. Die meisten Dinge waren verschwunden, vom Sturm mitgerissen. Irgendwo in Cornwall würde es jetzt Tassen, Töpfe und Besteck von *Maggie's Café* anspülen. Und Schlimmeres. Wie konnte ein komplettes Chemieklo verschwinden? Sämtliche Klappstühle, die sie neben dem *Tiny Tiny House* unter einer Plane gelagert hatten? Der Grill? Vielleicht würde auch alles weit draußen für immer im Meer versinken. Das Riff hatte keinen Schutz geboten, es war komplett überspült. Wo die Robben jetzt wohl waren? Das Wasser würde ablaufen, die Robben würden zurückkehren. Den Sand dagegen würde die Ebbe nicht zurückbringen, und auch nicht all die Arbeit, die Zeit und das Geld, das sie investiert hatte.

Am allerschlimmsten aber war, dass sie sich selbst vernichtet fühlte. Es war, als habe sie der Sturm zu ihrem persönlichen Feind erklärt. Ihre Freude an diesem Projekt, das sie gegen alle Widerstände durchgekämpft hatte, die Hoffnungen, die sie in die nächste Saison gesetzt hatte, die Perspektive, die ihr so lange gefehlt hatte, alles war futsch. Sie stand vor dem Nichts, vor den Trümmern ihrer Existenz. Maggie spürte nicht, dass der Regen längst durch ihre Jacke gedrungen und sie bis auf die

Haut durchweicht hatte, sie fühlte nicht die Kälte, die ihr in alle Knochen gekrochen war. Sie starrte nur hinaus auf die braune Brühe und das noch immer tobende Meer. Sie zuckte zusammen, als Bonnie ihre Hand leckte. Wind und Wellen machten selbst jetzt noch solch einen Lärm, dass sie ihr Bellen nicht gehört hatte.

»Maggie!«

Chris kletterte über den abgerutschten Hang zu ihr hinunter. Maggie sah, dass sich ihr eigenes Entsetzen in seinen Augen spiegelte. Aber irgendetwas war seltsam. Chris blickte sich nicht um. Er nahm das Ausmaß der Zerstörung gar nicht wahr, er blickte nur auf sie, und seine Augen schwammen in Tränen. Er rannte die letzten Meter, stolperte im nassen Sand, fiel beinahe auf sie und packte sie schließlich an den Schultern, hart. Und da begriff Maggie endlich.

»Liam«, wisperte Chris. Margarete hatte das Gefühl, als trage sie ein Korsett und jemand schnürte es an ihrem Rücken zusammen, immer enger, immer straffer. Ihr Magen wurde so zusammengepresst, dass ihr übel wurde. Sie bekam keine Luft mehr und musste sich an Chris lehnen.

»Liam«, wiederholte sie, ungläubig. Es konnte nicht sein. Liam war der Beste. »Liam ist doch unsterblich«, flüsterte sie.

Chris starrte sie an. Und dann schüttelte er den Kopf, unendlich langsam und verzweifelt, und sie klammerten sich aneinander und weinten, weinten.

30. KAPITEL

Lori

Lori musste immer wieder stehen bleiben, um Luft zu schöpfen, als sie den schmalen Weg zu Honeysuckle Cottage hinaufkletterte. Es kam ihr vor, als besteige sie einen steilen Berg. Hoffentlich kam sie unbemerkt an Johns Häuschen vorbei! Wenn sie jetzt Erklärungen abgeben musste, brach sie endgültig zusammen. Woher sollte sie bloß die Kraft nehmen, Liams Kinder anzurufen? Der Garten war übersät mit abgebrochenen Zweigen, zerfetztem Plastik und ramponierten Gegenständen, die aussahen, als hätte der wütende Drache sie meilenweit durch die Luft geschleudert, und dann waren sie direkt über ihrem Garten wieder heruntergefallen. Kinderspielzeug, zerfetzte Kleidungsstücke, eine Plastikgießkanne, ein Gummistiefel. Der Kräutergarten war ein zerrupftes Chaos. Das Gartenhäuschen stand so schief, als genüge ein zarter Windhauch, damit es endgültig die Balance verlor und einknickte. Lori stand ganz still und schaute nur. Sie war unendlich müde.

Auch vor der Haustür lag etwas. Ein schlaffer Körper, die Beine seitwärts ausgestreckt. Es dauerte einen Moment, bis Lori kapierte, was es war. Sie ging in die Knie, fassungslos. Katzen waren Überlebenskünstler. Sie hatten sieben Leben. Sie konnten sich unter einem Holzstoß verstecken. Sie konnten schwimmen. Wieso war das verdammte Vieh gestorben wie ein Anfänger? Sie konnte keine Verletzungen erkennen. Lori streichelte sanft über das struppige rote Fell. Es fühlte sich völlig falsch an. Es war so kalt, und alle paar Zentimeter bohrte sich etwas in Loris Handfläche, wie lauter kleine spitze Gegenstände. Alle Knochen der Katze waren gebrochen. Vielleicht hatte sie auf einem Baum Schutz gesucht und der Sturm hatte sie heruntergeweht, oder ein schwerer Ast war auf sie gefallen. Dann hatte sie sich mit letzter Kraft nach Hause geschleppt. An der Haustür waren Kratzspuren. »Bluebell!« Lori hob den schlaffen Katzenkörper auf, drückte ihr Gesicht in das nasse, kalte Fell und schluchzte. »Bluebell!«

Die Haustür wurde aufgerissen. Titilope stand vor ihr, und hinter ihr drängten sich alle Hausgäste mit verschrecktem Blick. Titilope liefen die Tränen hinunter. »Liam«, stammelte sie. »O mein Gott.« Sie legte die Arme um Lori und zog sie hoch. Lori ließ es geschehen, und so stolperten sie hinein, eng umschlungen, den toten Katzenkörper zwischen sich.

31. KAPITEL

Margarete

Wie lange würde es noch dauern, bis sich das Dorf vom Sturm und seinen entsetzlichen Folgen erholte, dachte Maggie jedes Mal, wenn sie in Port Piran zu tun hatte. Dabei waren die Schäden im Ort überschaubar, was allein Liam und seiner eindringlichen Warnung zu verdanken war. An anderen Stellen war es nicht so glimpflich abgegangen. Sie saß mit Chris vor dem Fernseher, und fassungslos sahen sie Bilder wie aus einem Katastrophenfilm, mit dem Unterschied, dass es reale Orte waren, lediglich ein paar Meilen entfernt.

Der Sturm hatte Hunderte Häuser unbewohnbar gemacht, Straßen überspült, Brücken zerstört und Autos mitgerissen. Hagelkörner so groß wie Fifty-Pence-Münzen hatten Tausende Windschutzscheiben beschädigt und Dachfenster zerschlagen. Polizei, Feuerwehr, Rotes Kreuz und freiwillige Helfer evakuierten Häuser, beseitigten Schlammmassen und suchten nach Vermissten. Das Hochwasser hatte an vielen Stellen die Schienen weggespült, die Zugverbindung nach Cornwall würde auf Monate unterbrochen sein. Am Ende forderte der Sturm elf Menschenleben, Liam mit eingerechnet.

Chris hatte ihr vor dem Sturm erzählt, dass sich *stormwatching* im Lauf der letzten Jahre zu einem beliebten Sport entwickelt hatte. Er kostete mehrere Menschen das Leben. Zwei Jugendliche hatten auf der Promenade von Penzance ein YouTube-Video von den Wellen gedreht. Wenige Minuten nachdem sie es online gestellt hatten, wurden sie von einer Riesenwelle erfasst und ins Meer gerissen. Ihre Leichen waren bisher nicht gefunden worden. In Cape Cornwall war ein Sturmtourist hoch oben auf der Steilküste von einer Windböe erfasst worden und die Felswand hinunter in den Tod gestürzt.

Eine junge Frau ertrank bei dem Versuch, ihren Hund aus einem reißenden Strom zu retten, der normalerweise als gemütlicher Bach dahinplätscherte. Ein Feuerwehrmann fuhr auf dem Weg zum Einsatz über eine beschädigte Brücke und stürzte mit seinem Auto in die Fluten.

Liam hatte recht gehabt: Es war der schlimmste Sturm in der Geschichte Cornwalls gewesen. Die Sensationsblätter feierten Liam auf der ersten Seite als Helden und Märtyrer, mit einem großen Bild, das ihn lachend an Bord der *Pride of Port Piran* zeigte. Niemand wusste, wie die Presse an das Foto gekommen war. »Für die Leute von der Rettungsstation lege ich meine Hand ins Feuer!«, schwor Pete, als Chris ihm am Telefon eine Stunde lang auszureden versuchte, dass er eine Mitschuld an Liams Tod trug, bis Chris schließlich das Telefon an Maggie weiterreichte, weil er nicht mehr wusste, was er noch sagen sollte. Pete war am Boden zerstört. Wenn er nicht früher aus dem Job ausgestiegen wäre, dann wäre er der Einsatzleiter gewesen, und Liam wäre noch am Leben. Wenn, dann, wenn, dann ...

Sensationsreporter fluteten Port Piran. Margarete blickte unverhofft in das Objektiv einer riesigen Kamera, als sie nichts ahnend aus der Haustür trat, und erstaunlicherweise verwandelte sich die gutmütige Bonnie in eine wild kläffende Bestie, als Maggie sie anwies, die Eindringlinge von der Farm zu jagen.

Das ganze Dorf hielt zusammen, als habe es einen unausgesprochenen Pakt geschlossen, Liams Andenken zu schützen. Niemand gab Auskunft über ihn, und schon gar nicht über Lori, für die sich die Klatschpresse plötzlich brennend interessierte, schließlich war sie Liams Freundin gewesen, und irgendjemand hatte ihre wilde Vergangenheit in Manchester, den Punk und die Drogen ausgegraben. Nachdem Lori einen Reporter geohrfeigt hatte, der plötzlich in der Küche von Honeysuckle Cottage aufgetaucht war, hatte John es übernommen, an dem schmalen Weg, der zu Honeysuckle Cottage führte, eine Wache aus Dorfbewohnern zu organisieren, die sich jedem Kamerateam und jedem Fotografen in den Weg stellte. Wenn es Probleme mit hartnäckigen Reportern gab, riefen sie John zu Hilfe. Dank der Würde und Autorität, die er ausstrahlte, wagte sich niemand an ihm vorbei.

Die Reporter verschwanden, aber Maggie kam es vor, als habe sich die tiefe Schwermut und Trauer um Liam im Dorf festgesetzt wie ein zäher Nebel. Obwohl Liam nur ein paar Monate in Port Piran verbracht hatte, schien es niemanden zu geben, der ihn nicht gekannt und gemocht hatte, und mit seinem Tod war alle Fröhlichkeit und Freude aus dem Dorf gewichen.

Vor dem Sturm hatte Chris davon geschwärmt, wie schön der Herbst war. »Zwischen dem Spätherbst und Weihnachten sind die Touristen weg, sie trudeln erst zu den Feiertagen wieder ein, um in ihren Ferienhäusern Weihnachten und das Jahresende zu verbringen. Das ist eigentlich die schönste Zeit in Port Piran. Da sind wir Einheimischen endlich einmal unter uns. Wir haben alle eine Verschnaufpause, rücken zusammen, treffen uns im Pub, machen Musik oder trinken Tee miteinander. Du wirst sehen, das wird wunderbar!«

Maggie hatte sich riesig darauf gefreut. Vor allem jedoch hatte sie sich gefreut, weil Chris, ohne nachzudenken, »wir Einheimischen« gesagt und sie, die Deutsche, ganz selbstverständlich mit eingerechnet hatte. Aber nun war es ganz anders gekommen. Alle hatten sich eingeigelt, Karen und Joseph und Caroline, und natürlich Lori. Sie hatte Maggie bei ihrem letzten Besuch gebeten, nicht mehr unangemeldet hereinzuschneien.

»Sei mir nicht böse«, murmelte sie, ohne Maggie anzusehen. »Aber ich muss allein sein. Ich brauche einfach Zeit.«

Maggie hatte erst geschluckt und dann Loris Entscheidung akzeptiert, was blieb ihr anderes übrig. Natürlich war es typisch für sie, dass sie sich in ihr Schneckenhaus zurückzog. Aber es verletzte Maggie trotzdem, dass Lori ihren Beistand nicht in Anspruch nehmen wollte und dass sie ihre Trauer um Liam nicht teilen konnten. Sie waren schließlich Freundinnen!

Sie vermisste die spontanen Besuche in Honeysuckle Cottage, die warme Küche, eine Tasse Tee und einen übrig gebliebenen Scone, sie vermisste das Gefrotzel, die Geschichten über die Gäste und Bluebell, und sie machte sich Sorgen. Sorgen, dass Lori sich immer mehr einkapseln und immer trauriger werden würde. Nur bei John schaute Maggie regelmäßig auf eine Tasse Tee vorbei, und sie luden auch weiterhin Titilope sonntags zum Essen ein. So bekam sie wenigstens indirekt Nachricht von Lori.

Nach außen hin hatte sich Lori hinter einer Mauer aus scheinbarer Gleichgültigkeit verbarrikadiert. Vor den wenigen Gästen ließ sie sich nichts anmerken, wie Titi berichtete. Aber Maggie wusste genau, dass sie entsetzlich litt. Einmal hatte John sie kurz vor Mitternacht aus dem Bett geklingelt, voller Besorgnis. Er hatte gesagt, aus Loris Schlafzimmer würden Geräusche dringen wie von einem verletzten Tier, nein, schlimmer, wie von einem angeschossenen Tier, das unter qualvollen Schmerzen verendete. John hatte nicht mehr ein noch aus gewusst, und er hatte Maggie gefragt, ob er an Loris Tür klopfen solle, um sie zu trösten.

»Es ist schlimm, Maggie, wirklich schlimm. Man kann sie doch nicht damit alleine lassen!«, rief er verzweifelt ins Telefon.

Margarete schwieg einen Augenblick und versuchte nachzudenken, was ihr schwerfiel, weil sie schon geschlafen hatte. Dann riet sie John, nichts zu tun. »In diesem Zustand wird sie niemanden sehen wollen. Sie würde es als Schwäche und Demütigung empfinden und erst gar nicht aufmachen. Ich glaube, es ist am besten, wenn du sie in Ruhe lässt. Warum schaust du nicht morgen früh nach ihr, unter irgendeinem Vorwand, und gibst mir dann noch einmal Bescheid, wie es ihr geht?«

»Und wenn sie sich etwas antut? Das würde ich mir nie verzeihen!«

Wieder dachte sie einen Moment angestrengt nach. Dann seufzte sie schwer. »Das glaube ich nicht. Lori ist tough. So schrecklich es klingen mag, sie hat genug Kraft, um auch über diesen Schicksalsschlag hinwegzukommen.«

Am nächsten Tag rief John wieder an. Er habe mit Lori eine Tasse Tee getrunken, sie habe sich nichts anmerken lassen, ihn jedoch schnell wieder hinauskomplementiert, weil sie so viel zu tun habe. Im Moment sei jedoch nur ein Zimmer in Honeysuckle Cottage belegt. Sie vereinbarten, dass John falls nötig zu jeder Tages- und Nachtzeit anrufen konnte. Maggie würde das Handy neben das Bett legen.

Neben der tiefen Trauer um Liam, den sie auch als Freund und Vertrauten schmerzlich vermisste, und der Sorge um Lori war da noch Maggies eigener Kummer. Der Sturm hatte nicht nur *Maggie's Café* und die ganze Infrastruktur zerstört, er hatte auch all ihre Hoffnungen und Träume vernichtet, und das bekümmerte sie unendlich. Gleichzeitig hatte sie deshalb ein entsetzlich schlechtes Gewissen. Loris Verlust war doch ungleich tragischer als ihr eigener, rein materieller Schaden. Ein paar Bretter, ein paar Bänke ... und doch war es so viel mehr.

Das Café war in den letzten Wochen und Monaten ihr Lebensinhalt gewesen. Was sollte sie jetzt den ganzen Tag lang tun? Alles schien plötzlich so sinnlos. Mit wie viel Enthusiasmus hatte sie ihre Zeit in Port Piran und das gemeinsame Leben mit Chris auf der *Oak Hill Farm* begonnen! Wie hatte sie um das Café gekämpft, wie viel Widerstände hatte sie überwinden müssen, wie viel Auseinandersetzungen mit Chris deswegen gehabt? Nun war da nur noch ein Gefühl der unendlichen Trauer, der unerfüllten Hoffnungen und losen Enden. Der Sturm hatte es ihr so richtig gezeigt. Die Natur hatte zurückgeschlagen, hatte sich nicht gefallen lassen, wie Maggie mit diesem herrlichen Fleckchen Erde umgegangen war. All diese düsteren Gedanken behielt Maggie für sich. Sie konnte sie nicht mit Chris teilen, und der fragte nicht, wie es ihr ging. Er war liebevoll und zärtlich wie immer, aber Maggie fühlte sich wie in einem Kokon, in den nichts wirklich hineindrang – keine Gefühle, keine Liebe, keine Hoffnung.

Chris erwähnte die Katastrophe mit keinem Wort. Wahrscheinlich war er insgeheim froh, dass das Problem aus der Welt war und die Natur sich *Maggie's Beach* zurückerobert hatte. Wahrscheinlich waren alle im Dorf froh, vor allem die Neider! Deshalb dachte Maggie auch keine Sekunde ernsthaft darüber nach, das Café wieder aufzubauen. Sie hatte keine Kraft mehr nach allem, was geschehen war. Und außerdem hatte sie kein Geld. All ihre Ersparnisse waren in das Projekt geflossen. Seit Monaten verdiente sie nichts mehr, und auch, wenn sie auf der Farm nicht viel brauchte, sie konnte doch nicht ganz ohne Rücklagen dastehen und Chris auf der Tasche liegen! Einen Kredit würde sie als Deutsche bestimmt auch nicht bekommen, und Chris um Geld zu bitten war die absurdeste Idee von allen.

Dann kam der Advent. Weihnachtspäckchen, Briefe und Karten aus Stuttgart trudelten ein, und Maggie dachte voller Melancholie und Heimweh an den Glühwein mit Freunden und Kollegen auf dem Weihnachtsmarkt, die adventlichen Orgelkonzerte in der Stiftskirche und das festlich geschmückte und beleuchtete Alte Schloss. Glühwein, den hatte sie in den Weihnachtstagen in *Maggie's Café* ausschenken wollen. Um sich ein wenig aufzuheitern, band sie Zweige vom Buchsbaum an der Terrasse zu einem Adventskranz zusammen und kaufte vier rote Kerzen. Adventskränze schienen in England nicht üblich zu sein, ebenso wenig wie Adventskalender. Überhaupt war von der Vorweihnachtszeit wenig zu spüren. Die Tage verliefen eintönig, die Dunkelheit kam noch früher als in Stuttgart, und die wöchentlichen Musikabende im Pub, an denen Maggie immer so viel Freude gehabt hatte, sollten erst nach Weihnachten wieder aufgenommen werden, weil niemandem nach Singen zumute war.

Das Jahr ging zu Ende, und Maggie hatte den Eindruck, dass alles rückwärts statt vorwärts gegangen war. Chris erwähnte die Scheidung mit keinem Wort mehr. Er hatte sich angewöhnt, aus dem Zimmer zu gehen, wenn er mit Behörden, Janie oder seiner Anwältin telefonierte, und er informierte Maggie nicht mehr über die Inhalte dieser Gespräche. Sie fühlte sich ausgeschlossen und verletzt, aber er schien es genauso wenig zu bemerken wie die Zweifel, die an ihr nagten und sich nicht betäuben ließen, sosehr sie es versuchte. Hatte sie nicht alles falsch gemacht? Wäre sie nicht besser aufgehoben in Stuttgart, in Deutschland? Liebte Chris sie wirklich? Hatte er sich emotional ganz von Janie gelöst? Sie drehte sich im Kreis. Dann wiederum schalt sie sich, dass der Advent eben eine besonders sentimentale Zeit sei. Sie war schließlich erst seit einem guten halben Jahr in Port Piran. Da konnte man doch nicht erwarten, dass das Leben perfekt war! Und die Katastrophe hatte sie nun einmal zurückgeworfen, damit hatte doch niemand rechnen können! Aber wenn Maggie ehrlich war, dann hatte sie schreckliches Heimweh. In den schlimmsten Momenten dachte sie sogar daran, ihre Koffer zu packen. Das Leben ist weitergegangen, schalt sie sich dann, niemand wartet auf dich. Nur eine nervige Mutter.

Manchmal fuhr sie alleine hinaus zur Bucht, die sie nicht mehr *Maggie's Beach* nennen konnte. Chris und sie hatten den Müll beseitigt und die entwurzelten Bäume auf dem Anhänger zur Farm transportiert, wo Chris sie zu Feuerholz zersägt hatte. Das Wasser war wieder klar, die Robben waren auf die Klippe zurückgekehrt. An den Strand kamen sie nicht mehr, weil es keinen Strand mehr gab. Die Bucht hatte ihren Zauber für Margarete verloren. Sie war zu einem Ort der gescheiterten Träume und enttäuschten Hoffnungen geworden, und zu dem Ort, an dem sie von Liams Tod erfahren hatte. Jedes Mal, wenn sie in der Bucht daran dachte, wurde sie von Tränen überwältigt, und dann weinte sie Tränen für zwei.

32. KAPITEL

Lori

Lori saß in der Küche und starrte ins Leere. Es war gerade mal vier Uhr nachmittags, aber draußen dämmerte es bereits. Ich sollte das Licht anmachen, dachte sie und blieb regungslos sitzen. Ich sollte auch woanders hingehen, an einen Ort, an dem es leichter ist. Wenn sie nur gewusst hätte, wohin. Die Küche, die Lori jahrzehntelang Trost und Rückzug, Wärme und Zuflucht geboten hatte, war seit Liams Tod zu einem Ort der Qual geworden. Nirgendwo sonst wurde sie so schmerzlich an ihn erinnert. Der Platz, auf dem er immer gesessen hatte, seine Lieblings-Teetasse, jede Kachel an der Wand und jede Holzdiele auf dem Boden schienen zu wehklagen: Er ist nicht mehr da. Lori konnte nicht einmal Titilope anschauen, ohne an Liam zu denken, weil die beiden so viel miteinander geredet und gelacht hatten.

Manchmal stand Lori am Herd und dann fiel ihr etwas ein, das sie Liam unbedingt erzählen wollte, und ein Lächeln stahl sich in ihr Gesicht und sie drehte sich um und machte schon den Mund auf, und dann traf es sie jedes Mal wieder mit voller Wucht, dass er nicht mehr da war, und es fühlte sich an, als habe ihr jemand soeben erst die schlechte Nachricht überbracht. Manchmal ertappte sie sich dabei, dass sie nach der Katze Ausschau hielt, und dann überfiel sie die ganze quälende Erinnerung an den Tag des Sturms.

Liams Körper – »Leiche« war ein Wort, das sie zwanghaft aus Worten und Gedanken verbannt hatte – blieb verschollen. Anfangs hatte sich Lori nichts sehnlicher gewünscht, als ihn noch einmal ein letztes Mal sehen zu dürfen, um sich verabschieden und abschließen zu können. Der Wunsch hatte sich immer mehr in die Angst verwandelt, sein Körper könne doch noch irgendwo angespült werden, von Fischen angefressen, aufgequollen und bis zur Unkenntlichkeit zersetzt und zerstört, und sie, Lori, müsse ihn identifizieren und würde ihn dann so in Erinnerung behalten. Doch das Meer hatte Liam nicht mehr hergegeben. Wahrscheinlich hatte es auch das Gedicht behalten, das er am Abend vor seinem Tod vorgelesen und vermutlich zurück in die Brusttasche gesteckt hatte. Lori hatte ihr Zimmer abgesucht, von einem Weinkrampf geschüttelt, aber sie hatte nichts gefunden. Nicht einmal dieser Trost blieb Lori, nur die Gewissheit, dass Liam ein literarisches Genie gewesen war – soweit sie das beurteilen konnte –, ein Genie, das nicht entdeckt werden wollte.

Die Kinder waren gekommen, um Liams kleine Wohnung auszuräumen, sie hatten Lori gefragt, ob sie etwas von seinen Sachen haben wollte. Sie hatte lange überlegt und dann um die Gedichte gebeten, von denen Liam erzählt hatte. Die Kinder hatten die Texte kopiert und ihr die Originale gegeben, in einem Umschlag. Bisher hatte Lori nicht die Kraft gehabt, sie zu lesen. Sie würde sie mit nach Thailand nehmen. Das blaue RNLI-T-Shirt, das Liam am Tag vor dem Unglück getragen hatte und das noch in Loris Schlafzimmer über dem Stuhl hing, hatte sie mit ins Bett genommen und war mit seinem Geruch eingeschlafen, doch es dauerte nicht lange, bis der Geruch verflogen und das Erinnerungsstück nur noch ein T-Shirt war.

Die fünf jungen Menschen, die Liam gerettet hatte, hatten Lori geschrieben und ihr Blumen geschickt, und die beiden Turnschuh-Firmen, für die sie Werbung gemacht hatten, hatten über einen Anwalt Geld angeboten. Lori hatte die Post zerrissen, ohne sie zu lesen, sie hatte die Blumen weggeworfen und das Geld abgelehnt. Sollten sie bis ans Ende ihres Lebens damit leben müssen, dass sie wegen ihres Leichtsinns ein Menschenleben auf dem Gewissen hatten. Den öffentlichen Shitstorm, der über die fünf jungen Leute und die beiden Firmen hereingebrochen war, gönnte sie ihnen von Herzen. Vielleicht würde sie ihnen verzeihen können, irgendwann. Liam hätte es sich vermutlich gewünscht. Aber dafür war es noch zu früh.

Draußen war es nun richtig dunkel. Wie lange saß sie schon so da? Sie dachte an ein Gespräch, das sie mit Liam am Tag vor dem Unglück geführt hatte. Es war am Nachmittag gewesen, der Sturm hatte gerade angefangen, Fahrt aufzunehmen, Lori hatte die veganen *Pasties* für den nächsten Tag aus dem Ofen geholt und spontan noch ein paar *Flapjacks* gebacken. *Flapjacks* konnte man immer gebrauchen, es gab niemanden, der sie nicht mochte. Liam hatte Tee gemacht und sie hatten am Küchentisch gesessen, und er hatte todernst versichert, jemand müsse die *Flapjacks* testen, weil sie irgendwie schrecklich gefährlich aussähen, nicht, dass Lori die Gesundheit ihrer Gäste gefährdete.

Lori hatte gelacht. »Sag doch einfach, dass du einen *Flapjack* willst.«

»Man traut sich das bei dir manchmal nicht.«

»Du traust dich nicht, mich nach einem *Flapjack* zu fragen?«

»Du kannst sehr streng sein. Wie eine sehr, sehr strenge Lehrerin.«

»Ich weiß. Titilope findet übrigens, du hast einen netteren Menschen aus mir gemacht.«

Jetzt lachte Liam laut heraus. »Findet sie das?«

»Und du? Findest du auch, dass ich netter bin, seit wir zusammen sind?«

»Netter ist vielleicht das falsche Wort. Du reißt dich mehr zusammen, weil ich es dir nicht durchgehen lasse, wenn du dich danebenbenimmst. Das halte ich aber für normal. Wenn man eine Beziehung hat, eine gute Beziehung, wohlgemerkt, hat man automatisch ein Korrektiv. Wenn man viele Jahre allein verbringt, so wie du, schleichen sich schlechte Gewohnheiten ein. Man lässt sich mehr gehen, und viele Leute lassen es sich gefallen, weil sie den Konflikt scheuen.«

»Titilope nicht.«

»Und da kannst du verdammt froh drüber sein. Vielleicht liegt's an ihren afrikanischen Wurzeln, dass sie nicht so schreckliche Angst vor einer peinlichen Auseinandersetzung hat wie wir Briten. Vor allem nimmt sie's mit Humor. Das ist für eine kleine Tyrannin wie dich unbezahlbar.« Er grinste breit. Trotzdem wusste Lori, dass er es ein kleines bisschen ernst meinte. Es tat weh, weil er recht hatte.

»Hättest du mich denn gern ... noch netter?«

Er beugte sich langsam zu ihr herüber, und sie küssten sich sehr lange und sehr intensiv. »Mmm. Dafür, dass du erst mit einundsechzig angefangen hast zu küssen, küsst du ziemlich gut. Lass mich nachdenken. Es macht das Leben, vor allem das Zusammenleben, leichter, wenn man nett zueinander ist. Aber ich habe mich nicht in das verliebt, was du einmal sein wirst oder sein könntest, sondern in das, was du bist. Jetzt und hier und heute. Beantwortet das deine Frage?«

Lori nickte erleichtert. Sie hatte Angst vor seiner Antwort gehabt, weil sie nicht sicher war, ob sie noch netter sein konnte. Sie war an ihrem persönlichen Nettigkeitslimit angekommen.

Vielleicht war es das, was sie am schmerzlichsten vermisste: die Gewissheit, dass Liam sie so genommen hatte, wie sie war. Wie ein Stück Stoff, das zerknittert, ungewaschen und voller Löcher war und trotzdem als Schmusedecke durchging.

Sie hatte ihm nie gesagt, dass sie ihn liebte.

33. KAPITEL

Lori

Nur noch drei Tage! Vor Weihnachten waren die Flüge immer völlig überteuert, deshalb musste Lori die Feiertage noch in Port Piran durchstehen. Am 27. Dezember abends ging der Flug von Heathrow nach Bangkok. Chris hatte ihr versprochen, sie nach Truro zum Zug zu bringen. Von dort würde sie nach London-Paddington fahren und dann in den *Heathrow Express* umsteigen. Sie würde nur mit Rucksack reisen, so wie immer, und der war längst gepackt. In Thailand reichten ein paar Sommerfähnchen, Badesachen und ein dünner Schlafsack, und wenn etwas fehlte, kaufte man es superbillig vor Ort. Lori kannte niemanden, der in ihrem Alter mit dem Rucksack unterwegs war. Selbst die Kids waren alle total verweichlicht, für die kam nur *all inclusive* mit Hartschalenkoffer infrage. Lori brauchte weder Komfort noch Vollpension. Ihr genügte eine einfache Hütte am Strand und billiges *Streetfood*. Über die anderen Traveller, die panische Angst vor Durchfall hatten und deshalb nur in Hotels oder Restaurants aßen, konnte sie nur lachen. Das beste Essen gab's auf der Straße.

Noch drei lange Tage! Weihnachten hatte ihr noch nie etwas bedeutet, aber dieses Jahr hatte sie entsetzliche Angst davor. Maggie hatte ihr erzählt, dass in Deutschland vor allem der Heiligabend gefeiert wurde, aber in England hatte der *Christmas Eve* keine große Bedeutung und war ein normaler Arbeitstag. Die Geschenke und das große Weihnachtsessen gab es am ersten Weihnachtsfeiertag, dem *Christmas Day*. Die letzten zwei Jahre, das war, nachdem Janie mit den Kindern abgehauen war, hatte sie Chris zu sich eingeladen. Sie hatte einen Truthahn für ihn zubereitet, dazu gab es *Delia Smith's Roast Potatoes* und zum Nachtisch einen klassischen *Christmas Pud-*

ding. Weil gemeinsames Betrinken wegen Loris Abstinenz keine Option war, hatten sie nach dem Essen stundenlang gezockt, um Geld, und Lori hatte natürlich gewonnen. Chris war kein Zocker, überhaupt nicht, er machte das nur ihr zuliebe.

Damals hatte sie ihn noch ganz für sich allein gehabt. Aber dieses Jahr war Chris nicht allein. Er hatte jetzt Maggie, und er hatte durchgesetzt, dass die Kinder kamen. Er hatte Lori wiederholt eingeladen, und auch Maggie hatte immer wieder gefragt, aber das war ihr erstes Weihnachten als Patchworkfamilie. Sogar Maggies Mutter wollte aus Stuttgart kommen und ein typisch deutsches Weihnachtsessen kochen. Sie würden also zu fünft und mit sich selbst beschäftigt sein, da störte sie doch bloß. Auf Einladungen aus purem Mitleid konnte sie verzichten. »Die bedauernswerte Lori, sie ist an Weihnachten ganz allein, die Ärmste, nach allem, was sie durchgemacht hat, komm, wir laden sie ein.« Vielen Dank.

Lori war so viel allein, was für einen Unterschied machte es da, ob Weihnachten war oder nicht? Aber dieses Jahr machte es einen Unterschied. Weil sie, und wenn auch nur für eine absurd kurze Zeit, erlebt hatte, wie es sich anfühlte, nach einundsechzig einsamen Jahren nicht mehr alleine zu sein. Und weil sie selbst in eine Art Dauerquälschleife geraten war, aus der sie nicht mehr herauskam. Es half nichts, dass sie sich sagte, dass Weihnachten sie nie interessiert hatte: Immer wieder und in allen Details malte sie sich aus, wie es gewesen wäre, mit Liam Weihnachten zu feiern. Sie hätte für ihn und seine Kinder gekocht, sie hätte den größten Truthahn, den ihre Küche je gesehen hatte, in den Ofen geschoben, sie hätten die halbe Nacht in der Küche gesessen und so viel gegessen, bis sie platzten, und noch mehr geredet und gestritten und gelacht, und dann hätten sie ... Hätte, hätte, hätte.

Der Schmerz würde kommen, natürlich würde er kommen, er war ja die ganze Zeit schon da, aber Lori war gewappnet. Mit Schmerz kannte sie sich aus. Sie würde es aushalten, und falls nicht, hatte sie vorgesorgt. So gründlich, dass sie dauerkiffen konnte, zur Not drei Tage am Stück. Falls das immer noch nicht reichte, hatte sie ein paar Happy-Pillen in Reserve. Vor dreißig Jahren hatte sie dem Alkohol und allem abgeschworen, was stärker war als Hasch. Aber damals hatte sie auch gedacht, es könne nicht schlimmer kommen. Nun wusste sie: Es konnte.

Normalerweise war Honeysuckle Cottage über die Feiertage und Neujahr geöffnet und Lori ging erst in der zweiten Januarwoche in Urlaub. In der Weihnachtssaison waren die Leute spendabel und man konnte saftige Aufschläge verlangen. Es gab immer irgendwelche reichen Londoner, die auf die total originelle Idee kamen, Weihnachten oder Silvester oder am besten beides in Cornwall zu verbringen, beseelt von der romantischen Vorstellung, dass es an Weihnachten in Cornwall total gemütlich war, wenn man sich bei einem Spaziergang auf dem *Coast Path* ordentlich durchblasen ließ und danach an einem echten Feuer im Pub saß und einen *mulled wine,* einen Glühwein, trank. Klar war es am Feuer gemütlich, aber man musste schon großes Glück haben, um den begehrtesten aller Sitzplätze zu ergattern. Überall sonst im Pub zog es durch die Fenster wie Hechtsuppe, zumindest in Port Piran. Draußen war es auch nicht gemütlich, weil es an Weihnachten in der Regel goss wie aus Kübeln, und in den meisten Ferienwohnungen bestanden die Heizungen aus kleinen elektrischen Öfchen und waren einfach nur lächerlich.

Lori wusste, dass nichts die Urlaubsstimmung so sehr verdarb wie ständiges Frieren. Sie hatte richtige Heizkörper in den Zimmern und bei ihr war es kuschelig warm, auch im Frühstückszimmer, wo sie speziell an Weihnachten zusätzlich einen *wood burner* aufstellte, nicht etwa einen elektrischen, sondern einen mit echtem Holz, und das hatte sich herumgesprochen und deshalb hatte sie seit Jahren an Weihnachten Stammgäste. Morgens feuerte sie den Ofen an und die Gäste frühstückten ausführlich ein, zwei Stunden lang, lasen die Zeitung oder Bücher oder unterhielten sich angeregt miteinander, die meisten kannten sich.

Dieses Jahr hatte sie allen abgesagt, auch wenn es bedeutete, auf einen Batzen Geld zu verzichten und die Leute schrecklich zu enttäuschen. Das Jahr hatte seine Spuren hinterlassen, und Lori war entsetzlich müde, so müde wie noch nie in ihrem Leben. Sie hatte morgens sogar ein paarmal verschlafen, so müde war sie, und das war ihr in dreißig Jahren nicht passiert.

Titilope war jedes Mal für sie eingesprungen. Sie schien einen natürlichen, geradezu telepathischen Instinkt dafür zu haben, wann Lori verschlief, obwohl sie auf der anderen Seite der Bucht von Port Piran wohnte. Einmal war Lori erst um halb zehn aufgewacht, als alle Gäste schon mit dem Frühstück fertig waren. Sie hatte so fest geschlafen, dass sie nichts gehört hatte, keine Stimmen, kein Klappern von Geschirr, gar nichts, obwohl ihr Schlafzimmer ganz nah bei der Küche lag.

Sie hatte Titi angeschnauzt, warum sie sie nicht geweckt hatte, anstatt sich bei ihr zu bedanken, weil sie ihr den nackten Arsch gerettet hatte. Titi hatte es mit dieser Eselsgeduld ertragen, die Lori wahnsinnig machte, und nur achselzuckend gesagt: »Reg dich ab, *Commander*.« Und dann hatte sie noch hinterhergeschoben: »Und dass du's weißt, keiner hat mich wegen meiner Hautfarbe irgendwie komisch behandelt.« Erst hinterher fiel Lori ein, dass sie Titilope gegenüber nie erwähnt hatte, dass sie sie sonst ihrer Hautfarbe wegen nicht den Service machen ließ. Titi wusste also Bescheid. Sie war ein echtes Wunder. Wie hielt sie es nur mit Lori und ihren beschissenen Launen aus?

Sie hatte sogar angeboten, Weihnachten und Silvester für Lori zu schmeißen. Sie hatten sich heimlich abgesprochen, Maggie und Titilope. Die beiden waren dicke miteinander seit der Geschichte mit *Maggie's Café*. »Wir kriegen das hin, auch ohne dich, und du musst nicht auf die Einnahmen verzichten.« Maggie hätte sogar nicht einmal Geld dafür gewollt. Lori war gerührt gewesen, sehr sogar, hatte es sich aber nicht anmerken lassen und abgelehnt. Das ging dann doch etwas zu weit, und den Stammgästen hätte es sicher auch nicht gepasst, die waren nun mal an Lori gewöhnt, auch wenn das mit der Hautfarbe vielleicht weniger problematisch war als gedacht. Irgendwann schaffte Lori es vielleicht, mehr zu delegieren und den Laden auch ohne sie laufen zu lassen, schließlich wurde sie nicht jünger. Vielleicht konnte sie sogar ganz an Titilope ... Aber nicht jetzt, nicht nach diesem Jahr.

Zähneknirschend hatte sie Titilope einen Umschlag mit einem dicken Weihnachtsbonus in die Hand gedrückt und es damit ausnahmsweise geschafft, sie sprachlos zu machen. Natürlich hatte sie es hinterher bereut und gedacht, die Hälfte hätte es auch getan.

Auch Titi hatte vorgeschlagen, zusammen Weihnachten zu feiern. Aber das hatte sich Lori noch weniger vorstellen können. Immerhin war Titi trotz aller Sympathien ihre Angestellte, zu viel Nähe konnte da nur schaden. Sich mit ihr anzufreunden, so wie Maggie und Chris, die Titi fast jeden Sonntag zum Essen einluden, das konnte sie sich nicht vorstellen. Sie war schließlich der *Commander*. Außerdem war Titilope tiefgläubige Christin, deshalb hatte sie aus Nigeria fliehen müssen, sie betete sogar vor dem Essen, das ging nicht zusammen mit Lori, die weder an einen Gott noch an diese süßliche Geschichte mit dem Kind und dem Stall glaubte.

Lori war sich nicht ganz sicher, wo Titi nun Weihnachten verbringen würde. Wohl kaum in dem winzigen, ungemütlichen Zimmer, das sie in Port Piran gemietet hatte, weil in Honeysuckle Cottage kein Platz für sie war. Hatte sie nicht entfernte Cousinen in London? Aber letztlich war das auch nicht ihr Problem. Maggie hatte vor ein paar Wochen vorgeschlagen, Titilope während Loris langem Urlaub in Honeysuckle Cottage wohnen zu lassen.

»Du hättest jemand, der nach dem Rechten sieht, müsstest dich nicht wegen Einbrechern sorgen, und Titilope müsste nicht in ihrem schrecklichen ungemütlichen Zimmer hausen. Sie hat ja nicht einmal eine vernünftige Kochgelegenheit!«

»Hat Titilope gesagt, du sollst mich fragen?«

»Nein. Das würde sie niemals tun, dazu ist sie zu stolz. Und sie hätte Angst, dass du Nein sagst.«

Lori hatte einen Moment nachgedacht und dann abgelehnt. Maggie hatte nicht weiter gebohrt, aber Lori konnte sehen, wie sehr die Antwort sie schmerzte. Sie war also mal wieder das Monster und Maggie die Heilige. Klare Kiste. Aber wenn sie schon keine Einnahmen an Weihnachten hatte, musste sie Kosten sparen, und Honeysuckle Cottage im tiefsten Winter wegen einer Person zu beheizen war hinausgeschmissenes Geld. Aber dann hatte sie plötzlich das Gefühl, dass Liam sie stirnrunzelnd anschaute, und Titilope schließlich angeboten, einmal am Tag die Küche zu benutzen, wenn sie vorbeikam, um nach dem Rechten zu schauen. Das war mehr als großzügig. Titilope hatte sich riesig gefreut.

Dann war da noch John. Er war der Dritte, der sie wegen Weihnachten gefragt hatte. Aber John fuhr normalerweise zu seinem Sohn und seinen Enkeln nach Helston und übernachtete ein-, zweimal bei ihm. Und wegen Lori sollte er darauf verzichten? Das kam überhaupt nicht infrage.

Lori rauchte ihren ersten Joint am Heiligabend, als es langsam dunkel wurde. Sie hatte sich überlegt, dass sie vom 24. Dezember abends bis zum 26. Dezember morgens nicht wirklich bei Sinnen sein wollte. Wenn sie dann allmählich wieder aus dem Haschnebel auftauchte, war sie am 26. Dezember abends wieder fit. Dann blieb ihr noch ein knapper Tag, um das Haus winterfest zu machen und letzte Reisevorbereitungen zu treffen.

Doch irgendwie verlief nicht alles nach Plan. Als um zweiundzwanzig Uhr die Glocken des kleinen Dorfkirchleins zur Christmette läuteten, stand Lori in ihrer Küche, ein zitterndes, schluchzendes Häufchen Elend. Sie hatte die letzten Stunden draußen verbracht, auf dem klapprigen Metallstuhl in ihrem winzigen Garten, hatte einen Joint nach dem anderen geraucht und darauf gewartet, dass Kälte und Hasch die Selbstquälschleife betäubten. Doch es hatte nicht funktioniert. Die Entspannung und nahezu heitere Gelassenheit, die sich beim Kiffen normalerweise schon nach wenigen Minuten einstellten, blieben aus. Stattdessen hatte Lori das Gefühl, von einem Güterzug erfasst zu werden, der mit Erinnerungen, Gesprächsfetzen, Momentaufnahmen und – das war das Unerträglichste – Liams dröhnendem Lachen über sie hinwegrollte. Dazu hallte ein Wort durch Loris Kopf, ohne Unterbrechung, in den unterschiedlichsten Stimmlagen, hundert-, nein, tausendmal. Lori presste sich die Hände auf die Ohren, sie hörte sich selbst wimmern und um Gnade flehen, aber es half nichts: Warum, warum, warum? Warum hatte das Schicksal Liam nicht eine Sekunde mehr Zeit gegeben?

Vor dreißig Jahren hatte Lori im selben Haus ohne fremde Hilfe einen Entzug von Drogen und Alkohol gemacht, und es war die Hölle gewesen. Die Hölle, die sie jetzt durchlebte, war viel, viel schlimmer. Einmal hörte sie ein echtes Geräusch, jemand klopfte an die Haustür und rief ihren Namen, eine Frauenstimme, so laut, dass sie es selbst im Garten und in ihrer Pein hören konnte, aber sie reagierte nicht. Sie war klug genug gewesen, die Haustür fest zu verrammeln. Nun aber stand sie in ihrer Küche und starrte wie hypnotisiert auf eine Flasche. Sie hatte ja noch die Happy-Pillen, aber sie befürchtete, dass der Schuss genauso nach hinten losging wie mit dem Joint. Alkohol war dagegen viel berechenbarer.

Seit dreißig Jahren hatte Lori keinen Alkohol im Haus, um sich nicht in Versuchung zu führen, seit dreißig Jahren hatte sie keinen Tropfen angerührt und war nicht ein einziges Mal im Pub gewesen. Aber Titilope hatte Weihnachtsgebäck gemacht, um die Gäste zu überraschen. Rumkugeln, um präzise zu sein, ohne zu ahnen, dass Lori ein Alkoholproblem hatte. Titi wusste viel über sie, zu viel, aber nicht alles. Die Flasche mit dem achtzigprozentigen Rum war vielleicht zu einem

Drittel leer. Lori hatte überlegt, ob sie den Rest wegschütten sollte, aber Rum war teuer, und sie war zu geizig gewesen. Nun stand sie vor der Flasche. Freund oder Feind? Freund. Mit dem Alkohol konnte sie sich in die Bewusstlosigkeit trinken, ohne sich umzubringen, er würde die Stimme in ihr zum Schweigen bringen und die Erinnerungsflut stoppen. Am besten nahm sie die Flasche, ging damit ins Bett und trank sie in einem Zug aus. Nach dreißig trockenen Jahren konnte sie sich darauf verlassen, dass der Alkohol seine Aufgabe zuverlässig erfüllen würde. Feind. Lori war noch genug bei Sinnen, um zu wissen, wie viel sie riskierte. Bei einmal Trinken würde es nicht bleiben. In Thailand war der Alkohol billig. Lori würde als Alkoholikerin zurückkommen. Nach all den Jahren! Sie musste doch nur diese zwei Tage durchstehen. Der Preis war zu hoch. Warum, warum, warum?

»Ich halte das aber nicht aus!«, schrie Lori, und dann griff sie nach der Flasche und ging ins Schlafzimmer.

»Genauso hatte ich mir das vorgestellt.« Helligkeit und Kälte. Lori fuhr hoch. Wo zum Teufel war sie? Sie hatte gerade noch am Strand von Thailand gelegen. Verdammt. Nur ein Traum. Sie war zu Hause, in ihrem beschissenen Schlafzimmer, und jemand hatte das Licht angemacht, die Vorhänge zurückgezogen und die Fenster weit aufgerissen. Ihr Kopf dröhnte, ihr Hals war trocken. Das helle Licht brannte ihr in den Augen.

»Raus«, krächzte sie.

»Und auch dir einen schönen guten Morgen. Wobei es Mittag ist. Und noch dazu Weihnachten.«

»Der Morgen war schön, bis gerade eben. Ich lag in Thailand am Strand. Wie bist du hier reingekommen?«

»Durch die Tür.«

»Du hast keinen Schlüssel mehr.«

»Ich nicht. Aber Titilope. Sie macht gerade einen doppelten Espresso.«

»Die ist auch hier? Was wird das, habt ihr kein Zuhause? Verschwindet!«

Maggie marschierte aus der Tür, ohne zu antworten. Na, wunderbar. Lori ließ sich zurück in die Kissen fallen und zog die Decke über den Kopf. Vielleicht schaffte sie es, den Traum weiterzuträumen? In dem Moment wurde die Decke brutal zurückgerissen. Der Racheengel war zurück. Maggie hielt ihr eine dampfende Tasse hin.

»Hier. Du hast genau fünfzehn Minuten, um den Espresso zu trinken und dich in einen Zustand zu bringen, in dem du weniger stinkst.«

»Was soll das heißen?« Unwirsch setzte sie sich auf, nahm die Tasse und trank. Der Espresso war heiß und stark. Das Dröhnen in ihrem Kopf ließ ein wenig nach.

»Wann hast du das letzte Mal etwas gegessen?«

»Keine Ahnung. Geht dich das was an?«

»Ja. Offensichtlich bist du nicht in der Lage, dich allein um dich zu kümmern. Peinlich, aber es ist so.« Maggie erstarrte plötzlich, bückte sich, zog etwas unter dem Bett hervor und hielt es ihr anklagend vor die Nase. Die leere Rumflasche.

»Verdammt, Lori.« Sie hatte Tränen in den Augen. »Kann man dich nicht mal einen Abend allein lassen?«

»Hör auf zu flennen, Heulsuse. Mein Kater kommt vom Kiffen. Ich hab das Zeug ins Klo gekippt. In letzter Sekunde, ich geb's zu.«

»Wirklich?« Maggie strahlte.

»Ja, verdammt noch mal!« Unendliche Erleichterung machte sich in ihr breit.

»Du hast ausnahmsweise Charakterstärke bewiesen? Lori-Schätzchen, dafür muss ich dich küssen!« Bevor Lori wieder unter die Decke abtauchen konnte, umarmte Maggie sie schwungvoll und drückte ihr einen schmatzenden, viel zu feuchten Kuss mitten auf den Mund. Der Espressorest schwappte auf das Bettlaken. Lori stöhnte.

»Igitt! Küsst du Chris auch so eklig? Verschwindest du jetzt endlich?«

»Ziehst du dich jetzt endlich an?« Maggie strahlte noch immer. »Du hast noch zehn Minuten. Eine Dusche könnte nicht schaden.«

»Anziehen? Weshalb? Ich dachte, ich mache heute einen Schlafanzugtag und spiele mit meinen Puppen.«

»Tu's einfach. Beeil dich.«

Sie hatten sogar einen Weihnachtsbaum mitgebracht. Johns Weihnachtsbaum, wie sich herausstellte, weil sie den nur die paar Meter vom Nachbarhaus herübertragen mussten. Es war das kitschigste Ding, das Lori je gesehen hatte. Alles an ihm glitzerte, glänzte und blinkte. Die Kinder standen mit offenem Mund davor.

»Wir haben einen echten Baum«, kommentierte Chris trocken. »Sieht so aus, als wäre den Kindern ein Plastikbaum lieber gewesen.«

Der Baum stand aus Platzmangel halb in der Speisekammer. Es gab keinen einzigen freien Zentimeter in der Küche. Maggie und Titilope hatten einen Tisch aus dem Frühstückszimmer an den Küchentisch angebaut, trotzdem saßen sie einander halb auf dem Schoß.

»Tut mir leid, Lori«, grinste Maggie. »Dein zäher Kampf, dass niemand in deine Küche eindringt. Dein Allerheiligstes! War alles umsonst.«

»Glaubt bloß nicht, dass das zur Gewohnheit wird!«, rief Lori drohend. »Das heute, das ist eine Ausnahme!«

Alle lachten. Waren jemals so viele Menschen in ihrer Küche gewesen? Maggie und ihre Mutter, Chris und die Kinder. John mit seinem Sohn, Karen und Joseph. Sogar Caroline, Julie und Roland waren gekommen, wobei Maggie sehr darauf geachtet hatte, Roland so weit weg wie nur möglich von sich zu platzieren. Mit Titilope und Lori quetschten sich elf Erwachsene, drei Kinder, eine Katze und ein Hund in Loris Küche. Die Kinder waren furchtbar aufgeregt in die Küche gestolpert, einen Korb zwischen sich.

»Das ist unser Weihnachtsgeschenk für dich«, sagten sie und strahlten Lori glückselig an.

Lori hob den Deckel des Korbs. Auf einer alten Wolldecke lag ein schlafendes Kätzchen. Lori hatte staunend das winzige, flauschige Wesen betrachtet und die Tränen zurückdrängen müssen. Offensichtlich wurde sie auf ihre alten Tage sentimental. Bullshit und sie, sie hatten sich schließlich nie besonders gemocht.

»Wir waren uns nicht sicher, ob du wieder eine Katze haben willst«, begann Maggie vorsichtig. »Du kannst es dir in aller Ruhe überlegen. Sie ist sowieso noch zu klein, um sie der Mutter wegzunehmen. Wenn du sie haben möchtest, päppeln wir sie bei uns auf, bis du aus Thailand zurückkommst.«

»Ja«, erwiderte Lori, ohne lange zu überlegen. »Ich würde es gerne behalten. Auch wenn es ein wenig albern aussieht.« Das tiefschwarze Kätzchen sah aus, als sei es an einem Eimer mit weißer Farbe vorbeimarschiert und habe ein Ohr und die Schwanzspitze hineingetunkt.

»Es ist ein Mädchen«, erklärte Hattie eifrig. »Wie wirst du sie nennen?«

»Bitte nichts Vulgäres!«, stöhnte Maggie.

Lori schüttelte den Kopf. »Ich werde sie Bluebell nennen.«

»Aber so hieß deine alte Katze doch!«, protestierte Luke.

»Nein. Die hieß Bullshit.«

Sie hatte Bluebell vorsichtig aus dem Korb genommen und Bonnie zwischen die Pfoten gelegt. Es war wichtig, dass sich Hund und Katze frühzeitig aneinander gewöhnten. Bonnie hatte es sich auf der Türschwelle gemütlich gemacht, sodass jeder, der aufs Klo musste, fast über sie fiel. Nun schnupperte sie an dem Kätzchen und schien nichts dagegen zu haben, auf es aufzupassen.

Charlotte hatte das deutsche Essen gemacht. Sie hatte es Lori erklären wollen, aber natürlich hatte ihr Englisch nicht ausgereicht.

»Sie hat gestern den ganzen Tag in der Küche gestanden,

um für uns alle schwäbischen Sauerbraten mit Spätzle zu machen«, übersetzte Maggie und fügte etwas leiser hinzu: »Ich kann dir sagen, es war die Hölle. Den ganzen Tag hat sie mich in unserer Küche herumgescheucht. Wo ist dies, hol mir das, was soll das heißen, das gibt es hier nicht?«

Es war Lori herzlich egal, wie das Fleisch mit der Soße und die komischen Nudeln hießen, die da auf dem Tisch standen und einfach köstlich dufteten und noch besser schmeckten. Chris hatte einen Truthahn mit Kräutern und Salbei gefüllt, dazu gab es eine herrlich fette Soße, *Yorkshire Pudding* und riesige Schüsseln mit frischem Salat aus Karens Gewächshaus. Den Nachtisch – vorausgesetzt, irgendjemand hatte überhaupt noch ein winziges freies Plätzchen im Magen – hatte Caroline übernommen. Sie hatte *Christmas Pudding* und einen Berg Kuchen mitgebracht, der im Café übrig geblieben war, Schokoladenkuchen, *Bakewell Tart* und Marzipantorte. Maggie erklärte, man könne sich mit dem Nachtisch alle Zeit der Welt lassen, da man den Kindern versprochen hatte, nach dem Hauptgang seien die *Christmas Cracker* dran. Man würde lustige Hüte aufsetzen, Witze vorlesen und Rätsel lösen. Und überhaupt, darauf solle sich Lori schon einmal einstellen, man habe nicht geplant, vor dem späten Abend nach Hause zu gehen. John hatte versprochen, dass er »My Way« singen würde, und Hattie bettelte darum, dass Lori später noch mit Maggie eine Punknummer zum Besten gab. »Am liebsten ›I Heard It Through the Grapevine‹. Ich habe euch doch noch nie singen hören!«

Am Abend vorher war die Küche für Lori ein Ort voller flüsternder Schatten und dunkler Gestalten gewesen, die auf den Regalen hockten und in den Ecken lauerten. Jetzt war sie der gemütlichste Ort der Welt, voller Licht, Wärme, und – Lori musste bei dem Gedanken schlucken – Liebe. Natürlich waren alle viel zu diskret, um zu erwähnen, dass die ganze Geschichte nichts anderes als eine *Save Lori*-Aktion war.

»Wir haben gedacht, es ist doch Quatsch, dass jeder zu Hause sitzt und für sich alleine kocht«, war Titilopes achselzuckende Erklärung gewesen. »Außerdem kann man so verschiedene Gerichte probieren.«

Chris behauptete, die Kinder hätten Mabel/Lori endlich einmal mit mehr Zeit wiedersehen wollen, nachdem sie im Sommer nur einmal kurz zusammen am Strand gewesen waren. Die einzige Begründung, die Lori glaubte, kam von Roland, der behauptete, er habe sich den schwäbischen Sauerbraten nicht entgehen lassen wollen.

Maggie musste das Ganze natürlich ideologisch überhöhen. »Hier sitzen wir«, rief sie euphorisch, »essen und trinken, reden und lachen, Deutsche, Briten und Afrikaner. Wir sind Freunde und scheißen auf den Brexit.«

»Margarete! *Please!* Die Kinder!« Offensichtlich verstand Maggies Mutter mehr, als sie zugab.

Freunde. Wenn jemand Lori vor ein paar Monaten gefragt hätte, ob sie Freunde hatte, dann hätte sie eine Weile überlegt und dann gesagt, ja, sie hatte vermutlich einen Freund, Chris. Aber ausgerechnet diese seltsame Deutsche, die im Mai durch Loris Tür gestolpert war, als Lori noch Mabel und Maggie noch Margarete geheißen hatte, hatte sie alle näher zusammenrücken und zu Freunden werden lassen.

Lori stand auf und räusperte sich. »Ich weiß, dass ihr euch krampfhaft bemüht, das L-Wort nicht zu erwähnen.« L wie Liebe. Es war jetzt auf einen Schlag ganz still geworden. Alle sahen Lori an.

»Aber seien wir mal ehrlich: Wenn es Liam nicht gegeben hätte, dann wärt ihr alle gar nicht hier. Ich möchte deshalb, dass wir unsere Gläser erheben und auf ihn trinken.«

Es kostete Lori ungeheuer viel Anstrengung, Liams Namen laut auszusprechen. Sie konnte das verräterische Glitzern in den Augen ihrer Freunde sehen, ein Glitzern, das garantiert nicht vom Weihnachtsbaum kam. Wenn man all diese Menschen zusammennahm und die Tränen zählte, die sie nach Liams Tod geweint hatten, wie viele Liter würden dann wohl zusammenkommen? Schon allein Loris Tränen reichten doch, um eine Badewanne zu füllen. Lori merkte, dass sie nicht mehr lange durchhalten würde. Sie hatte eigentlich noch ein paar Sätze sagen wollen. Darüber, was für ein wunderbarer Mensch Liam gewesen war. Dass sie niemals so glücklich gewesen war und nie wieder so glücklich sein würde wie mit ihm. Dass die unfassbar kurze Zeit, die sie miteinander gehabt hatten, alles Schlimme, was in ihrem Leben sonst passiert war, hundert-, nein, tausendmal aufgewogen hatte. Aber das schaffte sie nicht. Und eigentlich ging es auch niemanden etwas an. Sie hob das Glas und drängte die Flut zurück.

»Auf Liam.« Ihre Stimme war nur noch ein Flüstern.

»Auf Liam!«

34. KAPITEL

Maggie

Maggie hatte mit niemandem darüber gesprochen, wie entsetzlich sie sich vor Silvester fürchtete. Jedes Mal, wenn sie an das Jahresende dachte, wurde ihr das Herz schwer. Worauf sollte sie sich bloß im neuen Jahr freuen? Die nächsten Monate würden dunkel, grau und feucht sein, sie hatte keinen Job, Chris schlug sich immer noch mit der Scheidung herum und schien die meiste Zeit gedanklich abwesend, Lori war nach Thailand abgeflogen und würde monatelang wegbleiben. Sie hatte ein Selfie von sich geschickt, am Strand, im Bikini, mit einem Sarong um die Hüften und einem erstaunten Lächeln im Gesicht. Das Lächeln hatte etwas von Aufbruch und Neuanfang und Verwunderung darüber, dass sie zu lächeln wagte. Das gemeinsame Weihnachtsfest war so schön gewesen! Sie hatten bis spät in die Nacht zusammengesessen. Luke war irgendwann völlig übermüdet auf Chris' Schoß eingeschlafen und daraufhin hatte Chris ihn in Loris Bett gepackt. Hattie war eisern bis zum Schluss wach und dabeigeblieben. Am Ende hatten sie alle Bauchschmerzen, vom zu vielen Essen und zu vielen Lachen. Nach Weihnachten aber hatten sich alle wieder in ihre Schneckenhäuser zurückgezogen, fast so, als hätte es die gemeinsame Feier nie gegeben.

Da Lori Honeysuckle Cottage geschlossen hatte, hatten sie Charlotte auf der Farm im zweiten Kinderzimmer unterbringen müssen und Luke und Hattie zusammen in ein Zimmer verfrachtet. Ihre Mutter fand das selbstverständlich, und weder die Kinder noch Chris hatten ein Problem damit – »Sie ist deine Mutter, Maggie!« –, aber Maggie war mehr als erleichtert, als Charlotte am 30. Dezember wieder abreiste.

Sie hatte sich zwar sichtlich bemüht, freundlicher zu sein als im Sommer, und auch die Enterbung war kein Thema mehr gewesen, aber die Tage mit ihr hatten Maggie alles abverlangt. Es war so schwer, ihre Mutter und die Kinder unter einen Hut zu bringen! Die Kinder durften spät ins Bett und schliefen lange, aber wenn Maggie morgens aufstand, war ihre Mutter bereits seit Stunden auf und erwartete, unterhalten zu werden. Maggie versuchte, allen gerecht zu werden, und war jeden Abend völlig erschöpft.

Erstaunlicherweise schienen Chris und die Kinder viel gelassener mit Charlottes Selbsteinladung umzugehen als Maggie. Aber sie mussten ja auch nicht ständig hin- und herübersetzen! Noch erstaunlicher war, dass Charlotte angefangen hatte, mit einem »sündhaft teuren« Hauslehrer Englisch zu lernen. Allzu weit war sie zwar noch nicht gekommen, aber Hattie und sie hatten ein Ritual entwickelt und wiederholten täglich die wenigen englischen Brocken, die Charlotte beherrschte. (»My name is Charlotte.« – »Hello, Charlotte, my name is Hattie. How are you?« – »I'm fine, thank you. How are you?« – »I'm fine ...«)

Maggie bewunderte Hatties Engelsgeduld, und damit waren dann zumindest fünf Minuten von vierundzwanzig Stunden gefüllt. Besser wurde es, als Chris auf die Idee kam, ihre Mutter könne doch ab und zu kochen. Sie stellte zwar die Küche komplett auf den Kopf und räumte alles um, weil sie ja »so schlecht organisiert« waren, aber die Kinder waren begeistert von Flädlessuppe, Ofenschlupfer und schwäbischem Apfelkuchen, und Charlotte war wenigstens beschäftigt.

Am Ende waren ihre Mutter und die Kinder beinahe zeitgleich abgefahren (Luke hatte Charlotte zum Abschied »Granma« genannt, woraufhin die in Tränen der Rührung ausgebrochen war). Janie hatte darauf bestanden, dass Luke und Hattie zum Jahresende zurück in Dublin waren. Plötzlich war das Haus still und leer.

Die Weihnachtsüberraschung für Lori war ihre Idee gewesen, Maggie hatte alle und alles koordiniert. Sie hatte darauf hingelebt, auf Weihnachten, und auf die Tage mit der Familie. Nun fiel sie kopfüber in das gleiche Loch, in das sie schon im Sommer gefallen war. Wie sollte sie bloß Silvester überstehen? Manchmal dachte sie traurig, dass sie am liebsten noch vorher ihre Sachen packen und nach Hause fahren würde. Aber wo war zu Hause? In Stuttgart? Ohne Chris und die Kinder? Die Heimat, nach der sie sich sehnte, gab es nicht mehr, und Cornwall war ihr noch nicht zur neuen Heimat geworden. Sie fühlte sich zerrissen, einsam und entwurzelt.

Sie waren mit Weihnachten und den Tagen danach vollauf beschäftigt gewesen, und dabei war das Jahresende irgendwie unter den Tisch gefallen. Sie hatten nicht einmal darüber gesprochen, was sie kochen würden, dabei hatte Charlotte ihr zum Abschied kommentarlos einen Umschlag mit einem großzügigen Geldbetrag in die Hand gedrückt, und sie war nicht zu stolz gewesen, das Geld anzunehmen. Maggie konnte es gut für praktische Dinge brauchen, wasserdichte Regenkleidung zum Beispiel, aber sie hätte gerne ein bisschen Geld abgezweigt, um sich und Chris an Silvester etwas Besonderes zu gönnen, zumindest für ein gutes Essen und einen exklusiveren Wein. In Stuttgart hatte der Silvesterabend immer große Bedeutung gehabt, man traf sich mit Freunden zum gemütlichen Raclette oder Fondue, amüsierte sich zusammen beim Bleigießen oder machte Gesellschaftsspiele und pilgerte dann um Mitternacht zu einem der vielen Aussichtspunkte, an denen sich die Stuttgarter trafen, um das Feuerwerk zu bestaunen.

In Port Piran gab es kein Feuerwerk, so viel hatte sie bereits herausgefunden. Das einzige größere Event in ganz England schien in London stattzufinden. Maggie hatte kurz überlegt, ob sie Chris vorschlagen sollte, Karen und Joseph einzuladen, aber dann fehlte ihr die Energie, nachdem die Kinder und Charlotte gerade erst abgereist waren. Umgekehrt hatten sie von niemandem eine Einladung erhalten. Ihr fehlte auch die Energie, Chris auf das Jahresende anzusprechen. War ihm überhaupt bewusst, dass Silvester war?

Maggie beschloss, nichts zu sagen und den Dingen ihren Lauf zu lassen. Dann war es eben ein Tag wie jeder andere und sie würden um elf ins Bett gehen. Gegen eins aßen sie ein paar Sandwiches zum Lunch. Chris schien wieder einmal abwesend, wie meist, und Maggie hatte keine Lust auf Konversation. Als sie ihn fragte, ob er noch eine Tasse Tee und ein paar Kekse wolle, schüttelte er den Kopf. »Kannst du um 15 Uhr fertig sein?«, fragte er unvermittelt. »Zieh deine dicke Jacke an, und Gummistiefel. Und nimm für alle Fälle deine Regenhose mit.«

»Fertig sein? Wieso?«

»Überraschung.« Er lächelte und wirkte auf einmal sehr vergnügt.

»Deine letzte Überraschung im Herbst hat eine Kettenreaktion ausgelöst. Ich weiß nicht, ob ich so scharf darauf bin.«

»Vertrau mir einfach.«

Vertrau mir, dachte Maggie. Hier sitzt du und weißt nicht einmal ansatzweise, wie niedergeschlagen ich bin, und ich soll dir vertrauen? Aber sie sagte nichts.

»Ich muss vorher noch mal weg«, erklärte Chris.

»Wohin?«

»Das ist Teil der Überraschung.« Chris grinste noch mehr.

Maggie fühlte sich, als habe er einen Witz erzählt, aber die Pointe für sich behalten. »Ich bin kurz vor drei zurück. Spätestens. Komm, Bonnie.« Und damit verschwand er.

Das ist das graueste Silvester, das ich je erlebt habe, dachte Maggie wehmütig, als sie ein paar Minuten nach drei in Chris' Jeep kletterte. Tief hingen die Wolken am Himmel und es sah aus, als würde es gleich wie aus Kübeln gießen. Um halb fünf würde es stockdunkel sein. Wer wollte da schon aus dem Haus? Sie trug die dicke Jacke, die Chris ihr zu Weihnachten geschenkt hatte. Sie war sehr warm, aber nicht wasserdicht.

Chris war erst vor ein paar Minuten zurückgekommen. Er hatte Bonnie ins Haus gelassen, und die war hereingeschossen wie ein Pfeil und hatte sich sofort mit feuchtem Fell ins Wohnzimmer neben die Heizung gelegt, obwohl sie normalerweise überhaupt nicht kälteempfindlich war. Sie hatten zwei Kätzchen aus demselben Wurf behalten, das eine gehörte Lori, das andere den Kindern. Jetzt tapsten sie herbei und machten es sich zwischen Bonnies Vorderpfoten gemütlich. Am liebsten hätte sich Maggie dazugelegt. Eine Freundin aus Stuttgart hatte sie gerade angerufen und sie hatte sich nichts mehr gewünscht, als sich spontan mit ihr verabreden zu können und stundenlang zu plaudern und zu lachen. Außerdem vermisste sie Lori. Und Liam ... Sie machte ein Foto von Bonnie und den Kätzchen und schickte es mit vielen Grüßen von Bluebell an Lori. Für Lori würde der Silvesterabend auch nicht einfach werden, so viel stand fest.

Schweigend fuhren sie von der Farm hinaus auf die Landstraße. Nach ein paar Minuten ahnte Maggie, wo die Fahrt hingehen würde. »Du fährst doch nicht etwa zur Bucht?« Das war so ziemlich der letzte Ort, zu dem es sie hinzog. Ausgerechnet heute, an Silvester! Seit Wochen war sie nicht mehr dort gewesen. Wollte Chris ihr noch einmal ihr grandioses Scheitern vor Augen führen? Das Zerbrechen ihres großen Traums? Darauf konnte sie verzichten.

Chris schwieg. Am liebsten hätte sie ihn in die Seite geboxt. Warum schwieg er immer gerade dann, wenn Maggie es am dringendsten gebraucht hätte, dass er den Mund aufmachte? Chris hielt oben an der Schafweide und kletterte aus dem Jeep. Maggie verschränkte die Arme und beschloss, ganz einfach sitzen zu bleiben wie ein störrischer Esel. Chris ging um das Auto herum, öffnete ihre Tür und küsste sie zärtlich auf den Mund.

»Kommst du, Süße? Nimm deine Regenhose mit. Du wirst sie brauchen.«

Widerstrebend löste sie den Gurt, griff nach der Regenhose und kletterte aus dem Auto hinaus in die feuchte Kälte. Chris ging vor ihr über die Weide, einen Rucksack auf dem Rücken und zwei große Taschen in beiden Händen. Sie würde ihm keine Hilfe anbieten. Die Weide war verschlammt und Maggie rutschte in den Gummistiefeln mehr, als dass sie ging. Sie kletterten auf der anderen Seite über den Übertritt aus der Weide heraus und gingen durch das kleine Wäldchen, das deutlich lichter geworden war, nachdem so viele Bäume umgestürzt waren. Was wollte Chris bloß hier?

Und dann kamen sie in die Bucht und an den Strand, jenen Strand, den das Meer im Sturm fortgespült hatte, und Maggie blieb stehen, ungläubig und staunend. Sie traute ihren Augen nicht. Der Strand war wieder da, als habe ihn ein Magier aus dem Nichts zurückgezaubert. Ein wenig schmaler vielleicht als vorher, heller und nicht mehr so grau, aber er war wieder da. Mitten auf dem Strand stand ein Tisch, über den eine blütenweiße Tischdecke gebreitet war. Der Tisch war mit feinem Porzellangeschirr und edlen Gläsern eingedeckt, in der Mitte thronte ein Bouquet aus roten Rosen, und an den kurzen Seiten standen zwei Polsterstühle. Weit draußen über dem Meer ballten sich dunkle Wolken, und vermutlich konnten sie es kaum erwarten, Richtung Land zu ziehen und sich direkt über dem festlich gedeckten Tisch abzuregnen. Der Wind peitschte kleine Wellen auf den Strand.

Maggie stand und staunte, und die Szenerie wäre ihr geradezu surreal erschienen, wenn nicht neben dem Tisch ein Beistelltisch mit einem Sektkühler gestanden hätte und neben diesem wiederum ein Kellner mit einer weißen Serviette über dem Arm. Ein Kellner, der einen dicken Anorak, einen Wollschal und einen altmodischen Schlapphut trug, nicht mehr der Allerjüngste war, übers ganze Gesicht strahlte und John verdächtig ähnlich sah. Maggie kannte auch das Geschirr, die Glaskelche und das Silberbesteck; es war das Geschirr, das John und seine verstorbene Frau Helen zur Hochzeit bekommen hatten.

»Willkommen«, rief John und deutete eine Verbeugung an. »Willkommen zum exklusiven Silvestermenü auf *Maggie's Beach!*«

Er schob einen der Stühle zurück und winkte Maggie, sich zu setzen. Sie ließ sich auf den Stuhl fallen, noch immer sprachlos, und John rückte ihr den Stuhl zurecht. Chris stellte die Taschen auf dem Beistelltisch ab und nahm auf der anderen Seite des Tisches Platz. John holte eine Petroleumlampe aus einer der Taschen, zündete sie an und stellte sie auf den Tisch.

»Ich musste Chris noch einmal kontaktieren. Er wollte Kerzen, weil das natürlich romantischer ist, aber es ist zu windig für Kerzen«, erklärte er. »Leider ist alles ein wenig feucht. Aber eigentlich ist ganz schönes Wetter für Silvester, findest du nicht, Maggie? Dein erstes Silvester in Cornwall! Darf ich dir ein Plaid für die Knie bringen, damit dir nicht so kalt wird?«

Sie nickte, noch immer sprachlos. John breitete eine karierte Decke über ihre Knie.

»Sherry zum Aperitif?«

Maggie nickte wieder. John goss formvollendet Sherry in ihr Likörglas, dann ging er um den Tisch herum und schenkte Chris ein, der über beide Backen grinste. Sie stießen an. Plötzlich fiel ihr »Dinner for One« ein, der englische Sketch, der in Deutschland zur Silvestertradition gehörte, den in England aber fast niemand kannte. Ein Glucksen stieg in ihr auf, und sie lachte laut heraus. *Dinner for two,* bei gefühlt vier Grad, und John statt James.

»Schön, dass du mal wieder lachst«, stellte Chris fest. »Das ist in letzter Zeit selten vorgekommen.«

»Ich hätte nicht gedacht, dass dir das aufgefallen wäre.«

»Natürlich ist es mir aufgefallen. Ich habe lange überlegt, was ich tun kann, um es zu ändern. Dann hatte ich eine Idee.« Er deutete auf den Strand.

»Du warst das mit dem Strand? Nicht die Natur?«

Er nickte. »Die Natur hätte den weggespülten Sand nicht freiwillig zurückgebracht, deshalb mussten wir ein wenig nachhelfen. Es kommt noch viel mehr Sand. Leider ist das schöne Grau sehr speziell und nicht lieferbar. Am Ende wird der Strand so breit sein wie früher, so ist jedenfalls der Plan.

Aber wir machen erst im Frühjahr weiter, wenn die Winterstürme vorüber sind, sonst wird zu viel wieder abgetragen. Das war jetzt vor allem für heute Nachmittag. Für Silvester. Und keine Sorge, es ist Flut. Wir werden nicht weggeschwemmt werden.«

»Du hast den Strand aufschütten lassen? Extra für heute? Für ... mich?«

Er nickte und grinste wieder spitzbübisch. Sie war überwältigt. Nein, es war viel mehr, sie war beschämt! Sie war felsenfest davon überzeugt gewesen, dass Chris Silvester vergessen hatte oder dass ihm das Jahresende zumindest nichts bedeutete. Und nun stellte sich heraus, dass er den Strand an *Maggie's Beach* wieder aufgeschüttet hatte, extra für Silvester, was wiederum bedeutete, dass er die Aktion von langer Hand geplant haben musste! Was wiederum hieß, dass sie viel zu negativ über Chris gedacht hatte. Das alles zusammen sickerte erst sehr langsam ein.

»Hast du das selber gemacht?«

»Natürlich nicht. Ich bin ja schließlich auch nicht mehr der Jüngste. Ich habe zwei junge Bauarbeiter mit Armen wie Baumstämme angeheuert. Sie haben zwei Tage Sandsäcke geschleppt. Das war bestimmt kein Spaß, über so eine weite Strecke.«

»Aber warum? Nur, um mir eine Freude zu machen?«

»Das war der Nebeneffekt für heute. Aber das war nicht der einzige Grund. Ich habe ein wenig in die Zukunft gedacht.«

Er deutete auf die Stelle, wo *Maggie's Café* gestanden hatte. Dort lagen große Bretterstapel, Pflöcke und mehrere geheimnisvolle Häufen, die mit Planen abgedeckt waren. Maggies Herz begann wild zu klopfen.

»Kannst du es dir nicht denken? Ich – wir – bauen *Maggie's Café* wieder auf. Bis Ostern, wenn die ersten Touristen kommen, bist du startklar. Du könntest zur Eröffnung eine Eiersuche veranstalten.«

»Du willst ... mein Café wieder aufbauen?« Alles ging so

schnell, dass sie nicht mehr mitkam. Oder sie selbst war einfach zu langsam.

»Ja! Jetzt im Winter ist nicht so viel zu tun auf der Farm. Wir sparen uns die Kosten für die Handwerker und machen das meiste in Eigenregie, bis auf die Elektrik. Wir wissen ja noch vom letzten Mal, wie das Ganze konstruiert werden muss. Der Schreiner gibt uns die Pläne, Joseph hat versprochen, mir zu helfen. Karen ist dagegen, sie hat große Sorge, dass er sich versehentlich ein Bein absägt, aber Joseph ist wild entschlossen und will es ihr beweisen. Das wird ein großer Spaß.« Chris grinste.

»Und ich helfe natürlich auch«, bekräftigte John. »Siebenundachtzig ist schließlich kein Alter. Wenn ich jetzt die Suppe auftragen dürfte, bevor sie kalt wird? Und dazu den Weißwein? Ich könnte auch ein wenig Musik zur Unterhaltung abspielen. Ich habe mein altes Transistorradio mitgebracht und meine Kassetten mit britischer Militärmusik.«

»Suppe wäre wunderbar, John. Die Militärmusik lassen wir lieber und lauschen stattdessen dem Wind. Nicht wahr, Maggie?«

»Ja, gern.« John holte einen Wärmebehälter aus Styropor aus der Tasche auf dem Beistelltisch. Dann nahm er eine Suppenkelle und füllte einen Teller. »Tomatensuppe«, erklärte er und stellte den Teller vor Maggie ab. Der Wind frischte auf. Suppe wehte aus dem Teller heraus und auf Maggies Plaid. Es roch köstlich.

»Wer hat das gekocht?«, fragte sie.

»Karen. Sie lässt dich herzlich grüßen und wünscht dir schon einmal ein gutes neues Jahr. Es ist ihre Art, sich bei dir zu bedanken. Etwas Baguette zur Suppe?« John stellte einen Brotkorb in die Mitte.

»Bedanken? Wofür?«

»Dass du das Weihnachtsfest für Lori organisiert hast. Nicht nur für Lori, für uns alle!«

»Aber dafür muss Karen sich doch nicht bedanken?«, fragte Maggie verwirrt zurück.

John lächelte nur.

Maggie löffelte ihre Suppe. Sie war schon nach zwei Minuten kalt, aber das war egal. Sie hatte tausend Fragen, aber sie wusste nicht, wo sie anfangen oder weitermachen sollte. Es war alles zu viel auf einmal! John goss Weißwein in die Kristallkelche.

»Du musst natürlich mit uns anstoßen, John«, erklärte Chris. John nickte, goss sich selbst ein drittes Glas voll und sie stießen an.

»Auf die Wiedereröffnung von *Maggie's Café!*«, rief John und strahlte über das ganze Gesicht.

»Ich dachte, wir haben kein Geld?« Sie war überwältigt. Und trotzdem Schwäbin.

»Ich habe einen Kredit aufgenommen.« Chris stellte sein Weinglas ab und schien nicht besonders beunruhigt.

»Du hast einen Kredit aufgenommen? Um mein Café wieder aufzubauen? Aber wieso? Ich dachte, du wolltest dich finanziell heraushalten? Und ist das nicht ein Risiko? Was, wenn es wieder einen Sturm gibt?«

»Du hast immer gesagt, es ist dein Baby. Wenn wir schon keine Kinder mehr zusammen bekommen können, sollst du wenigstens dieses Baby haben. Ich weiß, wie viel dir das Café bedeutet hat. Ich möchte, dass du es zurückbekommst.«

Maggie spürte einen Kloß im Hals. Sie hatte gedacht, er würde sich nicht für ihre Träume interessieren, dabei wusste er ganz genau, was sie sich wünschte. Das war schon das zweite Mal, dass sie Chris falsch eingeschätzt hatte.

»Das finanzielle Risiko ist überschaubar, der Kredit ist zins- und zeitlos. Unsere Bank hat dir gerade die Suppe serviert und mit uns angestoßen. Eine Bank mit einem großartigen Kundenservice und hervorragenden Konditionen. Das war auch bitter nötig. Ich hätte nie gedacht, dass Sand so teuer ist!«

»John – du hast …?«

John deutete wieder eine Verbeugung an. »Meine Kinder haben genug Geld, und ich muss es nicht mit ins Grab nehmen. Falls ich das Zeitliche segne, bevor dein Café Gewinn abwirft, was ich nicht hoffen will, denn ich habe vor, noch ein paar Jährchen zu leben und deine Gäste mit meinem Gesang zu unterhalten, habe ich in meinem Testament verfügt, dass ihr das Darlehen nicht zurückzahlen müsst.«

Erst saß Maggie da wie vom Donner gerührt. Dann schluckte sie. Und dann sprang sie auf, machte zwei große Schritte, warf ihre Arme um John, drückte ihn und küsste ihn links und rechts auf beide Backen. John strahlte, und Maggie musste ein bisschen heulen. »Ich fasse das alles nicht! Warum machst du das, John? Und du, Chris?«

»Weil wir nicht wollen, dass du weiter so unglücklich bist, hier bei uns in Cornwall!«, rief John voller Inbrunst. »Glaubst du denn wirklich, wir hätten es nicht gemerkt? Manchmal hast du so elend ausgesehen, ich hatte schon Angst, du packst deine Koffer!«

Meine Nerven stehen das nicht durch, dachte Maggie und drückte John noch einmal. Ich habe geglaubt, ich bin ganz allein in meinem Kummer und Schmerz, und nun sitze ich hier auf meinem Strand, den Chris für mich hat aufschütten lassen und den John finanziert hat, dabei kennt er mich erst seit ein paar Monaten, und ich bekomme mein Café zurück. Mein Baby.

»Das war ein hartes halbes Jahr für dich«, bekräftigte Chris. Ihn würde sie später drücken.

»Das war es für uns alle. Vor allem für Lori. Im Vergleich dazu ist das, was hier passiert ist, eine Lappalie.«

»Das ist es nicht. Was mit Liam passiert ist, ist eine Tragödie. Das ändert nichts daran, dass für dich ein Traum zerplatzt ist.«

»Mir wird jetzt erst klar, dass du auch das gemerkt hast. Ich habe ehrlich gesagt gedacht, dass sei dir nicht aufgefallen.«

»Für wie unsensibel hältst du mich?«

»Du hast kein Wort darüber verloren.«

»Ich wusste nicht, was ich sagen sollte, um dich zu trösten.

Und ich wusste nicht, wie ich es sagen sollte! Du warst so – in dich eingesponnen. Ich hatte Angst, etwas Falsches zu sagen und dich zu verletzen. Ich dachte, du brauchst Zeit. Nicht nur wegen des Cafés und wegen Liam. Sondern auch, um dich an uns und an Cornwall zu gewöhnen. Und an mich und die Farm! Dein Leben hier ist schließlich so anders. Ich wollte keinen Druck auf dich ausüben. Vor allem keinen finanziellen. Gleichzeitig hatte ich Angst. Angst, dass du gehst.«

Maggie stöhnte. »Wenn du nur einen Ton gesagt hättest. Es hätte mir gereicht, zu wissen, dass du mich verstehst und mit mir fühlst. Mehr hätte ich gar nicht gebraucht.«

»Das war doch offensichtlich. Du bist immer stiller geworden. Und immer trauriger. Aber du hast sicher recht. Ich hätte etwas sagen sollen. Reden ist leider nicht meine Stärke.«

»Danke für den Hinweis, das ist mir bereits aufgefallen. Ich hatte den Eindruck, du hast gar nicht gemerkt, wie unglücklich mich die Zerstörung des Cafés gemacht hat!«

Chris schüttelte ungläubig den Kopf. »Natürlich habe ich es gemerkt! Du warst so glücklich mit deinem Projekt. Anfangs war ich dagegen, aber dann wurde mir klar, das ist genau dein Ding. Du warst voller Euphorie. Die Eröffnung war ein riesiger Erfolg. Glaubst du etwa, ich will nicht, dass es dir gut geht? Hier, mit mir, in Cornwall?«

Er sah jetzt so unglücklich aus, dass Maggie am liebsten aufgesprungen und um den Tisch gelaufen wäre, um ihn zu umarmen. Wenn da nicht John gewesen wäre.

»Wenn ich mich kurz einmischen darf?«, sagte John eifrig. »Meine liebe Helen, Gott hab sie selig, hat auch immer gesagt, Männer sind äußerst ungeschickt, wenn es darum geht, Anteilnahme zu zeigen. Da ist Chris nicht alleine. Als unser Pudel starb, hat Helen wochenlang getrauert und mir später vorgeworfen, ich hätte ihr nicht beigestanden. Ich mochte den Pudel nicht besonders.«

»Das beruhigt mich ungemein«, seufzte Maggie. Offensichtlich diskutierten sie die Beziehungskiste jetzt zu dritt. Aber eigentlich war es egal. Schließlich hing John in der ganzen seltsamen Geschichte mit drin. Alles war so seltsam. So ganz anders, als sie es erwartet hätte. Seltsam und wunderbar.

John räumte die Suppenteller ab und stellte aus mehreren Wärmebehältern den Hauptgang zusammen. Sie war froh, dass es eine Verschnaufpause in dem ganzen Gefühlsdurcheinander gab. Ein paar Minuten später saß Maggie staunend vor einem zarten Filetstück von Karens Rindern, Kartoffelpüree, Karotten und Soße. Dazu schenkte John italienischen Rotwein ein. Maggie wollte so viel sagen und brachte doch nichts heraus. Also lächelte sie Chris nur schüchtern zu und machte sich über das Essen und den Wein her.

Chris sah auf die Uhr. »Dein Abholdienst müsste da sein, John«, sagte er.

John nickte. »Ihr kommt alleine zurecht?«

»Ich denke schon, vielen Dank. Wahrscheinlich essen wir den Nachtisch zu Hause, es wird ja schon dunkel und allmählich doch ziemlich kalt. Sollen wir dich zum Neujahrsfrühstück abholen?«

»Das wird nicht nötig sein, Chris. Lori hat Titilope den Autoschlüssel dagelassen. Wir fahren zusammen.«

»Neujahrsfrühstück?«

»Das machen wir jedes Jahr. Um elf, bei Karen und Joseph. Meistens geht es den ganzen Tag.«

Maggie stöhnte. Was gab es noch alles, was sie nicht wusste? »Du hast kein Wort gesagt!«

»Oh, das tut mir leid, dann muss ich es vergessen haben. Wie so vieles in letzter Zeit. Bis morgen, John. *Happy New Year!*«

»*Happy New Year!*« John winkte, dann drehte er sich um und stapfte den Hügel hinauf. Rasch hatte ihn die Dämmerung verschluckt.

Sie blieben allein zurück. Es hatte leise zu nieseln begonnen. Einen Moment lang schwiegen sie. Dann seufzte Maggie: »Das ist alles wunderschön. Du hast dir so viel Mühe gegeben! Aber wenn ich ganz ehrlich bin ... mir wäre viel wichtiger, dass du mit mir redest!«

Chris nickte bedächtig. »Das ist es ja. Wir sind nicht nur wegen der Bucht hier, sondern weil ich dir etwas erzählen möchte. Eine Menge sogar. Aber sosehr ich John schätze, das wollte ich dann doch mit dir alleine besprechen.«

»Schieß los.«

»Ich habe kurz vor Weihnachten ein Schreiben bekommen. Vom Scheidungsrichter.« Er machte eine Pause und lächelte. Sie konnte seine Gesichtszüge gerade noch erkennen. »Seit dem 23. Dezember bin ich geschieden.«

»Die Verhandlung – ist schon durch? Und du hast kein Wort gesagt?«

»Deine Mutter war schon bei uns zu Besuch. Und dann kamen die Kinder. Das Thema war mir zu heikel, um es mit dir zwischen Tür und Angel zu besprechen.«

»Aber ... musstest du denn nicht hingehen? Zu der Verhandlung, meine ich?«

»Nein, das haben die Anwälte stellvertretend erledigt.«

Maggie war sprachlos. Chris war geschieden! Und er hatte das die ganzen Weihnachtsfeiertage für sich behalten?

»Freust du dich denn nicht?«

»Ich ... ich fühle mich überrumpelt.« Sie versuchte, die Nachricht zu verdauen. Sie sollte sich doch freuen. Der Strand, das Essen, die Mühe, die sich Chris gegeben, die Sorgen, die er sich um sie gemacht hatte. Das Café, das sie zurückbekommen sollte! Und die Scheidung war auch durch! Das Einzige, was sie verspürte, war Enttäuschung, Ärger und Schmerz. »Warum machst du immer alles mit dir selbst aus? Ich fühle mich nicht als Teil deines Lebens!«, brach es aus ihr heraus.

Chris schien ehrlich bestürzt. »Aber so war es nicht gemeint. Ich wollte dich nicht damit belasten! Ich hatte das Gefühl, mein ganzes Leben besteht nur noch aus Ärger mit Janie, Scheidungsanwälten und dem Kampf um die Kinder. Aber es waren mein Kampf und meine Kinder und meine hysterische

Ex-Frau, und ich wollte dir nicht mehr zumuten als nötig! Du warst doch sowieso schon so traurig. Wegen der Bucht und wegen Liam!«

»Ich habe mich schrecklich einsam gefühlt. Einsam und ausgeschlossen. Auch in der Trauer um Liam.«

Chris sprang auf und lief um den Tisch herum. Er kniete auf dem Strand nieder und packte Maggies Hände.

»Glaub mir, Maggie, ich wollte dich nicht ausschließen! Ich wollte dich schonen. Sonst nichts! Es tut mir so leid. Aber du hast ja auch nichts gesagt!«

»Du wirktest so schrecklich abwesend. Abwesend und abweisend. Ich war todunglücklich. Und ich dachte, du müsstest es doch merken!«

»Männer sind, ehrlich gesagt, ziemlich beschränkt, wenn es darum geht, etwas zu merken, da hat John schon recht. Es wäre besser gewesen, wenn du es mir klipp und klar gesagt hättest.«

»Ich konnte nicht. Ich war wie gelähmt. Und du warst so sehr mit dir selber beschäftigt.«

»Deine Hände sind ja ganz kalt.« Chris nahm das Plaid, zog Maggie hoch, wickelte es um sie herum, setzte sich auf den Stuhl, zog sie auf seinen Schoß und legte die Arme um sie.

»Ich werde dich platt drücken wie einen Käfer«, murmelte Maggie. Sie musste aber zugeben, dass ihr plötzlich viel wärmer war. Nicht nur von außen. »Du musst mehr mit mir reden, Chris, wenn das mit uns beiden funktionieren soll!«

Chris seufzte. »Ich weiß. In den letzten Tagen wurde mir klar, dass ich völlig blockiert war und dich in den letzten Wochen sträflich vernachlässigt habe. Ich habe mich nur um mich selber gedreht und war wie besessen davon, die Scheidung über die Bühne zu bringen. Seit die Scheidung durch ist, fühle ich mich, als sei mir ein riesiger Felsbrocken vom Herzen gefallen. Deswegen wollte ich auch dieses Essen für dich organisieren. Als Entschuldigung. Und Neuanfang!«

Er zog sie an sich und küsste sie, und Maggie spürte, dass

nicht nur Chris ein Stein vom Herzen gefallen war, sondern dass in ihrem Herzen ein kleiner, heilsamer Steinschlag eingesetzt hatte, der ihre Sorgen mit sich fortriss. Chris hielt sie ein wenig von sich weg und sah sie sehr ernsthaft an. »Und du, Maggie. Du musst mir auch sagen, wenn dich etwas bedrückt, wenn ich es nicht von selber merke! Versprichst du mir das?«

Maggie seufzte und nickte. »Es stimmt schon. Ich habe mich auch viel zu sehr um mich selber gedreht.«

»Ich denke, das hat auch etwas damit zu tun, dass unsere Mentalität eine andere ist. Wir Briten tun uns schwer, offen über unsere Gefühle zu reden oder ein Gespräch darüber anzustoßen. Du hättest dir so viel Kummer erspart, wenn du einfach ausgesprochen hättest, was mit dir los ist. Ich hätte dir bestimmt zugehört und es sehr ernst genommen.«

»Ich wollte es ja. Ich war nur oft so unsicher, ob ich mich auch richtig verhalte. Ob ich die Gefühle von jemandem verletze! Wir Deutschen sind einfach viel direkter. Das kam oft so schlecht an, bei dem Farmer und seiner Wasserleitung zum Beispiel, und da wurde ich immer unsicherer. Selbst bei dir! Je vorsichtiger ich wurde, desto schwieriger wurde es, die Dinge einfach beim Namen zu nennen.«

Chris nickte. »Das verstehe ich. Aber glaub mir, alle hier mögen dich. Sie mögen dich sogar sehr! Auch und gerade weil du anders bist! Dass Karen sich bei dir bedankt, das kommt von Herzen. Sie hat zu mir gesagt, seit du in Port Piran bist, sind wir alle viel stärker als Freunde zusammengewachsen. Du hast großartige Ideen und bringst uns alle zusammen. Weihnachten war dafür doch das beste Beispiel! Niemand sonst hätte angeregt, gemeinsam zu feiern. Ich bin mir sicher, es hat Lori sehr geholfen. Wer weiß, was sie sonst angestellt hätte! Und nicht nur ihr. Es hat uns allen gutgetan, nach den schwierigen letzten Monaten. Wir trauern alle um Liam.«

»Auch damit habe ich mich alleine gefühlt. Vor allem, weil Lori sich so abgekapselt hat.«

»Du weißt, dass Lori nicht der Typ ist, der seine Trauer mit anderen teilt. Und doch hat sie immer wieder zu mir gesagt, wie froh sie ist, dass du hier bist.«

»Hat sie das? Warum sagt sie es nicht zu mir?«

»Da sind wir wieder beim Thema. Wie sage ich als Brite, was ich denke und fühle? Nicht nur ich habe damit Probleme! Lori schätzt dich sehr. Und alle anderen auch. Wir schätzen deine Direktheit, deine Tatkraft, deine Spontaneität. Und vielleicht kannst du umgekehrt von uns ein bisschen Geduld und Gleichmut lernen?«

Maggie nickte. »Ich werde es versuchen. Ich fühle mich im Moment nur einfach so ... heimatlos.«

»Ist das ein Wunder? Du bist in Stuttgart nicht mehr zu Hause und hier noch nicht richtig angekommen. Der Winter ist viel schwieriger als der Sommer. Du brauchst Zeit und Geduld.«

»Und deine Unterstützung.«

»Die hast du. Du musst sie nur in Anspruch nehmen.«

»Das weiß ich jetzt. Ich habe so viel missverstanden und manchmal so schlecht über dich gedacht. Kannst du mir das verzeihen?«

Er sah sie an und schwieg. Nicht schon wieder! Die Sekunden verrannen. Sie wurde zappelig. Und dann lachte er laut heraus, drückte sie fest an sich und küsste sie.

»Jetzt habe ich dich drangekriegt. Gib's zu! Du warst kurz davor, mir zu sagen, ich soll jetzt endlich den Mund aufmachen.«

Sie lachte und knuffte ihn. »Ja, du hast mich drangekriegt.«

Er holte tief Luft. »Du hast mich gefragt, ob ich dir verzeihe? Es gibt nichts zu verzeihen. Aber etwas sagen möchte ich dir. Etwas, das ich schon lange denke und nun endlich in Worte fasse.« Er grinste. »Du bist impulsiv und manchmal ungestüm. Du bist anders, und das macht dich für mich besonders und einzigartig. Du musst dich nicht ändern oder anpassen.« Er machte eine Pause und dann legte er seine Hand auf ihre Brust. »Wenn ich bei dir bin, fühle ich mich lebendig. Da drinnen klopft ein großes, großzügiges Herz. Und dafür liebe ich dich.«

Sie nahm seine Hand und hielt sie fest. »Und ich liebe dich«, flüsterte sie. »Dafür, dass du heimlich, still und leise die Dinge arrangierst, um mich glücklich zu machen.«

Der Kuss, der folgte, dauerte lange. Sehr lange. Dabei gab es noch so viel zu besprechen, und es hatte zu nieseln begonnen.

»Nun sag schon, wie hat das Gericht entschieden?«

»Ich habe das Sorgerecht für die Kinder bekommen!« Chris strahlte über das ganze Gesicht und drückte Maggie an sich.

»Oh, Chris, das ist einfach wunderbar!« Sie konnte immer noch nicht verstehen, wie er mit dieser Nachricht mehrere Tage hinter dem Berg halten konnte. Aber wahrscheinlich würde sie ihn nie verstehen, diesen schweigsamen Farmer aus Cornwall, und sie würde damit leben und ihn trotzdem lieben müssen.

»Das Gericht hat mich zudem von allen finanziellen Verpflichtungen freigesprochen. Janie hat sich nicht rechtmäßig verhalten, weil sie mit den Kindern das Land verlassen hat. Aus rechtlicher Sicht hat sie sie entführt. Das Gericht hat einen Vergleich vorgeschlagen. Sie verzichtet auf ihren Anteil an der Farm und auf das Sorgerecht, im Gegenzug entgeht sie der Strafverfolgung. Janie hat nicht lange überlegt, schätze ich. Sie hat gedacht, sie könnte mich erpressen, und plötzlich saß ich am längeren Hebel und sie musste meine Bedingungen akzeptieren. Die Anwältin war jeden Pence wert.«

»Heißt das, du bist Janie los?«

»Zumindest, was die finanzielle Seite angeht. Sie hat auch kein Mitspracherecht mehr, was beispielsweise Schule und Ausbildung der Kinder betrifft. Trotzdem wird sie die Mutter meiner Kinder bleiben, und ich will den Kindern ihre Mutter nicht wegnehmen. Janie wird also weiterhin präsent sein in meinem, nein, in unserem Leben. Das wird sich nicht verhindern lassen. Leider.«

»Nein, das nicht. Aber ich würde mir wünschen, dass sie nicht mehr so viel Raum einnimmt.«

»Ich verspreche dir, dass sich das ab jetzt ändern wird. Janie kann mich jetzt nicht mehr unter Druck setzen. Ganz ohne sie wird es aber nicht gehen, fürchte ich.«

»Das ist mir klar.«

»Wahrscheinlich ist dir nicht klar, wie schnell sich unser Leben ändern wird. Janie wird noch heute mit den Kindern reden. Sie sollen schon nach Weihnachten hier zur Schule gehen, also in gut zehn Tagen. Das ist vielleicht nicht das, was du dir vorgestellt hast, als du in Stuttgart deine Koffer gepackt hast. Für die Kinder wird es eine gewaltige Umstellung. Sicher wird nicht alles reibungslos laufen, und Janie wird versuchen dazwischenzufunken. Es wird Phasen geben, wo dich die Kinder ablehnen, weil sie sich nach ihrer Mutter sehnen. Kurz: Es wird anstrengend. Ich möchte nicht die Kinder bekommen und dich verlieren, weil du dir das Leben mit mir anders vorgestellt hast.«

»Ich habe mir das Leben mit dir überhaupt nicht vorgestellt. Ich habe gedacht, jetzt bin ich fünfzig, da ändert sich nicht mehr viel. Und schau dir an, wie viel in den letzten Monaten passiert ist! Wunderschönes und Tieftrauriges. Auf das Tieftraurige könnte ich verzichten. Auf dich nicht. Es wird eine Umstellung, natürlich wird es das, aber ich freue mich darauf. Ich bekomme auf diese Weise doch noch die Familie, die ich mir immer gewünscht habe.«

»Auch, wenn es nicht deine Kinder sind?«

»Ich werde immer ein bisschen traurig sein, dass ich keine eigenen Kinder habe«, flüsterte Maggie. »Und dass wir uns zu spät kennengelernt haben, um noch zusammen welche zu bekommen. Trotzdem werden wir eine Familie sein, und ich werde die Kinder lieben, als seien es meine eigenen.«

»Daran habe ich nicht den geringsten Zweifel, und ich kann mir nichts Schöneres für das neue Jahr vorstellen, als mit dir und den Kindern als Familie zusammenzuleben. Vor einem Jahr war ich allein. Dann habe ich dich gefunden, und nun bekomme ich die Kinder zurück. Ich kann es noch gar nicht fassen.«

»Du heulst doch nicht etwa?« Sie grinste und berührte ganz sanft das feuchte Etwas, das ihm die Wange herunterlief.

»Vielleicht ein kleines bisschen. Du bist dir also ganz sicher, dass du weißt, worauf du dich einlässt?«

»Natürlich weiß ich das. Außerdem kriegst du im Gegenzug meine Mutter. Damit sind wir quitt.«

»Ich wollte es nur noch einmal betonen.« Er machte eine Pause. »Weil ich mir wünsche, dass du dich noch ein kleines bisschen mehr einlässt. Jetzt, wo ich frei bin. Frei für dich.« Er blickte auf seine Armbanduhr. »Gleich ist Mitternacht. Wir sollten den Champagner vorbereiten.«

»Mitternacht? Es ist kurz vor halb fünf!«

Chris schüttelte sehr ernsthaft den Kopf. »Glaub mir, Maggie, in ein paar Minuten ist Mitternacht.« Er schob sie sanft von seinem Schoß. Dann stand er auf, zog sie ganz fest in seine Arme und murmelte: »Ich habe drei gute Vorsätze fürs neue Jahr. Der erste ist, mehr mit dir zu reden und dir in sehr regelmäßigen Abständen zu sagen, wie sehr ich dich liebe. Der zweite ist, *Maggie's Café* wieder aufzubauen. Und für den dritten brauchen wir den Champagner.« Damit küsste er sie erneut, lange und innig, und Maggie klopfte das Herz in der Brust, als wollte es zerspringen.

Der Nieselregen war längst in strömenden Regen übergegangen und es war beinahe dunkel, aber keinem von ihnen war das aufgefallen. Maggie wusste, dass sie, wenn sie einmal sterben würde und bei klarem Verstand war, an diesen Augenblick zurückdenken würde. Sie würde daran denken, wie sie in einer Silvesternacht, die ein Nachmittag war, bei Sturm und Regen an einem Strand in Cornwall gestanden war, nicht an irgendeinem, sondern an ihrem Strand, durchweicht bis auf die Haut und schlotternd vor Kälte, ohne es zu merken. Sie würde sich daran erinnern, wie Chris im Schein der Petroleumlampe einen Sektkühler mit einer Flasche französischem Champagner aus seinem Rucksack gezaubert hatte, den Korken knallen ließ und zwei Gläser füllte, so wie damals, als er ihr *Maggie's Beach* geschenkt hatte.

Nur ein paar Monate waren vergangen, aber es fühlte sich an wie eine Ewigkeit. Was war nicht alles passiert seitdem! Das Meer hatte die Hoffnung fortgerissen, die ihr das Café gegeben hatte, und nun hatte Chris sie ihr zurückgegeben. Lori hatte die Liebe ihres Lebens gefunden und wieder verloren. Chris hatte das Sorgerecht für seine Kinder erstritten und sie würden eine Familie sein, und vielleicht würde der riesige Schatten Janies langsam, aber sicher verblassen. Regentropfen und Tränen waren nicht mehr zu unterscheiden, als Chris bis zwölf zählte, mit ihr anstieß und ihr feierlich verkündete, das neue Jahr habe jetzt begonnen, und er könne sich keinen besseren Zeitpunkt als Silvester Punkt Mitternacht bei Windstärke sieben im strömenden Regen an *Maggie's Beach* vorstellen, um Maggie zu fragen, ob sie, die Liebe für den Rest seines Lebens, seine Frau werden wollte.

NACHWORT

Caminante, no hay camino. Se hace camino al andar.
(Antonio Machado)

Liebe Leserinnen, liebe Leser,

in der Danksagung meines zweiten Romans »Brezeltango« habe ich geschrieben, dass das zweite Buch das schwerste sei und ich es deshalb am liebsten übersprungen und gleich das dritte verfasst hätte, weil der Druck nach dem großen Erfolg von »Laugenweckle zum Frühstück« so schwer auf mir lastete. Das ist jetzt über zehn Jahre her, und mittlerweile weiß ich: Kein Buch war so schwer wie das, was Sie gerade in der Hand halten.

Ich habe mittlerweile fünf Stuttgart-Romane, zwei Cornwall-Romane, einen für sich stehenden Roman (»Kleine Verbrechen erhalten die Freundschaft«) und die »Gebrauchsanweisung für Stuttgart« geschrieben. »Ein Cottage in Cornwall« ist mein neunter Roman. Man könnte also meinen, ich hätte Routine. Leider fühlt sich jedes Buchprojekt zunächst so an, als würde man einen Berg erklimmen, der gefühlt mindestens so hoch ist wie der Mount Everest. Wandern als Hobby hilft beim Schreiben sehr: Wenn man einen Berg von unten betrachtet, als Ganzes, kann man sich nicht vorstellen, dass man es aus eigener Kraft auf den Gipfel schafft. Doch dann setzt man Fuß vor Fuß, geht Kehre um Kehre, macht zwischendurch Pause, man braucht ziemlich viel zu essen und zu trinken, die letzten Meter sind die steilsten, doch irgendwann ist man oben, erschöpft, aber glücklich. So ähnlich ist das mit dem Schreiben. Am Anfang eines neuen Romans denke ich jedes Mal: Wie soll ich das bloß schaffen? Ich fühle mich jämmerlich allein und überfordert. Da hilft nur der Gedanke, einen Schritt nach dem anderen zu gehen. Man reiht Buchstabe an Buchstabe, Wort an Wort, Satz an Satz und Kapitel an Kapitel. Ich versuche, an jedem Schreibtag mindestens drei Seiten hinzukriegen. Tag um Tag, Woche um Woche, und das über Monate hinweg. Aufregend ist das nicht. Es kostet vor allem zwei Dinge: Ausdauer und Geduld. Geduld, so viel kann ich Ihnen verraten, ist nicht meine große Stärke.

Dieser Roman war vermutlich das schwierigste Projekt meiner bisherigen Schreibkarriere. Das lag, Sie ahnen es, an dem bösen Wort mit C. Einerseits hatte ich alle Zeit der Welt, weil wir ja sowieso die meiste Zeit im Lockdown waren. Man könnte also meinen, perfektes Timing, beste Voraussetzungen, keine Ablenkung, volle Konzentration! Oder? Von wegen. Es fiel mir wahnsinnig schwer, mich zu konzentrieren und zum Schreiben zu motivieren, nachdem schon »Chaos in Cornwall« dem Virus zum Opfer gefallen war. In den letzten zehn Jahren sah mein Leben so aus: Schreiben, kurze Erholung, neues Buch kommt raus, fröhliches Tingeln durch Buchhandlungen und Bibliotheken, Schreiben ... Bloß, diesmal fiel der Punkt »Tingeln« praktisch komplett aus, von »fröhlich« gar nicht zu reden. Klägliche drei Lesungen fanden während der Pandemie statt, im Oktober 2020. Es war unglaublich deprimierend. Ich bin sehr selbstkritisch mit meinen Büchern, aber mit »Chaos in Cornwall« war ich wirklich, wirklich glücklich. Ich liebte die Figuren und die Geschichte. Doch dann erschien der Roman Ende März 2020 auf dem Höhepunkt der ersten Welle, alle Buchhandlungen hatten geschlossen. Ich war sehr verzweifelt. Lesungen sind die Belohnung für den langen Aufstieg auf den Mount Everest, ich krieche aus der Einsamkeit meiner Schreibhöhle, bin viel unterwegs und stehe vor Publikum. Ich bekomme Feedback, meist positives (wer geht schon zu einer Lesung, wenn er die Autorin doof findet?), bin in Kontakt mit Menschen, ich darf auf der Bühne stehen, lesen und erzählen, und nichts tue ich lieber. Das alles fiel flach. Und dann zog sich das Schlamassel ins Unendliche. Hätte mir jemand im März 2020 prophezeit, dass es nicht sicher ist, dass ich beim nächsten

Buch im Herbst 2021 Lesungen unter Normalbedingungen veranstalten kann, dem hätte ich ins Gesicht gelacht. Nein, wahrscheinlich hätte ich geheult ...

Stichwort heulen. Wer den Roman noch nicht gelesen und sich als Erstes auf das Nachwort gestürzt hat, sei gewarnt: Spoiler! Ich habe noch nie eine Figur umgebracht. Ich habe ab und zu mit dem Gedanken gespielt, Dande Dorle sterben zu lassen, ich meine, sie hatte ein langes und erfülltes Leben und glaubt an den Himmel, aber ich habe es einfach nicht übers Herz gebracht. In diesem Roman also habe ich es getan, und es war nicht der Bösewicht, sondern eine meiner Lieblingsfiguren.

Es war schrecklich. Ich war tagelang traurig. Das klingt vielleicht absurd, aber ich habe so viel Zeit mit dieser Figur verbracht und sie so ins Herz geschlossen, dass ich getrauert habe, als sei sie echt und mir ein guter Freund gewesen. Diese Trauer blieb. Als ich das Buch überarbeitete, fing ich jedes Mal wieder an zu heulen, wenn ich an den entsprechenden Seiten feilte. Super Idee in einer Pandemie, sich noch zusätzlich runterzuziehen, Frau Kabatek! Dann dämmerte es mir: Irgendwie hing das alles zusammen. Die Trauer um diese Figur (ich nenne sie jetzt nicht beim Namen, für alle, die es nicht lassen können, zuerst das Nachwort zu lesen) war letztlich ein Ventil für die Trauer und Verzweiflung der Pandemie. Ich weinte um all die ausgefallenen Kulturveranstaltungen, ich weinte, weil die Politik kläglich versagte, weil es keine Musik gab, weil Menschen alleine starben, weil die Kinder nicht in die Schule und Studierende nicht an die Uni durften. Ich weinte um alles, was nicht sein konnte, und ich weinte, weil ich Angst hatte (und habe) vor der Zukunft und dass ich wie viele andere meinen Job, den ich so sehr liebe, an den Nagel hängen muss, weil es finanziell nicht mehr geht, weil die Sch...pandemie einfach kein Ende nehmen will und sich das Virus immer neue, noch fiesere Mutationen einfallen lässt.

Stichwort Freundschaft. Schon immer hat das Thema Freundschaft in meinen Romanen eine große Rolle gespielt –

auch in diesem. Doch um wie viel wichtiger wurden gute Freundinnen während der Pandemie! Gemeinsame Spaziergänge und Wanderungen, Essen und Gespräche haben mich durch den endlos scheinenden Winter und dieses Buch bugsiert. Dafür möchte ich insbesondere Eva Ruppmann und Eva Schumm, Angelika Farnung und Margarita Sigle (die nichts mit der Margarete in diesem Roman gemein hat) danken. Andrea Richter danke ich für ihre Begleitung, und meiner Lektorin Michaela Kenklies für ihre bedingungslose Unterstützung. Und natürlich, forever, meinem Mann Dylan (der nichts mit Chris gemein hat), dessen Humor, durch nichts zu erschütternde gute Laune und endlose Geduld (mit meiner schlechten ...) mich durch diese schweren Monate getragen haben.

Wie es im Herbst aussehen wird, wenn dieses Buch erscheint, weiß ich nicht. Ich hoffe, wir sehen uns! In echt. Alle aktuellen Infos finden Sie auf meiner Homepage und in meinem Blog.

Herzlich Ihre
Elisabeth Kabatek
www.e-kabatek.de
https://ekabatek.wordpress.com

REZEPT

CORNISH PASTY – VEGANE VARIANTE

Das *Cornish Pasty,* das Lori in der Sturmnacht ihren hungrigen Gästen serviert, ist für Cornwall, was Linsen und Spätzle für Schwaben sind. Wann und wo es genau erfunden wurde, lässt sich nicht mehr genau zurückverfolgen, vermutlich ist es schon Jahrhunderte alt. Legenden sagen sogar, es sei so alt wie der Teufel, der es nicht wagte, den Fluss Tamar (die Grenze zwischen den Grafschaften Devon und Cornwall) zu überqueren, weil er Angst hatte, als Füllung für ein Pasty zu enden! In Cornwall ist die Geschichte des Pastys eng mit dem Bergbau verbunden (16.–19. Jahrhundert). Die Minen in Cornwall versorgten die halbe Welt mit Kupfer und Zinn. Bei einer Wanderung auf dem Küstenpfad werden Ihnen immer wieder die Ruinen dieser Minen begegnen, viele davon gelten mittlerweile als kulturelles Welterbe. Die Minenarbeiter benötigten einen leicht zu transportierenden, satt machenden Lunch, der mit allem gefüllt werden konnte, was man in einer armen Gegend gerade verfügbar hatte, ursprünglich vor allem Gemüse und Kartoffeln, und, wenn man es sich leisten konnte, Hackfleisch. Das Pasty war praktisch – es benötigte keine zusätzliche Verpackung und man konnte den Namen des Minenarbeiters in den Teig einritzen, um Verwechslungen zu vermeiden. Heute besteht die klassische Füllung des Pastys aus Rinderhackfleisch, Kartoffel, Zwiebel und Steckrübe, es gibt aber unzählige, auch süße Varianten. Mittlerweile werden an jeder Ecke Pasties angeboten, ebenfalls in unzähligen Varianten! Aber Achtung, mittlerweile ist das Pasty zum Fast-Food-Produkt geworden und *very trendy,* und es gibt mittlerweile Ketten für Pasties wie für Hamburger. Als Geheimtipp galten *Ann's Pasties* im Dorf Lizard, ich habe sie probiert und sie waren sehr lecker, aber mittlerweile unterhält Ann einen sehr professionellen

Onlineshop, von Geheimtipp kann also keine Rede mehr sein. Das heißt natürlich nicht, dass die Pasties schlechter geworden sind! Am besten kaufen Sie Ihre Pasties im Cornwall-Urlaub bei einem kleinen Bäcker oder essen sie in einem Café, wo sie *homemade* sind. Wenn Sie besonders leckere Pasties entdecken, freue ich mich über eine Nachricht (autorin@e-kabatek.de)! Und hier das Rezept, wie immer von meiner Schwester Ursula ausgetüftelt, getestet und perfektioniert, vielen Dank!

Cornish Pasty (vegane Variante der Gemüsepastetchen aus Cornwall)

Für 6 Pasteten

Teig:
   400 g Mehl (Dinkel und/oder Weizen)
   150 g kalte Margarine
   Salz, Senfpulver
   kaltes Wasser (ca. 100 ml)

Füllung:
   1 Zwiebel oder 1 kleine Stange Lauch
   2 Kartoffeln (250 g)
   2 Pastinaken oder Petersilienwurzeln (250 g)
   2 Möhren (250 g)
   etwas Pflanzenöl
   Salz, Senfpulver, Thymian (getrocknet oder frisch)
   Paprikapulver
   frische Petersilie (glatt)

Zubereitung:
Für den Teig Mehl, Margarine, Salz und Senfpulver mischen, gut durchkneten (von Hand oder mit dem Knethaken) und dabei so viel Wasser zugeben, dass ein geschmeidiger Teig ent-

steht. 15 Minuten kalt stellen. Inzwischen das Gemüse in kleine Würfel schneiden, Lauch in feine Streifen. Mit Salz, Senfpulver, Thymian und Paprikapulver würzen. In einer Pfanne in Öl kurz anschwitzen, klein gehackte Petersilie untermischen. Zwecks besserer Handhabbarkeit erst die Hälfte des Teigs ausrollen, mithilfe eines Kuchentellers 3 Kreise ausschneiden, in die Mitte je ein Sechstel der Füllung geben, zu Halbkreisen zusammenklappen und die Ränder mit einer Gabel andrücken, mit einer Gabel 3 Lüftungslöcher einstechen. Ebenso mit der anderen Teighälfte verfahren. Auf ein mit Backpapier ausgelegtes Backblech legen und dünn mit Öl einpinseln. Im vorgeheizten Backofen bei 175 °C Umluft bzw. 190 °C Ober-/Unterhitze auf der mittleren Schiene 40 Minuten backen. Warm oder kalt essen. Toll für Picknick!

Die Füllung wird saftiger, wenn man einen Esslöffel vegane Cashewsahne unterrührt (Crème fraîche für die Nichtveganer). Cashewsahne kann man fertig kaufen oder selber machen. Hierfür Cashewnüsse mit Wasser bedeckt über Nacht in den Kühlschrank stellen, dann pürieren, wie Crème fraîche zum Binden von Suppen und Soßen verwenden.

Für Chaos ist man nie zu alt – erst recht nicht in der Liebe!

ELISABETH KABATEK
CHAOS IN CORNWALL

Roman

Margarete ist zwar über 50 – aber längst nicht so verzweifelt, dass sie es länger als drei Tage mit ihrer Internetbekanntschaft Roland aushalten würde. Kurz entschlossen klaut sie sein Auto, um den gemeinsamen Cornwall-Trip ohne Rolands Schnarchen fortzusetzen. Im atemberaubend gelegenen Dörfchen Port Piran findet Margarete nicht nur eine Freundin mit wilder Punker-Vergangenheit und einen Haufen schräger Typen, sondern verknallt sich auch in einen jüngeren Mann, der findet, dass Frauen wie gute Weine sind, je älter, desto besser. Doch dann steht plötzlich Roland auf der Matte und will nicht nur sein Auto zurück ...

»Wieder kommt es zu atemberaubenden Konfrontationen zwischen schwäbischer und englischer Lebensart [...]. Und wieder ist alles einfach unglaublich witzig.«
Stuttgarter Zeitung